Le Collectionneur

JESSICA PETER

ISBN : 978-2-9588651-0-8

TABLE DES MATIÈRES

CHAPITRE I

Violante Pericón se promenait alors, en cette douce matinée de juillet 1920, avec Don Matéo Diaz, sur les Planches de Deauville. Les longues boucles rousses dansaient au rythme du rire clair et perlé de leur maîtresse, dont les grands yeux bleus s'élargissaient comme ceux d'un enfant au récit des folles fables contées par l'écrivain. Un lys immaculé était planté au milieu des mèches. Elle portait une élégante robe qui s'arrêtait au genou, d'un vert malachite, ornée de franges et de quelques discrets sequins, et des mules rouges.

Ils remontaient la rue Mors, lorsque Don Matéo tout à coup s'exclama :

—   Que dites-vous, ma chère, de visiter mon ami Viktor Skorpión, dont c'est la maison ?

Il désignait ce faisant un grand portail, ou plus exactement les feuilles de vigne qui l'avaient entièrement recouvert et ne laissaient plus deviner ni métal ni bois, tant elles étaient à lui collées amoureusement.

—   Il vous plaira, la chose est certaine : il est aussi savant que Darwin et aussi extravagant que le Frankenstein de Shelley.

—   Et moi, lui plairai-je ?

Diaz demeura coi : il ne pouvait supposer que Violante eût voulu plaire à quelque homme que ce fût. Il regretta à l'instant sa proposition. Mais il était trop tard : Violante venait de secouer énergiquement les carillons du Docteur. Un long silence s'ensuivit. Don Matéo était rassuré : la vieille sonnette ne tintait que pour ses visiteurs, songea-t-il. Il s'apprêtait à quitter la place, emportant sa proie à Skorpión, mais ce fut sans compter l'irruption d'une grosse femme rouge comme la pivoine.

—   Ah ! C'est vous, dit-elle en apercevant Diaz.

Elle jeta sur Violante un long regard suspicieux qui s'attarda sur ses boucles rousses et laissa échapper quelque grommellement. Puis ce Cerbère leur fit, de la tête, le signe d'entrer.

Ils se faufilèrent à l'intérieur de la cour.

Violante Pericón crut que ses yeux la trompaient. Des marronniers gigantesques paraissaient vouloir toucher les cieux, des saules pleureurs répandaient leurs branches sur l'herbe et semblaient former sur elle de grands lacs faits de leurs larmes. Les citronniers, les orangers, les pommiers embaumaient et attiraient à eux des nuées d'oiseaux et d'insectes. Chaque tronc, chaque buisson, chaque feuillage gazouillait, bruissait de la vie secrète qu'il renfermait. La lumière du soleil se reflétait comme mille diamants sur les parures émeraude et péridot des arbres et des plantes. Les petites tempêtes de sable que le vent normand élevait et dirigeait, de la plage jusque dans les terres, dans une lente et langoureuse danse, donnaient à tout le parc une apparence fantomatique et irréelle.

Mais ce qui surpassait toute chose, tout ce que la Nature avait engendré jusque-là, tout ce que Violante avait admiré jusqu'alors, c'étaient les fleurs de Viktor Skorpión.

La caresse de la brise sur les roses semblait le froissement d'une robe, le velours de leurs pétales perlait encore d'une goutte de rosée et la corolle pourpre, fièrement dressée, renfermait déjà en ses profondeurs l'obscurité du crépuscule. Les lys d'abord tremblants soudainement s'épanouirent, comme offerts aux rayons, affalés, orgueilleux de leur beauté. L'arbre à myrrhe versa quelques larmes ambrées, bientôt pétrifiées sur son tronc ; il avait forme humaine et on eût cru qu'une poupée avait été taillée là, dans le bois blond et odorant. De grandes fleurs rouges ouvraient largement leur calice ; Violante ne savait qui elles étaient, mais son regard était happé par leurs lèvres charnues, les épines acérées dont elles étaient hérissées, leur chair épaisse et grasse, l'apparence de plénitude qu'elles dégageaient.

Violante demeurait bouche bée, immobile dans l'ombre du grand marronnier. Les parfums l'enivraient, les couleurs l'hypnotisaient, les mille et diverses paroles, végétales et animales, les chants, les chuchotements, les frémissements semblaient lui communiquer leur désir, leur attente, tout leur supplice et tout leur contentement.

—   Prenez garde !

Elle se sentit bousculée et soulevée par deux fortes mains qui lui ceignirent la taille de leur métal froid et la reposèrent un peu plus loin. Elle se retourna vivement.

Se trouvait devant elle un homme très pâle, au nez perçant et au visage anguleux. Il tenait fixés sur elle de longs yeux verts, scrutateurs et ironiques. Ses cheveux étaient roux et courts. Il était élégamment vêtu, portant un costume d'un vert sombre, une chemise blanche, un lys immaculé à sa boutonnière et des bottines montantes qui parurent à Violante bien chaudes pour la saison. Mais il est vrai que Monsieur jardinait et avait sans doute toute la journée les pieds dans la terre, car il tenait dans sa main droite un petit sécateur et dans celle gauche une grande tenaille. C'étaient sans doute ces objets dont elle avait senti le contact glacé sur son ventre, et non des doigts, puisque ces derniers étaient dissimulés par d'épais gants couleur moutarde.

— Skorpión !

Et Don Matéo de se jeter dans ses bras.

— Quelle joie de te revoir !

Diaz était sincère : voir son ami lui avait totalement fait oublier sa jalousie momentanée.

— Nous ne sommes pas importuns, j'espère ! Je vois que tu es en plein travail. Toujours à t'occuper de tes maîtresses ! Tu aurais femme qu'elle ne tolérerait pas de garder de telles rivales sous son toit et les mettrait en pièces !

Il accompagna son propos d'un clin d'œil goguenard.

Violante et l'homme aux pinces gardaient le silence, les yeux rivés l'un sur l'autre. Le maître des lieux ne rendait à Diaz aucune de ses effusions. Mais Don Matéo, tout à son bonheur de retrouver son compagnon, n'y prêta aucune attention et fit les présentations d'usage :

— Je te présente Mlle Pericón, Violante, Italienne ! – Il émit un petit soupir de plaisir qui témoignait assurément de l'espèce de langueur sensuelle qu'il associait à cette nationalité. – Je pense t'avoir déjà parlé d'elle, je ne saurais y avoir manqué. Violante est la grande amie de la Marquise, elles ont vécu ensemble de grandes aventures en Amérique, que Violante te contera mieux que moi. Jolanne se trouve en ce moment en Indochine, tu sais qu'elle s'est prise de passion pour les affaires… Elle fait dans le papier. Enfin Violante loge en ce moment à l'*Ancolie*, je lui fais découvrir un peu la région et j'ai songé : « Pourquoi n'irions-nous pas visiter ce vieux Skorpión puisque nous passons devant sa maison ? »

— Tu as très bien fait, répondit Skorpión dans un indicible sourire. Quoiqu'en l'emmenant ici, tu aies failli abîmer les chevilles de Mademoiselle…

Violante et Don Matéo le regardèrent sans comprendre.

— En effet Mademoiselle Pericón offrait il y a un instant ses mollets à mes dures épines. – Il désignait en jouant des pinces une plante qui ressemblait à une grosse salade. – *Dendrocnides moroides*. Bien plus urticante que l'ortie. Une fois en contact avec la peau, elle y enfonce ses poils à la façon d'épines ou de griffes. Elle pénètre sa victime et lui inflige des tourments… éternels. Il paraît que l'on ressent une très intense brûlure, que ses feux sont dignes de l'Enfer. Mais pour ma part je suis sans crainte : c'est bien plutôt elle qui devrait redouter mes lames.

Et il cliqueta narquoisement des pinces.

— Vous ferez plus attention la prochaine fois que vous viendrez.

Il avait chuchoté ces derniers mots à l'oreille de Violante.

–   Je… Euh… Merci, répondit-elle gênée.

Ainsi il l'invitait à revenir.

–   Entrez donc.

Violante et Don Matéo le suivirent dans un intérieur vieillot mais coquet, car il n'avait pas modifié la décoration choisie par sa défunte mère, en vieux garçon indifférent à si plates considérations. La jeune femme sourit à cette pensée et leva les yeux à ce moment-là, croisant le regard de Viktor, qui parut content de ce qu'elle parût contente. Elle sourit encore à cette nouvelle idée.

Une bonne leur servit le thé et des petits biscuits trop durs. Le Docteur et Don Matéo échangèrent des banalités : ils admirèrent Proust, moquèrent le gouvernement, condamnèrent Blum, se réjouirent du beau temps, s'étonnèrent du résultat des courses (car Snow avait perdu la veille contre une jument blonde), se donnèrent rendez-vous à l'*Aneth*, enfin se quittèrent aussi bons amis qu'avant, d'accord en toutes choses et satisfaits de l'être. Violante avait laissé parler ces messieurs, trop soucieuse d'observer Skorpión pour l'écouter et lui répondre. Une fois dans le parc, alors qu'une légère pluie rafraîchissait son visage enflammé encore, rougi de l'avoir rencontré, elle tourna la tête vers la maison, adressant à sa nouvelle connaissance un dernier regard empli de plainte et d'espoir.

Viktor Skorpión les regarda partir avec une mélancolie certaine. Une fois qu'il eut fermé sa porte, il se dirigea lentement, songeur, vers son laboratoire. Il avait fait, voici une vingtaine d'années, de brillantes études de médecine et avait officié comme légiste auprès du Commissariat de Paris, les vivants, bien portants comme malades, ne l'intéressant guère. Puis il fut forcé de démissionner, malgré qu'il fût surqualifié pour le poste. Il manquait en effet à l'un de ses cadavres, un beau matin, un œil, qu'il prétendit avoir été abîmé dans la mort violente qu'avait connue sa propriétaire. Mais un confrère affirmait l'avoir vu en parfait état. À ce doute s'ajoutaient les soupçons des parents de la petite quant à d'autres pratiques. On savait depuis longtemps et on avait jusque-là fermé les yeux sur la chose, que le légiste poussait loin ses recherches, quand il s'agissait de déterminer si les victimes féminines avaient subi quelque outrage, et qu'il s'évertuait à le savoir, quand bien même on ne lui demandait sur ce point aucune expertise. Ses supérieurs, cette fois, préférèrent s'en séparer, en toute discrétion et sans faire d'esclandre, car il était de la plus vieille noblesse.

Viktor était en effet le duc du Penny, descendant d'une souche glorieuse remontant au moins à la Renaissance et d'hommes si illustres que Vittorió du Penny, qui fut tour à tour chevalier de Malte, prêtre et poète, ou Tristan du Penny dont la triste renommée émeut encore les écolières de notre temps. Mais il ne portait point son titre et se faisait appeler Skorpión. C'était un surnom qu'on lui avait donné à l'université : il avait en effet l'habitude de se promener partout muni de ses instruments de chirurgie et de les faire cliqueter frénétiquement entre ses doigts comme s'il se fût agi de pinces – et d'un prolongement de lui-même. Tout le monde désormais l'appelait ainsi et seuls quelques intimes – Don Matéo, le comte de Saint-Pol et sa femme – le savaient duc et du Penny. Lui aussi n'employait plus que ce faux nom, qu'il trouvait plus vrai que nature.

Une fois qu'il eut perdu son emploi, il se prit de passion pour la botanique, qu'il apprit en autodidacte, seul dans son appartement parisien, ne le quittant plus que pour acheter – ou voler, quand il n'était possible d'acheter – de nouveaux plants, de nouvelles graines. Puis, très vite, ce qu'il pouvait obtenir sous nos cieux ne lui suffit plus. Il partit dans les jungles d'Amazonie, sur les rives du Mékong, dans les forêts de Sibérie, à la recherche des espèces les plus rares.

Toute sa fortune passa dans ses expéditions, et sa jeunesse aussi. Il revint à l'âge de trente-cinq ans ; ses parents étaient morts. Il s'établit dans la maison familiale, à Deauville.

Il envoya les comptes rendus de ses recherches et le récit de ses expéditions à Paris, à quelques professeurs de renom. Il était capable d'en redire à chacun de ces messieurs de l'université, sur le sujet de l'hermaphrodisme de la belladone et la digestion de la dionée. On publia ses articles, puis sa thèse, qui portait sur l'hybridation des espèces végétales, dont il s'était fait une spécialité. L'étude de la botanique, en effet, ne le contentait plus : il voulait davantage – il voulait créer. Son croisement entre la *rosa centifolia*, « aux cent feuilles », et le benjoin était devenu célèbre ; sur ses marronniers fleurissaient des lys – ses fleurs préférées sur son arbre favori – et des ancolies au lourd parfum de myrrhe envahissaient désormais le Jardin des Plantes. On le tenait pour le Gustave Eiffel de la fleur et Sacha Guitry avait dit de lui qu'il était au pistil ce que Marie Curie était à l'atome, avec moins de danger. Il poursuivait désormais ses recherches, par correspondance, au sein du prestigieux Muséum d'Histoire naturelle, faisant le déplacement jusqu'à la capitale seulement si on l'affriandait un peu avec un spécimen rare, qu'il ramenait alors sous cloche, tenu sur ses genoux, dans un Paris-Normandie. Si ce n'étaient ces quelques voyages, il ne quittait pas Deauville et presque pas sa maison, où il vivait en sauvage et perclus avec deux domestiques, une vieille cuisinière et une jeune bonne, qui pouvaient faire tout ce que bon leur semblait, tant qu'elles ne touchassent pas la moindre tige. Quand il se trouvait en société, il se montrait affable et volubile, précis et précieux dans tout son langage, mais s'il jugeait son interlocuteur sot, insincère ou fat, il le corrigeait aussitôt et lui lançait alors un trait digne de Cyrano. Il passait donc, à Deauville, pour un savant quelque peu extravagant, mais trop intelligent et piquant pour ne pas être redouté.

Il sortait quelquefois en compagnie de Don Matéo. Celui-ci l'aimait tendrement, car il retrouvait en lui la désinvolture qu'il chérissait en son ami

Aloÿs, le cousin de Viktor. Il pouvait lui parler de tout et de rien, lui narrer quelque histoire dont il venait d'avoir l'idée, qui n'était encore qu'à l'état de bourgeon, et l'autre l'écoutait, puis revenait à ses narcisses. Tous deux semblaient sortir de ces conversations ravis et contents, quoique chacun ne parût jamais quitter sa propre pensée, sa propre toquade. Cela ne dérangeait pas le moins du monde Diaz qui croyait qu'il y avait entre eux, malgré cela, et peut-être pour cela-même, une certaine communion d'âmes ; Skorpión ne l'entendait pas ainsi. Il appréciait Don Matéo mais se sentait de lui, en toute chose, trop différent pour qu'il le considérât comme son ami : Diaz ne pouvait le comprendre – du reste, personne.

Il se trouvait alors assis, les jambes croisées, dans un fauteuil en osier, détaillant les petites gouttes de pluie qui paraissaient, sur les carreaux embués, des bris de verre.

Ce faisant, il songeait à Mlle Pericón : qu'était-elle pour Don Matéo ? Pourquoi celui-ci lui avait-il emmené cette jeune fille ? Lui exhibait-il une maîtresse ? Espérait-il susciter ainsi envie et convoitise ? C'était absurde. Tout le monde à Deauville connaissait son austérité et son indifférence au sexe féminin.

Don Matéo passait pour un homme à femmes, qui ne s'embarrassait de scrupules ni de préjugés, mais Viktor ne savait dans quelle mesure cette réputation était conforme à la vérité, puisqu'il ne connaissait aucune maîtresse à Diaz et que ce dernier lui paraissait plus badin que cynique. De plus, il ne pouvait avoir été l'amant de Mlle Pericón : on sentait en lui trop de respect pour qu'il ait pu l'abaisser à telle condition. Skorpión fit cliqueter nerveusement ses pinces. Et si ce lys délicat était en vérité avide dionée ? Elle lui avait semblé une fleur fragile et pure, sa chair blanche et froide ne pouvait avoir rosi sous les doigts de Don Matéo, ses longs bras, lianes nouvelles, ne pouvaient avoir enlacé un corps d'homme et la bouche rouge, sanguine, ne pouvait s'être ouverte à ses baisers, à son… Non ! Il ne voulait y penser.

Pourtant il y pensait et l'image des longues boucles rousses, se répandant sur le ventre de Don Matéo Diaz l'emplit de colère et d'indignation. Il aperçut l'une de ses dionées, d'un pourpre éclatant, dont les fleurs ouvertes, accueillantes, écartées offraient au monde leurs sucs gras et brillants, leur abîme jeune et vert ; elles semblaient, de leurs petites dents, lui adresser un sarcastique sourire. Cette vue lui fut insupportable. Il se précipita sur elles et mutila rapidement, par à-coups précis de chirurgien, de sa grande pince, cette plante, qui était l'une de ses préférées. Chacun des lobes n'était seulement arraché, mais coupé en minuscules morceaux qui, bientôt répandus sur le sol, semblaient une multitude de taches de sang. La bonne, le lendemain, fut bien étonnée de trouver tel carnage.

Son maître ne décolérait pas, ce matin-là. Il lui adressait mille reproches, ainsi qu'à la cuisinière, et ne desserrait pas les dents. Il avait ruminé, pendant un jour et une nuit, les mêmes pensées. Il mangea ses œufs brouillés en tentant de concentrer son esprit sur le nouveau numéro de *Pétrichor* qui venait d'être apporté par le facteur. Pour celui de mes lecteurs qui ne serait pas amateur de la chose, Pétrichor était la plus fameuse revue de botanique en ce temps-là, éditée par le Muséum et diffusée à l'international; Skorpión y collaborait régulièrement. Il en tournait les pages frénétiquement, jusqu'à ce que son regard fût attiré par une étrange photographie. Des cheveux étaient comme enroulés autour d'un tronc, par une main gracile de mannequin. Il lut le titre :

« Méthode inédite : Faites pousser vos plantes deux fois plus vite. »

L'article soutenait que les cheveux et les poils, humains ou animaux, constituaient un merveilleux engrais naturel, qu'il suffisait de les enfoncer dans le moindre terreau, pour que les nutriments contenus dans les phanères passent dans les racines végétales. Un professeur de la faculté avait tenté la chose au Jardin du Luxembourg avec grand succès. Les fleurs n'avaient jamais été si belles, ni aussi resplendissantes. Le Docteur voulut sur l'heure expérimenter la chose. Il se tailla quelques cheveux à l'aide d'une serpette. Il ne fut guère satisfait. Il avisa sa cuisinière, qui lui apportait un œuf au plat. Celle-ci, de son côté, avisait la mèche qu'il tenait dans sa main et se demandait ce que son maître pouvait bien en faire. Il lui demanda tout de go, car il n'était homme à prendre des pincettes (mais plutôt de grosses pinces dignes d'un crabe, qui coupaient vite et bien) :
—   Louise, voudriez-vous me rendre quelque service ? Vous seriez bien gentille.
—   Quoi donc ? Qu'est-ce que je peux faire pour Monsieur ?
—   Voyez-vous, selon cet article, la chevelure constitue un engrais naturel et efficace, je voudrais vérifier la chose et je me demandais si vous pouviez...
—   Vous voulez donc que je me rase la tête pour faire pousser vos fleurs ?
—   Non, non, point du tout ! Les cheveux restés sur votre brosse me suffiraient amplement.
—   Ah, si quelques cheveux peuvent suffire à contenter Monsieur...
Louise apporta sa brosse à son maître, qui s'empara avidement de la grosse touffe brune. Il la posa fièrement près de lui sur la table et cassa son œuf à la coque. Il n'était pas pressé. Quand il eut fini son petit-déjeuner, il emporta son précieux sésame et alla le planter dans l'humus d'un arum (dont la fleur est blanche et en entonnoir, dissimulant un fin spadice jaune, pour le lecteur qui ne serait pas familier de la botanique). Il passa le reste de la journée en ses occupations coutumières, arrosant, semant, taillant, greffant,

pollinisant tout son saoul. Il ne pensait déjà plus à sa petite expérience.

Le lendemain matin, alors qu'il passait devant sa serre pour se rendre dans la salle à manger, Viktor Skorpión eut l'œil attiré par une grosse tache écarlate au milieu des verts feuillages. Il n'y avait pourtant la veille, à cet endroit, aucune fleur de cette couleur. Ses domestiques avaient dû déplacer quelque pot, contre l'ordre formel qu'il leur avait donné et sans même l'en tenir au courant. Il était furieux, et plus encore effrayé que furieux, car il craignait pour la santé de ses chères petites et que l'une d'elles ne dépérisse d'avoir sa lumière changée. Il accourut sur les lieux du drame, avec l'âme chevaleresque d'un Roland. Ce qu'il découvrit dépassait l'entendement.

L'arum, blanc encore la veille au soir, était devenu cramoisi, mais si ce n'avait été que cela, c'eût été peu de chose. La forme de la grosse fleur principale avait changé du tout au tout et était désormais ronde, large et en son centre le spadice jusque-là oblong était retroussé et dédoublé en son bout, se terminant par deux petits trous. Il semblait un nez. Les deux lobes qui l'entouraient paraissaient ses joues. La chair en était grasse et rubiconde, du reste toute la plante avait épaissi et affichait des tiges huileuses et olivâtres. L'une des feuilles avait pris la forme d'un doigt, l'autre d'une oreille, une troisième celle d'une cuisse. L'arum s'était métamorphosé et avait pris les traits de la cuisinière. Viktor était fasciné. Sa plante n'avait jamais été si grosse, ni si resplendissante de santé. On ne pouvait dire qu'elle fut alors belle, ni gracieuse, mais tout au moins, de frêle et rabougrie comme elle était encore la veille, elle était devenue vivace et même exubérante.

—   M'sieur ? Vos œufs sont tout chauds !

C'était Louise, qui criaillait comme à son habitude, sur le pas de la porte, n'osant pénétrer dans la serre.

—   Oui, je viens.

Il tenta avec grand-peine de garder son calme. La véritable Louise venait de lui rappeler sa présence : il fallait lui cacher l'existence de la seconde, de l'imitatrice. Il s'empara du pot et voulut le mettre sous une cloche en verre teinté, mais Louise bis était trop grosse. Il songea à la ranger dans son armoire à graines, mais la lumière lui manquerait et elle s'étiolerait. Il essaya de la dissimuler derrière quelques grands spécimens exotiques aux larges feuilles, mais on ne voyait qu'elle : la large face rubiconde semblait vouloir s'imposer à tous les regards et sourire de son indiscrétion. Viktor, éperdu, ne savait plus que faire et maudissait sa trop encombrante compagne. Enfin il la plaça sous une table, dressa devant elle un petit grillage et quelques planches de bois — ce petit montage étant destiné à dérober, pudique paravent, sa Louise, à tous les regards indésirables — et s'empressa de rejoindre la salle à manger, craignant d'éveiller les soupçons de ses servantes s'il venait à trop tarder. Il était bien naïf en cela, car les deux femmes le jugeaient un si enragé fétichiste de ses fleurs qu'elles ne s'étonnaient guère de ce qu'il préférât tripoter sa tige, ainsi que disait ironiquement la petite bonne, à ses œufs durs. Celle-ci avait lu, dans l'une de ses revues policières à deux sous, qu'il existait des hommes qui n'étaient attirés que par une partie du corps ou un objet et ne désiraient pas les femmes comme tout-un-chacun ; elle avait fait part de sa découverte à sa collègue qui lui demanda si Monsieur pouvait être de ce genre-là. La soubrette répondit que, pour ce qui était d'elle, elle ne trouvait pas cher payé d'avoir un homme qui n'ait que ce vice-là, qui était le moins pire de tous.

— J'en ai vus d'autres, allez ! clamait-elle avec cynisme, à moins que ce ne fût avec désespoir, car ces deux sentiments-là se confondent parfois.

La demoiselle avait un penchant pour Skorpión, qui ne paraissait pour l'instant payé de retour. À ce moment, elle passait lentement devant lui vêtue d'une robe qui, boutonnée jusqu'au cou et lui tombant aux genoux, moulait cependant sa gorge, sa taille, sa croupe aussi bien que le corset d'une putain de Paris et à laquelle elle avait consacré de nombreuses nuits blanches de surpiqûres et de raccommodage. Mais ce dernier n'avait d'yeux que pour Louise. Il songeait à l'arum de la serre.

Le Docteur tentait d'élaborer une explication scientifique au phénomène dont il avait été le témoin. Les racines s'étaient unies, supposait-il, à la touffe déchue, avaient engendré en elle, en cette peau morte, une vie nouvelle, et la fleur à la femme s'était ainsi, par une mystérieuse métempsychose, hybridée. On avait toujours tenu pour impossible le croisement entre une espèce végétale et celle humaine : il avait cependant eu lieu. Skorpión, en bon darwiniste, émit l'hypothèse que les humains étaient en train d'évoluer en plantes. Nous avions bien été singes ; peut-être dans dix mille ans serions-nous végétaux. Il tenait cela pour une élévation extraordinaire de notre condition, car nous serions alors capables, comme eux, de photosynthèse et de reproduction sans procréation, par pollinisation. Il pensait avoir découvert la nouvelle théorie de l'évolution, celle qui ne décrirait non plus le passé, ce qui n'était qu'obscure tâche d'archéologue, mais l'avenir de l'humanité, ce à quoi il fallait un esprit doué d'anticipation, capable d'imaginer non le monde tel qu'il était mais tel qu'il pourrait être, tel qu'on pourrait le faire. Car, bien sûr, Skorpión se sentait une âme de démiurge et souhaitait accélérer le mouvement vers ce futur tant désiré. Ainsi il eut une idée. Rose passait doucement près de lui, le débarrassait de ses coquilles d'œufs, feignait d'avoir quelque travail à accomplir dans la pièce voisine puis revenait immanquablement dans la salle à manger — car il fallait être vue de Viktor et enfin il la vit, et même il la regarda, peut-être pour la première fois.

Rose coiffait ses cheveux, qui étaient d'un blond foncé, en un chignon serré et strict, afin de paraître la plus convenable possible. Quand elle les détachait, c'était une masse ondoyante et douce qui lui tombait jusqu'au bas des reins. Elle cachait derrière une rangée de cils clairs et longs, des yeux bleu-gris, petits et en amandes effilées, intelligents et scrutateurs, couronnés de sourcils blonds et fournis. Elle observait tous ses interlocuteurs dans les yeux et on ne l'avait jamais vue baisser le regard, qu'elle avait assuré et sans peur, fût-ce devant un prince de sang, un vieillard libidineux ou une tyrannique maîtresse. Son visage était rond, ses pommettes hautes et proéminentes, son nez retroussé et insolent. Sa bouche semblait celle d'une poupée, petite et charnue, enfantine et mutine, et affichait toujours un sourire sibyllin, dont on ne savait s'il était joie ou sarcasme, modestie ou arrogance, douceur ou perfidie. Elle l'adressait alors à Monsieur, qui déchiquetait ses œufs brouillés sans y prêter attention et qui avait en son assiette fait un carnage. Elle le remarqua et observa intensément l'assiette.

Suivant son regard, il prit conscience de ce qu'il avait fait dans son hébétude et de ce que son attitude devait avoir de suspect et de bizarre. Il eut de la crainte d'être découvert et se rappela Louise (j'entends la seconde version). Il chercha des yeux le modèle, qui avait quitté la salle à manger. Subitement un lourd fracas se fit entendre, provenant de son laboratoire. Il était aux abois. Il courut dans la serre et Rose fit de même. Quel spectacle attendait le scientifique ! Louise I se trouvait devant Louise II, stupéfiée, pétrifiée, les yeux exorbités, tenant sa main devant sa bouche en signe d'horreur. La petite construction n'avait pas tenu et se trouvait désormais, ruines ridicules et incompréhensibles de grillage et de bois, aux pieds de la cuisinière. Viktor était désespéré.

— Je vais tout vous expliquer. Je comptais vous prévenir, mais ne savais comment vous l'annoncer… Oh pardonnez-moi, ma conduite est inexcusable…

— Oh, Monsieur s'excuse quand c'est moi qui ai cassé quelque chose dans le laboratoire de Monsieur. Je n'ai voulu toucher à rien, je vous assure, je passais seulement pour me rendre au jardin et, je ne sais comment, peut-être ma jupe s'est-elle prise dans le grillage, tout à coup, tout était par terre ! Je suis tellement désolée et j'espère qu'aucune de vos belles plantes n'a rien. Peut-être celle-ci a-t-elle été abîmée dans la chute…

Et Louise s'empara de l'autre Louise. Le Docteur ne savait plus que faire et toute sa science ne lui servait de rien. Elle examina sa copie, ou sa sœur, ou sa fille, en tous sens et Rose s'approcha également, pour mieux voir si le précieux végétal n'avait subi de mal. Viktor croyait tomber et s'évanouir, en les voyant ainsi inspecter le végétal, ou l'animal, ou la créature, ou ce que c'était. Mais voici tout ce qu'elles disaient :

— Oh mais elle n'a rien !

— Elle n'est même pas abîmée !

— Pas une feuille ne manque !

— Ni le moindre pétale.

— Elle est aussi belle qu'avant.

— Cette plante paraît en parfaite santé.

— Mais voilà une espèce bien étrange, Docteur. Je ne l'avais jamais remarquée auparavant dans votre serre, dit Rose.

 est que Monsieur garde ses plus beaux spécimens, qui
 et fragiles, sous cloche. Elles ne sont pas habituées à notre
 st-ce pas, Monsieur, que c'est ce que vous m'avez expliqué la fois
 e ?

—   Mais de quel pays vient-elle ?

—   Oh, cela n'est pas de chez nous, c'est certain. Je n'ai jamais vu cette race en Normandie.

—   Est-ce qu'on dit aussi des races pour les plantes ? Je croyais que cela n'était que pour les bêtes.

—   Ah, c'est une bonne question, est-ce qu'il y a des races aussi chez vos fleurs, Monsieur ?

Monsieur demeurait muet : il ne comprenait pas. Ses servantes avaient devant leur nez la grosse tête de Louise – et ne s'en offusquaient ! Elles avaient sous les yeux, le modèle et la copie, l'évidence énorme de leur mystérieuse correspondance – et ne la voyaient pas ! Skorpión restait stupide et béat.

—   Oh je vois bien que vous êtes tout colère contre moi, mais voyez : votre fleur n'a pas pris le mal ! Je vous assure que je ne l'ai pas touchée !

La cuisinière était désespérée : elle craignait de perdre son emploi chez un si bon maître.

—   Mais oui, voyez, Professeur, votre plante n'a rien, elle se porte comme un charme.

La douce voix suppliante de Rose le ramena entre les humains :

—   Bien sûr, aucune plante n'a été abîmée, et quand bien même l'eussent-elles été, ce n'eût été bien grave… Ce ne sont que des végétaux après tout. – Cette dernière phrase laissa les deux femmes perplexes. – Qu'en est-il de vous, Louise, n'avez-vous pas été blessée par la chute de ces plantes ?

—   Pas du tout, elles sont tombées près de moi sans m'agripper.

—   C'est plus de peur que de mal, comme on dit, énonça doctement Rose, accompagnant son proverbe d'un coup de menton affirmé.

—   En effet vous dites juste, Rose. Passez-moi donc cet arum et allez nous verser une grande tasse de café. Je ne suis pas pressé aujourd'hui et je m'en vais vous expliquer quelques petites choses sur ce dénominatif de race sur lequel vous m'interrogiez tantôt. Voulez-vous, Mesdames ?

Le Docteur ne s'était jamais montré si galant ni si enjôleur – quoique le sujet de la leçon ne fût ni l'un ni l'autre.

—   Pour sûr que cela nous ferait bien plaisir !

Rose, quant à elle, répondit d'un sourire qui eût rendu n'importe quel homme fou d'amour. Il fit son effet sur Skorpión bien entendu, mais non de la façon dont on pourrait le croire, car le lecteur saura bien vite qu'il n'avait point affaire à un homme du commun.

Viktor se montra, ce jour-là, affable et enjoué avec ses domestiques.

On n'avait jamais vu maître plus doux, plus rieur, plus familier que lui. Il les interrogea sur l'endroit où elles étaient nées, les places qu'elles avaient eues, les connaissances qu'elles s'étaient faites à Deauville, et autres détails qui n'étaient pour lui d'aucun intérêt. Assurément il n'avait que faire de tout cela. Seulement, il escomptait quelque chose d'elles : tout d'abord, leur silence et leur complicité si elles venaient à découvrir le miracle qui avait eu lieu dans la serre et, surtout, qu'elles lui permettent que le miracle se répète. Pour ce faire, il avait besoin, non plus d'une touffe appartenant à la vilaine Louise, mais d'une mèche provenant de la délicate et gracieuse tête de Rose. Il ne savait comment il pouvait amener cette demande dans la conversation avec un certain naturel – cette contrainte rendant la chose tout à fait impossible et son vœu totalement vain et ridicule – lorsque soudain Louise s'exclama :

— Monsieur, aurez-vous encore besoin des cheveux de ma brosse pour vous faire un engrais ? Je ne savais ce matin si je devais les jeter ou vous les mettre de côté. Dans le doute, je les ai laissés sur ma coiffeuse.

Monsieur était si généreux et indifférent à son argent qu'il avait pourvu ses servantes d'une chambre et d'un mobilier de maîtresse ; ce n'était pour rien qu'elles l'aimaient tant.

— Je vous ai entendu hier demander les cheveux de Louise, mais avec toutes les fleurs qu'a Monsieur dans sa serre, dans son jardin, et toute sa maison, ne faudrait-il que je vous donne aussi les miens ? Cela vous ferait plus d'engrais !

Voilà-t-il pas que Rose proposait ses cheveux d'elle-même, sans qu'il n'eut même à les lui demander. Il était au comble de la joie – mais ne voulait le montrer. Il répondit hypocritement :

— Vous savez, je ne sais si la chose fonctionne. Pour ma part, je ne crois pas les cheveux humains un terreau si fertile pour les plantes. Mais il est vrai que l'expérience ne date que d'hier... Si j'avais davantage de cheveux, je pourrais les mettre dans différents pots. Nous verrions si vos belles mèches, à toutes deux, engendrent chez moi les plus belles fleurs de Normandie !

Les deux femmes, tout heureuses d'avoir reçu si galant compliment de leur maître, se précipitèrent dans leur chambre et en ramenèrent triomphantes, affichant un large sourire de fierté, leurs brosses couvertes de cheveux. Ceux de Louise étaient emmêlés et gras quand ceux de Rose, lumineux et soyeux, avaient été mignonnement entortillés, non par la main de la Nature, mais par celles de leur propriétaire, autour du crin. Rose était finaude : elle avait songé que la chevelure était l'éminent représentant et ambassadeur d'une tout autre toison et qu'il lui fallait donner au Docteur l'admiration de la première pour espérer éveiller son désir de la seconde. Elle était bien loin de se figurer, comme vous voyez, les préoccupations de Skorpión, qui étaient purement végétales.

Celui-ci, une fois doté du Saint Graal, prétexta quelque travail dans son laboratoire et demanda qu'on ne le dérangeât pas. Il avait à cœur de faire sa sélection. L'arum avait été choisi presque au hasard, parce qu'il dépérissait, mais pour Rose, la nouvelle Rose, il ne voulait reproduire la même erreur. Rose méritait une fleur sublime, une rose bien sûr, mais laquelle ? Skorpión passait doucement entre les allées de sa serre. Il hésitait.

La Belle Sultane était enveloppée dans ses voiles grenat, dont la soie, fausse pudeur, était du même velours que la chair par elle cachée. La fétide de Perse, blonde comme les blés, velue comme une chatte persane, dissimulait, sous son émeraude feuillage, derrière son traître soleil, poils drus et dures épines, et distillait, aux narines trompées et naïves, un parfum si aigre qu'elle. La rose centifole, *aux cent feuilles*, la reine de cette serre, exposait aux regards de Skorpión les mille plis de son habit de pourpre, les rais diamantins qui le parcouraient ; de ses cruelles épines, elle dressait mille doigts tyranniques vers ses voisines, qui étaient moins ses compagnes que des servantes éblouies. La rose de Damas portait sur elle toute la séduction et la cruauté de l'Orient – et l'on ne savait si sa robe sombre, d'un rose foncé, comme sanglant, et ses effluves sucrées étaient ceux d'une odalisque malheureuse ou d'un terrible bourreau. La cuisse de nymphe émue rappelait non une cuisse, mais une plus indiscrète partie : entre des pétales pâles, à peine rosis par le plaisir, s'offrait une grosse fleur incarnate, sur laquelle tremblaient encore quelques gouttes de rosée.

Il lui semblait qu'elles ne s'étaient faites si belles, si parfumées, si soyeuses que pour lui plaire... Toutes sensuellement se cambraient devant son désir, leurs feuilles frémissaient doucement sous ses caresses, leurs tiges dessinaient dans les airs des ondulations de courtisane, des courbes de Mata-Hari, et leurs pétales s'écartaient, entrouvrant une petite bouche pleine et charnue...

Tout à coup il la vit. Une petite rose blanche, virginale, moussue, qui s'offrait pour la première fois à ses yeux. Hier encore il n'y avait là que des feuilles, une fragile tige et aujourd'hui, un petit bouton s'égayait sous les rayons du soleil. C'était elle. C'était Rose. Il reconnaissait dans la fleur, la fraîcheur et l'innocence de sa soubrette. Il la sortit de son pot, ôta quelques mottes de terre, plaça délicatement les doux cheveux près des tendres racines et replanta sa belle. Satisfait de lui, les mains dans les poches, il fit mine de se mettre au travail. Mais c'était une ruse : en vérité, il guettait le miracle. Il n'avait été le témoin de la naissance de la seconde Louise – il ne manquerait celle de la nouvelle Rose. Mais rien n'y fit, rien ne poussa. Viktor, ce soir-là, ne se dérida pas du dîner. Il prétexta quelque difficulté inattendue dans ses recherches pour justifier sa mauvaise humeur du soir, quand il s'était montré si plein d'entrain au matin. Louise et Rose le plaignirent sincèrement : comme Monsieur était ardent à la tâche et dévoué à la science ! C'était grâce à des hommes comme lui que l'on avait eu le chemin de fer, et la voiture, et la lumière électrique, et le gaz... ! Un jour, dit Rose affirmative, des hommes aussi érudits et aussi persévérants que Monsieur iront sur la Lune – elle l'avait lu dans un roman de Jules Verne. L'ingénuité de la petite bonne le toucha et il en vint presque à l'aimer pour elle-même autant que pour sa chevelure. Mais point tout à fait néanmoins. Il se coucha contrarié et s'endormit difficilement.

Le lendemain, fourbu encore des cauchemars de la nuit – où il n'était question que de plantes irrésistiblement et désespérément végétales, qui ne voulaient devenir autres qu'elles n'étaient, en dépit de tous ses efforts – il descendit le grand escalier de la *Villa du Lys* – car il avait appelé sa maison du nom de sa fleur favorite. De féminines exclamations, en provenance de la serre, endroit pourtant frappé de quasi-interdit pour ses bonnes, attirèrent son attention :

– Comme elle est belle !

– Elle est aussi grande que nous.

– Regarde ! On croirait qu'elle a de gros tétais ! – Elle émit un long sifflement admiratif. – Mazette ! Aucune de mes patronnes n'en avait de pareils ! Et compte sur moi pour y avoir bien regardé.

Et la soubrette d'éclater d'un grand rire clair.

– Rose, voyons ! Tu devrais avoir honte. Tu me fais rougir !

Viktor dut se tenir à la rambarde pour ne pas chuter : son cœur chavirait et battait à tout rompre. Il courut dans la serre. Les domestiques se ravisèrent à sa vue et se tinrent droites comme des piquets. Mais il ne les voyait déjà plus.

Car se dressait devant lui, au centre de la serre, un gigantesque rosier, à la beauté exubérante. Deux longs bras verts, fins et graciles, encadraient une taille sublime, un buste de statue. Une grande feuille au sommet de la plante reproduisait les hautes pommettes, le nez retroussé et le visage rond de la belle Rose. Plusieurs fleurs avaient la forme de ses lèvres et deux autres celle de sa gorge. Au lieu de jambes, le végétal avait une sorte de tronc, rare différence notable – en sus du teint – entre l'original et la copie. Mais la soubrette ne paraissait remarquer qu'elle tenait devant elle son double, ni Louise non plus ; Skorpión seul avait connaissance du prodige et en prenait la mesure.

Sa joie était sans égale.

Toute la journée, il fut gai comme un pinson, chanta, siffla – et embrassa même Rose sur la joue, provoquant chez elle un espoir démesuré et, oserai-je le dire, chez une fille qui n'avait connu des hommes que la convoitise sauvage et bestiale, un commencement d'amour.

Viktor prétendit que ses recherches avançaient rapidement, que c'est ce succès qui le mettait dans un si grand bonheur. Quant à la fameuse fleur qui trônait majestueusement chez lui, il la présenta comme un spécimen exotique, arguant que le Museum lui avait envoyé des graines afin qu'il étudiât cette espèce extraordinairement vivace – il ne pouvait cacher à ses servantes qu'elle avait poussé en une nuit – originaire d'Amazonie et méconnue dans le milieu universitaire. Ayant lui-même beaucoup voyagé en cette partie du monde, il paraissait, aux yeux du doyen de la faculté, le plus à même de l'étudier. Les bonnes dames, qui n'y connaissaient rien, donnèrent foi, bien sûr, à ce mensonge.

Le soir-même, Don Matéo Diaz rendit une visite impromptue à son ami, qui à dessein le retint à dîner. En effet, à peine Diaz avait-il passé le pas de la porte et Skorpión sa première frayeur, que celui-ci fut pris d'un irrésistible désir de lui exhiber ses hybrides. Sa vanité ne pouvait résister à lui exposer sa découverte et l'étendue de son génie. Le repas se déroula d'abord normalement, le Docteur ne voulant prendre le risque de parler devant ses domestiques. Il se montrait néanmoins inhabituellement impatient et nerveux, Diaz attribuant cette excitation à ce que lui avait dit Skorpión du bon avancement de ses travaux. Ce dernier attendit qu'ils fussent seuls au salon, devant un bon verre de cognac, et que ses bonnes fussent couchées, ce dont il s'assura en allant coller l'oreille à leur porte, provoquant la stupeur de Don Matéo, qui ne le pensait point indiscret avec ces deux femmes et lui fit quelque remontrance à ce sujet, mais le Docteur l'interrompit :

— Tu ne sais à quelle prodigieuse transgression de toutes les lois de la Nature je suis parvenu, moi Viktor du Penny, dit Skorpión, là dans ma serre, tout près de toi, sans que le Monde encore ne s'en doute ni ne s'en émerveille. Aujourd'hui est un grand jour dans l'histoire de l'évolution. Darwin lui-même demeurerait baba devant ce que je m'apprête à te montrer.

— Darwin, rien que cela ? J'imagine que je n'en mènerai pas large dans ce cas, soupira Diaz. Vais-je seulement y entendre quelque chose ?

— Bien sûr, ne t'inquiète pas ! Il n'y a rien à comprendre ; il n'y a qu'à savoir regarder.

— Mon ami, tu me fais peur, car tes yeux brillent d'un éclat que je ne leur avais jamais vu, sur ton front perlent des gouttes de sueur et tes mains tremblent… Qu'as-tu donc ? Es-tu malade ? Tu n'es pas allé t'injecter quelque suc venimeux afin de trouver le remède à la grippe espagnole ?

— Tu n'y es pas du tout. Laisse-moi te dire…

— Ton désir de faire progresser la connaissance et d'aider ton prochain ne doivent pas te lancer dans des entreprises hasardeuses et par trop dangereuses. Ton esprit et ton corps doivent demeurer intacts, car ton intelligence est à la science trop précieuse…

— Oh, écoute-moi au lieu de me jeter telles invectives qui sont sans rapport avec mes actions !

— Tu me jures que tu n'as rien fait de tel car tu as la fièvre…

— J'ai la fièvre de ne pas être écouté et de ne pouvoir placer un mot quand je brûle de te dire…

— Quoi ?

— Je… Je ne sais, maintenant, comment le dire.

—   Maintenant que je t'écoute, tu veux te taire ? Ah, c'est pour me faire enrager !

—   Je… J'ai créé une plante.

—   Oui, mais encore, une plante ? Tu en fais pousser chaque jour.

—   Une plante tout à fait nouvelle, et inconnue, et prodigieuse…

—   Quelque espèce rare en provenance d'Amazonie ou d'Australie sans doute ? Ce qu'ils ont de végétation et de faune bizarres par là-bas d'ailleurs, à croire que toutes les plus extravagantes chimères se sont données rendez-vous sur cette grande île perdue dans le Pacifique ! Il faudra que tu me racontes ce que ton Darwin en dit, car j'écrirai tantôt sur ce sujet…

—   Au diable Darwin et l'Australie ! Tu ne m'écoutes pas.

—   Mais si.

—   Mes plantes ne viennent ni d'Amazonie ni d'Australie ni d'aucune terre dessous nos cieux… – Il se leva et tourna le dos à Diaz. – Elles sont issues de moi – et de moi seul.

—   Je comprends. Tu as réalisé une hybridation. Quelles espèces as-tu croisées cette fois ? Il ne faut me dire les termes latins, car je n'y entends goutte.

Viktor songea que pour ce qui était de la nomenclature latine, il aurait bien de la peine à y trouver sa cuisinière et sa soubrette.

—   J'ai croisé… un arum, c'est une fleur blanche qui comporte deux lobes et un spadice, une sorte de petit réceptacle à pollen, de forme oblongue, en son milieu, enfin cette fleur-là, plutôt ordinaire, avec…

—   Avec quoi ? Un spécimen exotique ?

Et Diaz de boire une gorgée de cognac.

—   Avec Louise.

—   Qu'est-ce que cela, Louise ?

—   Louise.

Don Matéo le regardait sans comprendre.

—   Louise, c'est le nom… d'une plante ?

—   Non. Louise. Ma cuisinière.

Diaz éclata de rire.

—   Tu as croisé une fleur… avec Louise ?

Et il rit de plus belle. Skorpión, quant à lui, gardait son sérieux. Il ne desserrait ni les dents ni les pinces – car il s'en était saisi au commencement de leur conversation.

—   Tu es drôle, vraiment – et insupportable ! Moi je m'inquiète sincèrement et toi, tu ne fais tant de mystère que pour me faire une telle plaisanterie ! Et moi qui suis pris comme un perdreau dans tes filets !

Viktor comprit que Diaz ne riait pas de son hybridation – ce qu'il eût tenu pour une insulte – mais de ce qu'il croyait être une farce : toute rancune s'évanouit en son âme. Et il voulait bien admettre que la chose fût difficile à croire, lui-même n'y croyant pas encore tout à fait. Il répéta :

—   Don Matéo, j'ai véritablement croisé une fleur avec Louise, ma cuisinière. Et je ne me suis pas arrêté en si bon chemin. J'ai aussi hybridé une rose… avec Rose. Voilà.

—   J'ai du mal à comprendre… Comment une telle chose serait-elle possible ?

Viktor, voyant que Diaz le prenait enfin au sérieux, lui conta tout. Don Matéo l'écouta sans l'interrompre. Skorpión parlait fiévreusement, les yeux très brillants et dans le vague, ses doigts décrivaient les courbes des tiges, ses lèvres se tendaient à l'évocation des pétales offerts… Une fois qu'il eut achevé son récit, Don Matéo exprima sa surprise – c'était bien le moins qu'il put faire, après un tel discours – et demanda timidement s'il lui était possible de voir les spécimens.

—   Évidemment, mon ami ! J'allais justement te le proposer ! s'exclama, tout enjoué, le bon Docteur.

Il le conduisit dans la serre, auprès de Louise II et de Rose II. Skorpión se tenait, les mains dans les poches, un sourire fat à la bouche et un air triomphal dans toute sa personne, entre ses deux créatures.

—   Laquelle est Louise ? demanda ingénument Don Matéo.

Skorpión fut indigné que Diaz osât poser une telle question, qui appelait une réponse si évidente, et commença à jouer des pinces en signe de mécontentement.

—   Rose est là et celle-ci est Louise, tu reconnais bien son visage.

Hélas, Don Matéo ne reconnaissait ni l'une, ni l'autre. Il avait beau cherché quelque ressemblance, d'abord avec Louise ou Rose, puis dans un second temps, par défaut, avec un être humain, il n'en trouvait pas. Il était de bonne volonté pourtant et cherchait sincèrement, sans vouloir se convaincre qu'il n'y avait rien et même, en voulant se persuader qu'il y avait quelque chose, pour faire plaisir à son ami et aussi à lui-même, car s'il ne trouvait rien, il eût fallu se rendre à l'évidence : Viktor avait pour l'heure perdu l'esprit, était pris d'une sorte de folie douce qui lui faisait voir des femmes là où il n'y avait que des fleurs et prendre son désir le plus secret peut-être pour une réalité. La chose était étrange, incompréhensible et bizarre. Que lui répondre, présentement ? Il n'était question de le laisser dans l'illusion. Il allait dire la vérité, quoi qu'il puisse lui en coûter et si pénible qu'eût dû être la scène. Il prit une profonde inspiration :

—   Docteur Skorpión, Viktor, tu sais quel amour fraternel je te porte, combien je t'admire et veux ton bonheur. – Ce début laissait présager du pire. – C'est pourquoi j'ai le devoir de te dire que je ne… Peut-être mes sens me trompent-ils et suis-je dans l'erreur, entendons-nous bien. Mais, pour ma part, et ce n'est là qu'une opinion toute personnelle et subjective, pour ce qui est de moi… Je ne vois pas la ressemblance.

Il dit ces derniers mots d'une traite, craignant que le courage ne lui manquât. Il n'osait regarder Skorpión.

— Tu ne vois pas ? laissa-t-il échapper d'une voix blanche.

Don Matéo leva les yeux sur lui : il était pâle, tremblant, serrait les poings et les pinces tout ensemble.

— Peut-être que si tu me montrais…

Et Viktor s'empressa de montrer. La petite bouche rouge de Rose, à l'éternel et sibyllin sourire, le galbe de son sein, sa taille fine, ses petits bourgeons, ses frêles tiges… Tout, il reconnaissait tout. Nous remarquerons qu'il ne parla que de Rose et non de Louise, qui n'était qu'un brouillon : il tenait, désormais, le chef-d'œuvre.

— Je ne dis pas qu'il n'y ait pas une sorte de… posture, qui rappelle l'être humain… Le tronc, les branches principales, cette grosse feuille ronde, ces deux fleurs en forme de belles poires…

Skorpión fut choqué que Don Matéo comparât ce buste marmoréen à des fruits aussi vulgaires que les poires, encore une métaphore à base de *salak de Sumatra* ou de *kiwano* eût-elle été appréciée, un *kaki* même eût été toléré, mais une poire… ! Je précise pour l'érudition du lecteur, qui est mon but premier en contant ces historiettes, ainsi que sans doute il le comprit déjà, que le *salak*, aussi appelé « fruit du serpent », est une sorte de noisette à écailles poussant sur un palmier ; quant au *kiwano*, il fut surnommé le « melon à cornes » ou le « concombre cornu d'Afrique ». Vous devinez que Skorpión ne pouvait demeurer insensible à des fruits si bestiaux.

— Mais après tout, un arbre aussi peut ressembler à un gros géant, certains soirs d'hiver…

Cette phrase fut prononcée sans la moindre ironie.

— Tu ne vois donc pas… la ressemblance ?

— Non. Je ne dis pas que cette transformation des deux plantes, la poussée, fulgurante j'en conviens, de ce rosier en une seule nuit n'est pas troublante… Mais il doit y avoir une explication rationnelle à cela. Ne m'as-tu pas dit que dans ton magazine, il est question des nutriments contenus dans la chevelure humaine ? N'est-ce pas une piste à explorer ? Plutôt que l'hypothèse d'une évolution de l'Homme vers la plante ?

— Oui, tu as raison. Je vais m'y atteler dès demain. Pour l'heure, je suis extrêmement las et je crois que ces dernières heures m'ont mis dans un état d'excitation nerveuse presque maladif… J'ai un peu honte de m'être livré à de telles expectatives devant toi…

— Mais non ! Pourquoi ? Je te fais l'aveu, moi, à chacune de nos rencontres, des contes que je me fais, de ceux que j'écris et qui sont autrement étranges que l'hypothèse que tu m'as faite aujourd'hui. Je pense que notre Inconscient, ainsi que ce Freud le nomme, parfois se joue de nous et nous fait accroire tout ce qu'il veut, quelque raison qu'on lui oppose. Nous serions de bien piètres amis si je n'acceptais cette force en toi et si tu ne l'acceptais en moi, ne crois-tu pas ?

—   Oui, tu es sage, mon ami. Je vais de ce pas prendre congé et me reposer, car je me sens comme accablé : peut-être suis-je tombé malade en m'adonnant à mes travaux ou pendant l'un de mes voyages. Car j'ai la fièvre.

—   Va, va, je te quitte aussitôt.

—   Je ne voudrais pas te chasser…

—   Si, bien sûr, je te garde éveillé quand tu as besoin de repos. Adieu, Viktor. Je passerai prendre de tes nouvelles dès demain.

Skorpión prit entre ses mains celle de Diaz et lui exprima toute sa reconnaissance. Ils se quittèrent aussi bons amis qu'avant.

Du moins Don Matéo le croyait-il. Car le Docteur était furieux, humilié. Diaz méprisait sa découverte, jugeait qu'il n'y avait rien… quand il savait bien, lui Skorpión, ce qu'il en était ! Il feindrait, désormais, en sa présence : il feindrait d'abord d'être malade, afin que Don Matéo croie à un delirium provoqué par la fièvre puis, une fois fallacieusement guéri, se garderait bien de jamais lui reparler de ses fleurs-femmes, de crainte de passer pour fou, puisque, manifestement, tous n'étaient pas aptes à voir ni dignes de connaître les prodiges de la Nature, qu'elle réservait à lui seul.

CHAPITRE II

Skorpión fut malade quelque temps, mais ce n'était que ruse ; en vérité, il fomentait son plan. Tout le jour, il demeurait dans sa chambre brûlante, car ce mois de juillet 1920 était torride : l'on disait alors que l'air désertique du Sahara étouffait l'Europe. À l'ombre de ses volets clos, que pénétrait néanmoins une lumière intense aussi accablante que celle des néons de son laboratoire, dans la moiteur de ses couvertures, emmitouflé, fiévreux et obnubilé par l'Idée fixe, le Docteur réfléchissait.

Il lui fallait des cheveux, énormément de cheveux féminins. Comment les obtenir, comment les récolter ? Il était aisé d'avoir ceux de ses servantes, qui gardaient pour lui et pour le moment où il serait guéri, ce précieux reliquat de leur chair. Mais Viktor ne pouvait se contenter des fleurs qu'il avait déjà : il en voulait d'autres. Il songeait qu'il en obtiendrait facilement sur des fauteuils ou des canapés, en invitant l'une ou l'autre dame chez lui ou en allant chez elles. Mais un unique cheveu suffirait-il ? N'était-il nécessaire de posséder une touffe ? Il fallait donc se résoudre à l'évidence : il faudrait en couper sur certaines dames. Mais comment faire ? Telle action nécessitait vigilance et discrétion, car s'il venait à être découvert, tout titre et situation qu'il avait ne lui serviraient de rien. La mort sociale était assurée et ce n'était tant cela qui lui faisait peur que la perspective de ne pouvoir s'emparer de tant de chevelures et donc, de tant de femmes, qui lui échapperaient immanquablement. C'était inenvisageable. Il faudrait rivaliser d'intelligence et de dissimulation. Les brosses à cheveux constituaient des aides précieuses : rien de plus aisé que de s'introduire dans un cabinet de toilette chez une dame, pendant une soirée où il y aurait foule, et de recueillir la mèche tant désirée. Mais certaines contraignaient sans doute, ces tyrans, leur femme de chambre à en retirer et à jeter lesdits cheveux — ignorantes ! qui ne savaient ce qu'elles faisaient et de quel plaisir elles le privaient ! Il faudrait donc examiner les petites panières à déchets qu'il y avait souvent dans ces pièces ; Viktor n'avait de grandes connaissances du beau sexe, mais il savait tout de même cela. Enfin, il fallait s'acoquiner avec des coiffeurs et trouver le moyen de s'en faire des complices, en gardant bien de leur révéler ce qu'il ferait desdites touffes, de crainte que sa découverte ne suscitât l'émoi féminin – car les femmes ne consentiraient peut-être à ce qu'il tirât ainsi d'elles de végétales copies, mais cela, il n'en avait cure et se moquait bien d'avoir leur accord – ou, pis encore, les rires et les moqueries de ceux qui, comme Matéo Diaz, n'auraient l'œil pour voir et nieraient les miracles qu'il accomplissait (par jalousie et envie, probablement, car seuls de si mesquins sentiments pouvaient mener à si ridicules dénégations). Il avait beau retourner ce dernier problème en tous sens, il n'y trouvait de solution. Comment justifier auprès d'un vulgaire coiffeur qu'il voudrait lui acheter les cheveux de ses clientes afin de les employer comme engrais ? Ces hommes-là, qui donnent souvent eux-mêmes dans quelque vice, auraient tôt fait de croire qu'il s'adonnait avec ces chevelures, à quelque acte coupable et déshonorant. Comme s'il eût pu, lui, Viktor Skorpión, si chaste et austère, s'abaisser à telle perversion de l'âme et du corps ! Mais ces hommes-là, ces demi-hommes, penseraient cela et le propageraient dans toute la Normandie. Non, décidément, la chose était impossible. Le salut, comme souvent, vint de Rose. L'esprit de Viktor était embrumé dans ce labyrinthe et se heurtait sans cesse à des obstacles quand, tout à coup, il perçut, telle une lumière dans le brouillard, ce mot miraculeux de *cheveu* dans la conversation de Rose et de Louise. La belle jeune femme l'avait prononcé, alors qu'elle s'adressait à la vieille bonne, qui servait alors à son maître ses œufs brouillés.

— Ils sont magnifiques, je vous le jure, Louise, il m'a dit que c'étaient des vrais, achetés à de misérables paysannes d'Alsace ou de Lorraine, enfin quelque part dans l'Est. Madeline, la bonne de Madame de Cancagne, m'a affirmé que sa maîtresse en avait porté une à l'opéra la semaine dernière et que tous l'avaient complimentée sur sa chevelure, qu'elle avait opulente et bouclée comme celle d'une sirène et que nul n'avait rien vu !

— Je ne peux pas le croire, ça se remarque une perruque, tout de même !

— Puisque je vous dis que ce sont de vrais cheveux de femme ! dit avec autorité Rose, tout en éventant hargneusement la couverture de Monsieur, qu'elle lui avait retirée avec douceur, mais qu'elle secouait désormais et frappait nerveusement du plat de la main, comme si elle eût voulu rentrer, et dans la couverture, et dans la tête de Louise qui ne la croyait pas, son histoire. Ces Alsaciennes se les laissent pousser jusqu'aux fesses, puis les donnent à couper et les font pousser encore et ainsi toute leur vie, pour en recevoir quelque argent. Il paraît qu'on leur en donne fort peu et qu'on les revend, mon Dieu, au moins cent francs !

— Cent francs ? Mazette !

—   Oui ! Cent francs. Car on les recoupe et recoiffe et nettoie et assemble, afin qu'ils tiennent sur la tête des gens. Et même qu'il en existe pour les messieurs, que Monsieur le Curé en porte une et en change parfois pour le dimanche, car il met alors sa plus belle, pour ce que le député-maire vient à l'office.

—   Ce curé m'a toujours paru un fieffé coquet et même, je crois qu'il en est.

—   Oh, pour sûr ! Il a tenté l'autre jour de plaquer le facteur contre le…

Voyant tout à coup que Monsieur écoutait, alors qu'il semblait absent et comme étranger à lui-même depuis sa maladie au point, comme l'aperçoit le lecteur, que ses servantes avaient pris leurs aises et se montraient devant lui extrêmement libres dans leurs propos, considérant qu'il avait trop la fièvre pour entendre quoi que ce fût, Rose s'interrompit, gênée et honteuse, se reprochant ses paroles qui montraient assez qu'elle n'était fille si naïve et innocente qu'elle voulait bien le faire accroire à son maître et cherchant fébrilement dans son esprit quelque moyen de les *arranger*, afin qu'elles parussent moins impudiques qu'elles n'étaient. Mais elle ne trouva point et on aurait eu, en effet, bien de la peine à faire passer pour chaste Rose, qui s'apprêtait à narrer avec plaisir l'affreuse mésaventure du jeune cycliste et ne comptait beaucoup s'en effaroucher. Heureusement, elle s'était tue à temps et se raccrocha aux branches comme elle put, d'une manière plutôt habile, songeant qu'à défaut de paraître vertueuse elle semblerait à tout le moins « pas bégueule », ce qui était après tout une qualité comme une autre :

—   Oh ! Monsieur est éveillé et il me surprend à déblatérer sur le curé ! La chose est vraiment vilaine si elle se fait entre deux garçons et n'est acceptable qu'entre l'homme et la femme, n'est-ce pas ? J'en eus connaissance pour ce que la crémière, qui le tenait du boucher, qui est le voisin d'un ami du fiancé de la sœur du facteur, le répétait à une employée des thermes, et que j'attendais à ce moment que son apprentie, qui est une dinde, parvienne à me trouver une vingtaine d'œufs pour le bon plaisir de Monsieur. Du reste je ne voulais écouter ces propos, car je songeais qu'il s'agissait là d'un homme d'Église et que je suis bonne catholique. Mais que je vous rassure tout de suite : le facteur s'est enfui en bicyclette et n'a pas eu de mal.

La bonne fille était tout de même arrivée à placer, en cette étrange tirade, qu'elle ne trouvait d'inconvénient majeur à la sodomie et qu'elle était bonne chrétienne, ce qui lui permettait de brasser large comme on dit et de séduire en son patron et les sens, et la religion s'il en avait eu.

—   Tranquillisez-vous, chère Rose, je me moque de ce que fait le curé en son arrière-boutique et vous pouvez bien penser ou dire de lui tout le mal qu'il vous plaira. Vous connaissez mes idées sur ce sujet : je suis un progressiste et un moderne, je ne crois qu'à la Vérité scientifique… Du reste… Vous êtes entièrement libre de…

Il n'acheva point sa phrase, ne sachant trop ce qu'il disait - ni ce qu'il ne disait pas. Il observa Rose : il sentit au fond de son âme qu'il aimait assez cette fille pour vouloir son indépendance d'esprit et déjà trop pour ne pas la vouloir vertueuse et, oserais-je le dire, fidèle à lui seul. Il espéra secrètement qu'elle parut plus libre en paroles qu'elle n'était en actes. Il la regarda étrangement et intensément, s'interrogeant. Avait-elle eu « une vie » avant d'échouer ici ? Avait-elle été la maîtresse de ses patrons ? Ce doute lui pinça le cœur et ce pincement lui donna un autre doute, assez désagréable lui aussi : commençait-il à avoir de l'amour pour Rose ?

— Oh, Monsieur est réveillé et semble en grande forme ! Nous avons eu si peur pour vous, Monsieur Viktor !

C'était Louise qui s'exclamait ainsi et paraissait très heureuse. Rose esquissa également son étrange sourire de poupée de porcelaine, tout à la fois enfantin et assassin. Skorpión, d'embarras, baissa les yeux.

Louise se répandit en paroles, narrant dans quelles inquiétudes il les avait mis tous, elle, Rose, ce bon Don Matéo, qui l'avait visité tous les jours, le médecin qui ne savait ce qu'il avait et craignait une maladie tropicale, ce professeur de la faculté venu de Paris apporter ses lumières, mais qui n'avait rien dit que le médecin normand ne sût déjà, madame de Cancagne qui avait fait le déplacement, mais n'était entrée en la chambre de crainte d'attraper le mal, Saint-Pol, du Penny, et cette petite jeune fille italienne.

— Quelle petite jeune fille italienne ? la coupa net le Docteur.

— Mais cette fille qui était tantôt avec Don Matéo pardi !

— Mademoiselle Pericón ? Elle est venue ici ?

— Oui, mais elle n'est pas montée, vous étiez si fiévreux et suant ce jour-là ! Elle est restée dans la serre à admirer vos hortensias.

Skorpión songea à part lui qu'il fallait manquer férocement de bon goût pour s'émerveiller devant des hortensias quand on se trouvait en présence de Rose-bis ; la Rose originale du reste était alors fort déconfite devant l'intérêt évident de Monsieur pour ladite fille italienne et songeait, à part elle, au moyen de se délivrer de cette importune rivale.

Le Docteur en eut soudainement assez de jouer les malades et décida qu'il en avait fini de sa fièvre tropicale destinée à tromper Diaz. Il sortit du lit, déterminé à partir à la chasse. Il portait un absurde pyjama en soie, couleur vert d'eau, qui n'était point pour attiser la convoitise de Rose, mais dont elle observa néanmoins, à la dérobée, les moindres mouvements, pour voir comment était fait Monsieur sous son habit. Viktor était maigre, imberbe, tout blanc et pas athlétique pour un sou. Mais cela convenait à la petite bonne qui avait connu pire et que le peu de sensualité affichée par son maître rassurait beaucoup. Il enfila une robe de chambre assortie et descendit prestement. Ses chères filles lui manquaient.

Après ses longues retrouvailles avec Rose-II, celles plus brèves, sans chaleur ni tendresse, avec Louise-bis, et une rapide inspection des fleurs communes, il remonta dans sa chambre pour se laver et s'habiller. Il en sortit gai comme un pinson, frais et parfumé, sifflotant et badinant, arborant une fleur de ricin à sa boutonnière. Il annonça son départ avec tambours et trompettes, et quitta la maison. Non sans avoir, au préalable, glissé une minuscule sacoche de velours pomme dans la poche de son veston émeraude, destinée à sa récolte. Il passa au casino, dans plusieurs cafés, devant un salon de coiffure où il n'osa pénétrer, entra chez le Comte de Saint-Pol, demanda à se rendre aux commodités, enfin monta à l'étage, dans le cabinet de toilette de Madame.

Elle était là. La touffe. Semblant l'attendre, délicatement entortillée autour de la brosse à cheveux, noire et néanmoins lumineuse, douce et odorante, dessinant autour du poil dru de sanglier de gracieuses courbes, esquissant dans l'air de serpentines volutes de danseuse. La comtesse, pourtant, semblait une femme assez sèche et la mèche plus sensuelle que sa maîtresse. Viktor fit quelques pas vers la chambre à coucher. Il hésita, puis entra. Les petites lunettes du comte se trouvaient sur la table de chevet, à la droite du lit. Saint-Pol couchait donc chez sa femme. Ils étaient pourtant mariés depuis une vingtaine d'années. Les draps étaient blancs, recouverts par une épaisse couverture carmin, une couleur que Skorpión détestait sans raison et que Madame la comtesse aimait beaucoup. Le lit conjugal paraissait propre et bien mis. La bonne s'occupait de l'arranger sans doute, il ne devait être ainsi au lever. Une chemise en soie, dans les tons pourpres, était correctement pliée sur une chaise, à gauche. Ainsi, Madame portait cette haïssable couleur pour dormir. Il quitta la pièce avec dégoût.

Sur la coiffeuse, il s'empara de la brosse et recueillit soigneusement la fameuse mèche. Il reposa l'objet et rejoignit ses hôtes dans le salon. La comtesse de Saint-Pol trônait là, froide et majestueuse. C'était une « Belle Sultane », la chose était certaine : seule cette espèce pourrait convenir. Il l'observa encore un moment, puis prit prétexte de ses recherches qui avaient pris du retard du fait de son état pour prendre congé.

Une fois chez lui, enfermé dans la serre, il enfonça rageusement les cheveux de la comtesse dans l'aride terreau du rosier et l'arrosa copieusement. Il n'avait cure, ce soir-là, de savoir comment la reproduction avait lieu. Il n'était d'humeur scientifique. Il partit se coucher.

Le lendemain, la Saint-Pol se tenait là, debout, moins fière déjà que la veille, figée, emprisonnée dans son pot, sur la table du laboratoire. La rose violacée avait la noblesse orgueilleuse de Madame la Comtesse, son visage émacié, ses hautes pommettes, son nez aquilin, ses ongles acérés. Il en fut content, mais la regarda à peine : il passa dans la salle à manger dévorer ses œufs durs. Il avait désormais la méthode et connaissait les moyens. Il était presque blasé de tant de facilité.

L'après-midi, il se rendit chez un coiffeur où il se fit tailler la barbe.

Il profita de ce moment d'apparente passivité pour bien observer toutes les chevelures disponibles. Il se croyait un enfant dans un magasin de jouets. Il possédait déjà la blonde Rose, la froide Sultane et la terne Louise (qui n'était après tout qu'un premier essai malheureux). Il n'avait encore de rousse et il était roux lui-même. Tout à coup, comme par un fait exprès, Monsieur Yves sortit de son arrière-boutique, tenant sur un buste de taille humaine, triomphalement sembla-t-il à Viktor, une invraisemblable perruque rousse aux larges et multiples boucles, une chevelure volumineuse, exubérante, folle, qui lui paraissait être celle qu'il avait toujours recherchée. Le patron allait l'exposer dans sa vitrine, mais son nouveau client l'arrêta vivement :

—   Montrez-moi donc cela, mon ami.

Le coiffeur s'avança coquettement vers lui, en se dandinant et en tournant sur elle-même, très lentement, la belle rousse.

—   Ce sont des cheveux synthétiques sans doute ? questionna-t-il à seule fin d'indigner le barbier et de ne pas montrer trop d'intérêt à ce critère qui était, bien sûr, le seul d'importance.

—   Monsieur ! gronda Monsieur Yves. Comment pouvez-vous croire que ma boutique propose à la vente des cheveux synthétiques ? Tout est naturel ici, ce cheveu est en provenance d'Alsace et fut coupé à une solide paysanne. – Viktor tiqua à ce mot de « solide » : l'homme se reprit. – Enfin, à une belle et fraîche paysanne d'Alsace. Elles se laissent pousser les cheveux jusqu'aux reins, voyez un peu la longueur de cette mèche.

Du bout de ses doigts boudinés, il allongea délicatement la mèche qui, entortillée sur elle-même, mesurait une quarantaine de centimètres et qui, une fois étirée comme si elle eût été lisse, faisait près d'un mètre. Le Docteur en eut l'eau à la bouche et en fit cliqueter des deux mains ses pinces qu'il avait dans les poches de son veston : il brûlait de couper tout cela.

—   Je peux vous assurer de la provenance, puisque je me suis en personne déplacé en Alsace, afin de rencontrer les filles et opérer ma sélection. – Quel homme merveilleux, songea Viktor, précis et exigeant : c'était un peu le Skorpión de la coiffure. – Ces chevelures sont parfaites : propres, bien protégées par de petites calottes de coton… – Quel saint homme que ce Monsieur Yves, de vouloir préserver ainsi ces délicates toisons ! pensa le Professeur. – Et soignées, lavées aux œufs. Oui, Monsieur, aux œufs ! – Le Docteur en eut un spasme de plaisir. – Une dizaine d'œufs tous les quinze jours, pas davantage ! Il ne faut pas les laver trop souvent, cela les abîme. Vous savez sans doute qu'il s'agissait du procédé de la regrettée Impératrice Sissi, qui les avait jusqu'aux genoux. – Viktor l'ignorait, mais fut bien content de l'apprendre, l'information était essentielle et méritait qu'on la publiât dans les salons, dans les journaux, aux oreilles de toutes les dames, afin qu'elles aient les fourrures les plus douces et épaisses, qu'il pourrait ensuite récolter et planter, car il songeait naturellement, non à leur contentement, mais au sien propre. – J'ai là-bas des hommes à moi…

Il adressa à son client une œillade des plus étranges, qui montrait qu'il le prenait pour l'un des siens et avait aussi, en Alsace, des contacts de son genre. Le Professeur s'empressa de le détromper :

 —   Je m'intéresse à cette perruque, car j'escompte l'offrir à une dame…

Le barbier s'affaissa soudainement, déçu, puis l'intérêt marchand l'égailla de nouveau :

 —   Des hommes à moi, donc, qui ont toute ma confiance, les surveillent et prennent garde à ce qu'elles fassent bien tout comme je l'ai prévu. – Mais ce diable d'homme tyrannisait ces pauvres créatures ! Et se faisait esclavagiste pour des cheveux : il était décidément homme à plaire à notre Viktor. – Rassurez-vous en toute chose, ils sont de la première qualité et leurs anciennes propriétaires de la première jeunesse : je refuse toute fille qui a plus de vingt ans et la plupart ont en dessous de quinze, car les toisons trop vieilles ne sont rien. Je suis coiffeur depuis mes quatorze ans et ai vu plus de touffes que toute la Normandie, je m'y connais ! Et nul ne saurait me tromper en cette matière.

Monsieur Yves était une connaissance précieuse, songea notre héros ; on pouvait s'en faire un complice des plus utiles. Il fallait pourtant qu'il ne se doutât de sa propre passion, qui n'était tout à fait la même.

 —   Empaquetez-moi donc cela, et discrètement je vous prie. C'est pour une… amie, dit-il sur un ton de confidence qui flatta son interlocuteur.

 —   Oh, Monsieur ! La maison est de toute confiance. On n'y pratique pas le cancan. Voilà-t-il pas que l'autre jour, Monseigneur l'évêque en personne m'acheta un postiche, ce dont nul ne se doute. J'ai gardé la chose pour moi, vous vous figurez bien.

Il l'avait si bien tenue secrète que tout Deauville l'avait apprise. Cette donnée, non négligeable, prise en compte et rapidement analysée, le Professeur ourdit sur l'heure une petite ruse, ainsi qu'il aimait à faire. Il paya son achat et quitta les lieux pour se rendre sur le boulevard de la Mer, où se trouvaient plusieurs boutiques de luxe. Il entra chez Patou. Il fut immédiatement accaparé par un vendeur qui se proposait de le conseiller dans le choix d'un costume. Il déclina et annonça fièrement :

 —   Ce n'est pas pour moi, mais pour une dame !

Le vendeur rougit en affichant un large sourire :

 —   Je vois, Monsieur veut faire un petit présent. Un chapeau peut-être… ou une paire de gants ?

 —   Non. Une tenue complète.

 —   Oh ! – Le vendeur se serait presque frotté les mains du plaisir de vendre pour une somme qu'il se figurait déjà extravagante. – Suivez-moi.

 —   Une tenue complète… – Il baissa la voix et la tête vers son comparse. – Pour la nuit.

Le vendeur rougit de plus belle et était dorénavant écarlate comme une tomate, si l'on me permet une comparaison végétale pour un si pudique personnage, mais c'est pour satisfaire mon héros auquel toute référence pépinière sied et agrée, il rentra tout à fait la tête dans ses épaules, telle une pivoine subissant le poids d'une forte pluie, et un air intensément goguenard et presque lubrique se répandit sur toute sa figure, lui donnant quelques ressemblances avec l'*Amorphophallus*, dit « Le Titan de Sumatra » à la forme des plus indécentes.

– Je vois Monsieur, je vois très bien ce que Monsieur recherche.

Il susurrait ces mots comme s'il allait proposer à Skorpión, non une pièce de lingerie, mais un mètre de chair féminine et dispos. On eût cru un patron de bordel faussement candide. Ce puceau échaudé convenait fort bien au Docteur qui espérait qu'il fasse promotion en toute la région de son achat, afin que nul ne l'ignorât et ne s'étonnât dès lors de celui de la perruque, dont le coiffeur allait faire, lui aussi, de son côté, une grande publicité. Aussi Skorpión ne paraîtrait au monde un homme vicieux et suspect, possédant chez lui une chevelure de femme, mais un amant aux goûts particuliers, appréciant qu'une maîtresse inconnue portât d'affriolantes tenues et une perruque rousse par lui offertes. Il valait mieux passer pour un amant quelque peu étrange, dont les plus libidineux parleraient sur un ton gaillard et dont les vertueux feindraient de s'offusquer avec gêne, que pour un chaste savant qui, dans le secret de son laboratoire, s'ingéniait nuit et jour à détruire les limites séparant jusque-là le Végétal de la femme et à créer une espèce nouvelle. La Science, définitivement, était incomprise et méprisée, comme lui-même l'avait été par Don Matéo quand il lui avait confié l'objet de ses recherches. Non, décidément, il n'allait reproduire la même erreur : ses semblables, du moins ses contemporains, n'étaient pas prêts.

Le vendeur dépliait alors devant lui différentes pièces de tissu : de modestes chemises de nuit, d'utiles robes de chambre, puis, les dévoilant en se mordant les lèvres et du geste d'un magicien soulevant un voile et découvrant une colombe là où se trouvait auparavant un lapin, de fines nuisettes, des corsets travaillés, de gigantesques culottes et d'autres si petites que des gants – qu'il manipulait du bout des doigts seulement –, des bas translucides, certains noirs, des guêpières dentelées et des porte-jarretelles semblant des instruments de torture. Le jeune homme semblait au comble de la joie et l'on voyait bien qu'il ne faisait ce métier que pour cela, que son emploi lui servait de prétexte pour palper tout cela en lieu et place de la Femme et pour assouvir sa passion d'elle, d'une manière chaste en apparence, mais où, à la vérité, il sublimait, comme eût dit Freud, ses plus bas instincts. Skorpión vit tout cela et s'en amusa ; il n'avait l'idée de regarder en son âme en regardant l'employé, car il est bien connu que l'on est toujours plus lucide quant aux desseins cachés d'autrui qu'on ne l'est face aux siens propres.

Viktor se décida, après avoir longuement trituré et examiné tout ce qu'on lui proposait, pour une nuisette de soie grise. Il avait d'abord voulu acheter un objet plus insolite pour aller de pair avec la perruque, mais cet habit était réellement conforme à son goût. Il se fit empaqueter la chose puis sortit, si triomphal qu'un bourdon venant de butiner cent pistils : il eut envie de montrer ses acquisitions à toute la ville, mais se contenta de faire un tour à l'*Aneth* où, immanquablement, l'on verrait ses boîtes. Au bout d'une heure, il repartit en son logis, très dépité : nul ne l'avait interrogé sur ses emplettes, à son grand dam. Le monde était désolant d'indifférence.

Devinez ce qu'il fit une fois rentré ! Monsieur s'enferma dans sa serre, annonça à ses domestiques qu'il n'y était pour personne. Il déroula la précieuse, l'étala sur l'une des tables et réfléchit. Allait-il mettre toute cette masse en un seul pot ? Non. Il y avait une expérience à faire : il pourrait couper la chevelure et planter les mèches en différents terreaux, afin d'observer si des espèces distinctes prendraient toutes le même aspect. Il était bien curieux de le savoir. Il s'exécuta, employant ses pinces à constituer des touffes d'épaisseur égale et songea à ce moment que cette chevelure lui en rappelait une autre… celle de Violante Pericón. Il fut troublé à cette pensée, mais point assez pour cesser ses mutilations. Une fois celles-ci terminées, il enfonça son engrais dans le pot d'une sauvage et campagnarde ancolie, qui lui semblait la fleur toute désignée pour prendre l'aspect d'une paysanne alsacienne, dans celui d'un jasmin capiteux et jaune qui lui avait été envoyé de Chine, dans le terreau aride d'un fier palmier, dans celui humide d'un arbre à myrrhe, dont il goûtait l'odeur plus que toute autre, dans l'humus enfin d'un petit marronnier – il n'osait semer les mèches entre les racines du gigantesque marronnier de sa cour, craignant par trop que celui-ci ne se transformât pendant la nuit en géante rousse. Ainsi il devrait y avoir quelque variété dans les bourgeonnements. Enfin, il passa dans la cuisine où étaient attablées Rose et Louise, s'exclamant :

— J'ai faim !

Les femmes se levèrent, prêtes à le servir. Il s'assit là, à la table des bonnes.

— Monsieur souhaite dîner ici ? interrogea Rose, très étonnée.

— En effet ! Monsieur veut, Rose. Ne faisons point de manières et dînons entre nous.

Rose tourbillonna de gaieté enfantine, faisant tournoyer autour d'elle sa robe noire et son blanc tablier. Elle était superbe – elle irradiait. Viktor la regardait avec ravissement, ce qui n'échappa guère à sa vigilance et la fit sourire davantage encore. Elle avait pris un air mutin qui lui allait mieux que tout autre.

Ils mangèrent ensemble des œufs en meurette, une omelette aux champignons et une part de flan. Monsieur n'était pas un gourmet et cuisiner pour lui était assez aisé, comme on voit. Il fit preuve, ce soir-là, d'un esprit, d'un enjouement qu'on ne lui voyait que très rarement et qui exercèrent sur ses deux domestiques un charme puissant. Elles l'admiraient, l'aimaient, trouvaient qu'il n'y avait en ce monde meilleur maître que lui, si bon et brillant. Car il leur racontait mille anecdotes, leur contait ses voyages et leur répétait ses débats avec d'éminents professeurs étrangers et ses discours à la Sorbonne, leur détaillait l'objet de ses recherches (celles anciennes et non les actuelles qui l'occupaient présentement) et en toute chose, les traitait comme ses égales. C'était cela, sans doute, qui les touchait le plus – quand bien même elles ne lui diraient jamais, de peur qu'il ne cessât d'agir de cette manière – et qu'elles estimaient surtout, n'ayant connu cela qu'en lui. Toutes deux découvraient, par Viktor, ce que c'était que d'être considérées par un homme qui pourtant vous paie et ne vous méprise pour cela.

Après le dîner, le Professeur jeta un œil, qu'il voulait désintéressé, vers la serre – mais son œil ne pouvait l'être, tant le prodige était extraordinaire. Il accourut à ses nouvelles filles. La première, l'ancolie, portait par nature une marotte de fou remuant au gré du vent, au milieu des fleurs sauvages de la campagne. Sur celle-ci, les deux lobes représentaient deux petits seins naissants, qui avaient encore la souplesse de l'adolescence. Ils paraissaient trembler un peu sous son regard d'homme. Les pétales du jasmin s'étaient allongés en beaux doigts roses, dont le léger incarnat trahissait qu'ils travaillaient aux champs, copiaient longuement leurs lignes et passaient du temps sous l'eau. Ils s'assemblaient en deux mains jointes. Sur une grande feuille de palmier, dont les bordures semblaient avoir été déchirées, se dessinait désormais un profil de reine, de Cléopâtre, un nez long et majestueux.

Mais une frêle silhouette se détachait des autres, d'un côté du laboratoire. Une jeune fille se trouvait là, fuyant quelque danger, courant échevelée, ses longues branches voltigeant autour d'elle, cheveux et soies mêlés : c'était l'arbre à myrrhe. La nymphette semblait avoir rencontré Méduse ou avoir été pétrifiée par un dieu terrible, pour avoir commis une grande faute : elle s'échappait immobile, demeurait se dérobant, malheureuse sève devenue ambre dans son évasion et d'elle-même prisonnière. Elle était magnifique et pitoyable – du moins pour tout autre être que Skorpión, dont la dure carapace ne se laissait facilement traverser par l'humaine compassion. L'on reconnaissait sur l'arbuste, le visage, le cou et la nuque, le buste, le dos et jusqu'au creux des lombes, la croupe, les cuisses, les jambes et les fines chevilles, les petits pieds. Tout le corps avait été reproduit, dupliqué sur le tronc et sa ramure. Ce succès n'étonna guère le Docteur : la myrrhe ne le décevait jamais. Il aimait son tronc voûté, son branchage biscornu qui lui donnaient, dans la solitude du désert où il l'avait admirée pour la première fois, dans la moiteur du soir, l'aspect d'un grand squelette, d'une Lorelei, d'une Wili qui, de ses fleurs couleur de flamme, de son parfum tout à la fois boisé, amer et fruité de réglisse, cherchait, captieuse, à entraîner les hommes dans sa nuit, vengeresse peut-être d'avoir tant de larmes de feu pleuré. Elle avait l'odeur de cendre de l'encens et l'amertume de ce qui ne cessera jamais de brûler. Il s'approcha pour mieux la respirer. Elle était déjà grosse, comme toujours à la fin de l'été, de dizaines de rejetons, boursouflée, déformée par sa grossesse, par sa visqueuse progéniture qui s'écoulait en perles rondes ou en longs ruisseaux, semblant de soufre ou de pourpre sur le bois pâle. Une fois qu'ils auraient séché, il recueillerait le suc précieux que la faculté de médecine lui achetait, car les psychiatres l'employaient comme anaphrodisiaque pour calmer les ardeurs des pauvres hystériques. Il était assez ironique, songeait-il, que la fleur tutélaire d'Aphrodite, qui tirait son nom de l'incestueuse Myrrha, permît d'apaiser les nymphomanes.

Il se sentit tout à coup observé par les cent yeux du petit marronnier, nouvel Argus auquel il incombait sans doute de surveiller sa vertu. Skorpión sourit à cette pensée, car il n'avait besoin d'un gardien pour se garder : il était par nature chaste et austère, les femmes n'étaient capables de le tenter. Il observa l'arbre aux regards indiscrets. Chaque marron imitait l'œil de la belle rousse : ils étaient assez petits, certains d'un bleu presque gris, les autres tachetés de roux. Il en conclut que la fille avait les yeux vairons. Son expérience, sa découverte, lui offrait donc de connaître la couleur des yeux, la forme du corps, le détail des mains, du sein, d'une créature qu'il n'avait jamais vue et dont il possédait une copie chez lui. C'était la première fois, en effet, qu'il n'avait rencontré l'originale. Louise et Rose vivaient chez lui et il fréquentait la comtesse de Saint-Pol. Celle-ci était une inconnue, qu'il avait faite sienne aussi bien que les autres. Comme il jubilait de cette puissance !

Il pouvait découvrir un corps, les moindres parcelles de ce dernier, à distance, sans même l'avoir vu ni touché. Rien ne pouvait lui être dissimulé et lui échapper. S'il voulait savoir comment était faite la cuisse d'une femme au café, un cheveu d'elle suffisait. Son fessier ? Une mèche. Sa gorge ? Le moyen était le même. À quoi leur servait-il d'être vêtues, de porter robes, chandails, jupes, collants, corsets, gaines, culottes ? Immanquablement, s'il obtenait quelque substrat de leur crâne, il pouvait observer tout, aussi bien que si elles s'étaient trouvées nues devant lui, sur la causeuse du salon, debout près d'une cheminée ou arpentant les Planches, étalant au milieu du beau monde un sexe velu ou un cul malodorant. Il avait la connaissance, l'omniscience des corps féminins, lui, le gauche et pudique professeur de botanique. De surcroît, il savait les dupliquer. Mieux qu'un peintre naturaliste, mieux qu'un Rodin ou que le plus habile fabricant de poupées, il était un alchimiste capable de recréer la femelle matière. Il était presque aussi efficace qu'un Renault ou un Ford qui construisaient dans leurs usines des voitures à la chaîne ; le moyen de reproduction qu'il avait inventé lui offrait une sorte de moule dans lequel il pouvait disposer à sa guise les chairs, les pétrir, les copier – un moule à femmes. Il était une sorte d'imprimeur dont les caractères magiques étaient les longs filaments de kératine qui renfermaient en leur sein l'identité de chacune et gravaient leurs belles images sur les pages vierges de chlorophylle.

Son désir de posséder n'avait plus de limite.

Fat comme un paon et plus sûr de lui qu'il n'avait jamais été, Viktor se précipita dans sa chambre et s'empara de la petite boîte blanche qu'ornait, en lettres de feu, le monogramme « J.P. » provenant de chez Patou. Il courut à la chambre de Rose et toqua, tambourina plutôt, à sa porte. Elle lui ouvrit, très étonnée. Jamais encore Monsieur ne s'était aventuré chez elle. Du reste, il était près de minuit. Il entra dans la pièce assez cavalièrement puisqu'elle ne l'y avait invité et une fois là, découvrant sa bonne vêtue d'une simple chemise de nuit en coton, prit conscience de l'étrangeté de sa démarche. Qu'allait-elle penser de lui ? Et si Louise avait entendu qu'il avait pénétré chez la soubrette ? Elle croirait qu'il… Oh ! Diable. Il ne resterait après tout qu'un instant… Et pouvait-on sérieusement douter de sa moralité ? Il se lança :

— Rose, j'ai pour vous un présent.

Il lui tendit, d'une main tremblante – car pour cette fois, il avait laissé ses pinces au fond de ses poches – le paquet. Elle ne sut que dire et parut déconcertée. Elle l'ouvrit cependant. Voyant la soie grise, elle sourit malicieusement ; la dépliant tout à fait, elle prit un air interloqué et fronça les sourcils. Elle n'avait su, tant la surprise était grande, dissimuler son embarras. Le Professeur l'aperçut et voulut expliquer :

— C'est une… une nuisette, enfin une chemise de nuit… c'est pour dormir… la nuit.

— Vraiment ? répondit-elle avec sarcasme, vous me l'apprenez.

— Oui, bien sûr, vous savez de quoi il s'agit.

— À vrai dire, non. Je ne sais pas vraiment de quoi il s'agit, en ce moment.

Elle appuya sur ces derniers mots. Évidemment, l'ignorance dont elle témoignait concernait, non le cadeau ou son usage, mais la scène qui se déroulait alors et la raison pour laquelle son patron lui faisait un don qu'on fait habituellement à une amante. Viktor ne s'y trompa guère et redevint, face à elle, un petit garçon pris en train de commettre quelque méfait. Ses joues s'empourprèrent et prirent la teinte de ses plus beaux camélias. Il fallait bien s'expliquer pourtant, maintenant qu'il était venu jusqu'ici.

— Je… je l'ai vue dans une boutique et elle m'a fait penser à vous. Le gris, et surtout cette nuance métallique, convient parfaitement aux blondes. Enfin aux blondes pâles, car, pour ce qui est des teints plus chauds, le gris ne leur va pas du tout.

— Vraiment ?

Rose avança de quelques pas et s'arrêta tout près de lui. Il pouvait entendre son souffle qui s'était accéléré.

— Oui, par exemple, les cinéraires maritimes ou *senecio cineraria*, qui sont des plantes dont le duvet blanc prend un aspect argenté au soleil…

—   Oui ?

Elle entrouvrait les lèvres et le regardait plus intensément.

—   Eh bien, elles… elles…

—   Oui ?

La bouche de Rose s'élargit lentement, creusa de profondes entailles sur ses joues et laissa place à deux rangées de grandes dents, médiocrement droites et blanches, qui mordirent sur sa figure. Viktor s'efforça de retrouver le cours de ses pensées.

—   Elles… elles font des fleurs jaunes !

La belle jeune femme soupira et s'affaissa tout ensemble : elle paraissait dépitée.

—   La floraison est brève et intervient en juin-juillet. J'eus de beaux spécimens dans le jardin le mois dernier. Elles sont postées près de l'abricotier, à droite de ce massif d'ancolies, que je n'eusse jamais dû placer là, du reste, car elles les menacent… Les ancolies sont tellement vivaces et prolifèrent… comme du lierre ! Elles grimpent partout. L'instinct de survie de certaines espèces va jusqu'au meurtre de leurs congénères. Selon Darwin…

Rose n'écoutait déjà plus que d'une oreille distraite et tenait les yeux baissés sur l'étrange présent.

—   Et… les cinéraires sont très belles ! Jaunes et argent. Pétales jaunes, feuillage argent. C'est un alliage parfait. La Nature, comme je le dis souvent, est très artiste et semble choisir ses couleurs comme un peintre…

Rose eut un petit rire nerveux : Monsieur était si touchant, si mignon. Il n'était pourtant venu dans sa chambre pour lui parler de son cyprès ! Il était nécessairement entré pour autre chose ! Seulement, maintenant qu'il était là, il ne savait comment y arriver. Elle avait tenté de l'encourager cependant, en s'approchant de lui et lui faisant les yeux doux… Mais non, il lui racontait ses histoires de floraison et de plantes s'étouffant l'une l'autre (sujet dont il n'était jamais à court et dont il abreuvait ses servantes). Il était, pensait-elle, irrésistible. Cette conclusion n'était, de fait, la plus logique après tout ce raisonnement – ce sentiment était pourtant celui qu'éprouvait Rose en cet instant. Le Docteur, naturellement, n'y comprit goutte : elle s'était esclaffée – elle avait ricané ! Il était ridicule. Il bredouilla quelques vagues paroles qui devaient à peu près signifier « au revoir et bonne nuit » et s'enfuit dans sa serre, honteux et surtout enragé d'avoir amusé une chambrière. On ne l'y prendrait plus.

Comme on voit, ces deux êtres étaient voués à ne se point comprendre, condamnés aux malentendus et aux occasions manquées.

Le lendemain matin, au petit déjeuner, Viktor n'osait lever les yeux des œufs cocotte qui gisaient au fond de deux tranches d'avocat et lui paraissaient de grands iris jaunes fixés sur lui. Rose ne quittait pas non plus du regard l'assiette de Monsieur, à laquelle il était plus facile de faire face qu'à Monsieur lui-même. Elle sentait bien qu'il était fâché – il faisait sa tête de cochon, celle qu'il avait toujours quand ses fleurs ne lui donnaient pas satisfaction – et elle savait pourquoi. Il avait cru qu'elle s'était moquée de lui et de ses propos désordonnés, ce que jamais elle n'avait fait et n'aurait voulu faire, car elle le trouvait si gentil. Elle ne savait comment corriger le tir et lui faire entendre, sans le gêner, qu'elle n'avait cherché à le railler, qu'elle était très heureuse et reconnaissante d'avoir reçu de lui une attention si délicate. Mais il mangea vite et partit aussitôt. Il n'avait desserré ni les dents ni les pinces.

Une fois dehors, il décida de n'y plus penser et se rendit au casino. Il passa au vestiaire déposer son imperméable ; une bourrasque s'était abattue sur Deauville et cette journée d'août semblait d'octobre. Son œil de serpent fut attiré par un détail sur un manteau féminin. De longs cheveux blonds étaient restés prisonniers de la laine pelucheuse d'un manteau noir. Il en avait assez pour constituer une touffe digne de ce nom et une femme nouvelle. Il voulait voir cependant leur propriétaire : il ne voulait d'une laide, c'était bien compréhensible. Il y avait très peu de femmes ce matin-là dans le café du casino : elles sortaient rarement si tôt et par ce temps. Seuls trois manteaux attendaient là leur dame : celui d'une vieille joueuse de bridge, qui venait chaque jour ; un autre, un peu terni aux coudes et vieilli, appartenant à l'une de ses connaissances, qu'il savait dans l'embarras ; et le fameux, délicatement chevelu. Il embrassa la salle d'un coup d'œil. Une jeune fille se trouvait là, accompagnée d'un homme, peut-être son frère ou son cousin, et croquait dans une tartine de beurre et de confiture. Sa toison était d'un blond pâle, attachée en un chignon négligé, et lui plaisait : c'était assez pour recueillir leur précieux reliquat. Il fit mine d'avoir oublié quelque affaire et alla à celles de la demoiselle, en prenant soin de surveiller l'employée du vestiaire qui était alors occupée à minauder avec un client. En quelques instants il subtilisa, jouant de ses pinces, avec une habileté sans pareille, tous les cheveux qu'il voulut. Il les froissa en une mèche unique et les glissa, tout en marchant tranquillement vers le bar, dans une petite sacoche malachite. Il salua quelques camarades et remarqua que plusieurs clients le dévisageaient étrangement. Il était pourtant habillé comme de coutume, d'un costume vert empire agrémenté d'un mouchoir à motifs floraux rouge et or, et d'extravagantes centaurées. Il eut la crainte d'avoir été démasqué et qu'on l'ait surpris volant la mèche. Mais il fut bien vite détrompé par le vicomte du Penny :

– Ah ! Vieux farceur !

Jamais, au grand jamais, le vicomte ne l'avait appelé « farceur » ni personne du tout, au demeurant. Il le regarda sans comprendre.

– Vieux farceur qui ne prévient pas ses amis ! On croirait qu'on ne se connaît que d'hier, mais voilà-t-il pas cinq ou six ans que l'on se fréquente, que l'on pense être copains et que subitement l'on découvre un tout autre homme que celui qu'on pratique !

Le sang du Docteur ne fit qu'un tour.

— Qui nous fait des cachotteries, qu'on pensait chaste comme Jésus et qui, à la vérité, achète perruque et nuisette folâtre à sa maîtresse, qui doit être une fieffée… enfin !

Il adressa à l'assistance une œillade goguenarde.

— À nous, de bons amis, tu aurais pu parler… te confier ! Moi qui ne te cache rien de mes virées à Paris, chez l'Indienne et chez la Grosse Velue… je me sens trahi !

Skorpión soupira d'aise, entièrement rasséréné par ce discours :

— C'est que… diable ! j'étais gêné ! je suis un pudique pour ma part et le mystère a ses charmes que le récit retire et fait s'évanouir…

Je méditerai cette morale à l'avenir.

— Et comment êtes-vous au courant vous autres ? J'ai pourtant été si discret que j'ai pu.

— Ha ! Ha ! Ha ! Discret ? Comment pourrais-tu l'être en allant chez Monsieur Yves ? Ce gredin narre tout au tout-venant ! C'est une commère enragée, je te le dis ! Quant à l'autre, ce petit fétichiste efféminé qu'il y a chez Patou, il a décrit la nuisette de soie grise, son col dentelé et sa profonde échancrure dorsale comme s'il s'y était lui-même vautré pendant des heures… Enfin ! Tes achats ne sont un secret pour personne.

Le Professeur ne pouvait dissimuler sa joie : non seulement sa ruse était un succès, mais il passait désormais pour un *homme à femmes*, ce qui était bien la première fois. Sa collection, décidément, lui changeait la vie. Il était néanmoins très choqué à l'idée que le vendeur ait pu « se vautrer » ainsi que disait horriblement le vicomte, dans la nuisette de Rose.

Tous prirent place. Viktor était au centre de l'attention et ses camarades l'observaient, comme admiratifs. Ils se figuraient, bien sûr, à partir de l'opulente perruque rousse et de la nuisette argentée – sans considérer que ces couleurs n'étaient compatibles et que ce fait, à lui seul, trahissait Skorpión, ce dont il avait conscience pour sa part, étant versé dans les associations, ainsi qu'on l'a vu – une maîtresse vraisemblablement belle et sensuelle, une créature de roman ! Chacun inventait la sienne et prêtait au Docteur la faculté d'avoir séduit son propre Idéal. L'un imaginait une brune au teint hâlé, aux yeux verts et ardents, son comparse une livide blonde, le troisième un visage de poupée sur lequel passeraient sauvages d'abondantes boucles rousses. Fulvio du Penny, enfin, avait l'esprit rempli d'images fugitives et ne savait se décider entre tant de corps. S'ils avaient su, ces quatre hommes, ces naïfs, que celle pour qui Skorpión avait acheté la belle toison, c'était la Fleur ! Qu'elle seule était son amante et l'objet de toute sa passion ! Elle était en effet la chaude brune de l'un, la blonde exsangue de l'autre, la poupée, la charnue, la maigre, l'épouse, la putain, l'Inaccessible encore… ! Qu'il avait chez lui la Fleur, et en elle, toute la femme ! Mais ils pensaient, ces simples d'esprit, qu'il se contenterait, lui, le Professeur Viktor Skorpión, d'une seule femme, ordinaire, commune, à toutes les autres semblables ! C'était bien méconnaître sa nature. Il jubilait néanmoins de se savoir envié, quand bien même ses compagnons ne savaient à quel point ils eussent dû l'envier ni ce qu'il avait exactement de si enviable.

Il profita de la conversation qui roula sur diverses questions de jeux, de bourse, de soirées mondaines et de politique, somme toute des sujets qui n'étaient dignes d'intérêt puisqu'ils n'étaient le végétal, pour observer à la dérobée la jeune fille à laquelle il avait, à son insu, volé quelques cheveux. Elle était petite et mince, portait une robe aigue-marine, courte et évasée, qui donnait dans le genre « sportif », rappelant les vêtements de golf ou de tennis. Le corps était convenable, mais point comparable à ceux de Violante ou de Rose. Des joues très rondes couronnaient cette silhouette : c'était un blanc camélia, assurément. Le vicomte Fulvio, comme s'il eut deviné le sujet des préoccupations secrètes de Viktor, lâcha :

— Ils sont là en lune de miel.

— Qui donc ?

— La jeune dame en bleu et le godelureau avec elle. Ils se sont mariés voici quelques jours. Un type des trains, point un cheminot, non ! Il chapeaute les cheminots.

Skorpión n'écoutait déjà plus : elle était mariée. Ce serait un camélia bien rose, rouge, carmin même, et flétri.

Les cinq amis passèrent leur matinée ensemble, dans un nuage de fumée, de paroles et d'éthanol. Au moment du déjeuner, Viktor commanda des œufs en meurette et ses amis de belles entrecôtes.

— Sais-tu que j'ai lu dans le *Figaro* qu'avaler un œuf tout cru chaque matin rendait la semence plus abondante ? Il paraît que cela guérit les impuissants, les infertiles ! Haha !

Viktor faillit s'étouffer avec un lardon. Il ne songeait bien sûr à être fertile, du moins pas de cette répugnante façon. Il voulait enfanter par l'esprit, et des plantes exclusivement.

Ils reçurent pour le dessert la visite de Mademoiselle de Gorgemont, la chanteuse du casino, qui ne se montrait qu'à partir de treize heures, travaillant essentiellement la nuit et beaucoup de sa belle gorge. Elle fut précédée de son rire, très sonore et gras, et arriva dans un amas de plumes fuchsia qui la faisaient ressembler à un flamant rose remplumé.

— Ma douce !

— Monsieur le vicomte…

Skorpión grimaça : quand elle disait « monsieur le vicomte » sur ce ton-là, on entendait « mon amant » tout aussi bien. C'était dévoiler à tous qu'il la couvrait chaque soir comme la jument qu'elle était.

— Je suis si contente de vous retrouver… Cela fait longtemps…

Il y avait de cela sept heures environ, en effet.

—   Vous êtes avec vos amis…

Elle espérait trouver là future clientèle, pour le moment où Penny en aurait fini avec elle, car on disait qu'il n'était pas homme à s'attacher…

—   Messieurs, je vous présente Mademoiselle Diane de Gorgemont qui envoûte chaque soir ces lieux de sa voix de sirène… et qui est délicieuse aujourd'hui… comme toujours.

Un échange mielleux s'ensuivit, qui semblait servir de répugnant préambule à une copulation à venir, songea le Docteur. Il était néanmoins curieux de recevoir d'eux quelque leçon d'anthropologie (si ce n'était de zoologie) et les observait en scientifique. La chanteuse, le vicomte et le Professeur, autant dire le stigmate, le bourdon et le botaniste – voilà-t-il pas un beau trio – quittèrent la place, puisque Mademoiselle voulait leur faire voir les coulisses ; Fulvio s'y était sans doute déjà introduit de nombreuses fois, mais il fallait bien un prétexte. Une fois qu'ils furent dans sa loge, Diane minauda tant qu'elle put avec ce dernier et même tenta de réchauffer un peu la carapace glacée du scorpion. Elle se montrait assez tactile, lui caressant le bras et se frottant à lui. Il se laissait faire, tapotant du plat de la main le petit sécateur qu'il avait emporté dans la poche de son pantalon et attendant son heure. À un moment, la jeune femme s'assit lascivement, à grand renfort de poses et de gémissements félins, sur les genoux du vicomte, qui ne se tenait plus et était prêt à se jeter sur elle, là, devant son ami, si la chose convenait à ce dernier. Mais il n'eut besoin d'en venir à telle exhibition, car Skorpión profita de ce qu'il lui tournait le dos pour couper une longue mèche brune à la chanteuse. Jamais il ne s'était tant enhardi ni n'avait pris de si grands risques. Il s'était limité jusque-là à des cheveux imprudemment offerts, à ceux coupés par d'autres ou au reliquat des brosses et des manteaux. Désormais, il avait pris les devants et devenait un plus courageux chasseur : il s'emparait de ce qui était nécessaire à ses expériences, là où cela se trouvait, sur la tête même d'une insipide putain. Il prit le temps de ranger son larcin dans une pochette de velours jade. Ô combien satisfait de lui, il prit congé.

—   Oh comment ? Vous nous quittez déjà ! Vous ne voulez pas rester un peu ? Nous serions bien ensemble tous les trois… C'est peut-être cela qui vous gêne ? Il ne faut pas. Je saurai vous mettre à l'aise, allez !

Viktor esquissa un sourire embarrassé et devint écarlate :

—   Non, vraiment, je… je m'en vais… ne vous dérangez pas… je… merci de… l'invitation. Passez une bonne… après-midi.

Et il se faufila hors de la pièce.

Il récupéra son imperméable et l'enfila avec hâte ; il était si pressé de rentrer et de faire ses plants. Tout en haut des marches, il fut surpris par la douceur de l'air. Il épousa d'un long regard le paysage qui s'offrait à lui. D'ardents rayons transperçaient les nuages et séchaient déjà le pavé, humide encore des averses du matin et qui avait alors l'éclat d'un gigantesque miroir.

Ils se reflétaient aussi sur l'océan, qui était paré de mille diamants étincelants, d'émeraudes et de saphirs se mouvant lentement au rythme de vagues langoureuses. L'azur, et la mer, et la terre, tous trois illuminaient le monde. Les éléments s'unissaient pour fêter son triomphe. Il était tout-puissant.

Quand il revint chez lui, il croisa Rose qui se promenait mélancoliquement dans le jardin. La fierté qui débordait jusque-là de toute sa personne et volait au-dessus de lui comme le ballon d'une montgolfière, si l'on me permet une comparaison aussi triviale pour parler d'un homme l'étant si peu, dilatée par le grand feu dont il était embrasé, se dégonfla tout à coup, contrariée par le cuisant souvenir de la veille. Il voulut éviter la jeune femme et fit quelques pas de côté tel un malhabile crabe. Mais elle était bien décidée à lui parler. Elle fondit sur lui et l'interpella :

— Monsieur, je tiens à vous remercier du présent que vous me fîtes hier au soir, qui me toucha beaucoup et qui est bien trop beau pour moi, qui ne suis qu'une modeste femme de chambre. Je le porterai avec ravissement pour l'amour de vous. Et si j'ai ri, c'était par plaisir et reconnaissance d'avoir un si bon maître, généreux et respectueux de ses servantes, qui ne nous fait jamais sentir l'infériorité de notre condition et nous traite en amies, Louise et moi. Je vous en remercie du fond du cœur, Monsieur.

Ce petit discours, que Rose avait préparé et répété, boursoufla à nouveau l'orgueil de notre héros qui, décidément, allait aujourd'hui de succès en succès tel un joyeux bourdon d'une fleur capiteuse à une autre plus étourdissante encore. Il ne sut que répondre et se contenta de marmonner :

— Mais c'est bien ainsi que je l'entendais… il n'y a aucun malentendu… aucun… je… je vais dans mon laboratoire. Excusez-moi.

Il semblait à la soubrette que son maître avait été sincère et que sa colère, ou sa vexation, était passée. Elle revivait.

Skorpión passa dans la serre, attrapa au vol le pot ébréché d'un camélia et y enfourna brutalement les fins cheveux blonds. Les mèches d'aujourd'hui ne méritaient pas qu'on s'y attardât ni qu'on en prît grand soin : elles n'étaient issues après tout que d'une femme mariée et d'une demi-mondaine. Pour cette dernière, il avait déjà fait son choix : il se saisit vivement d'un géranium aux pétales fuchsia qui se montrait particulièrement vivace, ne cessait de grimper sur d'autres plantes, de les recouvrir de sa masse de fleurs et qui lui rappelait l'absurde pèlerine de plumes roses portée par Mademoiselle Diane. Il l'ensemença rapidement puis aspergea les deux terreaux d'une grande quantité de liquide. Ce n'étaient des plantes délicates dont il fallait craindre qu'elles ne dépérissent d'être noyées ; elles survivraient.

Le reste du jour, il tritura ses petites et plus que les autres, admira sa chère Rose. Il commença aussi l'écriture d'un carnet, qu'il nomma fièrement en sa page de garde « Carnet d'hybridations », détaillant dames et plantes, soins apportés, volumes d'arrosage, rapidité de la pousse et de la transformation, types d'humus et toutes informations utiles. Il décida de le garder toujours sur lui pour plus de précautions.

Le soir, il avala goulûment œufs mimosas au thon, omelette normande et trois parts de gâteau neige. Il avait faim de tout : faim de manger, de récolter, de planter, de savoir, de posséder… ! Il était insatiable. Après le dîner, il fila découvrir son inconnue et la chanteuse. Elles avaient grandi, bien entendu : les racines végétales, comme celles humaines, étaient prolifiques et pleines de vie. Le camélia avait une grosse tête magenta surmontant une mince tige dont les feuilles étaient, comme avant la métamorphose, dénuées de charme véritable. Il semblait vouloir imiter l'élégance et la délicatesse de la rose, de Rose-bis, sans jamais y parvenir et demeurait une rivale en toutes choses inférieure et indigne. Ses pétales étaient touffus, sa frondaison herbacée et trop fournie : l'on eût cru des orties à ses pieds. Non, décidément, la jeune dame avait, il ne savait quoi, qui lui déplaisait, mais elle était tout de même parfaitement dupliquée et faisait désormais partie de sa collection. Il l'aimait pour cela, pour ce qu'elle complétait sa galerie. Quant à l'autre, le géranium, elle était exubérante : des fleurs étaient nées par dizaines, rappelant l'étrange costume du flamant rose. Deux grands calices reproduisaient la gorge lourde et plantureuse, un peu tombante déjà, amollie par le vice ; un bouquet entier, l'épaisse chevelure brune, bouclée et brûlée par les mises en pli de l'artiste du casino. Les feuilles très nombreuses, qui formaient au-dessus de l'humus presque une pelouse, dessinaient les courbes des hanches, la vallée des lombes, les montagnes des fesses et les plaines duveteuses des cuisses. Elles étaient un beau paysage que Viktor contempla longuement, éprouvant le plaisir de l'esthète et la joie maligne de l'envieux, car il prenait ce soir sa revanche sur le vicomte Fulvio, en s'appropriant Diane à son insu, en pratiquant si indiscernable rapine.

Il se coucha content : son occupation du lendemain était déjà toute trouvée. Il se rendrait sur les hauteurs de Trouville, chez le marquis du Penny, son cousin.

Il partit de bon matin, vêtu d'un costume à carreaux en tartan écossais (vert sapin et bleu marine, comme le lecteur peut s'en douter). Il marcha jusque chez Don Matéo, qu'il surprit au saut du lit. Il lui exprima son désir d'aller visiter Aloÿs. Diaz, dont c'était le meilleur ami, montra tout de suite beaucoup d'enthousiasme :

— Laisse-moi donc m'habiller et manger quelque chose, puis nous irons en voiture. Aloÿs et sa femme seront ravis.

Skorpión songea qu'il serait le plus ravi de tous : Madame du Penny était superbe. Elle avait épousé son cousin voici quelques semaines, mais il voyait bien qu'elle n'était en rien changée, curieusement. Il se demanda si le mariage avait bien été consommé, il faudra sonder Don Matéo et lui demander son expertise.

— J'ai appris d'étonnantes nouvelles.

– Lesquelles ? répondit négligemment Viktor.

– Oh pas à moi ! Tout Deauville ne parle que de cela.

Skorpión devina.

– De la femme mystère à qui tu offres d'étranges présents. Une rousse, même une fausse… porter du gris ! Argenté !

Il avait pris un air offusqué qui effraya le Docteur ; il aurait dû se douter que l'incompatibilité des couleurs n'échapperait pas à un poète.

– Ce n'était pas pour le même soir, bredouilla-t-il.

– Quoi ?

– La perruque et la nuisette n'étaient pas destinées à être portées ensemble… le vêtement est assorti à sa… chevelure naturelle.

– Elle est blonde ! J'étais sûr qu'elle était blonde ! Sais-tu que lorsque j'ai appris la chose, j'ai cru que c'était pour Rose ?

– Pour Rose ? Mais c'est ma bonne.

– Et alors, qu'est-ce que cela peut faire ? Elle peut être ta maîtresse ; je serais même plutôt pour qu'elle soit ton épouse.

Le Professeur fronça les sourcils.

–Voyons, tu es riche, tu es baron, tu es un scientifique reconnu : elle serait immédiatement acceptée dans la haute société. De surcroît, elle est belle, pas stupide et amoureuse de toi. Tu n'en trouveras pas une deuxième pareille.

Skorpión fut piqué à travers sa carapace : il songeait à Violante et supposa que le félon Don Matéo y songeait lui aussi. Celui-ci lui signifiait, à la manière insidieuse et retorse qui était la sienne, que la jeune femme ne l'aimerait jamais ; ce serpent voulait la garder pour lui. Mais cela ne se passerait pas ainsi, il se le jura. Il claqua un peu des pinces, contrarié.

– Tu as emporté cela avec toi ?

– Comment ? demanda-t-il innocemment.

– Ton sécateur ou que sais-je d'autre ? Je l'ai entendu cliqueter dans ton pantalon, il fait un bruit métallique parfaitement reconnaissable. À quoi cela te sert-il d'amener cela avec toi ? Tu ne comptes pas tailler les buis d'Aloÿs pourtant ! dit-il en souriant.

Non, il comptait bien plutôt tailler sa femme.

– J'ai dû oublier de le retirer de ma poche en partant. J'ai l'habitude de le garder sur moi à la villa.

– Viktor Skorpión ! Vous méritez bien votre surnom de vous promener ainsi toujours muni de vos pinces !

Et il éclata d'un grand rire franc. Viktor fit de même, mais non pour la même raison : son ami ne se doutait de rien.

Diaz partit se changer et revint habillé très élégamment. Il portait un costume trois pièces couleur d'acier, une cravate assortie, attachée avec une pince à une chemise bleu charrette, le tout cintré et épousant parfaitement son corps, qu'il avait élancé et athlétique tout à la fois. Je n'ai encore décrit notre cher ami au lecteur qui, sans doute, se demande s'il est aussi bel homme qu'il a belle âme. Et oui en effet, Don Matéo Diaz était d'une beauté surnaturelle. Il avait des cheveux châtains, coupés court, une légère barbe bien taillée, les lèvres fines, un sourire toujours sincère. Mais ce qui était le plus remarquable en lui, c'était son regard azur, très clair, qui n'avait rien pourtant de mélancolique, mais qui était déterminé et volontaire, comme son nez long et émacié avec une légère bosse en son milieu était fier et viril. Ils étaient à son image, car Don Matéo était la définition même du charisme. Il lui suffisait d'entrer dans une pièce parmi le monde ou de sortir d'une boutique dans la rue pour qu'immédiatement, tous les regards se tournent vers lui, subjugués et attirés. On avait le désir de le connaître, de lui parler, de l'écouter, de l'avoir pour ami, car il respirait la bonté et l'honnêteté, semblait en toutes choses loyal et fidèle, qu'on n'eût pu croire qu'il fut tenté jamais d'accomplir une mauvaise action et qu'on était au premier coup d'œil assuré qu'il n'avait de sa vie fait quelque chose qui ne fut conforme à sa vision de l'honneur, qu'il avait exigeante et sévère comme celle d'un Cyrano de ce temps. Et l'on avait raison de le penser. Il n'y avait de différence en cet homme entre l'apparence et l'être, il offrait son âme à chacun et n'aurait eu l'idée de la cacher. Ce caractère lui gagnait l'amour et l'amitié de tous – et la haine de Skorpión.

Matéo avala debout, dans sa cuisine, tout en badinant, des pancakes recouverts de confiture d'abricots, d'autres nappés de chocolat, et plusieurs cafés. Il proposa à son compagnon de manger avec lui, mais celui-ci avait déjà déjeuné d'œufs cocotte et bu un thé noir chez lui. Il regardait étrangement Diaz : cet homme en bras de chemise et s'essuyant la bouche du revers de la main, pouffant de rire en buvant, manquant de s'étouffer en écoutant sa cuisinière lui conter une curieuse histoire arrivée dans sa famille, avait une élégance naturelle, une simplicité, un enjouement, un trop-plein de vie et d'énergie, une assurance aussi que lui, Skorpión, n'avait jamais possédés, qu'il ne s'était jamais procurés. Où cela se trouvait-il ? Où cela se nichait-il dans une personne ? Était-ce parce qu'il avait atteint son but, qu'il avait écrit ses petits romans et vivait de sa plume ? Était-ce parce qu'il était aimé de ses amis, de sa domestique, de ses voisins et de tout le monde ? Était-ce parce qu'il avait connu des femmes, de la véritable façon et non de celle dont usait le Professeur ? Cela donnait-il cette confiance, cette certitude d'être en vie et d'être bien soi-même, cette conscience aiguë de son identité ? Ce seul acte débilitant et dégradant de fourrager son membre dans une chair molle et visqueuse, dans le mollusque féminin, permettait-il cela ? Était-il nécessaire et suffisant ? Non, une telle chose était impossible. Don Matéo Diaz avait dû naître ainsi, comme lui, Viktor, était né sans, démuni, dépossédé, volé avant de pouvoir s'en plaindre, victime avant de pouvoir s'empêcher de l'être, inférieur et maudit dans l'œuf. Il serra les doigts autour du fer chaud au fond de sa poche. Le métal frôlait son sexe et l'embrasait d'un désir nouveau de sang et de soufre.

—   Quand partons-nous ? J'ai à faire cette après-midi, je n'ai encore rien arrosé, le coupa-t-il au milieu de quelques badineries. Je t'attends depuis plus d'une demi-heure.

Diaz et sa cuisinière échangèrent un regard interloqué.

—   Mille excuses mon ami, je ne savais que tu étais si pressé et croyais que tu ne travaillerais de la journée.

—   Je travaille chaque jour, moi, répondit-il sèchement.

—   Fort bien, allons-y dans ce cas.

Il posa sa tasse de café et laissa tout en désordre.

—   Tes bonnes ne peuvent-elles arroser les plantes ?

—   Non, elles ne savent pas.

—   Oui… bien sûr.

Don Matéo n'osa se montrer sarcastique, mais n'en pensa pas moins.

—   Je ne serai de retour que ce soir sans doute, ne vous occupez de rien, j'aurais déjà dîné.

—   Bien, Monsieur.

Il était de notoriété publique, dans toute la domesticité de Deauville, qu'il n'y avait d'emplois plus commodes que ceux qu'offrait Don Matéo, car il n'y avait jamais rien à faire. On s'arrachait les places chez lui : hélas, il recevait peu et se contentait donc d'une bonne qui lui servait aussi de cuisinière et d'un jardinier qu'il payait si généreusement que s'il avait eu chez lui les Jardins Suspendus de Babylone à entretenir, alors qu'il n'avait autour de sa maison qu'une vague pelouse et quelques thuyas, que Skorpión du reste toisa ce matin-là en entrant avec hauteur et mépris.

—   Il y a ce raout chez les Cancagne tout à l'heure, tu n'as pas oublié.

—   Je ne sais encore si j'irai.

—   C'est l'anniversaire de la fille.

—   Quelle fille ?

—   Mais… la demoiselle Cancagne, voyons ! Ils l'ont fait revenir du manoir de la grand-mère qui est en Bretagne, tu sais cette vieille bique intolérante qui…

—   Vient-elle aussi ?

—   Oui ! Toute la noblesse normande y sera et tous les bourgeois de Deauville !

Le Professeur commença à jubiler sous le coup de la vision qui grandissait en lui d'une masse de cheveux de toutes couleurs, de toutes formes, de toutes longueurs, se mélangeant, se nouant les uns aux autres, s'enlaçant jusqu'à former une grande toile, un piège doux dans lequel il se laisserait tomber et glisser, qui le recouvrirait comme une gigantesque cape, une brûlante couverture et dans les profondeurs duquel il pourrait se noyer… Diaz le tira de sa rêverie :

—	Viktor ! Viktor ! Qu'as-tu donc ? Tu ne dis plus rien. Je n'ai pas voulu te fâcher par mon insistance, ne viens pas puisque tu ne le souhaites pas.

—	Je viens ! cria-t-il.

—	Ah oui ? Mais je croyais…

—	Quoi ? Que croyais-tu ? Que j'aurais l'indécence de manquer l'anniversaire de la petite Cancagne ? Sûrement pas ! J'ai toujours adoré cette petite.

—	La petite Cancagne ? Vois-tu seulement de qui il s'agit ?

—	Oui, cet adorable ange blond de trois ou quatre ans qui dort constamment.

—	Non, ça, c'est la fille Swann, qui est blonde comme son père. Et elle a six ans.

—	Mais alors ? Laquelle est-ce dont on fête l'anniversaire ?

—	C'est cette jeune effrontée de quatorze ans que ses parents ont envoyée au pensionnat. Il paraît qu'elle a un de ces caractères… elle raconte des obscénités à ses cousins qui sont plus vieux qu'elle… à cet âge, tu te rends compte ?

—	Elle espère leur donner quelques idées…

—	Oh ! Tu n'es pas possible. C'est une gamine ! répondit Don Matéo. Mais je suis content de te voir de meilleure humeur, j'ai cru que tu boudais mon vieux !

—	Non ! Je suis d'excellente composition, au contraire ! Je crois que ce sera une journée… fabuleuse ! s'exclama Skorpión en claquant la portière de la voiture de Diaz.

C'était une *Rolls–Royce Phantom*, la plus belle et la plus luxueuse voiture qui puisse se trouver dans Deauville et bien entendu la plus *m'as-tu vu* : elle était invraisemblablement jaune. Comprenez bien qu'elle n'était pas de l'un de ces jaunes ambré ou safran qui ne s'assument pas d'être jaunes, mais se prétendent orange ou or, ni de ces teintes miel ou maïs qui savent encore se faire discrètes, existant déjà dans la nature, non. Elle avait la couleur du soufre. Elle en avait l'étrange et gênante clarté, l'attrait floral qui faisait que sur elle tous les insectes venaient se poser, croyant la butiner, et sortait d'elle aussi, comme de son brasier, une épaisse et noire fumée. Pour l'heure, elle vrombissait de plaisir dans les rues de la ville, trop contente de quitter le garage et d'être admirée. Elle trouvait en la personne de son conducteur un terrible rival, car ce diable de Don Matéo avait enfilé, sans conteste pour la narguer et attirer sur lui toute l'attention des piétons, un blouson de cuir brun, des gants et une casquette d'un marron plus foncé et d'étonnantes lunettes d'aviateur « pour affronter le vent de l'Atlantique et parce que cette petite – il tapota légèrement sur le capot de sa Rolls, comme s'il se fut agi d'une jument – va nous faire envoler mon ami, je te l'assure. » Skorpión songea que Diaz était décidément un homme merveilleux, de mettre toujours tant d'enjouement et de fantaisie dans toutes choses, même dans un simple trajet en voiture. Il fut pris malgré lui d'un rictus amer.

Puis ils traversèrent Trouville et roulèrent enfin, ou volèrent, sur les hautes falaises surplombant la mer. Le Docteur éprouvait une joie enfantine dans la vitesse, mais troublée et mêlée d'une sourde rage envers son comparse, cet être si complet et confiant qui était assis à ses côtés. Comme il eût été facile certainement de donner un mauvais coup de volant dans un virage et de faire s'écraser les lunettes à la mode contre un dur rocher. Il n'oubliait pas non plus qu'il portait sur lui ses petites pinces ; il n'aurait pu les oublier au demeurant. Elles se rappelaient à lui sans cesse, par la froideur de leurs lames, la rigidité de leurs poignées, à travers le léger tartan ; à chaque instant elles se faisaient plus prégnantes, plus pressantes, plus assassines. À tout moment elles pouvaient s'échapper de la prison du pantalon, sortir – et faire jaillir le sang de cette trop gracieuse carotide. Elles n'étaient point à leur place, elles n'étaient faites pour rester sagement immobiles au fond d'une poche. Elles se coulaient doucement le long de ses cuisses, remontaient, se lovaient contre lui, insinuantes, insistantes, suppliantes, lui sifflant à l'oreille de les saisir. Elles léchaient sa peau de leurs langues fourchues, les belles couleuvres d'argent ! Il jeta un œil vers sa poche, crut voir y briller quelque éclat d'écailles, y luire de mouvantes émeraudes. Cette lumière entrecoupée, clignotante, lui semblait l'appel d'un phare le guidant à travers la tempête, tentant de le sauver. Il observa son ennemi, le profil grec, le long nez fier, la beauté apollinienne, le buste de statue. Maintenant, elles frappaient en cadence ses chairs, comme pour l'éveiller de sa torpeur et réclamer leur tribut. Elles ne suppliaient plus ; elles commandaient, les cannibales de métal. Il vit la tête coupée de Diaz, l'hémoglobine projetée en tous sens, sur le volant, le fauteuil, le pare-brise, les petits tapis de sol… Sans doute aurait-elle inondé aussi la plage arrière du véhicule – et lui-même !

— Voilà que tu recommences !

Viktor revint brusquement à lui :

— Que dis-tu ? Je n'ai pas entendu… les bourrasques sont si violentes que je n'entends rien de ce que tu dis.

— Je ne disais rien jusque-là, cria Don Matéo. Pourtant, si tu m'entends mal, j'entends fort bien tes cliquetis !

— Mes cliquetis ?

— Tu joues des pinces comme un gros crabe ! Comme une langouste ! Mais non comme un discret et sournois scorpion. Tu serais un prédateur que l'on t'entendrait arriver à un kilomètre. Ne te rends-tu plus compte du bruit que tu fais ? Tu claques des deux pinces, car tu en as deux, je le sais bien désormais, depuis cinq bonnes minutes… Un vrai concert !

— Vraiment ? Je ferais un mauvais prédateur, crois-tu ?

Sa main droite serra vigoureusement le manche du sécateur et écarta la petite gâchette de sécurité à la façon d'un léger pétale disgracieux. J'eusse aimé dire qu'il le fit avec la délicatesse d'un mari le soir des noces ou celle de l'amant véritable approchant une vierge, mais l'image ferait sourire par sa candeur toutes mes lectrices ; j'écrirais plus justement : avec la préciosité d'un jardinier dépiautant un bulbe. Les deux lames se séparèrent, ouvrirent une large gueule…

— Nous sommes arrivés ! Voici la *Villa Octopus* !

Skorpión referma vivement le cran de sûreté.

Aloÿs du Penny venait tout juste d'acquérir cette grande bâtisse isolée, qui semblait blanche, au premier regard, mais qui était en vérité d'un vert d'eau presque blanc. De larges volets turquoise protégeaient ses vitres et de hautes colonnes, huit précisément, s'élevaient sur son long porche. La *Rolls Phantom* entra dans la cour et crissa doucement sur le gravier. Diaz et Viktor en descendirent et se dirigèrent vers le grand escalier immaculé. La porte s'ouvrit avant qu'ils n'eurent le temps de sonner. Un nez retroussé se dressa face à eux et au-dessus de lui, deux yeux inquisiteurs :

— C'est pour quoi ?

Diaz ne se décontenança pas :

— Bonjour, Tatiana, c'est toujours un plaisir d'être aussi bien accueilli chez vous. Monsieur et Madame sont-ils visibles ?

Elle recula d'un pas et leur fit le vague signe d'entrer.

— Je préviens tout de suite que Madame n'y est pour personne.

— Pourquoi cela ? Est-elle souffrante ? demanda fébrilement le Docteur, inquiet déjà à l'idée que la bien-aimée mèche ne lui échappât.

— Si vous voulez, répondit-elle laconiquement.

Don Matéo, pendant qu'il le guidait au salon, lui chuchota à l'oreille :

— Cette bonne n'a aucune tenue, je ne sais diable pourquoi Aloÿs, qui a des manières, la garde… Il me dit qu'elle est fidèle à Madame qui l'a à son service depuis longtemps… mais Cthulhia est une personne si charmante que n'importe quelle femme de chambre venue de Paris l'aimerait tout de go. C'est une toquade absurde, voilà tout. Je le redirai à Aloÿs.

À peine furent-ils arrivés au salon que celui-ci les y rejoignit. Il adressa à son meilleur ami un large sourire sous lequel se trahissait néanmoins une indicible inquiétude. Skorpión ne fut pas dupe, bien sûr : le marquis cachait quelque chose et cela concernait sans doute sa femme, au vu de l'attitude mystérieuse de Tatiana. Il n'en fut que plus pressé d'obtenir quelques cheveux de Madame : le résultat végétal serait sans doute exceptionnel. Il ne boudait pas son plaisir et ne regrettait pas d'être venu : la quête promettait d'être aventureuse et complexe, peut-être dangereuse. Il tailla dans le vif, escomptant une réaction énorme et manifeste :

— Madame est souffrante ? – Aloÿs en ravala sa salive. – C'est ce que la bonne a dit. – Il fronça les sourcils. – Enfin, c'est ce qu'on a compris des mystères qu'elle nous a faits. – Son visage se radoucit. – Mais nous ne sommes pas dupes ! – Sa pupille se dilata nerveusement. – Je crois que Madame attend… un événement. – Penny fut sincèrement étonné : elle était donc bien vierge, ainsi qu'il l'espérait. – Ne peut-on la voir ? – Il en eut le souffle coupé. – On n'est point malade d'être grosse !

À ce mot, pour le moins abrupt, Don Matéo lui-même se liquéfia à la façon de son compagnon : ils étaient tous deux blancs comme un linge et leurs tempes seules brillaient, dernière marque de vie sur leurs corps fantomatiques. Skorpión jouissait intérieurement de créer tant d'embarras sans même savoir ce qui tant embarrassait. Il se demanda néanmoins dans quelle mesure Diaz avait connaissance de ce qui se passait ici, à la *Villa Octopus*, et l'envia pour cela, ce qui mordit un peu sur la joie maligne qu'il éprouvait alors.

– Je ne suis point souffrante, rassurez-vous, Docteur Skorpión. Vous n'êtes pas encore près de m'enterrer.

La voix molle et désinvolte de la maîtresse de maison s'était fait entendre derrière eux : tous se tournèrent vers elle, très ahuris, y compris Monsieur qui ne semblait s'attendre à voir arriver sa femme. Elle tendit une main spongieuse et des doigts fripés au Professeur qui ne manqua pas, ainsi que le lecteur sans doute, d'en faire un rapide examen. Elle paraissait être restée fort longtemps plongée dans l'eau.

– Je sors du bain, je peux y rester des heures ! Voilà pourquoi vous me voyez toute fripée ainsi qu'un bouledogue !

– Oh, mais non, vous êtes comme toujours la plus merveilleuse… ! répondit galamment Don Matéo.

Il est vrai que Cthulhia était d'une beauté littéralement merveilleuse, digne d'un conte ou d'un rêve. Ses cheveux, d'un blond très clair, presque blanc, étaient plaqués sur son crâne et attachés en un rapide chignon. Quelques mèches dépassaient et arrivaient à ses poignets, trahissant leur taille, car on ne les eût crus si longs de les savoir si fins. Elles étaient si pâles que sa peau, si bien que son front se prolongeait en chevelure ou que celle-ci ne se distinguait de lui. Son crâne, pour cette raison même, semblait absurdement proéminent, sans compter qu'il s'achevait en un menton angulaire et reptile. Elle lui semblait une habitante de Mars aperçue dans l'un de ces *pulp magazine* qu'il lisait enfant et dont il se délectait. Ces créatures extra-humaines possédaient deux bras, deux jambes et, en sus, quatre membres intermédiaires qui leur servaient, qui de bras, qui de jambes, selon le besoin qu'elles en avaient. Bien loin de nuire à leur charme, ces étranges appendices les rendaient, à son goût, plus attrayantes encore. Le regard de Madame l'arracha à sa rêverie. En effet, deux petits yeux particulièrement enfoncés dans leurs orbites l'observaient avec sarcasme. Ils lui déplurent profondément. Le nez était court et comme dépourvu d'os. Il eût bien voulu, par simple et honnête curiosité scientifique, voir le squelette qui se trouvait sous cette chair. Les femmes, décidément, appartenaient à la classe des invertébrés et étaient des mollusques aussi bien que les pieuvres – c'était la conclusion naturelle qu'il fallait donner à ses observations. Pour autant, on ne pouvait dire de Cthulhia qu'elle fut laide – bien au contraire. Elle était… saisissante. On ne pouvait détacher son regard d'elle en sa présence, on était comme happé, entraîné par d'invisibles cordes, comme l'une de ces poupées de bois que les petites filles agitent en tous sens grâce à leurs fils et qu'elles contraignent à faire toutes sortes de choses à quoi elles ne consentent nullement. Quelle extraordinaire cruauté, songea avec tristesse Viktor. Il avait parfois de ces pitiés qu'il ne réservait qu'aux objets et qu'il n'offrait point aux hommes.

Tous quatre étaient déjà assis devant un service à thé, une cafetière et des croissants quand Skorpión demanda à se rendre aux commodités. On lui indiqua un chemin qui semblait long et labyrinthique, à l'étage : il partit tout frétillant et claquant des pinces. Une fois en haut de l'escalier, il ouvrit toutes les portes et trouva prestement la chambre conjugale ainsi que le petit cabinet attenant. Il ne vit de brosse ni de peigne sur la coiffeuse, fouilla dans les tiroirs et ne les trouva pas non plus ; il commença à s'étonner. Il chercha dans la petite panière, sous la coiffeuse, mais n'y découvrit nulle mèche. Il inspecta le lit, minutieusement, les fauteuils, le sol, tout, mais il n'y avait pas le moindre cheveu blond dans cette chambre ; il mit uniquement la main sur ceux d'Aloÿs, châtains et courts. Peut-être faisaient-ils chambre à part : ceci expliquerait cela, l'absence de cheveux, l'absence de copulation. Il était, à tout bien considérer, parfaitement content qu'il ne s'en trouvât point dans la pièce, et plus surpris que déconfit. En revanche, sa curiosité capillaire et botanique (c'était la même) en fut davantage titillée et il songea à un ersatz : il se rendit dans la chambre de Tatiana (qu'il reconnut à ses affaires modestes) et s'empara d'une grossière touffe châtain, emmêlée et sèche comme sa maîtresse, qui se trouvait sur une brosse à cheveux un peu sale. C'était mieux que rien. Il la rangea dans une petite sacoche de soie bleu sarcelle, trop élégante pour son indigne contenant et se dépêcha de redescendre, car il avait été bien long. Mais personne n'y prit garde, car le Docteur Friedrich von Frauangst, un médecin allemand qui logeait chez les Penny, s'était joint à la petite assemblée et tentait alors de convaincre Don Matéo Diaz – qui ne demandait du reste qu'à être convaincu et ne lui opposait aucune raison – de la véracité du darwinisme. Le Professeur, évidemment, se mêla à la conversation avec une telle fièvre que Frauangst parut, par comparaison, un évolutionniste modéré et presque dilettante, ce qui était bien la première fois.

À peine rentré chez lui, Skorpión fila dans la serre et planta la touffe de Tatiana dans un petit cactus oursin, rond et bombé. Il les avait toujours trouvés laids et disgracieux. Puis il appela Louise : il avait faim d'œufs. Il n'avait avalé chez le marquis que des plats qui n'étaient à sa convenance. La cuisinière connaissait son maître : elle lui avait déjà préparé une omelette bien baveuse, comme il les aimait. Il fut servi rapidement.

– 	Monsieur a-t-il passé une bonne journée ?

Rose posait la question rhétoriquement : Monsieur semblait un lion en cage (plus exactement un lionceau, très frêle et pâle, qui n'effrayait personne).

— Je suis très mécontent, Rose. J'ai subi dans mes travaux une déconfiture dont jamais je ne me relèverai. Je n'ai pas seulement subi un échec : j'ai essuyé un outrage. Je suis un idiot et un incompétent.

— Monsieur ! Comment pouvez-vous dire cela de vous ? Vous êtes un génie ! Tous vos scientifiques de Paris le disent ! Ils vous envoient toutes leurs questions les plus difficiles – c'est bien la preuve.

Viktor se dérida à ces mots. Rose était une ignorante, mais tout éloge était bon à prendre dans sa situation.

— Sans vouloir faire d'indiscrétion, qu'est-ce qui n'a pas marché ?

Viktor hésita. Il se résolut à présenter, comme à l'accoutumée, une version moralement acceptable de la vérité – une sorte de succédané bienséant à ses recherches authentiques. Il lui répondit qu'un spécimen, qu'il avait espéré obtenir, se dérobait à lui et qu'il était déçu. Rose, en bonne pragmatique, lui demanda :

— Vous le faut-il absolument ? Je veux dire : est-ce que toutes vos expériences sont stoppées net parce qu'il vous manque cette plante-là ?

Il réfléchit : non, après tout, il pouvait s'en passer.

— Alors, c'est un petit caprice. Ce n'est pas tant qu'il vous la faut, que vous la désirez ! Elle doit être rudement belle que vous la vouliez ainsi de toutes vos forces. Ne vous faites pas trop de bile pour celle-ci : vous en aurez d'autres, allez ! Il vaut mieux changer son fusil d'épaule plutôt que de rêver d'une alouette qu'on pourra jamais prendre : c'est bête et ça rend triste. Je dis ça pour vous hein, pour vous aider. Changez d'alouette plutôt que de forêt. J'me comprends !

L'idiote venait de paraphraser Descartes.

— Il faut tâcher de changer ses désirs plutôt que l'ordre du monde, énonça-t-il avec pédanterie.

— J'aurais pas mieux dit ! s'exclama-t-elle.

Le mépris lui fendit la bouche.

— Et puis rien n'est irremplaçable. On croit parfois que certaines choses sont uniques et sublimes, qu'on s'en remettra jamais de les avoir perdues, mais on se remet de tout, pas vrai ? C'est l'instinct de survie, comme dit votre Darwin, non ?

Elle éclata d'un petit rire cristallin.

— Vous voyez que j'écoute quand vous nous expliquez !

Elle dit cela très fière d'elle, sur le ton d'une mauvaise élève qui, pour une fois, avait appris sa leçon. Viktor était sous le charme et toute sa vexation s'était évanouie. Cette petite était une magicienne, décidément. Il se demanda si Diaz n'avait pas un peu raison en lui conseillant de l'épouser… Non, Don

Matéo disait cela par jalousie, voilà tout, il voulait garder pour lui la rousse Violante. Quel être fourbe et perfide c'était que cet homme qui se prétendait son ami. Il en fut d'autant plus déterminé :

—   Rose, je sors ce soir, chez les Cancagne, dont c'est l'anniversaire de la petite fille.

—   De la petite fille ? Je croyais que leur fille avait au moins quatorze ans ?

Rose connaissait le monde sans le fréquenter ; il le fréquentait sans le connaître, si ce n'étaient les chevelures des dames, qu'il pratiquait assez.

—   Oui, enfin, une jeune personne… Je monte me préparer.

—   Bien, Monsieur.

Il redescendit affublé du plus invraisemblable costume qu'on pût voir, couleur moutarde – oui, moutarde, vous avez bien lu. Il portait sous son veston une chemise pistache – oui, pistache – et un nœud papillon tomate. Autour de son cou, qu'il avait naturellement mince, était noué un foulard carotte si prodigieusement long et épais qu'il lui semblait maintenant, ainsi enroulé et emberlificoté, une volumineuse collerette. Si bien que Skorpión paraissait appartenir, dans cet attirail, au genre des dilophosaures dont me parla un jour mon ami paléontologue Michael Crichton et qui étaient pourvus de superbes crêtes multicolores, destinées à effrayer leur ennemi ou séduire leur belle. Un mouchoir saumon saillissait hors de la poche de sa poitrine et Viktor bombait le torse comme s'il en fût très fier. Il avait, vu en pied, l'air d'un perroquet, de l'un de ces aras chloroptères aux nombreuses couleurs. Ses deux domestiques eurent bien de la peine à le regarder sans pouffer. Rose tenta de le prévenir :

—   Monsieur est… bien coquet ce soir. Monsieur a enfilé ses habits de fête…

—   Oui ! Je suis dans une joie… Ah ! Si vous saviez comme je suis content !

Et il tourbillonna sur lui-même comme une abeille (dont il avait presque la couleur).

—   Oui, je constate…

La pauvre petite ne savait que dire et son patron quitta la maison dans cet appareil. Inutile d'écrire qu'il ne passa guère inaperçu dans les rues de Deauville. Il prit les regards dont il était l'objet pour de l'admiration. Il valait mieux cela qu'il n'en comprenne le sens véritable. Il s'arrêta rapidement chez le chapelier, où il acheta un bibi rose à plumes pour Mademoiselle, puis se rendit chez les Cancagne.

À la fin de la soirée, il avait amassé :

—   un long cheveu blond de Mademoiselle Jessep, recueilli entre les pages de *Sodome et Gomorrhe* qu'elle lisait alors et qu'il lui demanda à feuilleter – il songea que ce n'était une lecture recommandable pour une jeune fille, mais après tout il n'en avait cure – ;

–   une touffe appartenant à une bonne mal dégrossie, tout droit venue de sa campagne normande et provenant de sa brosse à cheveux ;

–   une autre, ôtée au peigne de la cuisinière, qui « vomissait le bourgeois et lui pissait à la raie » selon sa délicate expression ;

–   une mèche coupée à une vieille joueuse de bridge ;

–   une autre à sa dame de compagnie, qui se tenait non loin d'elle et l'aidait à tricher, car elles avaient convenu ensemble d'un code où triturer son oreille gauche, frapper sa cuisse ou se gratter le nez désignaient des couleurs, des enseignes et des valeurs ;

–   une cinquième, noire et brûlante, taillée dans le cou d'Onyx du Grégeois ;

–   une longue boucle brune de Madame de Cancagne, trop occupée à critiquer Madame de Saint-Pol pour sentir le coup de pince dans son dos ;

–   une dernière enfin prise à la maîtresse du député Flanchin, qui s'était accrochée à son corsage, qu'il lui proposa gracieusement de détacher, qu'il lui trancha carrément, au vu et au nez de tout le monde, prétextant que c'était le seul moyen, et qu'il enfourna galamment dans une sacoche, minaudant et contant qu'il la voulait garder toujours contre son cœur, sommet d'hypocrisie et d'audace tout ensemble et *acmé* de la soirée à ses yeux. Il s'arrêta là dans sa collecte, songeant qu'au-delà de cette prouesse il n'y avait plus que l'assassinat public et assumé à perpétrer.

Il fit tout cela avec une joie enfantine et sauvage, sans crainte aucune d'être pris, comme on commet ses crimes en rêve, sans souci des conséquences ou du châtiment. Il avait la sensation de léviter, de voleter tel un agile bourdon, passant sa trompe dans tous les calices, son sécateur dans toutes les nuques. Il sifflotait, bourdonnait et cliquetait de plaisir. À la musique entraînante du gramophone s'ajoutait le claquement effréné de ses pinces. *Depuis qu'j'ai fait couper mes cheveux, j'crois plus qu'on m'aime… clac, clac, clic, clic, clic… J'ne savais pas q'les hommes les aimaient à c'point-là…* Skorpión dansait, tourbillonnait, se heurtait aux uns et aux autres comme s'il eût été le centre d'une ronde endiablée, d'une violente sarabande, marchait sur des pieds innocents, arrachait des plumes à d'inoffensifs boas, tirait sur les franges des robes, sur les longs colliers de perles, cassa un éventail… Il était survolté. La lumière électrique des lustres tremblait par moments, car de puissantes bourrasques secouaient les réseaux électriques. De violentes averses heurtaient les vitres et la pluie frappait, elle aussi, une multitude de coups secs et métalliques sur le verre brûlant que la buée avait rendu opaque et fantastique. L'éther au-dehors était devenu violacé, d'un mauve sombre, avec par endroits quelques nuages presque roses. Un épais brouillard semblait lui donner un aspect moelleux, cotonneux et, sans doute, si l'on avait avancé les doigts vers les cieux, les eût-on touchés. Ils étaient proches, palpables, descendus de leur lointain ; ils avaient rapetissé. Ou peut-être était-ce l'homme qui avait grandi, qui s'était boursouflé jusqu'à les atteindre. Avait-il accompli cela, lui ? Était-ce son œuvre ? Avait-il réduit au néant la distance séparant son espèce de la toute-puissance… ? Touchait-il les cimes ? Mais y avait-il encore seulement des cimes ?

C'était un sabbat que ce samedi.

Sous cette lumière aveuglante, derrière ces hautes fenêtres de laboratoire, dans cette moiteur tropicale, dans la chaleur de cette faune mêlée, envahie par la musique mécanique, redondante, qui paraissait le tam-tam d'une tribu d'Amazonie appelant au sacrifice, avide de feu et de sang, Skorpión exultait. Il était dans son monde, un monde parfait et créé pour lui seul. Embrasaient son cœur, toute sa poitrine et jusqu'à son ventre, les touffes tant désirées qui lui semblaient à travers leurs calottes de coton, de velours et de soie, vibrer et chauffer, suer et s'animer, exhaler une substance chaude et visqueuse, dégoutter de toute une vie suintante et grasse, plus exubérante, plus véritable que l'existence de tous ces êtres informes et cadavériques, qui se mouvaient pesamment dans un dernier soubresaut. Les mèches, elles, trépignaient, jubilaient de sentir en elles la puissance de la transformation, la femme potentielle, la fleur à naître. Il était sûr de lui : elles avaient conscience d'elles-mêmes plus qu'eux tous. Elles savaient.

Et lui jouissait pareillement de ce savoir et de son triomphe.

Soudain il découvrit, au milieu de la foule indistincte, dans ce fatras de voilettes et de chapeaux haut-de-forme, perçant un nuage de fumée de cigare et de pipe, ensoleillant ce ciel brumeux, la chevelure de feu de Violante Pericón. Elle irradiait. Elle seule ne portait ni ruban, ni bandeau, ni plumes — elle était nue et plus que les autres, ornée et parée ! Elle était plus lumineuse que la nacre des perles, plus ondoyante que les volants des jupes, plus parfumée que les nuques, que les petits ventres rebondis, plus agile que les franges des robes, plus légère que les gouttes de pluie ou la musique virevoltant dans les airs. Cette chevelure, il en respirait les effluves qui venaient caresser ses narines, il en sentait la douceur sous ses doigts, le discret enlacement, car lentement elle s'entortillait, liane souple, solide toile, autour de sa main, de ses poignets, encerclait ses jambes et tout son corps, jusqu'à le noyer et l'absorber en elle. Il rouvrit tout à coup les yeux et se précipita dans la première chambre qu'il trouva. Il se masturba frénétiquement et déchargea dans son joli mouchoir saumon. Il avait bien fait de l'emmener ; il avait eu un doute sur l'association des couleurs, mais en définitive l'objet lui avait été d'une grande utilité. Il le rangea dans l'une des poches intérieures de sa veste, avec ses chères sacoches. Il ressortit prestement et se trouva nez à nez avec Violante. Il fut pris malgré lui d'un dernier spasme en la voyant et chercha à le réprimer.

—   Docteur Skorpión, vous voilà enfin ! Je vous avais repéré il y a quelques minutes dans la foule, je me suis approchée voulant vous rejoindre, mais soudainement vous aviez disparu. Où donc étiez-vous parti vous cacher ?

Cela, il ne pouvait décemment lui dire.

—   Je… je vous cherchais, mais j'ai été emporté de l'autre côté du salon en croyant venir à vous.

—   Il est vrai qu'on est parfois ce soir entraînés, comme emportés par la cohue : nous paraissons former un essaim d'abeilles gigantesque et bruyant, ne trouvez-vous pas ?

Elle ne croyait pas si bien dire : le Professeur butinait tout son soûl depuis tout à l'heure.

—   Je prendrais bien un peu l'air, mais la tempête fait rage. Je ne sais comment je rentrerai tout à l'heure…

Il se maudit de ne point conduire d'automobile ou, tout au moins, de ne pas avoir de chauffeur.

—   Je vous ramène chez vous, Violante, cela est entendu. Il est hors de question que vous rentriez si légèrement vêtue par un temps pareil.

C'était ce diable de Diaz qui s'immisçait dans leur entretien et s'attribuait, évidemment, le rôle du sauveur. Skorpión lui jeta un regard plein de fiel.

—   Tu viens avec nous bien sûr.

Il perçut dans cette proposition comme une pointe de regret et une générosité contrainte. Ah ! Comme il le haïssait ! Il fallait pourtant accepter afin qu'ils ne pussent rester seuls.

—   Volontiers, mon ami. Quand partons-nous ?

—   Pour ma part, je suis assez lasse et j'aimerais rentrer. Vous savez que je goûte peu les mondanités, répondit timidement Mademoiselle Pericón.

—   Fort bien, partons ! s'exclama Skorpión. J'ai encore beaucoup à faire dans mon laboratoire et je ne suis pas près de me coucher.

—   Comment ? Vous comptez travailler encore ce soir ? Mais il est minuit passé.

—   Cela ne fait rien : c'est un travail qui n'attend pas.

Ils partirent là-dessus, après avoir salué leurs hôtes.

Une fois dans la Rolls, sur la plage arrière, car le Professeur refusa de s'asseoir à côté du conducteur – il avait déjà fomenté son plan –, Violante Pericón lança, sur un ton faussement enjoué qui ne parvenait à masquer sa tristesse :

—   Savez-vous que je m'en vais bientôt ?

—   Vraiment ?

La voix de Viktor tremblait un peu.

—   Oui, je m'en vais retrouver mon amie Jolanne du Plessis, à Rhodes. On la surnomme « L'Île rose », ce me semble. Ce doit être magnifique, ne croyez-vous pas ?

—   Pourquoi ne vous rejoint-elle pas ici ? demanda-t-il sèchement.

      –   Je crois qu'elle veut conclure quelque affaire là-bas.

      –   Une affaire, à Rhodes ?

Skorpión ne la croyait pas un instant.

      –   Enfin je ne sais pas exactement.

      –   Et pourquoi vous y rendez-vous ? Vous y faites « affaire » vous aussi ?

      –   C'est histoire de nous retrouver. Jolanne est ma meilleure amie et cela fait si longtemps que j'ai été séparée d'elle.

      –   N'avez-vous pas vécu avec elle en Amérique ?

      –   Nous avons voyagé ensemble, il est vrai, pendant deux ans, en Amérique latine. Nous avons eu bien des aventures : je vous les conterai un jour, vous serez bien étonné.

      –   Don Matéo m'a parlé d'un meurtrier, qui fut arrêté avec votre concours.

      –   Oui, nous avons un peu mené l'enquête ! Vous ne me pensiez pas capable de résoudre des mystères, Monsieur le Professeur ? – Et elle émit un petit rire cristallin qui lui rappela douloureusement Rose. – Vous percez l'inconnu de ces dames les fleurs, moi celui humain ! Bonne nuit, mes doux amis !

Elle se faufila hors de la voiture sur ces mots et courut vers la *Villa Ancolie*, sa robe blanche trempée de pluie et transparente déjà. Elle se retourna sur le palier et adressa un vigoureux salut, aussi enfantin qu'elle, à ses compères, puis pénétra dans la maison. Les deux hommes restèrent un moment silencieux et immobiles, éblouis encore par la disparue, comme on continue de l'être par une étoile déjà morte.

Enfin Diaz recommença à rouler. Son regard semblait perdu dans le vague. Celui de Viktor était assurément aveuglé comme celui d'un homme qui a trop longtemps contemplé la lumière, qui ne voit plus tout à coup qu'un filtre noir devant ses yeux et quelques petits points scintillants et dansants. Diaz le déposa et lui souhaita une bonne nuit. Skorpión ne savait trop ce qu'elle serait.

Il fut bien content de n'avoir pas tranché quelques mèches à Mademoiselle Pericón : il ne voulait mêler sa chevelure à celles de la cuisinière ou de la Cancagne, la récolter en même temps que d'autres, alors qu'elle était unique et totalement singulière. Non, Violante Pericón méritait d'avoir son moment, d'être prise et dupliquée lors d'une occasion spéciale, d'être l'accomplissement de sa quête, le parangon de sa collection, le couronnement de tous ses efforts. Il la gardait pour plus tard. D'abord, il fallait bien tout connaître de la métamorphose, expérimenter avec les femmes inférieures comme on procède avec des rats de laboratoire et ensuite seulement procéder à l'Expérience suprême. Peut-être néanmoins devait-il, par précaution, lui subtiliser quelque boucle et la garder chez lui dans un tiroir sans la planter ; il ne savait quand elle reviendrait de Rhodes et n'avait pensé, sot qu'il était, à le demander. Enfin ! Il déciderait de cela plus tard : pour l'heure, il avait du travail. Il sortit les précieuses sacoches de son habit, les posa sur une grande table vide de sa serre et les observa longuement sans les ouvrir. Il se repentit aussitôt d'avoir été si gourmand, considérant que c'était être bien téméraire que de s'emparer de tant de cheveux en une soirée et surtout qu'il eût éprouvé plus de plaisir dans l'obtention de chaque spécimen s'il eût connu un peu de frustration, d'inquiétude ou d'attente. Décidément, la conquête était par trop facile. Il veillera à se compliquer la chasse la prochaine fois, en choisissant une proie rebelle et indocile. Hélas ! Les femmes ne l'étaient jamais. Il se consola en plantant ses touffes ; il prit soin de noter, dans son carnet d'hybridation, dans quel terreau il les avait enfoncées. Puis il partit se coucher, aussi content qu'un fermier pensant à sa future moisson ou qu'une poule fière d'avoir tant pondu. Ce n'était lui, pourtant, qui fournissait la semence, mais bien plutôt toutes ces dames à leur corps défendant.

Le lendemain matin, tout avait poussé : la Nature, ou le Diable, avait fait son Œuvre.

La tête de la pâquerette était sotte, joufflue, dépourvue de grâce, naïve à en dégoûter le peintre et l'écrivain ; c'est pourquoi je refuse d'en parler davantage. Le pissenlit, jaune d'envie, s'était empâté et ses vilaines feuilles emmêlées comme les cheveux qui les irriguaient de leur fiel. Les grosses boucles de l'hortensia tombaient sur son visage et dissimulaient à ses adversaires un regard calculateur, tandis que sa tige demeurait voûtée au-dessus des cartes. Le cannelier complice déployait ses larges ramures, faisant tour à tour trembler une branche, se déplacer quelques feuilles sur la droite ou craquer son bois. Le coquelicot s'était terni et rabougri : il s'était déshabillé de sa belle robe pourpre et attifé d'un vieux coton noir si revêche que sa mine ; un pétale retroussé au milieu de sa figure vous jaugeait avec insolence. Un pulpeux géranium leur faisait face, évaluait les charmes rivaux, étudiait et ses poses et ses proies : une bourse était là peut-être, qui demandait seulement qu'on se baissât pour être avalée. Il eut tout de même une surprise et un petit émerveillement au milieu de ses mornes succès : une vilaine morille lui éclôt en lieu et place de la jusquiame. C'était la main splendide, aux doigts effilés et aux très longs ongles, d'Onyx du Grégeois, qui sortait de terre comme si elle s'extirpait hors de la tombe.

Tout l'automne, le Professeur continua ses petits vols, ses récoltes et ses plantations. Mais chaque fois, il butina les mèches une à une : il ne voulait reproduire la même erreur de se montrer trop empressé et de galvauder son plaisir. Un jour, il recueillait méticuleusement des cheveux sur un manteau, dans les vestiaires d'un café. Le lendemain, il taillait dans le vif et donnait un grand coup de pince dans une nuque. Le soir, il entrait insidieusement dans un cabinet de toilette. Parfois il fut contraint de fouiller les petites panières à déchets. Il visitait souvent son ami Monsieur Yves – car le coiffeur était

devenu un ami, par la force des choses et la fréquence de leurs rendez-vous
–, lui commandait toutes sortes de perruques en provenance d'Alsace et de
Lorraine, blondes et rousses – teintes qui avaient sa préférence – lui contait
mille fables pour justifier ses achats, au point qu'il eut bientôt dans Deauville
la réputation d'être le plus grand débauché de Normandie, quand il était plus
chaste que Jésus.

Cette période fut heureuse et fertile en grandes découvertes
scientifiques. Par exemple, le Docteur constata que plus il plaçait de cheveux
dans le pot, plus l'étendue dupliquée était grande. S'il n'avait glané que cinq
ou huit phanères, il lui naissait un doigt ; s'il possédait une énorme touffe, il
pouvait reproduire un bras complet, si ressemblant – à l'exception de la
couleur – qu'il paraissait sculpté par Rodin ou articulé par Eiffel en personne.
Il se sentait l'âme du Spalanzani d'Hoffmann. Néanmoins, il est vrai qu'il
n'obtenait pas de corps entier, mais seulement l'une ou l'autre partie qui
correspondait, comme par un fait exprès, à un trait distinctif. Un rictus, une
morphologie, des ridules, une musculature, un corps graisseux, une ossature,
une finesse, une grâce… toutes choses absolument singulières et propres à
leur canevas. Il possédait dans le secret de son laboratoire, non seulement
une collection de plantes et une galerie de femmes, mais aussi un catalogue
complet de leurs membres. Il s'était ainsi procuré des nez, des oreilles, des
jambes, des nombrils, des doigts, des pupilles, des chevilles, des orteils, des
lombes, des nuques, des seins, des lèvres, des cuisses, des poignets, des
clavicules, des omoplates, des arcades couronnant de doux yeux… Plus il
observait le maigre échantillon végétal, plus il reconnaissait l'entièreté du
moule humain : au premier regard, il ne décelait de suite la similarité, mais
dès lors qu'il la cherchait, tout à coup il l'apercevait, évidente, palpable ! On
ne pouvait manquer de la voir ! La copie imitait parfaitement le modèle et la
partie rappelait le tout. Chaque soir, parfois toute la nuit, il demeurait aux
pieds, aux pots de ses vivantes statues, de ses belles pétrifiées, les arrosant,
les caressant amoureusement. Elles étaient ses amies, ses confidentes,
l'Œuvre et la Muse, l'Amante, l'Enfant – l'Idéal.

Mais un soir, au plus obscur d'une nuit de novembre, Viktor pleura.
Il versa ses plus amères larmes sur la froide épaule de Rose, dans son
inaccessible sein et sur sa destinée malheureuse. Il était donc un incapable ?
Un impuissant ? Il pouvait tout – sauf cela ? Cela lui était refusé, interdit, lui
demeurerait inconnu, lointain – à lui ! À son génie ! À l'âme sublime qui
l'habitait ! Tandis que les autres, ces hommes stupides et vulgaires le
connaissaient, eux, qu'on le leur donnait tout simplement, sans qu'ils n'aient
même à faire d'efforts, à persévérer ? Car il y travaillait, lui, nuit et jour, le
voulait *comme aucun autre homme ne l'avait voulu*. Et cela lui échappait,
irrésistiblement.

Il s'approcha doucement de la baie vitrée sur laquelle perlaient les
gouttes de pluie, lentes et langoureuses qui le narguaient. Le jardin avait pris

une apparence fantomatique : un épais brouillard le dissimulait jusqu'au grand marronnier. Tout était indistinct, informe, seule une grande masse brumeuse, grise et verte ou bleue, s'offrait à ses regards. Tout était devenu nuage : les cieux avaient triomphé et étaient descendus sur terre pour lui rappeler sa place, son humaine bassesse, ses limites. Le paysage cotonneux, les fenêtres embuées, l'eau glissant à la vitesse d'une limace sur le verre, mollusque, tout faisait obstacle à sa vision, son savoir. Il détourna les yeux, de honte trop grande. Tout à coup il s'empara, au fond de sa poche, de son fidèle sécateur et courut emporté à la marguerite, à l'hortensia, au cactus... ! Il déterra leurs chevelures, les jeta au sol, les piétina de haine d'être par elles trahi et humilié ! Les déloyales ! Les ingrates ! Que tant et tant il aimait et chérissait, qui pourtant ne consentaient à lui donner cela !

Puis, la colère enfin passée, se laissa tomber au milieu d'elles, implorant leur pardon.

CHAPITRE III

Viktor Skorpión était désespéré. Certes il possédait chez lui la plus exceptionnelle sélection de femmes et de leurs membres, mais il ne pouvait en être totalement satisfait. En effet, il était parvenu à reproduire toutes les parties de l'anatomie féminine, à l'exception d'une. La plus désirable bien sûr. Il n'avait de ventre. Celui-ci n'arrivait point jusqu'à sa serre et il ne savait comment l'y faire venir. Pourquoi un sein, un orteil ou un nez apparaissaient-ils – et non pas *autre chose* ? Et surtout, pourquoi eux – et pas lui ? Il ne comprenait pas. Cette absence le plongeait dans la plus grande perplexité : il en perdait le sommeil, l'appétit – les omelettes les plus baveuses et les œufs en meurette eux-mêmes ne lui disaient plus rien – et jusqu'à son enjouement botanique habituel. Il n'entrait plus dans son laboratoire, soupirait en passant devant sa porte et laissait dépérir ses malheureuses filles, n'allant plus même les arroser. C'est Rose qui prise de pitié pour les plantes et guidée par l'amour de son maître, se doutant qu'un jour il regretterait son geste et leur assassinat, s'y rendait secrètement et rassasiait les terreaux desséchés. Elle prenait du plaisir à cette tâche, tentant d'imiter le Professeur, inondant certains humus et distillant l'eau à d'autres : elle s'occupait de lui en s'occupant de ses fleurs et lui prouvait ainsi son amour. Mais Skorpión ne voyait rien ou ne voulait rien voir et détestait tout le monde. L'Univers entier ne s'était-il ligué contre lui pour l'humilier de la sorte ? Il avait honte et en voulait à chacun, car chacun sans doute connaissait sa déconfiture et se moquait de lui.

Il ne sortait plus et demeurait toute la journée en sa chambre. Il y lisait des ouvrages de botanique et d'anatomie, où il espérait trouver des réponses à ses interrogations, mais qui étaient toujours, naturellement, éminemment décevants et dépourvus d'imagination. Seul un ouvrage lui parut digne d'intérêt : c'était le recueil écrit par le père Penny lors de son voyage dans le Pacifique, au sein de l'équipage d'Alvaro de Saavedra Cerón, dans les années 1520. Il y relatait un cas de zoïdogamie inter-espèces dont il jurait sur la tête de Jésus qu'il l'avait vu, de ses yeux vu : une femme, qui voulait à tout prix un enfant mais se trouvait sans époux, implora le secours de Nipepenimong – dieu très fertile – et partit se baigner ensuite dans la mer. Quelques jours plus tard, elle vit qu'elle était grosse. Deux mois après, elle mit au monde un petit enfant qui jusqu'au ventre ressemblait en tous points à un humain, mais, dessous, était une algue. Il fut pris en horreur par tout le village qui, faisant fi des cris de sa mère, laquelle le voulait garder, l'emporta dans la forêt et le jeta dans le fleuve d'où il venait. Bien mal leur en prit, car ils furent un par un châtiés de leur intolérance. Il écrivait aussi de petits articles pour la faculté, où il ne disait rien, bien sûr, de ses recherches véritables et dans lesquels il chinoisait tout son saoul sur l'isogamie des algues clobyacées et la stratégie de perforation des corolles par les bourdons aux proboscis courts. Il les déposait, la nuit venue, sur le pas de sa porte, et Rose se chargeait de les envoyer par la Poste. Il n'y était pour personne, pas même pour Don Matéo qui lui laissa maintes lettres remplies de protestations d'amitié et de demandes inquiètes : si seulement Viktor pouvait le rassurer sur son état ou autoriser ses domestiques à lui parler, il lui en serait si reconnaissant… ! Il s'attristait de savoir son ami enfermé, peut-être malade ou affligé, et de ne pouvoir lui apporter son secours. Rose et Louise ne le voyaient plus : elles avaient reçu l'ordre de déposer un plateau devant sa chambre lors des repas et de ne point se soucier de lui. Qu'elles fassent toutes choses à leur guise, il n'en avait cure. Lorsqu'elles se mettaient à table dans la cuisine, elles n'osaient se regarder ni parler et toutes leurs pensées étaient concentrées là-haut, sur l'absent.

Un jour il descendit, livide, cerné et sale, en pyjama blanc. Il semblait être sorti de la tombe. Les servantes, quoique choquées par cette vision, gardèrent leur calme et firent comme si elles n'avaient rien remarqué de son changement. Il demanda du thé vert et à manger. Une fois servi, il demanda aux deux femmes de déjeuner avec lui.

— Cela me ferait si plaisir.

— Mais à nous aussi, voyons ! Et plus qu'à vous ! répondit Rose en riant.

Ils parlèrent de tout et de rien, des nouvelles de Deauville, de gens qu'ils connaissaient, de choses lues dans les journaux ou les magazines – Rose était friande de ces magazines de faits divers plus ou moins authentiques qui narrent des crimes sanglants et d'infamants adultères : elle les lisait à Louise pendant qu'elle épluchait les patates ou tordait le cou à un lapin. Viktor apprécia leur conversation, leur douceur. Il voyait bien qu'elles lui portaient toutes deux une sincère affection. Au moment du dessert, il annonça qu'il allait prendre un bain, se coiffer, s'habiller et sortir. Il comptait se faire raser chez Monsieur Yves et aller en promenade sur la plage.

— Monsieur, vous savez sans doute que nous sommes en février ? Il fait très froid et il y a beaucoup de vent, expliqua timidement Rose.

—   Eh bien, nous prendrons un taxi ! J'appellerai et il viendra nous chercher ici. Et plutôt que sur la plage, nous irons aux emplettes.

—   Vous comptez certainement sortir avec Monsieur Diaz. Dois-je l'appeler pendant que vous serez au bain ? demanda la jeune femme.

—   Diaz ? Comme si je voulais voir Diaz ! Il me répugne. Non, nous nous baladerons tous les trois ! Et je vous achèterai de belles robes. Vous portez toujours les mêmes habits, car je manque à tous mes devoirs et ne vous fais jamais de cadeaux. Je suis impardonnable.

Rose s'était levée, tressautait de joie et était près d'embrasser son patron tant elle était contente. Elle ne pensait aux robes, mais songeait qu'elle allait « sortir » avec Monsieur. Certes Louise serait avec eux, mais tout de même ! Peut-être leur donnerait-il le bras ! Ce serait merveilleux.

—   Monsieur est tellement bon et généreux, mais je suis bien fatiguée et un peu malade aujourd'hui. Du diable si je n'ai pas attrapé une méchante tubercule ou pire. — Elle se força à tousser. — Allez-y, vous autres, ne vous privez pas pour moi. En revanche, si vous tenez absolument à m'acheter quelque petite chose, plutôt qu'une robe, j'aimerais mieux l'un de ces tricots qui protègent du froid, en grosse laine, ou un épais gilet, pour que je puisse aller à la boucherie ou chez la crémière sans prendre le mal. C'est toujours Rose qui y va à ma place, car je n'ai pas de manteau pour l'hiver.

Tout ce discours avait été fait sur un petit ton plaintif et néanmoins intéressé, plus exactement plaintif parce qu'intéressé : Skorpión avait bien compris qu'il ne s'en tirerait à si bon compte, que sa cuisinière voulait un manteau bien chaud et cher et qu'il devrait débourser pour elle une grosse somme. Mais il souhaitait lui faire plaisir et avait déjà décidé qu'il lui ramènerait une fourrure, afin qu'elle soit la cuisinière la mieux couverte et la mieux vêtue de Normandie. Il lui ferait la surprise.

—   Rose, vous n'oserez pas refuser mon invitation : Louise nous lâche, mais vous ne pouvez m'abandonner à votre tour. Et je ne connais rien à la garde-robe féminine : vous choisirez pour Louise et pour vous.

Rose se mordit les lèvres de joie non dissimulée et adressa à sa comparse une œillade que la gratitude se partageait avec la malice. Louise n'était pas malade pour un sou, mais elle savait son amour : elle lui ménageait un tête-à-tête avec le Docteur.

Rose et Viktor montèrent se préparer. Ce n'était pas un moindre effort pour la soubrette, car elle voulait être sublime et paraître une dame. Fort heureusement, certains de ses anciens patrons s'étaient montrés particulièrement généreux en échange de certains services privés qu'elle leur avait rendus. Elle avait donc de très belles robes dans sa penderie et un manteau d'hiver noir assez élégant. Elle enfila une robe en laine grise, à manches cloches, ceinturée de dentelle blanche à motifs floraux. Elle avait opté pour le gris, en supposant que Monsieur aimait cette couleur puisqu'il lui avait offert une nuisette argentée. Elle mit un long collier de fausses perles à son cou, son manteau, des gants blancs et un chapeau cloche ardoise : ce n'était pas même le gris souris de la robe. Elle était désemparée. Sa tenue n'allait pas du tout, la robe jurait avec le chapeau, les gants avec le manteau… Enfin, diable ! Comment pouvait-on être bien mise en étant pauvre ? Ses robes étaient belles… séparément. Elles lui avaient été offertes l'une après l'autre et elle ne possédait les accessoires assortis. Elle se laissa choir sur le lit, dubitative. Elle se résigna : elle se vêtit d'une robe noire, ceinturée aux hanches, de bas noirs et de son manteau. Le chapeau ardoise seul rappellerait la fameuse nuisette. Elle sortit de la chambre, un peu déçue à l'idée qu'elle ne provoquerait pas chez son patron la pâmoison tant espérée. Il passait dans le couloir au même moment : il portait un pantalon anthracite – avait-il eu la même idée ? – une chemise citron et un gilet vert sapin ; il semblait un jeune écolier ou une frêle perruche. De toute façon, il était d'une mignonnerie extrême. Sans compter ses mocassins bicolores, marron et blanc, qu'elle n'avait pas vus au premier coup d'œil : on ne voyait qu'eux pourtant.

– Vous êtes très élégante.

Ce compliment la rasséréna tout à fait. Ils descendirent les escaliers ; Louise les attendait sur le pas de la porte :

– J'ai appelé le taxi, il est devant la maison.

– Merci Louise. Êtes-vous prête ?

Et il tendit son bras à sa jeune compagne. C'est elle qui crut tomber en pâmoison.

Ils passèrent au salon de coiffure, où Monsieur se fit tailler la barbe et la moustache. Rose suivait la scène avec effroi : elle croyait à chaque instant que l'un des enragés coups de lame de Monsieur Yves allait lui trancher la gorge. Car le barbier avait une technique qu'il disait italienne et employait rien moins que trois coupe-choux en même temps. On se fût cru chez Henry Ford. Skorpión observait cela avec exaltation : voilà bien un homme de sa trempe, un autre scorpion aux belles pinces. Le barbier lui rappelait sa propre rapidité à couper les chevelures féminines, son habileté passée et son renoncement. Il lâcha un soupir plein de regret. En effet, il avait définitivement abandonné sa toquade : il ne planterait plus le moindre cheveu dans un terreau, c'était entendu. Cette passion absurde lui donnait par trop de tristesse. Il avait décidé aujourd'hui, avant de descendre à l'office, de redevenir un scientifique sage et sérieux – et non point l'un de ces névrosés à lubies. Viktor sortit de la boutique parfaitement glabre (et sans perruque).

Puis ils se rendirent boulevard de la Mer, où se situaient toutes les boutiques les plus réputées. Ils entrèrent chez Patou, naturellement. Le petit vendeur rougissant les accueillit ; il semblait se souvenir du Professeur puisqu'il afficha un large sourire obscène en le regardant. Il devait espérer qu'il pourrait encore tâter de la lingerie et des collants au vu et au su de tous, sans qu'on y trouvât à redire. Il parut encore plus content de découvrir que Monsieur était accompagné ; il se figurait déjà qu'il entreverrait quelque cuisse ou un corsage derrière le rideau des cabines. Skorpión le désillusionna immédiatement :

—		Nous voulons des robes, mon ami, des chaussures, des écharpes, des manteaux, des gants, des sacs et que sais-je encore ? Toute chose qui puisse protéger Mademoiselle du froid de février et la contenter ! Voyons, pour une blonde… du bleu bien sûr, du vert, c'est une évidence, du gris… Vous aimez cela, n'est-ce pas ? – Rose acquiesça et sourit. – Du violet, du rose poudré – enfin, des couleurs froides. Vous connaissez votre métier !

—		Puis-je suggérer le rouge ? Car le rouge convient également aux blondes, déclara dogmatiquement le garçon.

—		Bien évidemment ! Le Rouge ! annonça Viktor, comme si une incarnation du rouge allait pénétrer dans la boutique en tenue d'apparat.

Le jeune Paul, bientôt accompagné d'un autre vendeur, puis d'un troisième – car ces petites choses se multiplient plus vite que les pains par Jésus, par le pouvoir du Sonnant et Trébuchant – déposaient devant Rose, assise dans un grand fauteuil, comme aux pieds d'une déesse, les jupes volantées, les franges affolées, les laines dentelées, les cuirs tièdes, les vestes ornées de fourrures… ! que le Docteur caressait d'une main amère. Ah ! Les belles toisons tant aimées ! Les pétales parfumés ! Les feuilles délicates… ! Tout cela était bien fini : c'était un rêve. Une folie. Don Matéo avait eu raison de se moquer, de ne rien voir – puisqu'il n'y avait rien.

Rose essayait des tenues superbes et tout lui allait à ravir. Elle ne boudait pas son plaisir. Viktor lui acheta une quantité invraisemblable de vêtements, plus qu'elle n'en avait eus en toute sa vie. Il lui demanda si elle voulait bien porter immédiatement sa robe de laine rouge et le manteau assorti ; des mules complétaient l'ensemble. Elle ne se fit guère prier. Elle quitta l'établissement au bras du Professeur. Les paquets étaient transportés par les garçons dans le taxi, qui les déposerait à la villa. Pour ce qui était d'eux, ils reviendraient à pied.

Ils se promenèrent au centre-ville, vagabondèrent au marché. L'air froid revigorait notre convalescent qui n'était sorti du *Lys* depuis trois mois. Le botaniste voulut se montrer franc avec Rose, jusqu'à une certaine mesure du moins :

—		J'ai rencontré d'énormes difficultés dans mes recherches. Des difficultés… insurmontables. Qui m'ont grandement affligé. Je travaille si dur, je me consacre corps et âme à la Science, j'ai renoncé à… beaucoup de choses pour elle. Je n'ai pas d'épouse, je n'ai pas fondé de famille, je lui ai tout sacrifié. Alors un échec, voyez-vous, prend immédiatement des proportions démesurées, qu'il ne prendrait pas peut-être chez un autre.

Encore faudrait-il qu'un autre s'adonnât aux mêmes étranges pratiques, mais l'on peut raisonnablement en douter.

—		Oui… Je comprends. Mais qu'est-ce donc qui ne marche pas ?

Cette question, comme vous pouvez l'imaginer, plongea Skorpión dans un certain embarras : il ne pouvait dire la vérité. Il s'arrangea avec elle, comme de coutume.

— Il s'avère, Mademoiselle Rose, que certaines… graines qui eussent dû donner telle… espèce ne la donnent pas et font naître tout, sauf ce que j'en attends. Alors je sème et je ressème, en vain. Mes graines toujours me déçoivent.

— C'est que ce ne sont pas les bonnes graines, Monsieur.

— Si, ce sont les bonnes graines.

— Comment le savez-vous ?

— Comment cela ?

— Oui ! Comment pouvez-vous être sûr qu'il s'agisse des bonnes graines, celles de l'espèce que vous voulez ? Vous les a-t-on vendues ? On a pu vous tromper. Vous êtes si bonhomme qu'on vous aura abusé.

— Non, on ne me les a pas vendues…

Pas toutes, pensa-t-il, car il y en avait bien qu'il avait achetées à Monsieur Yves.

— Alors, d'où les tenez-vous ?

— Je les ai… recueillies.

— Où cela ?

— Un peu partout.

— En ce cas, vous ne pouvez être certain que ce sont bien les graines que vous croyez.

— Mais si ! J'en suis certain.

— Que donnent-elles ces graines ? D'autres espèces ? Eh, ce sont donc les graines de ces espèces-là et elles ne peuvent donner autre chose. Une vache ne peut donner qu'un veau et non un petit lapin. Une poule pondra un œuf d'où sortira un banal poussin et non un extraordinaire paon. Il faut qu'il y ait un rapport de… comment dites-vous ? – Elle chercha ses mots en regardant le sol et en se mordillant les lèvres. – Un rapport d'identité, de similarité, entre la graine et la plante, la mère et l'enfant… Diable ! Si vos graines ne donnent pas ce que vous croyez qu'elles doivent donner, c'est que ce ne sont pas les bonnes graines et que vous devez en changer.

Le Professeur s'arrêta, chancelant, comme s'il avait reçu un gros coup sur la tête – et c'était en effet un coup de massue que le discours que venait de lui tenir Rose. *Il fallait un rapport d'identité, de similarité, entre la graine et la plante, entre la mère et l'enfant…* Il leva les yeux sur la petite soubrette : elle était un génie méconnu, un scientifique masqué en femme de chambre, une Marie Curie d'intérieur. Elle avait alors le regard rivé sur un panneau d'affichage qu'on avait planté devant le casino : sans doute était-ce le menu du restaurant. Il songea à l'y inviter pour la remercier et se tourna vers les écritures. Il s'agissait en vérité d'une publicité pour les cures marines de Trouville. Tout à coup un mot jaillit entre tous, perça le papier où il était couché, la vitrine qui l'abritait, l'air froid de ce mois de février, la prunelle du Docteur et vint s'imprimer en gros caractères majuscules en toutes les parties de son génial cerveau ; c'étaient les lettres :

« É.P.I.L.A.T.I.O.N »

Il ne sut jamais comment il rentra chez lui ce jour-là, ni s'il parla encore à Rose, ni ce qu'il avait pu lui dire. Il se souvenait seulement qu'il était dans un état second, de joie et d'excitation extrêmes, qu'il s'était repris de passion pour sa collection et qu'il aimait désormais Rose à l'égal de ses fleurs, ce qui n'était pas peu dire. Toujours est-il qu'il se trouva, à un moment inconnu, revenu dans sa maison et debout dans son salon, devant la porte fermée de son laboratoire. Il était ému, comme on l'est devant la porte de sa maîtresse que l'on franchit pour la première fois, et très inquiet : qu'étaient devenues ses filles en trois mois ? Il ne les avait arrosées ni soignées ; toutes devaient être fanées et mortes ; il ne trouverait en poussant la porte qu'un amas de feuilles sèches et de pétales flétris, apportant sur la terre dure et noire quelques taches de couleur ternes et fades. Il se figurait le rose déteint, le lilas cadavérique, la turquoise pâle des veines, le vert lichen des tombes, le blanc des linceuls presque gris... Seul le rouge sang serait demeuré fidèle à lui-même et éternel : il n'y a que lui qui ne s'efface point, qui ne s'estompe ni ne s'absolve... Viktor, abattu, repentant, se honnissant d'avoir manqué à son devoir paternel, de leur avoir fait si grand tort, poussa timidement la poignée et laissa s'entrouvrir la porte. Le spectacle qui l'attendait dépassait l'entendement.

Une profusion de couleurs l'éblouit : la serre regorgeait de roses, d'oranges, de mauves... ! Les bleus se dégradaient en aigue marine, en cyan, en ardoise, paon, lavande, azur, en sarcelle et en cobalt... ! La prune côtoyait le carmin, la grenadine l'incarnat, la fraise était voisine du corail, la pourpre méprisait ses rivales, l'écarlate et le cramoisi en rougissaient jalouses... Le champagne irriguait les champs de maïs, le miel coulait doucement sur les ocres et les canaris se posaient sur les épis de blé après avoir, en volant, fait s'élever des nuages de safran. Enfin le Vert, couleur reine, régnait en majesté. L'anis, le sapin et la menthe envahissaient vos narines, endormaient vos sens, tandis que la fée absinthe vous plongeait dans son grand verre à pied, vous y baignait sensuellement, vous caressait de sa langue, de ses bras ailés et tout en un coup, vous noyait sous ses baisers. Le soleil, tout à coup haut dans le ciel, qui traversait les nuages, la brume océane et les grandes croisées, se reflétait sur ces pierres innombrables : les jades, les émeraudes, les péridots, les turquoises, les opalines couronnaient ce jardin d'hiver, lui faisaient une grande robe d'apparat et de petites gouttes de pluie, diamants oubliés, perlaient par milliers sur les carreaux. Tout était morne au-dehors, éteint, en sommeil et presque mort ; ici, les feuilles irradiaient et on eût cru que le soleil avait été enfermé là, dans cette grande pièce moite, que sa lumière provenait de leurs ramures et non des cieux – ou sans doute formaient-elles une nouvelle constellation ! Leurs nervures projetaient leurs longs rayons sur le monde et leurs limbes ne méritaient ce nom : elles étaient la vie véritable plus que ce demi-monde, plus que cette demi-vie au-delà des vitres – ces Limbes authentiques.

Viktor demeura bouche bée et dut presque fermer les yeux, tant le scintillement pareil à celui du soleil d'été sur l'océan le brûla et l'aveugla. Il devina derrière lui la tendre présence. Rose se tenait dans le salon, à quelques pas, si apeurée qu'une biche. Monsieur serait fâché sans doute qu'elle ait osé toucher à ses fleurs. Elle craignait sa réaction. Il se tourna vers elle, ses froids yeux verts embués de larmes et emplis de reconnaissance. Il ne parvint à prononcer le moindre mot, mais elle comprit qu'il la remerciait en pensée et quitta les lieux : elle voulait le laisser seul avec elles et fêter leurs retrouvailles. Elle l'aimait assez pour tolérer qu'il eût des maîtresses et aimer celles-ci. Elle était décidément la compagne idéale.

Le Professeur ferma la porte derrière lui et procéda à une inspection. Tout était en place, vivant et prolifique, rien n'avait dépéri, toutes même s'étaient développées avec exubérance et sans pudeur. C'en était presque gênant. Les croupes s'étaient arrondies, étaient devenues indécentes, parfois obscènes, certaines plantes semblaient à quatre pattes, d'autres arboraient un séant énorme, le donnaient à voir comme ouvert et moqueur, bouches grimaçantes et rieuses. Les seins avaient désormais la forme de longues poires et pendaient un peu ; ils s'étaient remplis de laits ou de sucs qui coulaient lentement, gras et visqueux, de leurs mamelons trop lourds et distendus. Les lèvres offertes, pulpeuses comme des grenades, ne dissimulaient plus de grosses langues avides et mobiles ni les dents carnassières ; elles paraissaient des sexes ou des dionées. Viktor était pantois : son jardin était maintenant si grossièrement sensuel, dépourvu d'élégance et de grâce, présentait un catalogue de chairs molles et adipeuses qu'on eût pu pétrir et qu'on n'eût point abîmées. En un mot, il avait cessé de lui ressembler. Vivement qu'il reprenne les choses en main et retrouve dans son laboratoire une collection décente et austère. Rose avait eu la main verte, beaucoup trop verte. Elle avait donné à la végétation une fertilité dont il se serait bien passé, mais qu'importe : les spécimens étaient saufs et dans une santé sans pareille. Il décida de n'en rien couper et d'attendre : peut-être modéreraient-ils d'eux-mêmes leurs ardeurs. Il les toucha doucement, les examina, vérifia la sécheresse des humus – il comprit bien vite l'erreur de Rose : les pots étaient inondés. La petite soubrette avait abondamment mouillé son jardin et s'était montrée par trop généreuse. Une petite période d'aridité s'imposait. Bien évidemment, il vérifia autre chose : que l'Insaisissable ne fût point là. Et il n'y était en effet. Toutes les parties du corps féminin se trouvaient représentées, sauf celle-ci, qui se refusait obstinément. Il fallait donc se résoudre à l'évidence : les cheveux ne faisaient point l'affaire. Il devait trouver autre chose. La remarque de Rose – comme toujours, son salut lui venait d'elle – lui avait ouvert des horizons nouveaux : un rapport d'identité, de similarité, devait unir la graine et la fleur, la mère et l'enfant, autrement dit l'engrais femelle et le spécimen désiré. Il voulait un pubis : il lui en fallait les poils. C'était le lien. Ce qu'il avait oublié et ne lui était apparu avant la leçon de Rose. Comment les récolter ? La moisson semblait ardue : il ne pouvait en demander à ses servantes ou en couper aux dames dans les dîners. Là encore, Rose lui avait indiqué le chemin, en jetant au moment opportun les yeux sur les panneaux publicitaires du casino et attirant les siens sur les prestations des thermes. Il fallait épiler une femme. Mais comment s'y prendre ? Ce n'était pas tant la difficulté pratique qui l'interrogeait, car il songeait que l'on rasait certainement un pubis de la même façon qu'une barbe et qu'il était plutôt habile dans cette matière, étant accoutumé à élaguer ses buis, mais plutôt l'occasion qui lui manquerait, ne voyant pas du tout comment se procurer une femme consentant à les donner ou inconsciente à laquelle il pourrait les subtiliser. La station ne proposait pas tel service ; à son grand dam, les femmes se départaient uniquement de ceux des jambes et des aisselles, et seulement en été, afin d'être glabres en tenue de bain sur les plages ; l'hiver, elles gardaient leurs fourrures intactes.

Droguer Rose et les lui prendre ? Non, il ne pouvait faire cela à sa domestique ; du reste, elle le soupçonnerait bien vite, puisqu'ils n'étaient que trois dans la maison. Offrir à Monsieur Yves de lui en acheter ? Il semblait un marchand efficace et peut-être s'approvisionnerait-il en poils si efficacement qu'en cheveux ? Mais c'était un homme volubile et indiscret : il aurait tôt fait de répandre la chose en toute la région. Quel genre de femme pourrait accepter de les lui vendre et garder le silence ? Son œil ambré vrilla d'avoir trouvé. Demain, il se rendrait à Paris.

Il fut à la gare vers cinq heures : il voulait monter dans le premier train. Il avait pris prétexte de son travail et d'une rencontre à la faculté pour expliquer son départ à ses servantes. L'air était froid et humide ; la pluie tombait à verse depuis la veille. Les quais luisaient dans l'obscurité du matin et par endroits, des flaques formaient des miroirs argentés et scintillants. La gare n'était point laide : elle était tout en ogives et en colonnes, comme une église. Le silence qui y régnait était religieux lui aussi. Un homme mordait dans un sandwich, un autre examinait fixement son billet, un troisième disparaissait dans son col. Tous entrouvraient une paupière bouffie et tombante, frottaient malhabilement un coin d'œil jaune encore de la nuit écourtée et semblaient engourdis par le sommeil. Un employé des chemins de fer arpentait paresseusement les quais et saluait les passagers, d'une voix molle et rauque, matinale, en se raclant la gorge de temps en temps. Cet air hagard, qu'on trouve aux travailleurs de nuit et aux voyageurs de l'aube, donnait à toute leur figure une apparence débonnaire et créait entre eux une muette solidarité. Skorpión, seul, était toutes pinces dehors, prêt à découper des toisons. Il avait emporté sa mallette de Professeur afin de rendre son mensonge crédible et, bien sûr, une petite sacoche de soie rouge au fond de la poche intérieure de sa veste. Il avait l'esprit tout occupé à la réalisation de son But.

Les rails commencèrent à trembler et la gare aussi parut mise en branle. L'acier contre l'acier crissait et ce bruit assourdissant semblait un hurlement de douleur et de mort. Les bielles motrices entraînaient les roues dans leur rapide rotation, les enchaînaient à ce déplacement forcé ; elles luttaient pourtant et eussent préféré leur immobilité première. Tout dans la locomotive s'entrechoquait et fulminait, tous les matériaux avaient été longuement transformés, modelés, ratiboisés, forgés par l'Homme puis, pourtant ennemis, contraints à un accouplement nouveau et contre nature : ils devaient ensemble se mettre en mouvement. Les ouvriers grondaient en son foyer la machine, frappaient à l'intérieur d'elle de grands coups de pelle, enfonçaient dans sa cheminée leur charbon, l'embrasaient, la fouillaient – et elle subissait leurs assauts, impuissante géante. Seule la fumée noire qu'elle expirait puissamment disait le deuil qu'elle avait fait d'elle-même.

Tout à coup, Viktor perçut de petits claquements secs sur l'asphalte, irréguliers et rapides. On courait. Il ne découvrit rien d'abord dans l'effrayante nuée. Il plissait les yeux, espérant mieux voir, enfonça ses lunettes sur son nez, croyant comme tous les porteurs de lunettes que cela améliorerait sa vue, se décida enfin à les retirer pour les frotter un peu à son mouchoir citron. À peine eut-il le regard baissé qu'il sentit la présence de l'Irréversible. Quelque chose était apparu qui devait apparaître. Se tenait déjà là, face à lui. Il le découvrirait bientôt, dès lors qu'il lèverait la tête, mais il voulait d'abord goûter le délicat instant de l'Attente. Son souffle était coupé, son poil dressé, sa main tremblante et tout son corps tendu par l'impatience réprimée. Enfin, il contempla.

Une femme était sur le quai.

Elle portait de minuscules escarpins rouges, dont les brides encerclaient les plus fines chevilles. Son tailleur, très serré, attaché par une large ceinture et sa cape, tout de noir, laissaient deviner un frêle squelette, de petits seins fermes et une taille menue. Un extraordinaire visage parachevait ce corps. Il était d'un ovale parfait, les joues d'un rose foncé, peut-être trop fardées, les lèvres en cœur, petites sur les côtés et très épaisses en leur milieu, le nez petit et droit, les yeux azur et ronds, parés de cils absurdement longs et d'une arcade superbe, mélancoliques et doux, un peu intimidés d'être aussi jeunes. La chevelure lui descendait jusqu'au milieu du dos ; elle était épaisse, légèrement ondulée, éblouissante malgré qu'elle fût brune. La jeune fille entra dans le troisième wagon, compartiment 8.

Skorpión l'y suivit : c'étaient aussi les siens.

L'astragale était parfait.

Les voyageurs s'assirent non loin l'un de l'autre, du moins le Professeur pouvait-il commodément observer ce bel échantillon du sexe féminin. Il ne lui adressa pas la parole ; il avait mieux à faire : il planifiait sa journée. Il arriverait à Paris vers neuf heures, se montrerait à la faculté et déjeunerait au *Train bleu*, où il avait ses habitudes. Après son repas – il avalerait sans doute l'émincé de poulpe mariné dans ses œufs en gelée ou la goûteuse omelette aux morilles –, il se rendrait chez Madame Vesper, qui méritait bien son nom de « Vénus du Soir ».

Sa vénus ferroviaire, quant à elle, s'était liée avec l'une de ses voisines :

— Je prépare en ce moment mon baccalauréat à Sainte-Marie de Neuilly. Je loge chez ma tante à Paris. Mais je reviens toujours pour les vacances, car je me sens assez seule à la capitale.

Elle ne restera pas seule longtemps, la bougresse ! D'ailleurs, des bougresses, il allait en voir plusieurs aujourd'hui. Hors de question de monter avec la première venue : il voulait avoir le choix et faire sa sélection. Naturellement, ce qui était son unique critère véritable ne pourrait le guider : il ne verrait les toisons avant de monter. Partant, il jugerait d'après :

— la qualité de la chevelure ;
— l'épaisseur et l'harmonie des sourcils ;
— la présence d'une moustache ou d'un léger duvet ;
— la pilosité des aisselles et des jambes.

Pour ce qui était de son Aphrodite matinale, la chevelure était sublime, dense et opulente, très brillante et point abîmée. L'on sentait pourtant la coquette, qui y consacrait beaucoup de temps. Il en voulait pour preuve qu'à cinq heures du matin, sa coiffure était digne d'une soirée mondaine. Elle avait vraisemblablement exécuté une mise en plis soignée, de façon à ce que ses cheveux soient bouclés à l'extrême ; elle les avait ensuite brossés pour les lisser et garder uniquement de grandes ondulations. Elle n'avait donc fait l'effort de la mise en plis que pour obtenir ce volume si impressionnant. Son sourcil, long et fin, taillé en aile de pigeon, semblait un trait d'encre dessiné par un moine calligraphe ; c'était un fragile nid d'alouette au bord du lac des yeux. Il n'y avait de moustache, peut-être un très léger duvet blond au-dessus des commissures supérieures des lèvres. De poils autres que ceux-là, il eut beau chercher, il n'en vit pas le moindre. Ce n'était pas très grave : il en verrait d'autres aujourd'hui. Comment amènerait-il sa demande ? L'usage commandait-il de prévenir d'abord Madame Vesper afin qu'elle présélectionne les candidates que cette prestation ne contrarierait pas ? Cela serait un peu embarrassant. Il se rappela que le vicomte Fulvio assurait que les filles de Madame Vesper étaient les plus arrangeantes de Paris et qu'elles disaient oui à tout. Il n'exigeait tout de même pas grand-chose. Il ne désirait pas même de copulation. Elles devraient même lui témoigner reconnaissance et affection qu'il veuille si peu de choses d'elles, qui cependant étaient pour lui beaucoup – mais cela, d'aussi vulgaires créatures ne pouvaient le comprendre. Une Rose était capable d'entendre l'importance de l'expérience et de la trouvaille qu'il s'apprêtait à faire, mais non une stupide putain.

      –   Oui, j'ai un ami, nous sommes pour ainsi dire fiancés. Il vient souvent à la maison et mes parents l'approuvent. Il est étudiant en philosophie à la Sorbonne et je vais le voir chez lui aujourd'hui dans sa petite chambre d'étudiant. Enfin… nous irons nous promener aussi un peu sur les quais de Seine.

Elle ajoutait ces mots pour ne pas passer pour une garce, vain effort.

      –   Il est si gentil et beau. Nous prévoyons de vivre à Paris une fois mariés. Il sera professeur à l'université et je ferai des études.

Mensonge ! Combien parions-nous qu'elle sera vendeuse au Printemps ou que ses parents, s'ils sont assez riches, lui donneront de l'argent pour entretenir son petit professeur ? se demandait à lui-même Skorpión. L'amour était décidément une illusion répugnante, un jeu de dupes où l'on perdait à tous coups. Il était bien content de n'avoir jamais été trompé par quelque désir qu'il eût confondu avec lui. Il se renfrogna et cessa d'écouter.

À son arrivée à Paris, il choisit de ne pas suivre la Fille du train. Il savait de toute façon où elle allait et ce qu'elle laisserait son ami lui faire. Il ne put réprimer une grimace de dégoût. Il passa à la faculté, déjeuna au *Train bleu*. Il avait besoin de prendre des forces et de se donner du courage avant son aventure du jour. Jamais encore il n'avait pénétré dans une maison et sans doute ces femmes-là en auraient-elles l'immédiate intuition. Elles devaient avoir le flair de l'habitué et celui de l'ignorant. Elles se moqueraient sous cape, probablement. Après tout, il n'en avait cure : il était un génie et elles étaient des putains. Si quelqu'un était en droit d'éprouver du mépris, de la répugnance, c'était lui et non pas elles. Il but un grand verre de cognac et se décida à partir. Il demanda l'addition et offrit un généreux pourboire : c'était jour de fête et le garçon avait, à son insu, participé au succès de ses recherches.

Une fois dans la rue, il marcha d'un pas rapide et mécanique, emmitouflé dans son écharpe et le visage presque masqué par elle, jusqu'au lieu de la récolte. Il arriva enfin chez Madame Vesper.

Ce qu'il prit pour un homme l'accueillit froidement en le détaillant de bas en haut. Il salua, ne sachant trop ce qu'il fallait dire ensuite. Heureusement, une grosse dame vint à lui et lui proposa de la suivre au salon, ce qu'il fit. Plusieurs filles étaient assises ou allongées là, les unes feuilletant des revues, d'autres jouant aux cartes et certaines immobiles comme des mortes et regardant dans le vague. Il fut bien entendu attiré par ces dernières exclusivement. Il eut néanmoins la crainte qu'elles fussent opiomanes. Or, il lui fallait un spécimen sain.

–   Je me présente, car nous ne nous sommes jamais vus, je crois : je me serais souvenu d'un jeune homme comme vous.

Elle mit dans ce compliment un petit ton de minauderie qui rappelait dans la vieille maquerelle la jeune prostituée.

–   Je suis Madame Vesper, vous êtes chez moi. C'est votre première fois ici... Mettez-vous à l'aise. Voulez-vous me donner votre manteau ?

–   Non, cela ira.

Elle comprit que le monsieur était là pour faire son affaire rapidement et peut-être tout habillé : elle s'adapta.

–   Faites votre choix, toutes les filles disponibles sont ici. Vous êtes peut-être à la recherche d'un type en particulier ?

Il hésita : pouvait-il se montrer tout à fait honnête ? Il choisit de l'être à demi et se pencha vers l'oreille de la patronne.

–   Une brune aux yeux bleus, poilue en bas, chuchota-t-il.

Elle sourit d'aise et de fierté :

–   J'ai tout à fait ce qu'il vous faut.

Elle appela « Pauline », qui jouait alors bruyamment aux cartes. Ce n'était celle que voulait Viktor – il avait déjà jeté son dévolu sur l'une des alanguies – mais qu'importe : ce n'était qu'un test, il pourrait toujours revenir pour le chef-d'œuvre après avoir réussi le brouillon. La jeune femme se leva de mauvaise grâce, mais fit meilleure contenance à Viktor après avoir croisé le regard réprobateur de Madame.

–   Bonjour, vous.

Elle lui fit signe de la suivre. Les yeux presque maternels de Madame Vesper les accompagnèrent dans l'escalier et les couvèrent jusqu'à l'étage. Elle était une vraie mère pour ses filles.

La porte de la chambre se referma derrière lui.

–   Vous voulez quoi exactement ? lança-t-elle sans attendre.

Elle était du genre pressé : elle devait être en train de gagner à la belote et regrettait d'avoir eu à monter.

–   Ma demande est... un peu spéciale.

Elle éclata de rire.

–   Mon chéri, toutes les demandes qu'on me fait sont spéciales, alors plus rien ne m'étonne. Jette-toi à l'eau, qu'on en finisse.

–   Je voudrais... des poils.

–   J'ai ce qu'il faut, t'inquiète, répondit-elle en soulevant une jambe et en la posant sur le lit, dévoilant du même geste une luxuriante fourrure.

Il baissa les yeux. Elle jugea qu'il n'était point satisfait, alors qu'il l'était par trop.

–   C'était pas ça que tu voulais ?

Elle reposa la jambe sur le sol et croisa les bras.

—   Si… enfin…

Il tergiversa désormais, quoique ce ne fût plus le moment. Elle prit pitié et crut comprendre.

—   Allons… si vous êtes intimidé, ce n'est pas bien grave. Je serai gentille. Je ne mords pas, allez. Et il n'y a pas de honte à ce que ce soit… une première à votre âge.

Il l'interrompit, très humilié, et cessa de prendre autant de précautions avec une vile putain :

—   Je ne veux pas coucher avec toi, idiote, je veux t'acheter tes poils. Je suis prêt à y mettre le prix, mais je veux te voir faire : c'est mon truc. Combien pour que tu te les tailles devant moi ?

—   Ces poils-là ? demanda-t-elle en désignant du doigt son entre-jambes.

—   Oui.

—   Tu les veux tous ?

—   Le maximum que tu pourras t'enlever.

—   Je dois les retirer au rasoir ou à la cire ?

—   Ni l'un ni l'autre : avec ça.

Et il lui tendit son sécateur. Elle s'en empara et dit :

—   Je crois avoir compris : ton truc, c'est que les femmes s'épilent comme si elles taillaient un buisson façon jardinage. Tu veux que je m'arrose un peu aussi ? lâcha-t-elle dans un sourire.

—   Contente-toi de ce que je t'ai demandé : combien pour ça ?

—   Je sais pas, c'est une vente à perte comme on dit, parce que beaucoup d'habitués l'aiment bien, ma grosse touffe.

—   Très bien. Combien pour compenser la perte ?

—   Hum… – Elle réfléchit longuement : elle avait bien senti qu'il y tenait absolument et qu'elle pourrait en tirer gros. Elle lui aurait bien donné pour 100 francs, mais songeait qu'elle pourrait en tirer davantage. Elle tenta le tout pour le tout. – Trois cents francs ! Cela compensera le manque à gagner, les passes que j'aurais pu faire et que je ferai pas par votre faute.

Il ne discuta pas même la somme et lui offrit deux billets de 100.

—   J'ai pas la monnaie, dit-elle avec espièglerie.

—   Cela ne fait rien, disons que le surplus achète votre discrétion.

Je vois. Cela sera notre petit secret, à vous et moi. Je dirai aux autres qu'on l'a fait et que vous étiez très bon. Elles se presseront de venir avec vous quand vous reviendrez. Car vous reviendrez, pas vrai ? Vous savez, mes poils poussent vite, dans un mois j'aurai la même chose.

Il sourit, sans néanmoins s'engager : il ne pouvait lui dire qu'il lui fallait à chaque fois un autre échantillon. Elle souleva sa nuisette et sa robe de chambre, posa son pied droit sur le lit, fléchit bien le genou, tendit la jambe gauche afin de ne pas perdre l'équilibre, avança la pince de Skorpión vers son sexe, puis s'arrêta soudainement. Le Docteur la regarda, chagriné et étonné.

—   Hum… vous ne voulez vraiment pas que je fasse quoi que ce soit d'autre ? Genre… me caresser, coller ce machin entre mes cuisses ? — Elle désignait l'outil. — Ce serait pas plus cher, vous savez.

Elle était bonne fille et voulait qu'il en ait pour son argent. Il répondit courtoisement :

—   Non, cela ira. Juste ce que j'ai dit.

Elle fronça les sourcils, presque déçue.

Elle poursuivit donc son geste inachevé et coupa ses poils avec le sécateur, comme s'il se fût agi d'une paire de ciseaux. Elle avait désormais en main une touffe et cherchait des yeux ce qu'elle pouvait en faire. Mais c'était sans compter la prévoyance extrême du Docteur qui avait déjà dégainé son attirail et lui tendait sa petite sacoche de soie rouge. Elle l'y glissa précautionneusement. Puis elle se remit au travail, enfonçant après chaque coupe la précieuse mèche en son petit fourreau, tandis que Skorpión surveillait le rasage, debout, tout habillé, couvert encore de son manteau, emmitouflé dans son écharpe, et attendait, tenant les cordons de sa bourse, afin qu'elle reste grande ouverte. C'était une bien étrange scène que jouaient là ces deux êtres minutieux et concentrés, comme s'ils transportaient de l'or ou des diamants au lieu de poils. Bientôt, il ne resta sur le pubis de Pauline que quelques poils ras, qui semblaient une fine barbe.

—   Vous savez, je n'arriverai guère à faire mieux : si vous en voulez davantage, il faudrait que je prenne des petits ciseaux. Vos pinces-là, ça n'est bon que pour couper les roses.

Skorpión eut une pensée bien involontaire pour sa soubrette.

—   Il suffit : j'en ai bien assez comme cela.

La putain lui rendit son sécateur. Le Docteur s'en saisit hargneusement, trop content de retrouver son métallique appendice et le rangea au fond d'une poche, tout contre la douce soie. La fille se rhabilla, noua d'un geste précis et nerveux son corset : le temps passé à se dévêtir et à se recouvrir, c'était de l'argent perdu à ne pas se faire faire la chose par un client. Elle se pressa la première vers la porte ; Skorpión l'avait observée longuement, sans bouger, et ses longs yeux verts avaient détaillé le corps malingre et osseux, les côtes apparentes, le nombril un peu trop grand, le manque de courbes, la taille semblable à la largeur des épaules, les hanches menues. Elle avait sans doute la syphilis, songea-t-il, ou quelque autre maladie que l'on contractait par les entrailles et qui se répandait ensuite partout, qui souillait tout le corps de la puissance énorme du sexe. Il dut secouer la tête de dédain, de déni, pour retrouver le sens et suivre la petite grue dans l'escalier d'ébène. Non, décidément, la pensée de la maladie et celle du sexe était trop horrible.

—   Au revoir, Monsieur. Au plaisir de vous revoir dans la maison. Rentrez bien chez vous !

Il se retourna légèrement sur la patronne, comme si elle eut pu savoir d'où il venait, qui il était. Il se hâta de partir sans mot dire, suivi du regard par l'étrange créature du début, qu'il avait aperçue la première à son entrée. C'était peut-être une femme, qui sait.

On ne sut jamais comment le Professeur passa du bordel à la gare, de la gare dans un train, ce qu'il fit durant tout son trajet, ni comment il arriva sur le parvis de la gare de Deauville – ni lui non plus. Là seulement, il reprit connaissance ou, plus exactement, il prit connaissance nouvelle, telle qu'il n'en avait jamais eue jusque-là, car il n'avait encore été si conscient ; jamais ses sens et son âme ne furent plus attentifs, plus tendus, plus présents à lui-même que ce soir.

Nous étions le 16 février 1921. Le ciel était d'un bleu électrique et presque roi ; il pleuvait ; l'air était chaud, étouffant, torride ; on se fût cru dans les forêts d'Amazonie. Le vent faisait tourbillonner en tous sens les petites gouttes qui paraissaient ces points tremblants que voit devant ses yeux étonnés et craintifs l'esprit malade ou le corps affamé. Ils voletaient, désordonnés et fous, devant les phares des automobiles, dans la lueur brumeuse des lampadaires, verte, azuréenne, orange, peut-être tout cela à la fois. Par moments, ils formaient d'étranges nuées, s'évanouissaient aussitôt et en dessinaient de nouvelles. On eût cru ces sculptures modelées par les tempêtes du sable effréné. Parfois, elles étaient colonnes ou tornades, puis rapides vagues, crachats de géant, élégantes arabesques de danseuses partant vite en fumée, plumes de paon et longs cils languissants, épines de roses, aiguilles de sapin, crépitements de feux d'artifice, larmes si rapides que des roues de locomotives, lumières crépitantes de son acier, et béance où l'on tombe, vertiges, rideaux violemment arrachés. Il était bouche bée et demeurait pétrifié. L'eau et l'air fouettaient son visage, pénétraient dans sa chemise, frappaient son torse, s'insinuaient sous ses vêtements. Et pourtant, il n'avait pas froid : tout en lui brûlait d'un feu nouveau. Les bourrasques étaient si violentes que toute la ville tremblait, se mouvait dans un va-et-vient haletant et inquiet, les charpentes de la gare, les armatures des réverbères, les ramures des arbres, les panneaux de bois et les bancs, les automobiles, les pavés de la rue et les ordures, les vitres des maisons, leurs volets, leurs portes ; tout objet, tout ce qui avait été jusque-là privé de vie, était maintenant animé et empli d'énergie. C'était une nuit à sortir du tombeau et revenir hanter les vivants. Les époux assassinés reviendraient dans les draps où on les avait remplacés ; les petites créatures informes encore, tuées dans l'œuf, frapperaient à la porte de leurs mères, décharnées, manchotes ou troncs sans jambes, prématurées vives comme elles étaient, inachevées, exigeant un toit et de l'amour. Les hommes refusés, délaissés, morts garçons, viendraient prendre femme, à qui il ne sera demandé consentement : elles seront données, comme les captives au vainqueur. C'était une nuit digne de celle où le Docteur Frankenstein engendra sa créature et il y avait aujourd'hui assez d'électricité pour qu'on fît fête jusque dans les catacombes de Paris ! Le néant cosmique, illuminé comme l'azur d'une après-midi d'été, éclairait la figure angulaire de Skorpión, ses yeux jaunes et perçants, son nez aquilin, ses lèvres assassines. Il avait alors une beauté surnaturelle, celle d'un dieu ou du Diable.

Il rentra chez lui en volant, colonne de feu prête à engendrer son phénix.

Il envoya les femmes se coucher et s'enferma dans son laboratoire. Il se saisit d'un pot où avaient poussé quelques tiges, y enfonça le très précieux et retourna un peu l'humus. Il se leva, les mains pleines encore de terre et ouvrit toutes les fenêtres. L'averse entra, le vent flagella les corolles et les feuilles, la pluie lança ses grands jets fous. Skorpión passait entre les allées, riant tout seul et paraissant enragé. Il lançait aux fleurs des sarcasmes et des obscénités. Il leur disait qu'il avait créé le chef-d'œuvre qu'elles rougiraient toutes de voir, qu'elles baisseraient leurs pétales de honte et de désespoir, que les branches leur tomberaient quand elles le sauraient, qu'il avait produit l'Unique et l'Innommable, le Parfait. Que rien ne serait plus comme avant. Il leur promettait aussi de les couper, de les abattre, de leur faire mal, de les empaler, car elles n'étaient dignes de lui et de son amour, lui ayant toujours refusé ce qu'il désirait d'elles. Elles verraient bien ce qu'il leur ferait, il saurait bien se venger, qu'elles n'aient point de doute là-dessus. Elles étaient ignobles et sans cœur, insensibles, des pierres, des statues au lieu de femmes. Celle-ci serait de chair – enfin.

– Ha ha !

Il haletait et riait et pleurait un peu de tant les haïr, de se sentir par elles si méprisé. Il repartit à la fenêtre, fit quelques pas sous l'ardente pluie, tourna sur lui-même, les bras écartés, les yeux clos, messianique.

L'orage éclata.

La foudre fendit les cieux et l'océan et la terre. Skorpión voulait s'engouffrer dans l'abîme, s'enterrer vif sous le sable et brûler. L'éclair, bleu et or, blanc peut-être, brilla longuement au-dessus de la ville. Il semblait la main de Dieu, son doigt baissé vers la glaise pour y injecter la vie.

Le Docteur fut pris d'un spasme douloureux et bienfaisant. Il jouissait, déchargeait par l'âme et par le corps. Il resta un instant pétrifié puis, ouvrant les yeux, regarda le pot.

Le con de Pauline avait surgi de la vase infâme.

Skorpión se sentait le cœur d'un père et l'âme d'un génie. Il était Pygmalion, Frankenstein et Dieu le père. Il avait pris non à la côte d'Adam, mais au sexe d'une grue, de quoi engendrer une vie nouvelle. Il avait insufflé à la maigre pousse, tel Pygmalion à son marbre, beauté, harmonie et l'énergie qui lui manquaient.

Il avait fait de cette peau morte, de ce début de cadavre qu'est toujours une toison, du reliquat indigne et méprisable d'une pauvre fille qui ne l'était pas moins, un chef-d'œuvre végétal sorti du pot comme le monstre de Frankenstein était venu d'outre-tombe par la même puissance de l'électricité.

Maintenant, elle trônait là, surpassant ses rivales qui n'en méritaient déjà plus le nom, majestueuse et fatale, dressée par la vanité et le désir, béante et mystérieuse. Elle avait la forme d'une pyramide renversée ou d'un impossible volcan, car sa tige constituait son sommet, tandis que sa base était creuse et menait à l'abîme. Ses pentes étaient douces, charnues, comme recouvertes de plusieurs voiles, dans une chasteté fausse. Les volutes immaculées au bord pourpre lui rappelaient les sucres d'orge, ces énervantes spirales qui semblaient ne jamais finir – et vous narguer. Il eut tout à coup le souvenir de son enfance, lui qu'on eût cru n'en avoir jamais eue, des berlingots offerts par une cousine dans de petits sacs en forme de tétraèdre, qui s'appelaient « berlingots » eux aussi. Le contenu et le contenant avaient même nom – c'était drôle. Il chassa cette image de son esprit, fit même le geste avec ses doigts de repousser une imaginaire poussière sur la table du laboratoire. Elle paraissait sucrée et amère, l'étrange corolle enroulée sur elle-même, le serpent rouge et blanc qui arborait de si fières couleurs pour terrasser son ennemi. Pauline n'avait-elle la puissance d'emporter en son tourbillon le cœur des hommes ? Ne rendait-elle malade les bourdons qui s'aventuraient entre ses pétales, les fourmis qui s'y engouffraient confiantes, les mouches impatientes… ? Tout ce qui sortait d'elle n'était-il dès lors contaminé, contagieux, voué à la dégénérescence et la mort ? Ne cachait-elle, l'innocente sucrerie, le poison de la syphilis – le néant ?

Viktor l'admirait craintif. Il avait affaire, enfin, à une femelle qu'il pouvait traiter en égale. Il se coucha à peu près content et rêva de dragées confuses et de torsades multicolores. Il se perdait dans des escaliers en colimaçon, immenses et donnant sur rien, sur des vides abyssaux, il se reposait sur des Bêtises de Cambrai, moelleuses et profondes comme des coussins, il suçait des sucres d'orge avec la gourmandise d'un moine, car il se rappelait que des bonnes sœurs les donnaient à leurs frères pour calmer leurs maux de gorge, il voyait des pénides voler dans les airs au-dessus de Deauville et former de grandes nuées torsadées et moqueuses – il voulait les saisir toutes, mais ne pouvait. Il s'éveilla fiévreux et courbaturé. Il eut la désagréable sensation de découvrir sa combinaison – oui, il portait, non de modernes « slips » comme ceux de Don Matéo, mais des combinaisons longues, dignes du siècle dernier – humide à l'endroit de son entre-jambes. Il en fut honteux et humilié comme un adolescent surpris par sa préceptrice.

Une fois minutieusement lavé et vêtu proprement, il descendit tout guilleret.

— Vois comme cette nouvelle-ci est étrange ! Elle est comme entortillée sur elle-même et il y a un trou au centre.

—   On croirait les berlingots qu'on achète à la confiserie.

—   Monsieur n'en avait pas encore une comme ça. Ce doit être une excentrique ramenée de Paris.

Rose voulait sans doute dire « une exotique ».

—   Comment dis-tu qu'elle s'appelle ?

Rose se pencha vers le pot, plissa un peu les yeux, car elle n'y voyait pas bien, et déchiffra lentement pour ne pas se tromper :

—   O-xa-lis versicolor. Oxalis. C'est beau, c'est poétique. On croirait le prénom d'une dame.

La voix de Rose. Jamais encore Viktor n'y avait prêté attention. Elle était veloutée, sophistiquée et accentuait certaines syllabes ou certains mots qu'elle semblait prononcer avec amour : « excentrique », « beau », « dame ». Il se tenait là, sur la dernière marche de l'escalier, attentif et envoûté. Elle se tut et le charme se rompit. Il se dirigea vers les deux servantes.

—   Bonjour Monsieur. On admirait votre nouvelle recrue. Qu'elle est belle ! s'exclama Louise. On dirait un sucre d'orge.

—   Oui, répondit le Professeur, gêné. Je… je vais déjeuner.

—   Bien sûr, Monsieur. Tout est prêt. Louise vous a fait des œufs en gelée au jambon.

Il se rua sur la préparation, mais tout à coup sa fourchette se figea au moment d'entrer dans sa bouche. Les grosses orbites luisantes et globuleuses l'écœuraient. Il ne put réprimer une grimace de dégoût.

—   Monsieur, l'œuf est-il pourri ? Je n'ai pas senti d'odeur pourtant. Enfin, ils avaient l'odeur qu'ils ont d'habitude.

—   Non, Louise, vos œufs sont très bien, je n'ai rien à y redire, mais je crois que je vais manger autre chose ce matin. Quelque chose de plus… compact, consistant, qui n'aurait pas cet aspect… vaseux.

—   Nous avons acheté un gros pain aux noix et un gâteau au beurre chez le boulanger ce matin. Et… qu'est-ce qui n'est pas vaseux ? Du fromage ? Du saucisson ?

—   Très bien, très bien. Apportez-moi cela.

Rose se pressa de sortir et de ramener de la cuisine un énorme plateau sur lequel elle avait disposé un tas d'aliments durs et secs.

—   Le patron n'aime plus les œufs, voilà-t-il pas une nouvelle qu'elle est incroyable, souffla Louise à l'oreille de Rose pendant qu'elle cherchait d'autres choses encore.

La soubrette sourit : elle était ravie de ce que son maître eût abandonné sa marotte culinaire (qu'elle ne partageait pas du tout) et songea que s'ils étaient mariés, ils pourraient dorénavant manger les mêmes plats. Elle sourit davantage encore à cette pensée.

Skorpión ne le remarqua pas, trop préoccupé par son brusque changement de goût et par la présence dans sa serre de la nouvelle, de Pauline, qui attirait d'ores et déjà tous les regards et éclipsait toutes ses compagnes.

Qu'y avait-il donc dans un sexe féminin, dans cet infâme mollusque, dans cet œuf gélatineux, pour tant plaire à tout le monde ? C'était invraisemblable qu'il pût ainsi subjuguer. Il avala tout rageusement et nerveusement.

Une fois dans le salon, il eut le désir d'entrer dans son laboratoire afin de voir la chose, mais ne voulut y céder. L'oxalis, le pubis étaient, après tout, une fleur, un organe comme un autre ; ils étaient même assez banals, moins beaux, moins odorants que le lys, que la chevelure. Il n'y avait vraiment pas de quoi en faire tant d'histoires et de raisons de tant s'en occuper. Il enfila son manteau et sortit. Il trébucha sur un carreau du parvis, manqua de tomber dans l'escalier, trempa sa chaussure et tout le bas de son pantalon dans une flaque. Et il n'avait encore passé la grille de sa propriété. Décidément, les éléments s'alliaient contre lui. Il poursuivit néanmoins son chemin. Il flâna dans les rues, morne et glacé, car l'air n'était plus ce qu'il avait été la veille. Un vent du Nord, sec et très froid, soufflait sur Deauville et ses hautes maisons. Il se faufilait entre les planches de leurs colombages qui gémissaient un peu de cette intrusion, faisait s'agiter les affiches publicitaires pour le casino, l'Hôtel Royal et les Bains Pompéiens. Pompée, ville morte comme Deauville en ce jour. Des automobiles roulaient doucement sur les routes mouillées, quelques mouettes barbotaient dans les flaches, un homme passa dont le crâne chauve luisait tant que la chaussée, une femme dont les jupes étaient crottées et la coiffure défaite. Skorpión la lorgna de son méchant regard jaune. Elle entra dans un café ; il la suivit.

Debout au comptoir, triturant sa tasse et sa cuillère, il jeta les yeux dehors au hasard. Il fut ébloui et dut clore à demi les paupières. Qu'est-ce donc qui brillait ainsi ? Le soleil qui avait daigné paraître se reflétait sur la toile mouvante de l'établissement et, quoiqu'il se mirât sur un simple tissu et non sur un objet métallique, bien qu'il ne parvînt jusqu'à lui que par un jeu d'optique, il l'aveuglait. Le Professeur pouvait même en sentir la chaleur. Il demeura ainsi un long moment, immobile, semblant au milieu du café un scorpion endormi sur le sable. Lentement, il ouvrit les yeux et revint à lui : la dame se tenait tout près, riant fort et parlant gaiement. N'est-ce pas que c'était une grue ?

Il sortit son portefeuille et laissa de la menue monnaie au garçon. Il s'enfuit bien vite vers la gare. Il eut le temps, avant le départ du prochain Deauville-Paris, de prendre de l'argent à la banque, d'acheter son billet et d'envoyer un câble à ses domestiques :

« Ne m'attendez pas ce soir, suis demandé à Paris pour travail, rien de grave. Skorpión. »

Il grimpa dans le train : son regard envoyait les mêmes éclairs que les roues sur la voie ferrée.

Il arriva au bordel dans un état second et maladif, suant et presque délirant. Il ne salua personne et alla droit à la patronne :

—   La fille de la dernière fois ! – On eût cru qu'il commandait une limonade. – Tout de suite et jusqu'à demain. Combien ?

Madame, entendant qu'il la lui réclamait si crûment, en fût presque gênée dans sa pudeur de maquerelle – le peu qu'elle en avait, du moins –, elle se remit vite cependant et réfléchit au prix qu'elle pouvait tirer de Pauline au vu de l'impatience du bonhomme ; les filles se demandèrent ce que leur collègue, qui n'était pas réputée pour être la plus capable du groupe et qui, en général, était du genre *passive*, avait bien pu faire ou plutôt laisser faire à celui-ci, qui en paraissait si toqué ; enfin, Pauline elle-même s'étonna de sa présence : elle lui avait vendu ses poils, il ne lui en était poussé d'autres depuis la veille, alors que lui voulait-il ?

—   Combien m'en offrez-vous ? répondit-elle en soupirant, comme si ce fut une chose si indifférente que le prix d'une femme.

Il jeta une liasse de billets sur la petite table, sans même savoir ce qu'il donnait. Madame se chargea de compter bien sûr, plus tard, une fois qu'il fut dans la chambre, afin de ne pas passer pour pingre : il avait payé deux mille francs. Elle jeta sarcastiquement :

—   À ce prix, il pourrait me la tuer que je n'en aurai cure et rentrerai dans mes frais.

Cela fit froid dans le dos aux nouvelles et rien aux autres. Elles étaient blasées, comme on le devient toujours dans cette profession, dans cette négation de l'âme.

Skorpión prit les devants, grimpa rapidement les marches puis, voulant régler tout à fait son affaire, se retourna :

—   Nous allons au fond du couloir, c'est compris ?

Il s'adressait tout à la fois à Pauline et à la femme-homme qui les suivait de son regard d'inspecteur depuis le bas de l'escalier. Elle avait compris en effet : Monsieur ne voulait être dérangé jusqu'à demain ; pour ce qu'il avait payé, il escomptait bien qu'on le laissât tranquille avec la fille et qu'elle criât sans qu'on vînt la secourir. La chambre du fond était réservée au sexe violent. Pauline ne cilla pas : elle en avait vu d'autres.

Ils entrèrent.

Il la poussa contre le mur ; elle s'abattit lourdement sur le mauvais plâtre déteint. Elle n'osait le regarder.

—   Déshabille-toi.

Elle retira sa robe, délaça son corsage et lui donna à voir une poitrine menue, presque enfantine, des côtes creusées. Il tourna lentement autour d'elle et se rapprocha : elle avait des omoplates pointues, quelques boutons en haut des épaules, la peau sèche. Elle continua son effeuillage, qui était dépourvu de sensualité et plutôt maladroit, dévoila des fesses assez plates et son pubis qu'il connaissait déjà. Elle attendit.

—   Montre-moi.

De la main il esquissa un geste vague, en direction de son entrejambe. Elle ne comprit pas ce qu'elle devait faire et posa un pied sur un petit tabouret qui se trouvait là. Elle avait, ce faisant, la jambe gauche levée et pliée perpendiculairement, et l'autre toute droite et tendue. Elle offrait ainsi à Skorpión une vue qu'elle pensait imprenable.

— Montre-moi mieux.

Elle se mordilla la lèvre inférieure, qu'elle avait un peu pendante et d'un rose pâle presque blanc. Elle pencha son bassin en avant, écarta davantage les cuisses et souleva un peu avec ses doigts d'autres lèvres qui tombaient aussi. Il était déçu : il ne distinguait qu'une chair lisse et incarnate – rien d'autre. Il fronça les sourcils, de dégoût et d'incompréhension mêlés.

— Touche-toi un peu.

Elle songea qu'il devait être de ce genre-là, de ceux qui matent sans toucher et qui préfèrent la paluche à la baise. Cela lui convenait assez.

Elle obéit. Il observa, et tout à coup se précipita vers le coin opposé de la chambre où, lui tournant le dos, il déboutonna son pantalon, sa bizarre combinaison de vieillard et éjacula à quelques mètres, sur le mur blanc. Bien qu'elle ne le vît point, elle le devina à ses soubresauts, à ce mouvement des hanches, ce spasme qui était chaque fois le même et dans lequel chaque homme se croyait singulier. Puis il arrangea sa mise et se retourna. Il semblait que rien ne s'était passé. Pourtant, dans son œil ambré brillait une flamme jaune et mauvaise. Il se jeta sur elle.

Il l'attrapa par les poignets et commença à exécuter de petits pas chassés, de part et d'autre de la pièce. Deux coups à gauche, deux à droite, un en arrière, un en avant. C'était une étrange danse, en cadence, longue et monotone. Il tenait ses bras toujours plus haut : elle en perdait presque le souffle. Il joignit les mains de Pauline au-dessus de sa tête, lui courba l'échine, puis brutalement, dans un mouvement rapide et sec, sortit de sa poche son petit sécateur et lui lacéra l'aisselle. Elle poussa un cri de douleur, se dégagea et s'enfuit près du lit.

— Vous auriez pu prévenir ! Je vous aurais donné à une autre car je mange pas de ce pain-là ! C'est idiot, vous m'avez fait mal. Je saigne maintenant.

Il lui lança un regard noir.

Il la saisit par derrière, la retourna, l'emporta sur le lit et se vautra sur elle, la tenant toujours par les poignets. Elle ne se débattait pas et attendait que cela passe. Il était tout habillé et elle nue. Elle n'était cependant la plus ridicule des deux, car il se balançait au-dessus d'elle sans la pénétrer, remuant beaucoup, accomplissant un grotesque va-et-vient, en avant, en arrière, à gauche, à droite, en tous sens, silencieusement. Au bout d'un certain temps, elle sentit de vagues gouttes, visqueuses et tièdes, se répandre sur son ventre. Il avait fini.

Il se leva et fit le tour de la pièce. Elle crut bien faire en plongeant ses doigts dans le stupre translucide, qui paraissait un blanc d'œuf cru. Elle le porta à sa bouche.

—   Laisse cela. C'est à moi.

Elle interrompit son geste, laissant sa main en l'air, près de ses lèvres, et le regarda.

—   D'accord… T'es du genre possessif, toi.

Elle laissa échapper un ricanement. Il courut à elle et lui écarta les cuisses. Il avait tout à coup la force et l'aspect d'un ours, d'une bête, frêle et apprêté comme il était. Il n'avait pas même ôté ses gants moutarde.

—   Viens, qu'est-ce que tu attends ? J'en ai vu d'autres, va. Crois-tu être mon premier ?

Et elle éclata de rire.

Il leva bien haut sa pince et l'enfonça dans sa joue. Il lui avait fait une profonde entaille.

Elle hurla.

—   Tu l'auras bien cherché, garce ! s'écria-t-il en se détournant d'elle.

Elle s'élança hors de l'alcôve et tenta de s'échapper, mais il l'attrapa et la retint par les cheveux :

—   C'est bon, j'arrête là, mais tu restes. Fais-moi voir cela.

Il alla chercher de l'alcool auprès de la patronne, qui lui tendit un flacon avec indifférence. Une fois revenu dans la chambre, il la désinfecta avec douceur et la pansa. La pauvre fille prit ces soins pour des excuses quand ce n'étaient que des précautions. Il ne pouvait se permettre d'avoir la police à ses trousses, ou pire : qu'on lui fasse la réputation d'être l'homme qu'il était. Le reste de la nuit, il se montra prévenant et doucereux ; Pauline le trouvait charmant au matin. En partant, il promit de revenir :

—   Je serai meilleur la prochaine fois, je vous le jure. J'étais… très énervé en arrivant ici.

—   Oh, je sais bien, allez ! Les messieurs, souvent, ils entrent chez nous avec la haine au cœur, d'une dame que l'on ne connaît ni d'Ève ni d'Adam – car la putain avait de la religion – et ils se vengent sur nous d'un mal qu'on leur a pas fait. On prend à la place des vraies.

—   Oui, oui, vos paroles sont pleines de sagesse, Pauline. Je pensais à une autre, insupportable, et vous en fûtes le double.

Il ne pouvait lui dire que c'était exactement l'inverse – que le modèle avait pris pour la copie.

Il rentra à Deauville, pensif et assez honteux. Il n'avait pourtant rien fait de mal.

Il passa quelque temps à la *Villa du Lys*, n'en sortant que pour visiter quelques connaissances ou se promener sur les planches en compagnie du fidèle Don Matéo. Un jour, ils passèrent près des Bains pompéiens et il reconnut ce mot d' « épilation » parmi toutes les prestations proposées sur un panneau. Il prémédita un nouveau « coup » : il pourrait s'introduire dans les thermes comme client et épiler les dames en se faisant passer pour leur barbier. Vous voyez que notre héros était un homme plein de ressources et dont l'intelligence n'allait pas sans une certaine fantaisie. Il se tança néanmoins d'avoir de telles idées : le projet était par trop dangereux et il risquait d'être surpris. Non, décidément, il était préférable de se limiter aux putains : elles étaient plus sûres que les bourgeoises de Deauville.

En mars, il décida de retourner à Paris afin d'y faire de nouvelles récoltes. Dans l'intervalle, il n'avait procédé qu'à ses larcins habituels, d'une matière plus commune : il possédait déjà près de trois cents femmes dans sa serre. Il commençait à manquer de place et disposait les plus vigoureuses, les moins capricieuses, celles auxquelles toute lumière et toute humidité convenaient, dans les autres pièces de sa maison. Il avait redouté d'abord que ses visiteurs ne reconnaissent les dames des environs, mais l'attitude de Rose, de Louise et de Diaz, toute d'ignorance et de déni, l'avait convaincu d'agir sans crainte d'une quelconque découverte. Personne ne voyait ce qu'il voyait, personne n'était apte à admirer ses filles comme elles le méritaient. Qu'importe : un jour, sa contribution aux progrès de la science mondiale et à l'évolution humaine serait admise universellement et sans réserve. Son heure viendrait, tôt ou tard. Il n'était pas pressé.

Il partit de bon matin à la gare de Deauville : il prévoyait de se rendre dans un autre établissement et de se montrer discret cette fois. Il n'avait été que trop imprudent lors de son dernier voyage. Au moment de monter dans le wagon, alors que la locomotive alarmait, stridente, de son départ prochain, tandis que tout fumait et crissait dans le plus grand désordre, son oreille fut attirée par un doux tintement bien connu : celui des petits talons aiguille sur le béton froid. Il sourit : il savait. Il n'avait besoin de se retourner. Il respira avec gourmandise son parfum de myrrhe, de jasmin et d'encens.

Ils montèrent et s'assirent face à face.

Elle caressa un peu ses lèvres du bout de son majeur droit : elle paraissait pensive. Avait-elle oublié une affaire ? Hésitait-elle à retrouver son fiancé ? Peut-être s'étaient-ils quittés fâchés. Sans doute l'avait-il déçue. Assurément elle était en quête d'autre chose, de mieux, d'une relation moins vulgaire, d'un homme qui ne fut point un grand adolescent. Il ne pouvait s'empêcher de l'observer et d'espérer découvrir ce qui se tramait sous ce crâne, ce qui se cachait derrière le visage angélique et blanc, ce qui embuait un peu et illuminait son clair regard. Elle s'en aperçut, car tout à coup les lourdes paupières, les longs cils fardés se levèrent et ses yeux affrontèrent ceux de Skorpión. Elle paraissait attendre et n'était point décontenancée. Il se lança :

—   Excusez-moi, Mademoiselle. Je crois vous avoir déjà vue dans ce train, nous semblons avoir les mêmes habitudes – Ils n'avaient les mêmes en toutes choses, je peux l'affirmer. – Vous rendez-vous souvent à

Paris ?

—   Je m'y rends quelquefois, j'y rejoins mon fiancé, répondit-elle crânement. Et vous, vous y travaillez ?

—   Oui, je suis… chirurgien. J'exerce dans une clinique privée à Paris et je reviens à Deauville chaque fin de semaine. Mais je ne me suis pas présenté, Professeur Linus.

Ce dernier existait bel et bien ; c'était l'un des anciens camarades de Skorpión, de ceux qui lui avaient trouvé son surnom à la faculté. Il avait eu la bonne idée de disparaître environ un an auparavant, laissant sa femme dans le plus grand embarras, ne sachant si elle était toujours mariée et enchaînée à son époux, ou veuve et libre. Je vous en conterai l'histoire une autre fois, car elle est fort longue et entrelacée, et que je ne veux perdre le fil de celle présente. J'en connais du reste toute l'issue et explication, en étant moi-même l'une des protagonistes. Le Docteur lui narra donc sa vie de famille normande, lui expliqua comme il s'était spécialisé dans la chirurgie réparatrice pendant la guerre, lui exposa certaines techniques enseignées par feu son maître, le professeur Hippolyte Morestin, et mille autres détails rigoureusement exacts et mensongers. Skorpión était un peu écrivain à ses heures comme on voit. S'il usurpait ainsi l'identité de son ancien ami, c'est qu'il avait, vous l'avez deviné depuis longtemps, son petit plan en tête quant à cette fille. Il la lui fallait dans son laboratoire et il comptait s'y prendre sans violence. La cupidité devrait suffire.

Deux heures s'écoulèrent d'une discussion charmante et enjouée quand il lui proposa son marché. Je n'ai point dit encore qu'ils se trouvaient ensemble dans un compartiment fermé en première classe et qu'il suffisait de tirer le rideau de la porte pour qu'on ne vît plus depuis le couloir ce qui s'y passait. Skorpión se sentait donc tout à fait serein et tranquille. Il fallait seulement qu'elle ne s'émeuve pas de sa proposition : elle pourrait prendre peur et alerter les contrôleurs. C'est pourquoi il s'était évertué à la mettre en confiance. Il commença sans crier gare :

—   Mademoiselle, j'ai une demande à vous faire, une très étrange demande. — Elle esquissa un sourire en coin : elle croyait sans doute qu'il la courtisait depuis le début et qu'il se montrait désormais plus audacieux, encouragé qu'il était par sa bienveillance et sa douceur. Mais elle était loin de la vérité et loin de savoir ce qu'il espérait vraiment d'elle. — Je suis prêt à vous payer pour obtenir quelque chose de vous. Oh, rien de mal, il n'y a aucun mal là-dedans, rassurez-vous. Je voudrais… je… je suis prêt à… vous allez trouver cela…

Les mots restèrent sur ses lèvres. Il avait l'obscur pressentiment qu'il allait faire une très grosse sottise et qu'il lui en coûterait. En un instant, il changea de projet et opta pour le second — car il en avait toujours quelques-uns de rechange au cas où. Il enfonça une aiguille dans le mollet de la jeune personne et y vida sa seringue. Il n'avait eu qu'à se pencher légèrement pour atteindre l'une de ses jambes. Il suffit de deux ou trois secondes pour qu'elle s'assoupît. Il lui avait injecté un neurotoxique puissant provenant du *parabuthus obscurus*, un scorpion très venimeux. Il en avait fait quelques réserves lorsqu'il travaillait encore quotidiennement au Muséum d'Histoire naturelle. Il avait bien sûr ramené ses collectes chez lui, à Deauville, à toutes fins utiles : l'on ne sait jamais si l'on ne devra pas chloroformer son prochain un jour ou l'autre. Le Professeur était un homme prévoyant. Il avait emporté plusieurs fioles de venin dans le cas où la ou les putains de son choix n'auraient pas accédé à sa demande. Que la Fille du train se trouvât là était inespéré : c'était une sorte de bonus, comme un gain à la roulette, qu'on ne doit qu'au hasard. Désormais, il n'avait plus même le désir d'aller jusqu'à la capitale : celle-ci surpassait hautement les grues parisiennes et il trouverait difficilement mieux. Non, vraiment, elle lui convenait. Mais il était fou d'autant raisonner : il était temps d'agir et prestement.

Il sortit son matériel et le posa sur la banquette : d'abord un premier sécateur large et servant aux grosses ramures épaisses, un second plus petit et mince, une pince à épiler, enfin une bourse molle et vide qui attendait d'être remplie. Il coupa une mèche de cheveux à l'aide du sécateur le plus fin, remonta la jupe noire de la fille et tailla quelques poils. Il hésita un peu, saisit la pince et en arracha cinq : il avait trop de crainte que la magie n'opérât pas sans les racines. Il avait moissonné si délicatement et précautionneusement que la coupe ne se remarquait point. Il était fier de lui. Il rangea ses outils, sa prise, et rhabilla la fille en sifflotant. Elle se réveilla bientôt. Elle ouvrit lentement les yeux, les cligna longuement, puis se relevant, car elle s'était enfoncée dans la banquette :

—   Je me suis assoupie ? Oh, je me sens… comme engourdie… et molle ! C'est très déplaisant.

À ce mot de « molle », un air de sarcasme et de mépris passa sur le visage de Skorpión, comme un rapide nuage devant un soleil de midi :

—   J'ai été trop ennuyeux, Mademoiselle, avec mes contes de chirurgien, j'ai honte qu'ils aient eu l'effet d'un somnifère, regretta-t-il hypocritement.

—   C'est moi qui suis honteuse, Docteur Linus, vraiment.

Il n'insista pas et la laissa honteuse d'une chose dont lui seul était coupable.

Arrivés à Paris, ils se quittèrent bons amis. Elle lui avait donné son nom et l'adresse de ses parents à Deauville. Il promit de les visiter. Quel homme charmant, pensa-t-elle, dire que j'ai cru d'abord qu'il cherchait à me faire la cour ; j'en serais presque un peu piquée. Elle ne croyait pas si bien dire.

Quant à Skorpión, il reprit aussitôt le train pour Deauville : hors de question de poursuivre une autre proie dans la capitale, sa prise du jour était bien suffisante. Il regarda dehors, lut le journal, mangea une omelette, but un thé au jasmin, s'ennuya : comme le trajet était insipide sans elle ! La séduction du train résidait toute en elle.

À la *Villa du Lys*, il s'enferma dans son laboratoire, posa la sacoche qui contenait ce précieux reliquat d'elle et réfléchit longtemps. Quelle espèce serait à la hauteur ? Quelle plante serait digne d'être irriguée par son suc, d'exhaler son parfum, de se mouvoir si élégamment qu'elle lorsqu'elle courait avec ses petits talons sur le quai numéro 5 ? Il entendait leur tintement sur l'asphalte, à la fois régulier et changeant – car le bruit se modifiait au gré des défauts du béton, du degré d'humidité qui n'était partout le même et des gravillons fous qui roulaient un peu sous sa chaussure – la respiration inquiète, haletante à la fin de sa course et son sourire, son soupir d'aise d'être à l'heure et de ne pas rater son train, qui donnait à son souffle coupé comme un bonheur qui le faisait presque gémissement.

Il avait choisi.

Il attrapa d'un geste méticuleux et presque tendre les cheveux et les poils, les sortit de leur écrin et les posa sur un mouchoir blanc. Ils étaient indécents, obscènes, si bruns, si épais, contrastant avec la finesse et la transparence du coton ; ils évoquaient l'assurance, la fierté, l'impudeur, l'évidence de la souillure, la noirceur du sexe, la profondeur de l'abîme. Pourtant, Viktor ne pouvait s'empêcher de goûter leur présence : il jubilait de les posséder, d'avoir arraché à cette fille quelque chose d'elle, de lui faire perdre un peu de sa morgue. Il prit entre ses doigts la fière touffe et la porta à ses narines. Elle embaumait la myrrhe, le jasmin et l'encens. Il la passa sur ses joues, ses paupières puis en oignit ses lèvres. Il l'eût mangée s'il l'eût pu. Mais il ne devait en faire si sot et stérile usage quand il pouvait créer la chair ellemême au lieu de la peau morte. Il alla chercher un grand pot en terre cuite et introduisit dans l'humus étrangement tiède la mèche et la toison. Il arrosa faiblement les roses racines. La terre frémit un peu et soudain les branches, les tiges et la fleur elle-même s'animèrent, s'étirèrent et se tordirent.

Skorpión était pour la première fois témoin de la transformation.

Toute la plante grandit rapidement, dessinant autour d'elle de grands gestes fous, balançant les bras, ondulant sa taille parfois comme une souple ballerine, à certains moments comme une danseuse du ventre. Le tronc était d'ores et déjà un buste de femme, vert pâle et presque opalin. Les omoplates, les clavicules étaient si précises que celles d'un Rodin et il semblait que les seins, petits et pleins, allaient donner du lait si on les tétait. Les ramures s'étaient déployées, aiguisées à l'endroit des coudes, creusées à celui des aisselles, des saignées et s'affinaient en mains espiègles. La Fille du train lui avait dit qu'elle jouait du piano depuis son enfance : comme il se les figurait désormais, ses mains courant habilement, prestement, sur le clavier, insaisissables arachnées ! Elles étaient figées maintenant, pétrifiées dans la chlorophylle et ne fuiraient plus. Les jambes étaient enfoncées jusqu'à micuisse dans le pot : enterrées ainsi, elles contraignaient leur maîtresse à demeurer là, dans la serre, sous la coupe de leur père. C'était heureux. Elle était sans visage, le cou s'arrêtant net comme si elle eût été décapitée à la hache ou guillotinée, mais cela n'était guère déplaisant à voir : cela lui allait même plutôt bien. Enfin, j'en viens à cela seul qui intéressait notre scientifique : la fleur elle-même. Au bas du ventre s'offrait, large et béant, un orifice de la forme d'une goutte. Il était encerclé sur ses bords de petites lèvres rouges qui semblaient gorgées de sang ou du suc le plus doux. Elles n'étaient si lisses qu'on eût pu le croire de prime abord et étaient, si on les regardait de plus près, percées de plis minuscules et recouvertes de milliers d'aiguilles ou d'épines qui paraissaient des poils ou des dents. Peut-être protégeaient-elles l'entrée de la corolle, car celle-ci était ouverte au tout-venant, ce qui était pour le moins imprudent. Les parois intérieures offraient une vue rose incarnat striée de veines violacées. Mais c'était la taille de la caverne ainsi abritée qui le plus surprenait. La fleur se prolongeait en un grand réceptacle qui rappelait l'aspect d'un bulbe, fin et oblong d'abord, puis rond et ballonné : il mesurait bien une trentaine de centimètres. Viktor en ravala sa salive. Cette bourse était pourpre, brillante, brettelée de rainures d'un grenat sombre, ferme et solide – il n'y avait besoin de la toucher pour le savoir. Elle eût pu accueillir en elle des insectes grossiers, des bourdons enragés, des mouches affolées, de faibles fourmis, de souples sauterelles... Tout ce peuple eût pu pénétrer là, se plaindre tout son soûl et tenter de s'échapper, que non : cette armée eût été défaite en un instant et la Femme fût demeurée victorieuse. Rien ne pouvait lui résister. Elle était létale. Fatale. Elle était, la Fille du train, la terrible Népenthès. Tant d'hommes avaient dû s'introduire en elle, le philosophe, ses amis peut-être, étudiants eux aussi, un cousin, un compagnon de vacances avec qui elle allait nager, ramasser des coquillages, un serviteur, le chauffeur, l'un de ses professeurs de lycée... Ils avaient dû pénétrer là, tous, attirés par son nectar, si complaisants, emprisonnés en lui, perdus, dévorés... La teinte orangée et sucrée, lumineuse comme s'il se fut agi d'un fruit mûr, inoffensif et désarmé... L'odeur ambrée et épicée, irrésistible, de fleur que l'on butine et qui ne se défend... La surface extérieure, d'apparence grasse, mais ne livrant aucun miel, forçant celui qui se croit prédateur – le sot ! l'illusionné ! – à plonger tout droit dans la fosse, dans son précipice... ! Tout était fait, comme pensé, fabriqué par un esprit supérieur, un floral Machiavel, un Napoléon de la végétale espèce, pour captiver, piéger et tuer les pauvres hommes, les mâles candides. Ils criaient vengeance, ils demandaient justice. Il serait leur bras armé ! Il empoigna sa pince et trancha net, depuis l'orifice jusqu'aux profondeurs du ventre, la fleur assassine. Puis, de dépit d'avoir tant espéré et d'avoir été tant déçu, laissa tomber sa lame et s'enfuit dans sa chambre comme un petit garçon.

À deux cents kilomètres de là, à Paris, près de la Sorbonne, dans la rue Morgue, dans l'appartement d'un étudiant en philosophie, sous des draps jaunis, ce 18 mars vers minuit, une jeune fille de dix-huit ans sentit son ventre se déchirer. Une mare de sang coula le long de son utérus, de son vagin et arrosa le vieux matelas. Son sexe était mutilé à jamais et ne porterait point d'enfant.

CHAPITRE IV

Le lendemain matin, alors qu'elle mettait de l'ordre dans le salon, Rose aperçut une grande tache écarlate au milieu de la jungle du laboratoire. Elle s'approcha. Elle découvrit au sol une mare de sang et vit que le sécateur qui se trouvait auprès était pareillement rougi. Elle prit peur : son maître s'était donc blessé pendant la nuit et loin de donner l'alarme après son accident, se sera certainement pansé lui-même et mis au lit souffrant ! Elle se précipita à l'étage et entra dans sa chambre sans crier gare :

—		Monsieur ! Docteur ! Êtes-vous fou de ne pas nous avoir réveillées, Louise et moi, après un tel drame ! Montrez-moi que je voie.

Et de tirer les rideaux de la fenêtre et les draps du lit tout en parlant. Viktor, ensommeillé, ouvrait les yeux péniblement et ne comprenait goutte à ce discours. Mais Rose ne lui expliquait rien et l'examinait comme s'il fut revenu du front.

—		Rose ! Calmez-vous et éclairez-moi : que diable faites-vous ?

—		Oh, ne faites pas le brave, allez ! Vous pouvez bien me montrer à moi ! Croyez-vous que je ne sache rien de ce que vous fîtes hier soir ? Je sais tout, j'ai tout découvert. Allons, cessez vos secrets ou je vous mettrais nu comme l'un de vos vers, bon gré, mal gré !

Car Skorpión avait une colonie de vers dans son terrarium dont il nourrissait ses plantes carnivores.

Le Professeur n'en revenait pas : comment avait-elle pu découvrir qu'il avait dupliqué la Fille du train en Népenthès et qu'il avait ensuite taillé de haine féroce la fleur de cette dernière ? L'avait-elle épié ? Elle savait donc qu'il collectionnait les phanères féminins. Ou avait-elle seulement remarqué le triste état de la plante ? Mais alors, pourquoi voulait-elle le mettre tout nu ? À cela, il ne trouvait positivement aucune raison valable.

—		Rose, expliquez-moi ce qui vous a mise dans un pareil état et ce que vous faites présentement. Et cessez de déboutonner ma combinaison, c'est insupportable.

Il était bien le premier homme qui se fut plaint de ce que Rose posât ses mains sur son bassin, mais le lecteur a déjà entrevu qu'il n'avait affaire à un homme du commun.

— Monsieur, j'ai trouvé une mare de sang auprès de l'une de vos pinces, toute souillée à terre dans votre serre. N'allez pas me dire qu'il ne s'agit pas de votre sang : à qui serait-il s'il n'était pas à vous ? Louise et moi allons très bien, ainsi il ne reste que vous. Avouez que vous vous êtes blessé cette nuit en jouant des pinces comme vous aimez à faire. Ah ! Cette manie vous perdra, vraiment. Un jour vous tuerez quelqu'un.

Viktor demeura stupéfait. Il se posait la même question : si le sang avait été versé chez lui, à qui était-il et comment était-il parvenu jusque-là ? Il se précipita hors de la pièce et courut au rez-de-chaussée, suivi de sa domestique.

En effet, une flaque pourpre dessinant un cercle presque parfait s'était formée à la surface du carrelage moutarde. Par réflexe, Viktor inspecta son propre corps et chercha trace d'une blessure, en vain. Rose, le voyant faire, demanda :

— Ce n'est donc pas le vôtre ? Mais d'où vient-il ?

Le Docteur préleva quelques gouttes à l'aide d'une seringue et en versa le contenu sur la lame de son microscope. Il observa l'échantillon : des dizaines de globules rouges, dépourvus de noyaux, étaient collées les unes aux autres et, au milieu d'elles, les leucocytes isolés faisaient figure d'intrus. Nul doute, il s'agissait bel et bien du sang d'un mammifère. Peut-être un animal était-il parvenu à entrer cette nuit dans la maison et s'était-il embroché sur l'instrument ? Il allait proposer son hypothèse à Rose lorsque celle-ci lança :

— Monsieur, je crois savoir, voyez votre plante cannibale qui est coupée de haut en bas et qui a une entaille longue comme la main ! Ce sera sans doute elle qui aura tant saigné sur le sol ! La mare est juste en dessous d'elle et… — Elle s'était avancée vers la table. — Oui ! Il y a même quelques gouttes sur la table et du sang sur la fleur ! Sur ses feuilles aussi ! Venez donc voir cela. Enfin, je dis du sang, mais les plantes n'ont pas de sang comme nous autres, pas vrai ? Elles ont… quoi ? De la résine ?

Elle attendait la réponse de Skorpión, qui ne vint pas de suite. Celui-ci réfléchissait intensément. Que s'était-il passé ? L'on trouvait une flaque de sang dans sa serre, des gouttes de sang de mammifère sur sa fleur et il avait mutilé cette dernière. Était-ce possible ? La Fille du train avait-elle souffert dans sa chair la meurtrissure infligée à sa copie de chlorophylle ? Avait-il supplicié et l'œuvre, et son modèle ? La glaise en même temps que la statue ? Il ne pouvait y croire : cela eût contrarié toutes les lois de la Nature. Chaque organisme était un amas de cellules totalement unique et la cellule d'un être ne pouvait être si intimement liée à celle d'un autre qu'elle pouvait subir, à distance, la même destruction. Pourtant les unes avaient dupliqué les autres. Cela ne signifiait-il pas qu'il y avait entre elles une relation… d'identité ? Éprouvant de l'horreur devant son potentiel crime, et plus encore de crainte d'être retrouvé, inquiété par la police, il répondit :

—   Vous avez tout à fait raison, Rose. Ce liquide étrange n'est pas du sang, mais la sève de la népenthès : je l'avais taillée hier soir pour réaliser quelques prélèvements. Et pendant la nuit, la sève a coulé, ce qui n'a rien d'inhabituel. Cependant, elle est ordinairement jaunâtre comme de l'huile tandis qu'elle a pris ici une intense couleur d'orange sanguine. J'en fus tellement surpris que je pris la peine de vérifier au microscope que ce fût bien une substance végétale issue d'elle. Désormais, j'en ai la certitude : c'est bien sa sève. – Il fronça les sourcils de son air le plus sérieux. – Tout cela mérite étude et vous êtes bien gentille de vous en être inquiétée, mais ce n'est rien.

Rose soupira d'aise :

—   Oh, je suis contente que ce soit cela, j'ai cru que vous vous étiez coupé un doigt à toujours claquer des pinces comme un crabe. — Elle se mordit la lèvre inférieure, ce qu'avait fait aussi la veille la Fille du train, une fois installée dans le compartiment, mais la bouche de Rose était plus charnue, plus sensuelle et affichait toujours, même dans l'embarras, son énigmatique sourire ; non, décidément, Rose était mieux faite, indubitablement. — Vous permettez que je vous dise cela, Monsieur, car c'est la pure vérité. Vous ne pourriez me reprocher d'être trop sincère.

Loin de lui l'idée de la tancer de sa sincérité, en effet : elle lui avait témoigné, aujourd'hui, de son solide attachement, s'étant montré apeurée à la pensée qu'il fût blessé, étant venue jusque dans son lit pour le secourir. De plus, elle l'avait sauvé assurément en lui fournissant la plus innocente des explications à la présence d'une mare de sang énorme dans sa maison. Rose, décidément, intervenait toujours à point nommé pour le sortir d'embarras. Elle semblait un ange tombé des cieux pour veiller sur lui.

En avalant ses œufs à la neige ce matin-là, il chassa de son esprit la vague culpabilité qu'il avait éprouvée d'abord. Après tout, le sang retrouvé chez lui ne pouvait être celui de la Fille du train qui, du reste, se trouvait à Paris et qu'un homme certainement culbutait à l'instant. Il refusait d'y penser. Plus tard dans la journée, tandis qu'il s'occupait de ses chères petites et jetait quelques regards à la dérobée sur Pauline et Népenthès, il fut pris du désir d'en voir d'autres — non pas de celles qu'il avait déjà, mais de celles si singulières qu'il venait tout juste de s'approprier grâce à sa nouvelle technique. Il ne voulait plus tant faire collection de femmes que de sexes féminins et ne voulait ceux de vulgaires putains, mais ceux des grandes dames. Quelle humiliation cruelle et aussi raffinée, aussi exotique qu'une torture orientale il leur ferait subir que d'avoir, chez lui, la partie la plus intime d'elle-même à leur insu. Comme il jubilerait en soirée, dans leurs salons, à leurs tables, en causant avec elles, ou mieux avec leurs époux, de savoir qu'il les possédait, qu'il pouvait, dans sa maison, les toucher, les voir, les sentir, les goûter à tout moment, qu'elles étaient sous cette forme constamment disponibles, qu'elles ne pouvaient se refuser… ! Comme il rirait d'elles, comme il pourrait se moquer… À la façon dont elles se moquaient assurément de lui dès qu'il tournait le dos… Ah, le Professeur Skorpión, cet extravagant, ce moine qui n'a point d'amante, qui est sans doute impuissant, peut-être pédéraste ou pire… ! Il savait bien que l'on parlait de lui dans son dos, que l'on n'était mielleux que pour mieux le trahir, qu'il était entouré d'hypocrites, de menteurs, de calomniateurs… !

Il enfonça sa tête dans l'étroite corolle de Rose, sa bien-aimée Rose, la très sincère qui ne l'avait jamais trompé. Elle embaumait la quinine et les marrons frais, elle avait une odeur de pharmacopée et le parfum de sa maison. Il était bien absurde d'en vouloir d'autres quand elle existait. Il décida de se tenir un peu tranquille et d'interrompre ses récoltes. Il ne fallait pas trop attirer l'attention sur lui, il en avait déjà bien assez fait en deux jours. Il était d'humeur à côtoyer une vraie femme. Il rangea Pauline et Népenthès derrière leurs plus chastes compagnes et sortit.

Quelques semaines passèrent pendant lesquelles il tint ses bonnes résolutions. Il n'ajouta aucun spécimen à sa galerie, n'accomplit aucun larcin ni de cheveux ni de poils. Il était tenté de retomber dans son ancien vice bien sûr, mais réprimait ses botaniques velléités au profit de plaisirs humains. Il commença, ainsi que disait Diaz, à « sortir Rose ». Ils faisaient ensemble de longues promenades dans la ville et sur les Planches, partaient pique-niquer à la campagne – emportant parfois dans leurs paniers le fidèle Don Matéo – faisaient les boutiques, fréquentaient les cafés et les restaurants et, si cela n'avait tenu qu'à Viktor, ils seraient allés tous deux dans tous les salons de Normandie, car il n'avait que faire d'y emmener sa bonne quand il emmenait, en vérité, son amie. Mais Rose craignait les réactions du « beau monde » – qui était le plus laid de tous, lui répondait toujours le Docteur – et ne voulait non plus passer pour une femme entretenue.

— Il est plus aisé de mépriser les avis du monde quand on en est, déclarait avec justesse la soubrette qui avait la prudence de sa classe et ne voulait s'afficher davantage qu'elle ne faisait déjà avec son maître, redoutant sa disgrâce et le retour de bâton.

Ils visitaient cependant Don Matéo et les Saint-Pol qui avaient trop d'intelligence pour avoir de la bassesse. Don Matéo tenait la même conversation badine aux bonnes qu'aux grandes dames :

— Mais, Dieu merci, je n'ai pas le goût perverti au point de vous préférer les bourgeoises, Rose ! Mon dégoût pour la bêtise est sans faille, soyez-en convaincue.

Et Rose riait de son marivaudage. Le poète, du reste, encourageait cette relation et poussait son ami à se déclarer et à l'épouser carrément :

—   Tu ne trouveras femme plus aimante ni plus adorable. Elle fait de toi un homme meilleur chaque jour. Jamais je ne t'ai vu si guilleret, si prévenant et plein d'attentions envers un autre être vivant — à l'exception de tes amantes de chlorophylle bien sûr.

Ces paroles laissaient Skorpión perplexe : Diaz ne le jetait-il pas dans les bras de Rose afin de se délivrer d'un rival trop encombrant et de garder seul la main sur Violante ? C'était à croire en effet.

Rose n'était pas l'amante de Viktor ; je suppose ma précision inutile et le lecteur aura de lui-même constaté les très grandes chasteté et austérité de mon héros. Le doute n'est pas permis sur ce point et je ne tolérerais qu'on l'accuse du moindre manquement à la morale.

Un beau matin de juillet, alors que le soleil était déjà haut dans le ciel et le temps superbe, Viktor Skorpión fut pris d'une inspiration nouvelle (et qui ne le prenait habituellement) :

—   Rose, lança-t-il après son premier œuf au plat, si nous allions aujourd'hui prendre un bain de mer ?

Les réactions ne se firent point attendre : la cuisinière pouffa et la soubrette resta bouche bée.

—   Monsieur veut donc me noyer de vouloir ainsi m'emmener dans un océan si sauvage où l'on croirait que milles diables font banquets et festins tout le jour ? Non, vraiment, je n'irai pas là-dedans. Mais si Monsieur insiste, je voudrais bien prendre le soleil sous un parasol et sur une chaise longue, à l'endroit où vont tous ces messieurs-dames de Deauville. À chaque fois que je passe devant leur plage « privée », j'en ai l'eau à la bouche.

—   Eh bien vous irez, Louise ! Je vous y emmènerai aujourd'hui !

Puis il posa les yeux sur Rose, attendant sa réponse. Elle paraissait ennuyée. Il crut deviner :

—   Vous n'êtes pas obligée de nager si cela vous… fait peur. Moi-même, je ne nage pas très bien et vous verrez qu'auprès de Diaz, je suis un nageur ridicule, car il plonge comme un dauphin…

—   Ce n'est pas cela, Monsieur, je n'ai pas peur de l'eau, mais… Je n'ai pas de costume de bain.

—   Mais voyons, où avais-je la tête ? Je vais vous en acheter à toutes deux !

—   Moi je n'en veux pas, Monsieur ! Ces combinaisons toutes serrées qui vous laissent nues au lieu de vous habiller, non merci !

—   Moi, cela me plairait d'en avoir une, minauda Rose dans un sourire.

La perspective d'observer Rose en tenue de bain n'était évidemment tout à fait étrangère au goût soudain de Skorpión pour la mer.

Ils quittèrent la villa après le déjeuner et se rendirent chez Patou, Boulevard de la mer. Le naïf petit vendeur (mais néanmoins lubrique) était toujours là, prêt à répandre ses conseils et ses yeux brillants sur toutes choses. Il voulut livrer son expertise à Rose et l'orientait vers une combinaison bleu paon, mais la jeune femme avait déjà son idée et savait très bien ce qu'elle voulait. Elle lui montra une coupure de magazine qu'elle dissimula à Viktor et, ce faisant, rendit écarlate le pauvre garçon (plus encore qu'il n'avait été jusque-là à chacune de ses venues, car il n'avait de clientes si séduisantes que Rose et pensait à elle bien souvent le soir venu, dans la solitude de la chambre qu'il occupait chez son patron, dans la froideur de son lit qui, subitement, devenait moins froid, mais cela je ne peux décemment le raconter). Elle le suivit aux cabines. Elle essaya quelque chose à l'abri des rideaux appelant seulement « Paul » (c'était son nom) pour recueillir son avis – qu'il n'eut besoin de formuler en paroles : la tête qu'il fit suffit à arrêter le choix de Rose. Elle ressortit et vint vers la caisse.

– Avez-vous choisi ? demanda Viktor.

– Oui. Sans l'ombre d'une hésitation, répondit-elle.

Et elle montrait d'un doigt un petit paquet blanc parfaitement fermé si bien qu'il ne voyait ce qu'elle avait pris. Il en était un peu dépité et plus impatient encore de se trouver enfin sur la plage. Il paya son achat face au vendeur gloussant d'aise et ne pouvant se remettre, apparemment, de la vision de la cabine. Il ne cessait de poser des questions :

– Allez-vous à la mer cette après-midi ?

– À quel endroit précisément serez-vous ?

– Savez-vous nager ?

– Avez-vous pris vos serviettes ?

Et toutes sortes d'interrogations aussi déplacées et bizarres.

Rose et Viktor ne s'en formalisaient pas et s'en amusaient même ; la jeune femme répondait à tout sans montrer d'impatience. Le directeur du magasin dut intervenir avec autorité pour mettre fin à la conversation et rendre sa liberté à la clientèle.

Enfin ils arrivèrent à la plage. Ils avaient convenu de rejoindre Don Matéo aux parasols bleu et blanc. Ils le découvrirent allongé sur une chaise longue entouré d'admiratrices. Il est vrai qu'il était splendide. Il ne portait qu'un long slip de bain blanc qui commençait au nombril et s'arrêtait aux genoux, dévoilant ainsi un corps athlétique et hâlé. Il était large d'épaules sans avoir l'air d'une brute, avait le buste tout à la fois mince et musclé, des jambes un peu maigres (des jambes d'écrivain, en somme, qui passe son temps assis ou couché avec ses personnages). Il prenait souvent des bains de mer et avait ainsi bruni légèrement. Le Professeur jeta sur lui des yeux avides et jaunes d'envie ; il eut aussitôt la crainte que Rose n'en posât sur lui de plus doux. Fort heureusement, Rose était tout à son plaisir d'être à la mer et sautillait gaiement dans le sable en riant follement. Elle avait à peine remarqué la présence de Diaz.

– Monsieur, nous sommes les seules servantes ici, vos amis ne vont-ils pas se fâcher contre vous de nous avoir amenées là ? s'inquiéta Louise.

— Dame ! Je me moque comme d'une guigne de ces gens-là qui ne sont pas mes amis pour un sou. J'ai en vous trois ma seule véritable famille, répondit Viktor.

Sur les visages de Rose, de Louise et de Matéo se dessina un seul et même sourire. La soubrette demanda à Diaz où elle pouvait s'aller changer ; il se proposa de l'accompagner jusqu'aux cabines des « Bains pompéiens ». Le Docteur irait tout à l'heure : il préférait, pour l'heure, cuire dans son costume et commencer sa lecture du dernier numéro de *Pétrichor*. Quelques minutes plus tard, il remarqua que de nombreuses personnes avaient tout à coup tourné le dos à la mer et regardaient désormais vers les tentes colorées qui se trouvaient près des Planches. Tous les baigneurs sortirent de l'eau au même instant comme si un terrible prédateur se fût montré à eux. Un groupe d'hommes qui jouaient jusqu'alors à la raquette s'arrêta net et leur volant fut emporté au loin. Matéo s'était tu au milieu d'une phrase et avait abaissé ses lunettes d'aviateur. Certaines femmes chuchotaient entre elles, d'aucunes levaient leurs chapeaux pour mieux voir, d'autres encore s'échappaient de leur parasol, toutes enfin affichaient une mine faussement désapprobatrice. Des marmots lâchaient leur pelle, leur seau ou en oubliaient de déterrer leur ami. Viktor Skorpión, le dernier, se retourna. Il dut cligner des yeux plusieurs fois pour être bien sûr de ne point rêver.

Courait alors sur la grève, si folle de joie qu'une enfant qui aurait vu l'océan pour la première fois, Rose, plus radieuse que l'azur de cette après-midi, que les flots scintillants, plus radieuse encore que la clarté de ce jour ; elle l'avait éclipsée comme la lune éclipse le soleil à son zénith une ou deux fois par siècle.

Le corps de Rose était moulé dans un invraisemblable costume de bain blanc : cela revient à dire, en cette journée où les rayons du soleil étaient indiscrets et perçants, qu'il était presque transparent. Une fine bretelle encerclait son cou délicat et ses frêles clavicules ; tout le maillot - qui n'était rien d'autre, en somme, qu'une unique pièce de coton - enserrait sa taille, ses hanches, ses fesses ; aucune baleine, aucun corset n'enfermait sa poitrine et l'on décelait à travers la maille, l'arrondi de la gorge et le creux du sternum. Les jambes aussi pâles que la toile, longues et fines, couraient, bondissaient, jetaient autour d'elles des nuées de sable ; elles paraissaient animées d'une vie inconnue et nouvelle. Ses cheveux détachés et follets formaient une auréole autour de son visage et deux grosses mèches lui tombaient dans les yeux. Il n'avait remarqué auparavant qu'elle était aussi blonde : sa chevelure avait la couleur des dunes. Jusqu'au bas de son dos elle ondoyait, envoyant sur lui mille éclairs. Elle vint à lui avec toute l'assurance de la beauté.

Je rappellerai, pour le renseignement du lecteur, que Viktor se trouvait alors en bras de chemise vert poire et en pantalon sapin (sans compter le petit mouchoir rouge et orange qui sortait la tête de sa poche et une rare lavallière moutarde) ; sans vouloir médire de lui, je ne peux dire qu'il était exactement à son avantage.

— N'allez-vous pas vous baigner, Professeur Skorpión ? Il est pourtant de bon ton dans votre espèce d'aimer crapahuter sur la rive, n'est-ce pas ?

— Nous préférons nous dorer la pilule, nous autres scorpions, nous ne sommes pas des sirènes comme vous autres, lui répondit-il en souriant.

— Je ne sais si je suis sirène, Monsieur : je crois plutôt que je barboterai comme un canard une fois à l'eau.

— Voulez-vous y aller, Mademoiselle Rose ? Je cuis pour ma part, et je me jetterais volontiers à l'eau, lança Diaz.

— Je n'irai pas sans mon maître, annonça-t-elle avec autorité.

— Viktor, tu sais ce qui te reste à faire ! Ce que femme veut…

— Fort bien. Où dis-tu que sont les cabines ?

— Là-bas mon ami, à la gauche des tentes.

— Don Matéo, que croyez-vous que les gens pensent de moi ? De Monsieur ? Qu'il emmène sa grue à la mer ?

À peine le Professeur les avait-il quittés que Rose lâcha ces mots tout de go, d'un trait et la gorge nouée. Elle y avait mis tout ce qu'elle avait pu d'ironie et de fausse désinvolture – en vain. Ces paroles étaient, à défaut d'elle, embuées de larmes et trahissaient sa douleur. Don Matéo Diaz leva les yeux sur ce visage pensif et sérieux, sur les deux rides qui s'étaient creusées entre ses sourcils, sur les longs cils penchés et mélancoliques, les omoplates aiguës qui se dressaient vers le ciel, car elle était alors assise à genoux sur la chaise longue à ses côtés.

— Leurs pensées ne suffiraient à faire de ce mensonge une vérité : vous et Skorpión sachez ce qu'il en est. Il vous respecte et je crois même qu'il vous aime. Dites-lui ce que vous ressentez, dans quelle situation fausse il vous place sans le vouloir : il vous en sortira, j'en suis convaincu. Il manque sans doute un peu de… lucidité quant à vos conditions respectives et l'opinion du monde parce qu'il y est lui-même indifférent, mais il est homme à comprendre que cette indifférence est permise au maître et non point à la domestique, à l'homme sans l'être à la femme, que cela est une injustice qu'il ne pourra sur l'heure détruire et qu'il ne faudrait que vous en soyez, par sa faute, la victime. Et puis, Rose… – Il lui adressa un large sourire. – Il faut bien que vous lui mettiez le pied à l'étrier, à votre Viktor ! Agissez la première…

— Il n'est guère flatteur pour une femme d'initier les choses en cette matière, répondit-elle avec une mine boudeuse.

— J'entends bien, mais il tergiversera dix ans avant de se déclarer. Vous avez pu voir que ce n'était pas un rapide !

Rose pouffa de rire :

— Il est vrai qu'il n'est pas… comme les autres hommes, murmura-t-elle songeuse. Il y en a tant qui sont… Enfin, qui vous manquent de respect.

Diaz s'apprêtait à lui répondre, mais le Professeur était de retour — et lui non plus ne passait pas inaperçu.

Il avait enfilé la plus extraordinaire tenue de bain qu'on ait vue en toute l'histoire de Deauville depuis que le Comte de Morny s'était mis comme on dit « dans l'affaire » et avait construit de toutes pièces la station balnéaire en 63. C'était peu dire. Il portait une combinaison noire qui le couvrait du menton aux chevilles et était même pourvue de manches longues. Rose et Diaz demeurèrent hébétés par cette vision. Son corps étant très frêle, sa silhouette était un peu étrange : de maigres pattes de coq se dandinaient maladroitement sur le sable, avançaient en pas chassés, ses bras ramollis de ne faire autre chose que jouer des pinces et de son arrosoir tenaient fermement sa petite serviette poussin contre son ventre et deux mamelons légèrement tombants se découvraient à travers le tissu.

— Il est fait en Airolastic, annonça-t-il fièrement à ses amis.

— En plastique ? demanda Rose.

— En Airolastic, une laine mélangée de caoutchouc développée par Roussel, un industriel de Paris, enfin c'est un couturier qui mène des expériences. — L'existence d'un tel homme ne pouvait que le ravir. — J'achète chez lui toutes mes combinaisons.

Rose soupira : qu'il avait décidément mauvais goût !

— Alors, Rose ? Êtes-vous prête à vous jeter à l'eau ?

— Oui ! s'écria-t-elle.

Et elle s'enfuit vers le rivage poursuivie par Viktor.

— Bien le bonjour, Don Matéo. Comment trouvez-vous la météo ? N'avons-nous pas un temps superbe aujourd'hui ?

Cette voix aiguë, ce ton précieux et coquet étaient ceux de Monsieur Yves, le coiffeur-barbier — qui se disait depuis quelque temps « styliste capillaire », trouvant que ce nom avait plus d'allure. Il s'installa auprès de l'écrivain qui était de ses clients et qui appréciait en lui, en sus de son coup de ciseaux, son « coup de langue » ainsi qu'il disait, à savoir sa bizarre conversation : il narrait constamment les anecdotes les plus folles et un écrivain, comme chacun sait, n'aime rien tant que raconter des histoires et qu'on lui en conte. Monsieur Yves, dans ce domaine, ne manquait pas de talent et savait mettre dans ses récits ce qu'il y fallait de suspens, d'émotion, de portraits, de feintes indignations quand il détaillait un meurtre (ce qu'il relatait parfois avec un certain plaisir), de fausse pudeur quand il se montrait obscène (ce qu'il était avec davantage de plaisir encore), enfin toutes choses, en somme, que connaît et maîtrise le narrateur un tant soit peu ironiste et qui ne se contente d'exprimer avec ennui et sérieux l'embarras qu'il eut de choisir sa villégiature au moment de la grippe espagnole. Mais je ne veux juger trop durement mes contemporains qui n'ont assez d'imagination pour présenter en leur livre un autre personnage qu'eux-mêmes et méritent, dès lors, ma pitié plus que mon mépris. Ce n'était le cas de Monsieur Yves et Don Matéo était bien content de le rencontrer :

—   Monsieur Yves, comment allez-vous ? J'étais certain que vous aimiez les bains de mer, car vous avez le teint hâlé toute l'année.

—   C'est que je passe une partie de mes hivers au soleil. J'ai été cette année, en février, aux Açores et à Rhodes, où j'ai vu vos deux amies, Madame la marquise et Mademoiselle Pericón ! Comme elles sont belles toutes deux ! Il y en a une qui n'a rien à leur envier – il pointa du nez la sublime Rose – c'est l'amie de votre ami…

—   Oui, en effet ! Je ne sais comment je m'y prends, mais je me retrouve toujours entourée de jolies femmes !

—   Tss, Monsieur Diaz, pas à moi ! Je connais votre succès auprès du beau sexe et je sais que vous les attirez comme le vinaigre les mouches.

—   Vous eussiez pu dire « le sucre », c'eût été plus flatteur que le vinaigre.

—   Vous contestez le mot, mais point la chose, n'est-ce pas ? — Et il éclata de son petit rire aigu. — Du moins, je suis heureux pour le Docteur, je le crois mieux avec cette fille-là qu'avec l'autre.

Don Matéo plissa le front : une autre ? Mais quelle autre ? Il n'y avait besoin d'interroger le bonhomme en parole :

—   Vous n'êtes pas au courant ? Je vous confie cela sous le sceau du secret bien sûr, car je me suis engagé auprès de lui à ne rien dire. – Il avait à cœur de s'y tenir, comme on voit. – Voilà l'histoire. – Il fit ce préambule sur ce ton de gourmandise qu'il avait toujours en commençant quelque récit. – Monsieur le Professeur est venu chez moi voici un an pour se faire tailler la barbe. C'était la première fois que j'avais l'honneur de lui offrir mes services, car il l'avait toujours rasée tout seul jusque-là. Pendant tout le soin, il ne cessait de jeter les yeux, vous ne le croirez pas, sur mes perruques. – Don Matéo se rappela soudainement ce bruit qui avait parcouru et ému toute la ville, de Skorpión achetant une perruque rousse chez Monsieur Yves et une nuisette grise chez Patou. Il avait supposé alors que celui-ci avait fait ces présents à Rose. – Une fois que je la sortis de l'arrière-boutique, il fut attiré, envoûté devrais-je dire, par une chevelure rousse en provenance d'Alsace. Une merveille ! La fille devait être magnifique pour qu'une pareille fourrure lui poussât sur la tête, enfin, il n'y a pas de mots pour décrire ce que c'était que cette chevelure-là. Votre Skorpión en fut tout affriandé, il posa de nombreuses questions sur la texture et la qualité… Il ne voulait pas n'importe quoi – cela se voyait tout de suite ! Il me l'a prise. Une semaine ou deux plus tard, le voilà-t-il pas qui revient pour sa barbe et pour une autre ! Une blonde cette fois. Une russe. J'ai pensé : c'est curieux, il a une passion pour les femmes perruquées. Peut-être qu'il fréquente... – Il baissa la voix pour plus de discrétion : c'est vrai qu'il avait été discret jusque-là. – des filles et qu'il les déguise pour les rendre plus à son goût. Seulement... Il revint une troisième fois, une quatrième, une cinquième fois... Il m'en acheta une autre et une autre... comme cela toute l'année ! J'ai lu quelque part l'histoire d'un homme qui volait partout de la lingerie fine (préalablement portée bien sûr, ce n'eût d'intérêt sans cela) et qui notait les noms des femmes sur des étiquettes pour se bien rappeler à qui appartenait chaque culotte, chaque bas. Il n'aimait rien tant que les sous-vêtements très souillés et les socquettes puantes. – Diaz pouffa de rire en imaginant le maniéré, l'hygiéniste Viktor respirant à pleins poumons la culotte bouffante de Madame de Cancagne. – Mais je reviens à nos moutons ou, devrais-je dire, à nos belles moutonneuses de l'est : votre ami le Professeur m'a acheté rien moins que trente et une perruques cette année.

    –   Trente-et-une !

    –   Et pas une de plus !

    –   C'est déjà beaucoup.

    –   À qui le dites-vous ! C'est tout simple : il a voulu tous mes nouveaux arrivages depuis... – Il réfléchit. – Depuis septembre jusques en juin. Oui, en juin, il s'est subitement arrêté. À une époque j'ai même pensé... qu'il les portait peut-être ! Enfin, qu'il était de ces hommes qui... apprécient de se transformer, ces travestis comme on les appelle. J'en ai vu à Paris et je sais qu'il en existe. Personnellement, je ne mange pas de ce pain-là, mais allez, si ça plaît !

    Diaz demeurait pensif : il avait l'obscure intuition que quelque chose dans ce récit était là sans y être, se montrait en s'échappant, que lui-même oubliait quelque chose, un détail très important, un moment qu'il avait à tort négligé. Il avait le sentiment de chercher un mot bien connu qui se refusait à ses lèvres, un souvenir ancien lui parvenant mutilé, la pièce manquante d'un vase brisé. Mais il n'était plus temps d'interroger le barbier : Rose et Viktor revenaient alors.

    –   Comment était votre bain de mer, Mademoiselle ? L'eau est-elle bonne aujourd'hui ?

    –   À vrai dire, je n'ai guère de moyen de comparaison : je n'avais trempé que les pieds jusqu'à aujourd'hui. J'ai trouvé l'eau fraîche d'abord et ensuite, une fois que j'avais plongé tout le corps, je m'y suis sentie bien. Mais maintenant, j'ai très froid !

    –   Réchauffez-vous vite, Mademoiselle : vous pourriez attraper le mal. — Monsieur Yves lui tendit une grande serviette blanche et l'aida à s'y emmitoufler. Skorpión, de son côté, était déjà allongé et paraissait tout sec. — Mais... Et vous Monsieur ? Vous ne vous séchez pas ?

    –   Je crois être déjà tout sec, Monsieur Yves, je ne sais par quel prodige. Ce doit être ma combinaison : savez-vous qu'elle est en Airolastic ?

—   Vraiment ?

Et les deux compères de déblatérer sur les vertus de l'Airolastic. Pendant ce temps, Don Matéo observait son ami. Viktor était, du moins paraissait un homme bon, honnête et fidèle ; néanmoins, en vérité, que savait-il de lui ? Il ignorait quel genre de vie avait menée Skorpión en quittant Paris, après qu'il eut été la cible de fausses rumeurs, d'infâmes calomnies. Il avait exercé comme légiste auprès de la préfecture de police ; on affirmait les premières années qu'il était très bon, qu'il avait, par ses observations, aidé à la résolution d'affaires criminelles extrêmement complexes et même qu'il révolutionnait la médecine légale. Il bénéficiait d'une excellente réputation. On le disait aussi passionné par ses cadavres et s'en occupant comme un amant d'une maîtresse. La comparaison était éloquente. On avait raconté, plus tard, une sombre histoire : il aurait « souillé », disait-on pudiquement et ne sachant comment mieux dire, une jeune fille, morte cela s'entend. Diaz avait accueilli cette prétendue nouvelle avec tout le mépris et l'indignation qu'elle méritait : il avait défendu vigoureusement son ami contre tous ceux qui osaient propager ce mensonge ignoble. Pouvait-on penser sérieusement un seul instant que le Professeur Viktor Skorpión, de son vrai nom le Comte du Penny, un scientifique lettré et un homme d'honneur, était une bête, un sauvage s'adonnant à d'aussi répugnantes pratiques, lesquelles attaquaient l'un des principes fondamentaux de la morale humaine et de celle divine : le respect dû aux morts, le respect dû à chaque créature de Dieu ? Non, vraiment, qu'on ait pu le croire, le répandre et justifier son éviction par cette invention absurde, cela constituait une profonde injustice qu'il eût lui, Diaz, voulu combattre, mais le Docteur, trop profondément affligé et stupéfait selon toute vraisemblance, lui avait demandé de n'en rien faire, arguant qu'il voulait de toute façon partir au plus vite, le plus loin possible et qu'il n'avait jamais espéré des hommes qu'ils fussent bons et loyaux. Il avait cédé à son compagnon, ne voulant ajouter à son malheur celui d'être trahi par un ami trop zélé et de voir une bataille qu'il refusait menée par un autre. Pourquoi y repensait-il à présent ?

Une fois que Skorpión fut parti et qu'il eut commencé ses longues pérégrinations, ils n'échangèrent plus que par lettres pendant près de dix ans. Les messages du Docteur se firent de plus en plus rares et brefs : il y résumait ses recherches, ses découvertes quand Don Matéo lui résumait ses ouvrages. Quand il revint à Deauville, voici quatre ou cinq ans, il resta d'abord très solitaire, très secret. Il est vrai que Diaz frayait alors presque exclusivement avec son meilleur ami Aloÿs, le cousin de Viktor, et qu'ils étaient proprement inséparables. Ce n'est qu'après le mariage de ce dernier qu'il commença véritablement à fréquenter Viktor. Néanmoins, celui-ci ne lui contait que ce qu'il faisait avec ses plantes et ne lui révélait rien d'autre. Don Matéo se trompait doublement : le Professeur ne divulguait rien d'autre, car rien d'autre ne comptait, et il ne lui confessait pas tout ce qu'il faisait à ses chères petites... Lui dissimulait-il quelque existence secrète, quelque passion coupable... ? Ou pire ?

Don Matéo auscultait Skorpión, son ami, le noir scorpion qui gisait à ses côtés. Il se « dorait la pilule » ainsi qu'il disait, allongé sur la chaise longue, bras et jambes écartées. Il était devenu subitement plus grand, plus massif, plus fort aussi. Rose, Louise, Monsieur Yves et Diaz s'étaient assis à l'ombre de larges parasols, mais le Docteur avait décrété qu'il ne craignait pas la chaleur ni les rayons ardents. Son costume de bain, la luisante Airolastic, lui faisait une étrange carapace dure et sèche, sombre et néanmoins lumineuse. Son ébène aveuglait plus que le soleil même. Il paraissait endormi et était parfaitement immobile ; ses côtes, pourtant visibles, ne se soulevaient plus et on eût cru qu'il avait cessé de respirer. Par instants, un peu de sable virevoltait sur sa peau : sans doute ne le sentait-il pas, car rien en lui ne cillait, ne bougeait et les grains semblaient glisser sur une pierre. Il avait emporté avec lui ses deux sécateurs et seul le cliquetis de ses pinces, rapide, régulier, irréversible et fatal, trahissait sa veille, car il ne s'était assoupi : il écoutait et attendait.

– Don Matéo ! Don Matéo !

Diaz sortit de son marasme et se tourna vers Rose.

– Est-ce demain que vous nous quittez ?

– Ce soir. Je prendrais le train de vingt heures cinq.

– Où partez-vous, Don Matéo ? s'enquit Monsieur Yves.

– Je me rends à Paris afin de voir mon éditeur. Mon roman sera bientôt fin prêt ; j'en termine en ce moment les corrections.

– Bravo, Don Matéo. Nous devrons fêter cela !

– Quand vous voudrez, Mademoiselle. Je serai de retour dans quelques jours.

Diaz répondit aux mille questions que lui posa Rose sur son travail d'écrivain, Monsieur Yves raconta quelques bonnes anecdotes sur les Deauvillais les plus en vue (dont une qui concernait Monsieur le Maire en personne, qui était des plus « croustillantes » ainsi que la qualifia Rose et que je conterai aux lecteurs une autre fois). L'après-midi s'acheva sur ces entrefaites. Chacun reprit le chemin de sa maison et Rose ne se lassait de parler de Monsieur Yves et de Diaz, qu'elle trouvait très drôles et qui lui avaient conté, tous deux, maintes aventures. Skorpión gardait le silence et affichait un air pincé ; j'entends par là que ses lèvres avaient cet air-là et non ses mains qui, certes, pinçaient aussi nerveusement le tissu des poches avec leurs sécateurs.

Une fois rentrés, ils passèrent à table. Ils dînèrent de salade et d'œufs durs ; la chaleur était telle à vingt-et-une heures que Louise n'avait idée de cuire quoi que ce fût. Skorpión s'en plaignit un peu affirmant que, pour sa part, il ne trouvait qu'il faisait si chaud que chacun le disait et que ces températures ne le dérangeaient pas. Il avait connu le climat tropical et celui équatorial, aussi la chaleur d'ici ne lui était-elle rien. Louise lui promit de lui préparer, dès le lendemain, des montagnes d'œufs et de les mettre qui à la poêle, qui au four, qui en tarte… !

Il s'en montra fort aise. Puis il partit s'enfermer dans son laboratoire.

Rose attendit le coucher de Louise pour le rejoindre. Viktor fut très étonné de la voir entrer et plus encore de la voir s'arrêter tout près de lui. Un long silence s'installa.

Rose était vêtue – il la reconnut immédiatement – de la nuisette en soie grise qu'il lui avait offerte voici un an, le jour où il avait acheté sa première perruque chez Monsieur Yves. Elle était chaussée de mules rouges qui, certes, juraient avec sa tenue mais qui, surtout, lui rappelaient Mademoiselle Pericón, qui en portait de similaires lors de leur première rencontre. Elle avait détaché ses cheveux, qui avaient doré encore cette après-midi et semblaient de feu. Il ne comprenait pourquoi elle était venue ainsi, vers minuit, dans sa serre alors qu'il s'y trouvait seul ni pourquoi elle ne s'était pas couchée.

— Que voulez-vous, Madame ?

Ce « Madame » était si froid et impersonnel que Rose fut tentée de quitter aussitôt la place — mais elle était brave ou, du moins, avait prévu de l'être :

— Monsieur, n'est-ce pas à vous de me le dire ?

— De vous dire ce que vous-même voulez ? Je ne saurais, répondit-il sèchement en détournant les yeux.

Rose le regarda bien en face et gagna paradoxalement l'assurance qu'il avait espéré lui faire perdre.

— Non, Monsieur. C'est à vous de m'exprimer enfin vos désirs et de m'informer du but que vous poursuivez.

Il se liquéfia, mais feignit d'être demeuré à l'état solide :

— Vous voyez bien quel est le but que je poursuis. Je procède à la pollinisation artificielle d'un ricin par une mandragore ; j'en attends un nouveau plant hautement toxique. C'est ma tâche actuelle et elle est l'unique objet de mes désirs, comme vous dites.

— Vous contenterez-vous donc toujours d'accoupler vos graines ?

— Je n'accouple pas des graines ! s'écria-t-il très en colère. Je tente de créer une nouvelle variété de fleurs, un hybride tout à fait unique et ce ne sont pas des graines, c'est un…

Rose avait posé sa main sur la grande et fine pipette qu'il tenait alors et la fit lentement glisser le long de l'instrument. Il fut bien forcé de la contempler : ses lèvres étaient entrouvertes, ses narines frémissantes, son souffle court et rauque. Elle tenait, fixées sur lui, deux prunelles azuréennes qui par à-coups s'embrumaient, où passaient des nuages de crainte de n'être pas aimée, puis soudain s'ouvraient, s'élargissaient, espérant accueillir dans leurs cieux leur plus froide idole, enfin s'embuaient bouleversées, de leur trop puissant ravissement. Car Rose avait été par lui sidérée. Elle le regardait et ce regard suffisait à son bonheur. Il y avait en Viktor une étrange, incompréhensible fragilité et comme une impuissance.

Elle avait projeté, ce soir-là, de lui parler, de le séduire, peut-être même espérait-elle davantage ; elle n'eut pas su dire maintenant ce qu'elle était venue faire là ; tout s'était évanoui, si ce n'était lui. Il n'y avait plus ni passé, ni avenir, mais pur présent, pure présence. Elle ne pouvait vouloir autre chose que ce moment ; l'ayant devant elle, sachant qu'il existait, tous ses vœux étaient réalisés. Lui présent, l'univers entier était comblé. Rien ne manquait, rien n'était absent. Le désir lui-même s'était annihilé dans cette totalité. Elle le désirait tant qu'elle ne le désirait plus.

L'amour de Rose suscita en Skorpión des sentiments contrastés. Il reconnaissait en elle une avidité, un acquiescement qu'il n'avait jusque-là connu – car son expérience dans la petite maison parisienne ne pouvait être tenue même par un esprit si perverti que celui de Skorpión comme l'expression d'un désir mutuel – et cet accord le flattait grandement ; il en éprouvait presque de la gratitude. Tout au moins souhaitait-il y répondre positivement par une sorte de politesse. Elle était là, offerte, disponible, et il n'y avait à cette liaison que des avantages : elle était sa bonne, elle l'aimait, elle lui était dévouée jusqu'à l'absurde, elle était gentille et ne l'embêterait… Tout enfin se combinait parfaitement. Et puis il la désirait tout de même. Elle avait une gorge splendide, frêle et souple comme une liane, des jambes très blanches… Des cheveux… ! Qui miroitaient comme l'onde intranquille. C'était bien la partie d'elle qu'il préférait. Il fit un pas vers elle, s'apprêtant à les toucher, et subitement se ravisa. Une ombre ambrée était passée entre ses paupières vipérines :

—   Je ne sais ce qui vous prend, mais vous vous fourvoyez, lança-t-il en lui retirant sa pipette. Après tout, vous n'êtes qu'une bonne.

Il avait mis dans cette dernière phrase tout ce qu'il avait pu de méchanceté et de mépris ; Rose baissa la tête et sortit. Skorpión sourit sardoniquement.

Il se dirigea vers sa collection, observa Rose et ses pétales délicats. Il tendit les doigts vers eux… Mais tout à coup de vives couleurs, des stries fantastiques percèrent l'épaisse ramure de Madame de Cancagne et parvinrent jusqu'à lui ! Qui était celle-ci ? Que lui voulait-elle ? Il lui semblait se trouver à un grand bal au milieu duquel il eût aperçu l'Unique, la Superbe ! La Femme à nulle autre pareille ! Il se rappela cette fête chez les Saint-Pol où lui était apparue soudainement, parmi la foule indistincte, Violante Pericón. S'enflammant au-dessus des voilettes, des chapeaux et des plumes, la toison rousse… ! Ce feu au milieu des cendres ! Cette brûlure. Il eut un souvenir vague, aussi, de la princesse de Clèves, de sa rencontre avec Monsieur de Nemours. « Elle cherchait des yeux quelqu'un qu'elle avait dessein de prendre… » Celle-là n'avait-elle eu ce dessein ? Ne s'était-elle montrée à seule fin d'être prise ? Elles le cherchaient toutes. Rose d'abord, Violante, maintenant Pauline… Elles n'attendaient que cela — qu'on les remplisse, que l'on comble leur néant… ! Il poussa la Cancagne de côté et dévoila tout à fait Pauline, la sucrée, l'effroyable Pauline. Alanguie derrière ses compagnes, ainsi qu'il l'avait vue la première fois à une table de jeu au bordel, docile et paresseuse, elle dégoulinait d'une bonté fausse, d'une innocence traîtresse. Elle tolérait toutes choses tant qu'elle y trouvât quelque gain, feignait de suspendre son jugement, mais n'en pensait pas moins. Il avait perçu le mépris dans son regard, le sarcasme à la commissure de ses lèvres quand il lui avait fait ses demandes. Elle n'avait rien dit, mais elle l'avait jugé : c'était pire. Une putain, le juger, lui ! Le génie qui l'avait recréée dans son laboratoire, qui lui avait fait cet honneur, à elle, qui ne méritait même d'avoir été engendrée, à qui l'on avait donné naissance, sans doute, au hasard d'un viol ou d'une beuverie ! Il avait davantage désiré lui donner vie que ses propres géniteurs. Et elle l'avait méprisé. Elle était justement châtiée. Il voyait bien qu'elle était malade, qu'elle flétrissait en dépit de son jeune âge. Elle avait le teint jaune et il fallait la farder pour qu'on veuille d'elle. Autrement les hommes ne l'auraient touchée que du bout d'un bâton. Bientôt, ses pétales rouge et blanc se confondraient en une même ordure sale et sèche – et il ramasserait auprès de sa soucoupe en terre cuite les lambeaux de sa chair. Oxalis violacé et syphilitique !

Le Docteur papillonnait toujours : il passait entre ses amantes qui n'en avaient pour l'heure que le nom, lentement, langoureusement, jouissant d'hésiter, de choisir et, plus encore, d'exclure. Les Orientaux, seuls parmi les hommes, goûtaient ce plaisir délicat : traversant leur harem, ils comparaient, dénigraient, admiraient, enfin prenaient l'une au détriment de toutes les autres. Et le lendemain, accomplissaient parmi leurs femelles ce nouvel assassinat de leur orgueil. Voilà un peuple qui savait vivre ! Et qui ne se laissait émasculer par des idées d'amour courtois, de dames lointaines, d'inaccessibles tourelles ! Suivant le cours de cette pensée, il prit le chemin de la Turquie et de la Perse ; il frôla la rose de Damas dont le modèle était espagnol et avait été en villégiature à Deauville au printemps, séjour dont il avait tiré son profit en l'espèce d'une grosse mèche. Mais elle n'était assez bien pour l'usage qu'il comptait en faire.

Il arriva à la belle Sultane, à la mystérieuse comtesse de Saint-Pol. Elle était peut-être le chef-d'œuvre de sa collection, reine entre tant de souveraines. Ses pétales rappelaient le velours et ses infinies moirures — fuchsia et mauves et grenats, parcourues de rainures pourpres et noires peut-être… ! Elles exhalaient un parfum capiteux, raffiné, il n'y avait en lui aucune hardiesse, aucune acidité, il était toute séduction et toute douceur. Le Docteur s'approcha, pensant avoir arrêté son choix. Tout à coup il découvrit l'intérieur jaune, les anthères par dizaines, leurs longs filets dressés et, au milieu d'eux, l'avide pistil, le gynécée offert… Et se rappela, horrifié, le lit de la comtesse, la nuisette pourpre, les lunettes sur la table de nuit ! Ainsi, elle était bien la femme de son mari. Elle le laissait se satisfaire en elle — jouir, peut-être ! Il en avait la nausée. On ne pouvait, décidément, escompter de la vertu nulle part ; toute chose était irrémédiablement souillée — jusqu'à l'institution du mariage ! Les anthères gorgées de pollen étaient si nombreuses, si rapprochées ! Elles semblaient avoir formé une telle foule pour chuchoter ensemble, chacune prédisant à l'autre :

—   Ne t'inquiète de rien, il viendra, laissons bien entre nous un peu d'espace pour l'accueillir.

Et le gynécée attendait, sûr d'être satisfait. C'était bien d'une femme d'avoir tant d'assurance de son pouvoir. Tout cela était immonde et le répugnait. Il se croyait dans la chambre du comte et voir celui-ci faire son devoir, « honorer » sa femme ainsi que l'on disait, comme s'il y avait eu le moindre honneur là-dedans, quand tous deux s'avilissaient à cette commune bestialité. Non, décidément, elle ne faisait pas l'affaire. Il emporta le pot loin de lui et le cacha derrière un grand palmier.

Il ne voulait d'une femme qui l'était.

Il revint à Rose – sa première, sa préférée. Les bourgeons moussus et blêmes ne s'étaient encore épanouis, la corolle serrée, tendre prison, n'avait reçu l'empreinte d'aucune main, d'aucune lame. Elle était intacte, immaculée — et il l'aimait pour cela. Il avança vers elle et la respira. Son odeur était fraîche, campagnarde, saline, elle était celle de la myrrhe et de la mer, du lys, du quinquina, elle venait d'Asie et voguait en bateau, fouettait les blés, faisait danser le sable, elle ressuscitait les morts, elle était d'outre-tombe. Rose lui semblait une sœur anciennement connue dont lui parvenaient, par à-coups, de vagues souvenirs ; au détour d'une odeur, des images enchanteresses. Il n'en voulait pas parce qu'il la croyait pure et ne voulait la souiller. Il éprouvait d'indicibles scrupules et le vertige de la gémellité. Il tourna les yeux vers Népenthès. Elle avait perdu de sa superbe, la Fille du train, depuis qu'il lui avait mutilé son organe, depuis qu'il l'avait castrée un peu – la castratrice ! Car elle était également, comme l'autre, une dissimulatrice. Elle répandait ses effluves dans toute la serre pour y attirer les malheureuses mouches, les gros bourdons naïfs ! Et elle les perdait, les petits hommes ! Elle n'en avait cure, elle était sans pitié. Tous s'engouffraient dans ses abysses. Il s'approcha d'elle prudemment. Elle avait un trou énorme — énorme ! On ne voyait pourtant ce qui était dedans. Rien, sans doute, rien — le néant ! Une muqueuse obscure, incarnate se laissait voir — c'était tout. Le bord des lèvres était retourné, plissé en une horrible grimace. Sardonique, peut-être. Se moquait-elle ? Lui lançait-elle un défi ? Il porta la main à son sécateur. Cependant, il observa mieux son sourire. C'était celui qu'il lui avait dessiné de sa lame, en plein dans le ventre. Elle sourirait toujours maintenant. Il l'avait marquée de sa pince à tout jamais. Elle était défigurée, difforme, l'une de ces gueules cassées rentrées de la guerre. De son scalpel, il l'avait ramenée à sa juste condition : elle était l'œuvre et lui le Créateur. Elle saura s'en souvenir. Il était vain d'attaquer ce qui l'avait déjà été. Celle-ci avait reçu son châtiment. Du reste, il n'allait désirer une créature imparfaite : qui voudrait d'elle désormais ?

Il passa, papillon dédaigneux, hésitant bourdon, auprès de dizaines, de centaines de femmes offertes. Il les reconnaissait bien, il ne s'en laissait compter et savait parfaitement à qui il avait affaire. Il décelait les adultères, les filles séduites par un cousin, celles moins difficiles, prises par un valet ou le chauffeur de leur père, les adeptes des plaisirs solitaires — il avait même une ou deux inverties. Il s'était constitué, comme vous voyez, une galerie complète du beau sexe. Mais ce n'était encore ce qu'il voulait. Il continuait de traverser les allées du laboratoire, de déplacer les pots, de consulter son carnet afin d'être tout à fait sûr de n'oublier personne – il n'était pas homme, au demeurant, à oublier quelque chose que ce fût qui concernât son exclusive passion – : il était à la recherche de l'Idéale.

C'est alors qu'il la vit. Sur l'une des tables était posée une rose centifole pourpre, couleur de sang. Elle était ornée de pétales innombrables et sublimes, aux bordures ondulées et comme festonnées. Ils semblaient avoir été cousus dans la plus délicate soie, dans la plus fine, la plus douce des soies, les uns aux autres au point de former, désormais, la plus ingénieuse toile. Quelle Arachné, quelle Athéna avait tissé un tel piège, un filet aussi serré… ? On l'appelait *rose centifolia*, rose aux cent feuilles ! Elle était un manuscrit, un livre aux folles enluminures dont chaque page renfermait ses secrets et ses silences, tout ce qui ne pouvait se dire, des paroles de Sybille dans des langues inconnues prononcées, des larmes, des cris… ! Aux extrémités des pétales, à leurs beaux rivages, aux commissures des lèvres scintillait l'onde, se précipitaient les diamants, s'étiraient les rayons ardents – et la lune même y défaillait. Elle était les arabesques dessinées sur le sable quand la mer le quittait, les vaguelettes, ses embruns et la brume fantastique de cette nuit de juin quand il avait paternellement créé l'Autre, le grand Autre qui gisait là, écarté. Les pétales et précis et troubles, définis et mêlés, peints sur le velours, noués comme le lierre, lui rappelaient les nymphéas de Monet et le petit sexe blanc transparu derrière la fragile toile du costume de bain – minuscule, introuvable…

Il se pencha sur elle, cherchant à voir *ce qui était dedans*. Mais il ne pouvait ! La rose centifole se protégeait et avait dressé des murs d'épines et de lys — infranchissables ! N'avait laissé aucun interstice. Elle était jardin clos ! Geôle et supplice. Forteresse imprenable, intouchable Déesse. Intégrité ! Complétude !

Rien en elle ne manquait.

Le gros œil cyclopéen, unique, moqueur grossissait, s'élargissait ainsi que l'iris de Rose tout à l'heure, énamouré, le regardant. Viktor était par lui hypnotisé, aveuglé, énucléé. Il fermait les yeux avec ardeur, avec l'espérance de trancher de la lame de ses cils la pleine corolle ! Mais il ne pouvait ! Elle grandissait, géante rousse emplissant la pièce, elle était armée, l'éternelle ennemie, de dents et de feuilles, de poignards et d'épines, de venins et de sucs — elle était seule et elle était une armée ! Elle était la tache sur le sol, les gouttes de sang sur de vertes ramures, la flamme, la chevelure de feu, la Népenthès mutilée et l'avide dionée… ! Ses jambes, tout à coup, l'abandonnèrent.

Viktor Skorpión ploya le genou et tomba, idolâtre, aux pieds de l'intolérable déité.

Il haletait, tremblait, crachotait sans vomir, s'agrippait, toussait, brûlait et frissonnait, étouffait, toussait encore, tentait de se relever… ! Mais il était devenu si impuissant qu'un insecte aux mains d'une jeune fille. Il parvint enfin, au prix d'efforts surhumains, à rouvrir les yeux puis à se mettre debout.

Il fallait la rendre à son néant.

Il l'attrapa.

Il déboutonna brutalement son pantalon, arracha les boutons de sa combinaison qui ne lui cédaient assez vite. Il se saisit de son membre et l'enfonça en un coup dans la fleur. Il en sortit à demi et y retourna. Il y demeura immobile un long moment. Puis il effectua un rapide et machinal va-et-vient. Cela dura une à deux minutes. Il déchargea dans la corolle sanglante. C'était donc ce peu de choses dont on faisait une si grande affaire. Dont on écrivait des romans et des poèmes. D'un crachat, d'un éternuement. D'une miction dans un pot de chambre. C'était à faire rire.

Il se rhabilla un peu et monta se coucher.

Il ne vit pas que la rose avait changé d'aspect : elle était désormais une neige marquée d'une tache de sang, une soie blanche déchirée, le plumage d'un cygne percé d'une flèche, un lit de noces fraîchement souillé, une chair blême maintenant balafrée… Et il n'avait vu là qu'un pot de chambre.

Quand il s'éveilla le lendemain matin, il eut tout de suite une douce pensée pour l'événement de la veille. Il bâilla paresseusement et s'étira de tout son long. C'était bon de se sentir un homme. Il avait enfin connu les derniers plaisirs. Il traîna longtemps sous les draps, rêvant de son amante — il avait une amante, lui ! Ce mot seul était toute une victoire.

Lorsqu'il se persuada enfin de se lever, il enfila une robe de chambre olive et descendit les escaliers en sifflotant. À peine eut-il pénétré dans le salon qu'il se trouva nez à nez avec Rose qui tenait un plumeau à la main. Diable ! Il avait oublié le petit incident de la veille ; elle non, apparemment, car elle lui lança un regard noir et garda tout du long une mine boudeuse, du reste elle lui tourna le dos ostensiblement : c'était assez pour en déduire sans trop d'erreurs qu'elle était fâchée. Ne sachant trop que faire, il passa lâchement dans la salle à manger.

— Ah ! Monsieur est réveillé ! Je vous amenais votre déjeuner, dit Louise en galopant maladroitement vers la cuisine à la façon d'une grosse dinde.

Skorpión avala goulûment ses œufs au plat qui lui semblaient les gros yeux énamourés de Rose qu'il lui avait vus hier au soir. Il les déchiqueta avec d'autant plus de joie. Ce faisant, il songea néanmoins qu'il eût été malvenu de ne pas s'excuser auprès d'elle. Ce n'est pas qu'il regrettait ses paroles – loin de là – ou s'affligeait de l'avoir blessée – il n'avait que faire de la petite vexation qu'il lui avait infligée –, de surcroît il n'avait aucune espèce de désir de s'excuser, cela lui était même carrément pénible, sans compter que Rose ne lui était plus rien maintenant qu'il connaissait Centifolia et adorait celle-ci, mais enfin ! En dépit de toutes les bonnes raisons qu'il avait de ne jamais demander son pardon, qu'il ne recherchait pas le moins du monde, dont il n'avait que faire, car elle pouvait lui tenir une rancune éternelle que celle-ci ne troublerait son repos, il y était bien forcé ! Rose habitait chez lui et le lecteur sait bien ce que Skorpión faisait dans sa maison et qu'il avait tout intérêt à cacher, or elle eût pu le surprendre, l'espionner ou l'accuser ou, du moins, ne pas le défendre si les choses venaient à se gâter, comme on disait. Il était prudent de ne pas s'en faire une ennemie et le Docteur était au plus haut point un homme prudent. Il décida donc d'exprimer d'hypocrites remords à sa soubrette et de feindre d'en être un tant soit peu entiché : la double flatterie qu'elle en éprouverait suffirait à se l'attacher et à la rendre parfaitement docile. Après cela, elle serait tout à fait sous sa coupe. Le Professeur passa sa langue de serpent sur ses lèvres arides, se pourléchant tout à la fois du jaune d'œuf qui y était resté et de la crédulité de la petite bonne. Il la rejoignit au salon où elle faisait encore les poussières d'un geste lent, les yeux perdus dans le vague.

— Rose, j'ai à vous parler, commença-t-il avec détermination.

Elle jeta un coup d'œil au-dessus de son épaule puis revint à la bibliothèque qui semblait tout à coup bien sale et qu'elle frappait de petits coups nerveux. Elle ne semblait résolue à écouter son maître.

— Rose, pouvez-vous cesser, s'il vous plaît, venir vous asseoir près de moi et m'offrir votre oreille un moment ?

Le souhait de Skorpión était exprimé sous la forme d'une question, mais le ton d'autorité qu'il avait employé ne laissait guère place à la désobéissance. La soubrette s'exécuta donc et s'assit sur le sofa, en face de lui, les mains sur son plumeau, celui-ci sur ses genoux. Elle gardait les yeux fixés sur un petit cygne en cristal qui était posé entre eux, sur la table basse du salon.

— Je voudrais revenir sur le petit incident, enfin sur la pénible scène de cette nuit, pénible de mon fait uniquement : je me suis montré infect, grossier, blessant, quand vous-même ne méritiez aucune parole insultante, aucun mépris et alors que vous me faisiez l'honneur de me témoigner – comment dirait-on ? – de la tendresse et que je n'eusse dû vous répondre qu'avec la même douceur. Je ne l'ai pas fait car, voyez-vous, j'ai été pris de peur et de scrupules. Je tentais alors en esprit de considérer tous les tenants et les aboutissants de cette relation…

Rose haussa un sourcil : Viktor comprit que son expression était par trop cynique. Avec une fille comme elle, il fallait faire dans le sentimental. Il changea de style et dans le même temps de posture, se penchant vers elle en manière de confidence :

— Écoutez Rose : je parle par énigme parce que je n'ose vous avouer la vérité toute nue… Mais je veux enfin vous livrer mon âme, quoiqu'il m'en coûte et quand bien même je devrais souffrir votre désapprobation et votre colère… – Décidément, il était très doué pour le marivaudage, songea-t-il : il en viendrait presque à surpasser le maître en cette discipline, ce cher Don Matéo. – Mais je dois vous ouvrir mon cœur de la façon la plus claire et je veux que vous lisiez en lui comme en un livre ouvert, ma bonne, ma fidèle Rose… – N'en faisait-il pas trop ? Oh, après tout, c'était une fille de rien, qui n'avait même pas de lettres ; elle ne se rendrait compte de la balourdise de son badinage, au contraire : plus il y mettrait d'insistance et de métaphores surannées, plus elle serait susceptible de le croire. – Enfin, mon cœur est à vous, il s'est enflammé à votre contact et vous le possédez entièrement, j'ai développé pour vous une inclination extraordinaire qui me rend fou de passion, me fait perdre toute joie en votre absence, qui ne me fait trouver de plaisir qu'en vous et je vous suis désormais dévoué, fidèle, loyal, je veux vous offrir le bonheur… et je n'ai du reste, sachez-le, que le plus grand respect pour toute votre personne, je veux dire par là que je ne vous fais cette déclaration par traîtrise et pour vous séduire… Je n'ai à cœur que votre honneur, je n'ai à votre égard que les intentions les plus pures, les plus honnêtes… Et c'est pourquoi, hier soir, quand vous êtes entrée dans la serre à minuit, j'ai été pris… de la plus grande inquiétude. Car j'ai entrevu ce qui pouvait se passer si je me laissais aller à… mes désirs.

Rose releva la tête, éberluée : avait-il parlé de « désir » ? Viktor Skorpión en avait-il donc ? Qui plus est, il disait en éprouver pour elle. Dame ! Avait-elle bien compris ?

— Alors j'étais très effrayé à cette idée, en effet jamais je ne voudrais faire de vous ma maîtresse, j'entends, dans l'hypothèse où vous partageriez mes sentiments, j'ai pour vous trop de respect, je ne recherche qu'une liaison honnête et je ne voudrais vous mettre dans une position dont vous eussiez à rougir… Oh non ! Je vous place sur un tel piédestal, vous êtes, pour moi, une créature sacrée ! Et j'ai eu de la terreur de ce qu'il pourrait advenir de nous… Pour toutes ces raisons, je ne songeais qu'à vous chasser loin de moi pour chasser loin de moi des pensées, des images… C'est pourquoi je me suis montré grossier. Afin que vous vous en alliez, assura-t-il. C'était une sorte de prudence destinée à vous protéger. Une prudence des plus malhabiles, j'en conviens, mais guidée par les ardents sentiments que j'éprouve pour vous. Je m'en repens et m'en excuse. Je voudrais ne jamais avoir prononcé ces mots qui me hantent depuis hier soir. Je n'en ai pas fermé l'œil de la nuit. — Ah ! Comme il mentait, lui qui avait si bien dormi après s'être contenté dans la centifole ! — Je me sens si coupable, si honteux, de vous avoir heurtée et toujours je m'en blâmerai. Sachez que j'aurai soin à ne plus vous blesser de ma vie ! Et que je rechercherai toujours la préservation de votre honneur.

Elle semblait hébétée : il jugea de bon goût d'ajouter les termes les plus convenus qui étaient aussi, manifestement, ceux qu'aimaient le mieux les femmes, préférence qui ne l'étonnait guère de la part de leur sous-race :

–   Rose, je vous aime.

Il lança ces derniers mots en lui faisant des yeux de carpe et en soupirant comme un mauvais acteur du Français.

Rose, étrangement, ne paraissait pas heureuse, mais seulement exceptionnellement surprise. Et à la vérité, elle n'était effectivement pas heureuse. Elle avait peine à découvrir pourquoi, mais cette déclaration ne lui faisait l'effet escompté. Elle eût dû l'être sans doute, songeait-elle, elle eût dû sauter dans ses bras, l'embrasser avidement, lui répéter des « je t'aime » mille fois, tenir ce moment pour l'accomplissement de tous ses vœux et le commencement de sa félicité ! Et pourtant, Rose était brisée de savoir désormais, et avec une totale certitude, que Viktor Skorpión ne l'aimait pas, ne l'avait jamais aimée. Elle esquissa un sourire triste et pincé à cette révélation. Rose savait, car elle avait reconnu dans les paroles du Professeur les accents de l'insincérité et de la tromperie. Elle aimait et, dès lors, ne pouvait confondre l'expression de l'amour avec celle de son absence. L'indifférence était aussi criante, aussi visible, aussi identifiable que l'amour lui-même. Elle posa ses yeux azuréens, qui étaient cependant à cet instant troublés, où passaient quelques ombres et une légère averse, sur le Docteur : elle l'observait sans haine, sans reproche, sans dépit même, de n'être aimée de lui, avec, uniquement, un peu de regret. Tous ses espoirs s'effondraient doucement et, parmi eux, celui le plus précieux, celui de la rédemption et du pardon. Ne se serait-elle vue, si seulement il l'eût aimée, avec ses yeux à lui, aussi pure qu'elle eût voulu l'être ? Elle pensa, en écoutant en elle cette question, que l'amour qu'elle avait ressenti n'avait été que le déguisement de son orgueil, puisqu'elle n'avait recherché à travers lui qu'une image plus flatteuse d'elle-même. Elle avait désiré la douceur de son regard vert, l'embarras de son sourire, la maladresse de ses paroles non pour eux-mêmes, mais pour tout ce qu'ils pouvaient restaurer en elle : n'avait-elle aimé qu'elle-même ? Il était donc si cruel, le petit dieu, d'attifer ainsi les indigents, les misérables, les tartuffes, de les parer de ses plus beaux atours pour les dévêtir tout à coup et les laisser nus, révélant au monde, à eux-mêmes, toute leur ignominie et leur bassesse ? Elle voyait jusqu'au fond de son cœur en découvrant celui du Docteur et elle était répugnée de se voir. On maquillait des doux fards de l'amour — le désir ! L'envie ! L'instinct de posséder ! Celui de dominer ! La cruauté même. L'on dissimulait sous ses artifices les sentiments les plus éloignés de lui — et l'on était content ! On se drapait en lui comme on se drape dans la vertu, avec la même bonne conscience, la même prétendue Idéalité, le même goût du Sublime, pour justifier quoi ? À ses yeux propres, à ceux des autres, sa vilénie, son vice ! C'était à pleurer.

Elle se trouva plus laide encore de concevoir ce raisonnement en un tel moment : cette soudaine désidéalisation n'était-elle guidée par le chagrin et la rancœur ? Il était bien commode à la vanité de remettre l'amour tout entier en cause parce qu'on n'était pas aimée.

Rose fit la brave et ne montra rien à Skorpión des sentiments véritables qui l'animaient ; seuls ses yeux trahissaient ses tourments et qu'elle avait déshabillé son maître des illusions dont elle l'avait paré en même temps qu'elle-même. Elle voyait clair pour la première fois et le devinait tel qu'il était. Mais il ne s'aperçut de rien, car il la croyait sotte.

– Monsieur, permettez-moi de me retirer, je suis si troublée par vos discours que je ne peux souffrir de rester plus longtemps près de vous. Vous n'ignorez pas mes sentiments et… – Elle soupira hypocritement. – Je vous pardonne vos paroles de cette nuit, car jamais je ne pourrais vous tenir rigueur, éprouver contre vous de la colère… Toute colère s'évanouirait dans… ma tendresse.

Elle baissa la tête, se leva, laissa le plumeau sur le sofa, feignant par là d'être si perturbée qu'elle le posait à l'endroit du salon le plus incongru, et sortit précipitamment. Skorpión jubilait, était ravi et grotesquement fier de lui : il croyait avoir dupé Rose quand c'était elle qui l'avait dupé. Il passa tout guilleret dans la serre afin d'y retrouver Centifole : celle-ci avait reçu des femmes toutes leurs grâces sans en avoir hérité leur pénible susceptibilité et leurs délicates humeurs. Elle était décidément parfaite.

Pendant environ une semaine, il ne sortit de son laboratoire que pour dîner. Tout le jour et souvent même une partie de la nuit, il demeurait auprès de ses chères petites ou, plus exactement, auprès d'une, car la pourpre avait éclipsé toutes les autres, qui ne comptaient désormais plus guère à ses yeux. Elle avait ceci de spécial qu'il entretenait bien sûr avec elle une liaison. À chaque heure, chaque minute, c'étaient des embrasements, des étreintes, des enlacements qui, naturellement, appelaient à d'autres unions. Quotidiennement, il entrait dans la pièce en ayant décidé de n'en rien faire, d'arroser chastement, de tailler ses fleurs les plus ordinaires — mais à tout instant, il était envoûté par les doux fumets que lui envoyait son amante, attiré dans les rets festonnés de la séductrice, il était le jouet enfin ! De ce végétal Machiavel. Dès lors, il ne pouvait s'empêcher. Il fallait aller à elle, respirer sa nuque, serpenter le long de ses lombes, baiser sa cuisse… et d'une parcelle de chair à l'autre, de la frêle tige à une feuille, des poils indiscrets aux plus indiscrètes muqueuses, il glissait toujours davantage, se laissait entraîner à une caresse plus impudique, un emportement plus violent... Enfin il en venait aux extrémités dernières et s'unissait à sa belle si intimement qu'il pouvait – cela revient à dire, en termes plus triviaux, qu'il fourrait son membre dans le calice, l'enfonçait au plus secret des pétales, ce faisant il les arrachait, les abîmait, puis déchargeait sur elles. Pour dire la vérité toute crue et sans la romantiser ainsi qu'il faisait, il passait son temps le vit dans une fleur, à se masturber tout son saoul et, une fois qu'il manquait d'énergie et de foutre, partait avaler une omelette, puis s'y remettait sans se lasser.

Une semaine passa dans cette occupation, jusqu'à ce que Don Matéo revînt de Paris. À peine fut-il arrivé à Deauville qu'il se précipita chez son ami. Celui-ci buvait sagement son thé en mangeant une île flottante, reprenant des forces après ses vigoureuses embardées de l'après-midi (il s'était déjà ravigoté de celles du matin en déjeunant d'un cake aux olives).

Louise introduisit l'écrivain.

– Don Matéo ! Tu tombes à pic : je me reposais à l'instant de mes travaux du jour...

– Tu te tues à la tâche, mon pauvre ami. Tu te donnes trop entièrement à la science.

– J'y trouve tant de plaisir que je ne peux m'en passer. Elle a pour moi des attraits... irrésistibles.

– Je comprends. Vous autres, scientifiques, vous possédez cet immense pouvoir de comprendre la nature, de la changer parfois et même de la guérir. J'ai vu notre ami commun avec qui tu as fait médecine, le docteur Conque, à Paris tantôt. Je l'ai retrouvé si décontenancé, si affligé, si abattu, car il se sentait impuissant à identifier le mal d'une patiente qu'on venait de lui présenter et à la soigner.

– Qu'a-t-elle donc ? S'occupe-t-il toujours de ces folles nymphomanes et de ces névrosées de la Salpêtrière ?

– Je n'aime pas t'entendre exprimer tant de mépris pour ces malheureuses : oublies-tu que Violante fut internée là-bas ?

Skorpión fut piqué par cette réflexion de Diaz qui se permettait bien hautement de lui faire la leçon. Il ne négligera pas de le lui faire payer.

– Je te disais donc que Conque avait, depuis une semaine, une patiente des plus étranges. Il avait été en Alsace, à l'asile de Rouffach, une petite commune du Haut-Rhin qui abrite plus d'aliénés que de villageois. Il répondait à l'invitation d'un confrère, l'un de ses disciples, un ancien élève qui avait adopté ses pratiques et les répétait là-bas. Conque était chargé de vérifier les installations les plus modernes. L'asile est de construction récente, très salubre du reste, les hommes et les femmes y vivent séparés et occupent deux ailes différentes, ce qui, aux dires du docteur, simplifie grandement les choses quand on a affaire à des hystériques. Le bâtiment principal est une sorte de manoir des plus élégants et est entouré de jardins ; il m'en a montré des photographies tout à fait charmantes. Enfin je ne prétends pas qu'on s'y trouve bien, car on y est tout de même privé de sa liberté et ceux qui y sont internés sont de très grands malades atteints de troubles psychiatriques. Conque visitait donc tranquillement cet établissement quand son collègue alsacien lui fit part des difficultés qu'il rencontrait avec sa nouvelle patiente et voulut la lui montrer. Celle-ci était une couturière, sans famille connue, habitant seule dans un village où son métier lui assurait son pain et son toit. C'était une fille sans problème, réservée et travailleuse. La veille au soir, vers minuit, ses voisins furent réveillés par de grands cris venant de son petit appartement. Ils crurent qu'un voleur était entré. Le tailleur (un veuf qui logeait là avec son grand fils) sortit dans le couloir avec son fusil, tambourina à sa porte, ne recevant en guise de réponse que des hurlements de terreur, cassa la fragile serrure du manche de son fusil et entra. L'homme s'attendait à trouver là un agresseur, un rôdeur — quelque chose, enfin, qui justifiât l'effroi de la jeune fille ! Quelle ne fut pas son incompréhension en découvrant qu'elle était seule ! La couturière gisait dans son lit, gémissant, souffrant et implorant quelque assistance — mais il ne savait ce qu'elle avait. Il l'interrogea, lui demanda quel était son mal, comment il pouvait la soulager, mais elle lui indiqua dans un geste affreux ce qu'elle avait de plus intime. Le bonhomme n'y comprit goutte, mais crut à un mal de femme, songea qu'elle était peut-être grosse, bien qu'il n'y parût, que peut-être elle portait un enfant qui était mort en elle et déchirait ses entrailles. Il envoya son fils chercher le médecin. Celui-ci voulut l'examiner. Mais dès qu'il approchait, la dentellière tressautait sur le matelas, hurlait de plus belle et paraissait folle. Le tailleur et son garçon durent la tenir pour que le docteur pût faire son office. Elle n'avait d'enfant dans le ventre et l'homme de science était bien circonspect : il ne savait ce qu'elle avait. On la veilla toute la nuit à tour de rôle et on la vit se calmer peu à peu. Cependant, le lendemain, elle fut à nouveau agitée dans l'après-midi comme mille diables. Elle effectuait sur le sommier de grands bonds, suffoquait, étouffait, vomissait, bavait, semblait apeurée et éperdue, se défendait contre un imaginaire ennemi, griffait les trois hommes et le mur, déchirait ses draps, tenait son ventre en signe de très grande douleur et, chose la plus incroyable et terrifiante, elle écartait les cuisses d'impudique manière et fouillait son corps, non comme femme lubrique et se donnant du plaisir, mais comme si elle eût cherché à sortir quelque démoniaque intrus d'elle-même.

Diaz s'interrompit à ce moment, ravalant sa salive et reprenant son souffle qu'il avait court, exténué qu'il était de faire ce récit qui le bouleversait. Il parvint à reprendre ses esprits et son histoire :

— Les trois hommes, horrifiés ainsi que tu peux aisément te le figurer, ne savaient plus que faire et le médecin eut l'idée de l'emmener à l'institut de Rouffach, qui était assez près de chez eux et où l'on pouvait la transporter aisément. La chose fut convenue et ils l'emmenèrent en voiture où elle faisait encore ses abominables crises. Elle manqua même de se jeter dehors, car elle ouvrit la portière en pleine marche alors que le tailleur roulait à plein pot sur la départementale. Arrivés à l'asile, ils la confièrent aux soins du docteur Japélius, qui reconnut tout de suite les symptômes de l'hystérie et qui dit qu'il saurait s'en occuper, cette maladie étant sa spécialité (qu'il avait étudiée, comme tu l'as compris, auprès de Conque à Paris). Quand elle fut calmée – car elle se calmait deux ou trois fois le jour, pendant près d'une heure – elle ne voulut d'abord raconter au psychiatre ce qu'elle éprouvait et gardait obstinément le silence, affreusement honteuse et pleurant beaucoup. Japélius tenta de la rassurer, lui expliquant que les maladies de l'âme étaient toujours les plus douloureuses, que parfois même elles causaient dans le corps de grandes souffrances quoi qu'elles eussent leurs sièges dans l'esprit, que, pour ce qui était de lui, il n'émettait nul jugement, ni en paroles ni en pensée, que ce n'était son métier que de la croire mauvaise ou coupable, que c'était celui des faux dévots seulement, que lui ne voulait que l'écouter et la comprendre, que c'était ainsi qu'il soignait les gens et que, pour toutes ces raisons, elle ne devait craindre de s'ouvrir à lui de ses tourments. Tu vois comme cet homme était bon et semblable en toutes choses à son maître Conque, qui témoigne à ses malades de la même humanité. La jeune fille, un peu réconfortée par ce discours, lui confia l'incompréhensible vérité : le premier soir, quand son patron était entré chez elle réveillé par ses cris, elle avait été, disait-elle « agressée ». En effet, elle dormait paisiblement lorsque, soudainement, elle sentit son corps se déchirer à l'endroit, tu l'auras compris, du bas-ventre. Elle hurla, voulut se défendre, croyant qu'un homme était entré chez elle, mais nul n'était présent. Elle sentait de la manière la plus évidente, indubitable, une masse s'introduire, aller et venir, la fouiller — il n'y avait pourtant de corps sur le sien. Elle ne comprenait ce que c'était, s'acharnait à « sortir » le poids, l'objet, ce que c'était en elle, de sa chair, mais n'y parvenait. Cela dura peu de temps — mais c'était l'éternité. Elle crut mourir. Le tailleur arriva pour la secourir, son fils, puis le médecin, mais elle était si effrayée – on l'eût été à moins – qu'elle ne souffrait pas d'être par eux touchée. Puis la nuit avait passé : elle éprouvait toujours une très grande douleur, mais rien n'était plus en elle désormais – c'était parti comme c'était venu. Nonobstant, le lendemain, en début d'après-midi, lui fut infligée la même violence et non plus une fois, mais à plusieurs reprises et toujours, sans savoir l'expliquer, elle croyait que quelque chose était entré en elle et la frappait de ses coups. Elle se jugeait folle, bien sûr, de penser cela, elle avait été à l'école et savait que les contes que l'on faisait parfois du diable étaient des croyances de vieilles femmes, qu'il n'y avait de lutins cornus pour se jouer de vous et vous faire accroire des choses qui n'étaient point… et cependant elle ne voyait que cette seule explication : Satan lui-même était venu s'unir à elle sous une forme invisible et n'arrêterait tant qu'il ne l'aurait engrossée. Le docteur leva un sourcil dubitatif en entendant cette conclusion, la fille le remarqua et l'assura qu'elle n'était de ces grenouilles de bénitier qui croyaient aux péchés et au diable, elle n'y avait jamais cru jusque-là, elle avait vu la guerre, les bombardements, les gueules cassées revenues des tranchées, et n'avait plus tant de certitudes que cela quant à l'existence d'un Dieu. Elle ne pensait davantage que le diable existait et trouvait bien plutôt que s'il y en eût un, c'eût été l'homme et qu'il n'y avait besoin d'en imaginer un autre. Le docteur la trouvait sage et raisonnable ; il songeait qu'elle ne ressemblait aux hystériques auxquelles il était habitué. Mais c'était sans compter la crise qu'elle fit devant lui quelques minutes plus tard. Ce n'était plus la même femme qu'il avait devant lui. Ses traits étaient déformés, grimaçants, ses yeux exorbités et ses membres durs, sous le coup de la tétanie, sa gorge se levait et s'abaissait dans de puissants spasmes, elle s'agitait et crachait en tous sens à la façon de ces possédées que décrivent les exorcistes en leurs ouvrages et enfin — et c'était bien ce qui lui causait la plus profonde pitié — elle l'appelait à l'aide, criait qu'il lui vînt en secours, l'implorait d'une voix rauque d'abord et qui progressivement s'affaiblissait, devenait chuchotements suppliants qui finalement, désespérés, s'éteignirent. Ses yeux, embués de larmes, n'attendaient plus d'assistance et semblaient… inconsolables.

Don Matéo demeura silencieux une nouvelle fois et eut un regard vague vers les vitres de la salle à manger où coulaient, lentes et douloureuses, de longues larmes qui étaient celles versées par la pluie et peut-être par la petite dentellière. Rose et Louise étaient bouche bée : elles avaient interrompu leurs tâches, s'étaient assises sur des chaises un peu à l'écart, n'ayant été invitées à s'installer à la table du maître, et avaient écouté le récit de Diaz, attentives et émues. Elles avaient pleuré toutes deux en entendant les malheurs de la jeune fille, elles espéraient de tout leur cœur que le bon docteur alsacien ou celui de Paris lui trouveraient un remède, que cela constituerait la suite et la fin de ce conte — hélas, comme elles se trompaient.

— Conque survint à ce moment d'une façon qui semblait véritablement providentielle à l'Alsacien. Il lui exposa le cas et lui présenta la jeune fille. Elle s'appelait Jeanne. Conque parla avec elle longuement, abordant toutes sortes de sujets qui n'entretenaient aucun rapport avec son mal ; il la trouva parfaitement saine d'esprit.

— Décrit-elle son mystérieux agresseur ? demanda-t-il à son collègue.

— Elle ne le voit nullement, elle soutient qu'elle sent uniquement une masse oblongue et dure s'introduire en elle.

— On lui connaît des… relations ?

— Elle affirme qu'elle n'a connu aucun homme et ses voisins semblent confirmer. Ils ne l'ont jamais vu avec un quelconque soupirant.

— Le tailleur ? Son fils ? Ont-ils pu lui faire violence ?

— Elle dit que non, qu'ils ont été très bons avec elle, que le vieux lui apprend son métier, que le fils ne s'est jamais intéressé à elle. Il a une amoureuse dans le village.

—		Elle aurait imaginé tout cela, par dépit amoureux, désirant l'un ou l'autre ?

—		Je ne pense pas. Ils l'ont visitée une seule fois depuis son arrivée ici et les crises ne se déclenchent pas selon qu'on ait fait mention d'eux ou qu'ils soient passés la voir. Au demeurant, elle est chez eux depuis deux ans et rien ne s'était jamais déclaré jusque-là.

—		Que sait-on de sa famille ?

—		Elle a été élevée par une tante, une vieille fille. Parents inconnus. J'ai fait la même supposition que vous, mais il n'y a ni père, ni oncle, enfin personne qui eût pu…

—		Entendu. Les crises seules pourront donc nous révéler la vérité : on y voit souvent plus clair au milieu des ombres de l'Inconscient.

Conque qui n'était homme, pourtant, à s'émouvoir d'un rien, demeura éberlué la première fois qu'il assista à l'une des « crises » de Jeanne. En sus de tous les symptômes que nous avons déjà décrits, un surtout attira l'attention de l'éminent psychiatre. Jeanne ne demandait pas tant l'aide des médecins qui l'entouraient, qu'elle n'implorait la pitié d'un imaginaire adversaire.

—		Arrêtez, criait-elle, je vous en prie, laissez-moi, cessez, ôtez cela, ôtez-le-moi ! Je ne veux pas ! Non ! Non !

Et elle répétait ses mots inlassablement, semblant s'adresser à un fantôme. Pendant un moment où ce dernier la laissait en répit, Conque interrogea la jeune fille :

—		Savez-vous à qui vous parlez lorsque vous suppliez d'arrêter ? Voyez-vous son visage ? Connaissez-vous son nom ?

Et elle répondait en gémissant, avalant quelques-uns de ses cheveux roux qui lui tombaient dans la face et restaient collés, humides de ses larmes, à ses joues, à ses lèvres :

—		Non ! Je ne sais qui il est. Je ne le vois ni ne l'entends, mais je jure qu'il existe et que je ne l'invente !

Une heure plus tard, tandis que son calvaire recommençait et qu'elle se débattait violemment contre les assauts de son ennemi, elle souleva involontairement sa chemise de nuit blanche. Conque, qui l'observait attentivement, aperçut un mince filet d'écume blanchâtre sur sa cuisse. Il s'empressa de le prélever après avoir demandé l'approbation de la fille. Quelques instants après, il examinait l'échantillon sur la lame de son microscope et vous ne le croirez, il s'agissait – et Diaz baissa le ton en rougissant, car il y avait là des dames – de semence virile.

—		Quoi ? s'exclama Skorpión, cette fille-là avait du foutre sur la cuisse ?

—		Du foutre ? s'étonnèrent d'une seule voix Rose et Louise.

Elles furent bien embarrassées de s'entendre dire le mot à voix haute devant ces messieurs.

—   Du diable si votre lingère était malade ! s'écria le botaniste furieux. Elle avait un amant, voilà tout. La petite hypocrite. La comédienne. Votre Conque et votre Alsacien tiennent entre leurs mains la nouvelle Sarah Bernhardt, c'est moi qui vous le dis. Voilà-t-il pas que je vous ai réglé votre affaire en un moment quand la solution était si simple.

Et il ricana, tout content de lui.

—   Vous vous fourvoyez, mon ami, et je vous maintiens que les deux psychiatres ne quittèrent plus sa chambre après cela, que certaines fois ils se relayèrent seulement pour dormir, qu'ils l'enfermèrent à clé et que, néanmoins, ladite semence apparaissait sur son corps.

—   C'est que vos psychiatres eux-mêmes abusèrent de la fille et firent accroire à tous que c'était quelque diable. Les moines et les prêtres de la Renaissance avaient inventé cette belle méthode et exorcisaient à leur façon.

—   Skorpión ! Je connaissais ton cynisme, mais je ne peux croire que tu accuses Conque, ton ami, d'avoir outragé cette fille. — Le botaniste esquissa un sourire en coin qui était toute une réponse. — Tous deux souhaitent lui venir en aide, la guérir et c'est pourquoi Conque l'emmena avec lui à Paris.

—   Elle est maintenant à la Salpêtrière ? s'enquit Skorpión.

—   Oui, et son mal n'a encore pris fin. Au moment où je quittais Paris, elle sombrait dans la folie, me disait Conque. Elle a maintenant des visions horrifiques d'un agresseur, d'un démon, l'approchant, muni d'une pince, la fouillant de ses doigts, et de yeux de serpent brûlant d'une flamme d'enfer. Elle jette aussi les objets, les meubles, tout ce qu'elle peut sur les infirmiers, les docteurs, elle croit qu'ils sont les complices de son bourreau, qu'elle est la victime d'un complot énorme, qu'ils se sont ligués pour la rendre folle, qu'ils la droguent pour l'outrager. Elle a tenté de s'égorger avec une fourchette et de se pendre avec ses draps. Elle mange désormais sans couverts, à même le sol, car ils lui ont ôté tout le mobilier de sa chambre et elle dort sur un matelas sans couverture. Une garde la veille chaque nuit depuis le couloir parce que l'on craint qu'elle ne se fasse une corde de sa chemise de nuit et qu'on ne peut tout de même la laisser entièrement nue. Pendant une heure, quand son mal lui laisse un éphémère répit, elle erre dans sa geôle, amaigrie, échevelée, sale, les yeux caves et la mine livide, fantomatique et devenue à elle-même étrangère. Elle ne parle presque plus et son regard semble s'être éteint : il n'y a en elle plus que l'apparence de la vie, dit Conque. Voilà à quelle déchéance fut menée cette créature.

—   Croyez-vous votre ami homme à pouvoir la guérir ? interrogea Rose.

—   S'il est un homme dans ce monde ou dans l'autre qui le puisse, Rose, c'est celui-ci. J'ai foi en lui davantage qu'en un bienfaisant dieu : lui découvrira l'origine de son mal, trouvera le remède et la sauvera. Vous ne vous figurerez le portrait qu'il m'a fait d'elle : elle a, à ce qu'il dit, une volumineuse chevelure rousse mal coupée. Les gens de son village natal racontent qu'elle l'avait encore voici quelques mois jusqu'aux hanches et qu'elle leur paraissait une Loreley, une sirène du Rhin.

Viktor baissa la tête, songeur.

— Ne croirait-on pas qu'une puissance étrangère, un esprit, un démon a pris possession d'elle et l'habite désormais ?

— Cela me rappelle l'étrange histoire du champignon de Monsieur, lança Rose tout à coup.

— Quelle est cette histoire ? demanda Don Matéo.

— Eh bien, Monsieur nous conta hier au soir, répondit la soubrette, qu'il avait mis un champignon, non de ceux qu'on mange, mais un minuscule dans un papillon et ce champignon va lentement pousser, grandir et grossir à l'intérieur de la bête, manger d'elle tout ce qu'il pourra ; une fois qu'il aura acquis assez de force pour vivre tout seul et qu'il n'aura plus besoin d'elle, il lui brisera les os et lui déchirera ses grandes ailes. Ce faisant, il sortira d'elle comme les tiges sortent de la terre, toutes droites et fières. Alors on le verra et il aura à ce moment l'aspect d'un champignon de Paris.

Diaz avait pris un air dégoûté :

— Qu'est-ce donc que cela ? s'étonna-t-il. Est-il possible ?

— Oui, bien sûr. Rose a fort bien décrit le processus de croissance du cordyceps, bien qu'il ne puisse briser les os du papillon qui n'a point d'os, mais seulement un exosquelette, corrigea le botaniste. Il s'agit d'une variété de champignons qui infecte le corps d'un insecte ou d'un arachnide, se développe en lui, en effet, pendant une période qui varie d'une espèce à l'autre puis, un beau jour, perce son hôte de sa grande tige, l'empale de part en part et fait s'épanouir son grand chapeau moussu au-dessus de sa carcasse. Il veille sa victime tel le crucifix la tombe. La dépouille, du reste, lui sert toujours : il s'en nourrit encore, ce nécrophage, il en aspire quelque nectar jusqu'à ce qu'elle soit tout à fait devenue poussière. Voilà ce que c'est que le cordyceps, le champignon le plus fascinant assurément, et mon préféré. Quant à celui dont parle Rose, il est vrai que je l'ai un peu aidé et que je l'ai inoculé à une aurore toute blanche, une superbe femelle… Tantôt je tenterai l'expérience avec l'une de mes roses…

Il jeta sur Rose un œil de convoitise et un sourire carnassier.

— N'est-ce pas que c'est un peu pareil ? demanda celle-ci. Cette jeune fille est dévorée par un mal dont elle ignore tout et dont elle ne peut se délivrer. Certaines fois seulement il se manifeste et se rappelle à elle. Elle ne peut le voir ni le toucher, mais il est aussi réel, aussi vrai que vous et moi.

Elle observait Skorpión en disant ces derniers mots.

— C'est exactement la thèse de la psychanalyse, répondit Don

Matéo. Nos âmes abritent des pensées, des sentiments, des maux invisibles, plus déterminants que des actes et plus puissants que la matière même.

Le Professeur ne semblait avoir écouté Diaz et s'était tourné vers sa serre. Un air de jubilation et de triomphe s'était inscrit sur toute sa figure.

— Savez-vous que vous avez visé juste avec votre comparaison, Rose ? Un détail, le plus atroce peut-être parmi les mœurs du cordyceps, à l'instant me revient à l'esprit : figurez-vous que ce champignon, non content de commander les moindres faits et gestes de la bête dont il a pris possession, laisse intact son cerveau. Comprenez par là qu'il la fait voler, marcher, manger à sa guise, selon sa volonté propre et selon son seul intérêt, et la pauvre bête – la malheureuse ! – demeure consciente de n'être plus maîtresse d'elle-même. Quelle cruauté, n'est-ce pas, quelle cruauté particulièrement raffinée que celle de ce champignon de contrôler l'animal tout en lui laissant la conscience de sa déchéance, de son humiliation, de la mort, peut-être, qui vient, qui le guette. Quelle merveille de la Nature que d'avoir imaginé cela, quelle singularité dans toute la Création ! Votre lingère, elle aussi, tel mon papillon, immaculée, candide, impuissante à s'échapper, est violentée consciente, prisonnière d'elle-même, vivante suppliciée, et ressent dans sa chair, au plus intime des muqueuses, la présence de son ennemi. Ils sont, la bête, cette jeune fille, comme ces pantins dont un tout-puissant marionnettiste tire les fils : par sa volonté il leur fait lever un bras, ouvrir une cuisse. Mais leurs fils, à votre lingère, à mon insecte, sont à l'intérieur d'eux-mêmes – et leur maître aussi. La docile poupée, contrairement à celle de porcelaine qui est toute bêtise, toute inconscience, sait ce qui lui arrive, ce qui est en elle — elle sait le monstre qu'elle abrite.

Louise, Rose, Don Matéo se lancèrent des regards embarrassés : le botaniste admirait-il le cordyceps et évoquait-il les malheurs de Jeanne comme avec avidité… ? Non, ils avaient dû rêver.

Car cela ne se pouvait.

CHAPITRE V

Le Docteur se trouvait dans un état psychique invraisemblable. Il errait dans la maison comme un lion en cage, parfois s'asseyait et s'emparait avec fureur de quelque revue botanique puis, les lettres passant devant lui sans qu'elles ne forment de mots, sans qu'elles ne prennent de sens, il jetait le magazine avec hargne, se relevait, faisait les cent pas, donnait un coup de poing à une innocente table, un coup de pied dans le mur blanc, essuyait une larme et d'un même mouvement effaçait de ses lèvres un involontaire sourire.

Certes il avait dupliqué la dentellière, et oui, il avait touché, à sa manière, son double chlorophyllien, mais comment eût-il pu l'atteindre, à distance, en agissant sur un simple végétal ? La plante était une créature à part entière, qui possédait son existence propre et indépendante de son modèle – du moins était-ce ce qu'il avait toujours cru jusque-là. Mais il fallait se rendre à l'évidence : c'était faux. Ce qu'on faisait à la fleur, on le faisait à la femme. Quelles extraordinaires possibilités cette nouvelle certitude offrait à Skorpión ! On pourrait, par là, se débarrasser d'ennemis, gagner des batailles ! Il suffisait d'un cheveu. Il avait créé l'arme la plus efficace de toute l'Histoire, plus redoutable que le canon, plus infaillible que le fusil, plus indécelable que le poison, une arme à décider un lâche, une arme à combler un criminel. L'arme parfaite, innocente comme un linge blanc, insoupçonnable comme un accident – et belle comme une sanglante rose. Il ne savait s'il fallait d'un tel prodige s'épouvanter – ou s'émerveiller. Du moins il était fier, fier d'avoir été à l'origine d'une telle découverte, d'une telle création. N'est-ce pas qu'il en était l'auteur, de cette invention, n'est-ce pas qu'il en était le père, de ces fleurs sublimes et criminelles ? Il se sentait le dieu démiurge d'une armée naissante, la Semence où avaient germé ces captieuses cannibales. Car sans doute était-ce cela qui les irriguait, elles, un féroce instinct de survie, un désir de dominer par la peur et la menace toute l'espèce animale, toute la race humaine, qui n'avait que trop escompté jusque-là qu'elle régentait le monde, une extraordinaire pulsion de Vie, que rien ne pourrait arrêter ni juguler. Coulait dans leurs veines, au lieu de suc, au lieu d'un doux miel, un sang avide de sang, comme aucun ne l'avait été jusque-là. Elles étaient la nouvelle Espèce et commençaient un règne nouveau. *Homo sapiens* avait fait son temps et laissait sa place à *Flora homicida*, et à son père et maître : lui-même. L'humanité entière était sous leur coupe.

Les yeux du Professeur brillaient d'un éclat surnaturel et presque jaune ; on eût dit deux sangsues gorgées de soufre. Il mordait ses lèvres, sentait dans sa bouche le goût du sang, amer et âcre, et passait sa langue sur ses dents, nerveusement et avidement, pour le recueillir et l'avaler. Ses mains tremblaient, ses ongles griffaient le papier des revues, les pages noircies de son carnet d'hybridation, ses pinces cliquetaient d'une attente fébrile, sachant déjà qu'il allait se passer quelque chose, qu'elles allaient tailler ce qui devait l'être, que cela était inéluctable comme la mutilation d'une liane importune, trop prolifique et indésirable. Tous ses muscles étaient bandés dans cette préparation, tous ses nerfs tendus dans ce but, qui n'était encore défini, mais était déjà décidé, vers une action à laquelle l'âme était irrésistiblement engagée et qui était, tout à la fois, liberté et destin.

Il entra dans la serre.

Il se dirigea, d'un pas vif, avec autorité, vers la Dentellière, la folle Centifole. Il déboutonna son pantalon et en sortit son vit. D'un pouce et de la lame de sa pince, il écarta brutalement les deux pétales. Il plia la tige, de manière à ce que la rose se trouvât à hauteur de son bas-ventre. Le doux velours de la fleur, la délicatesse de ses dentelles, si frêles qu'elles semblaient devoir se déchirer sous sa brutale pression, lui donnèrent plus de rage encore, et plus de désir. D'un seul coup sec, il s'enfonça tout entier dans l'orifice ainsi entrouvert. Il poussa son membre tant qu'il put dans cet interstice, voulant atteindre les profondeurs de la femme… Car il devait bien y avoir un fond ! Contre lequel buter et qu'il pourrait abattre, détruire ! Il devait bien y avoir une finitude, un moment où il saccagerait son calice et se retrouverait dehors, près des feuilles, dans le vide, après avoir creusé – enfin ! – une cavité en elle, une béance… ! Il allait et venait avec furie. Il devait éprouver, à ce moment, le même degré d'empathie que celui d'un lapin pour la carotte ou d'un bourdon pour le pollen. Il sentait autour de sa verge, comme des anneaux de fer, serrés et se contractant, tentant de l'expulser hors d'eux. Mais ils ne le pouvaient – et Skorpión en était content. Il reconnaissait dans la femme, contre sa chair à lui, le refus et la résistance. Comme ces fragiles pétales s'obstinaient à lutter, à lui s'opposaient ! Il n'était enveloppé par une bonne pâte amie, mais engoncé dans un dur étau. Comme il l'aimait, cet étau, comme il était heureux et jouissait de cette inutile révolte, de cette vaine lutte ! Le sexe féminin n'avait-il ce seul attrait ? Les hommes désiraient les femmes pour cela, pour goûter le plaisir de forcer, d'abîmer, de dégrader ce qui jusque-là se passait fort bien d'eux. Ce sentier, jusqu'alors intact et fermé, et tout à coup puissamment piétiné et battu… Voilà donc ce qu'ils recherchaient tous ! Et on appelait cela de l'amour ! Il savait, lui, le Professeur, car il était plus intelligent que les autres, que c'était là de la haine qui portait le masque de l'amour ! Comment les femmes, les sottes femmes, ne le voyaient-elles pas ! N'apercevaient-elles, dans le regard, la flamme sombre de la rancœur, sous le sourire grimaçant, le rictus de l'envie, et n'avaient-elles à la bouche, en recevant les baisers, le goût de leur sang ?

Ces pensées accrurent son ardeur, et celle-ci sa fierté. Il était fat comme un paon faisant la roue. Il était pourtant, il y a quelques jours, sans expérience aucune des femmes. Ses mouvements se firent plus impétueux, et il s'acharna sur la malheureuse. Il fit quelques pas de côté, qui semblaient ceux d'un crustacé, et posa le pot sur une petite table. Le terreau était projeté en tous sens, par la force des secousses.

Bientôt, la rose s'humidifia d'une tendre rosée. Le Docteur pensa avec satisfaction que le corps féminin obéissait, décidément, à une mécanique bien huilée. À la pénétration, quoiqu'elle fût contrainte, il réagissait en sécrétant de la cyprine, destinée à faciliter l'accouplement et à favoriser le transport du liquide séminal jusqu'au col de l'utérus – c'était là le légiste qui parlait. Bien que la femme ne se trouvât point alors dans la volonté de procréer, mais seulement, vraisemblablement, dans celle de faire cesser la violence subie, bien que son cerveau envoyât en tous sens, de façon désordonnée et anarchique, des messages d'alarme et de terreur, l'utérus poursuivait sa mission reproductrice. L'utérus ne désire pas, ne ressent pas, ne craint pas, ne s'embarrasse pas de concevoir le refus ni l'acquiescement. Il est dépourvu d'états d'âme ; d'ailleurs, il n'a pas d'âme : il est organe, presque machine, et vomit son suc aussi exactement, aussi régulièrement qu'une presse son encre. Il est tout dévoué à la fonction que lui confia la Nature : il est pure pulsion de vie. Skorpión était heureux de dresser ce constat, et de surcroît, non plus seulement par raisonnement, mais par expérience.

Il déchargea à ce moment, inoculant son venin dans l'innocente matière, et lâcha la tige, qu'il tenait jusque-là fermement entre ses pinces. Elle était presque coupée ; les lames avaient déchiré son épiderme. Deux grosses entailles étaient visibles, l'une sur le poignet, l'autre sur la main de la jeune fille. Il tenait, dans sa main droite, sa verge molle et luisante, de l'autre, le sécateur coutumier. Tous deux il les essuya méticuleusement. Puis il reboutonna son pantalon et glissa son outil dans l'une de ses poches. Il leva les yeux, un sourire satisfait aux lèvres et le dos fourbu, car la petite table n'était tout à fait à sa hauteur et il avait dû se pencher. Son regard rencontra celui de Rose, qui se trouvait à quelque distance, cachée derrière un arbre à myrrhe, bouche bée, et dont toute la figure exprimait le plus grand effarement.

Elle avait compris.

Elle savait, la chose était certaine, que ses fleurs étaient des femmes, que ce qu'il faisait aux unes, il le faisait aussi aux autres, qu'il existait, entre les modèles et leurs copies, une obscure et mystérieuse correspondance, qu'il venait de violenter la dentellière en polluant la centifole, qu'elle était devenue folle par sa faute, que ce sentiment d'être outragée n'était une illusion de ses sens, mais que le crime était bien commis par lui en toute impunité, dans le secret de son laboratoire, et qu'il avait, lui, Viktor Skorpión, sur les femmes qu'il avait dupliquées, un pouvoir absolu et souverain.

Elle s'enfuit, traversa le salon, la salle à manger et le corridor, en direction de l'entrée. Il était aux abois : il fallait l'empêcher de sortir, car elle conterait tout. Il courut plus vite et fut sur le point de mettre la main sur elle, alors qu'elle tournait la clé dans la serrure, lorsque soudainement la porte de la villa s'ouvrit toute grande et qu'ils se retrouvèrent nez à nez, Rose et lui, avec Don Matéo Diaz, qui revenait pour le dîner, comme ils en étaient convenus tout à l'heure. Skorpión dissimula sa pince dans son dos. Rose jeta un regard d'effroi vers son maître puis, bousculant Diaz, se précipita dehors et s'échappa.

—   Que diable se passe-t-il ici ? Qu'as-tu donc fait à cette pauvre Rose ? Elle paraît avoir vu Satan en personne.

Viktor était blanc comme un linge et semblait horriblement coupable. On le serait à moins. Il lui fallait se reprendre rapidement, afin de tromper Diaz et trouver une explication raisonnable à la regrettable scène que sa servante et lui venaient de lui jouer. Il éclata d'un hypocrite rire :

—   Mon ami, entre que je te raconte cette folle histoire. Je n'en reviens pas moi-même. Tu te rappelles ce que tu me disais tantôt au sujet de Rose : que tu la supposais amoureuse de moi. Eh bien, je ne veux pas me montrer indiscret et tu sais combien j'ai de respect pour la pudeur des femmes... Mais je ne voudrais pas que tu te fasses de fausses idées, entendons-nous... – Il fit mine d'hésiter. – En un mot, elle me fit comprendre, par des gestes... dont je ne pouvais douter du sens... qu'elle ressentait pour moi une inclination – tout au moins une convoitise. Et je lui ai annoncé, le plus délicatement que j'ai pu – et bien que je ne sois pas très habile en cette matière, je ne suis pas comme toi un poète, mais un modeste scientifique... – Diaz protesta d'un léger mouvement des lèvres, par politesse, puis sourit, car il était tout de même flatté. Skorpión n'était pas homme à vanter souvent ses congénères ; il réservait habituellement ses louanges au monde végétal exclusivement. – Que je ne partageais pas ses sentiments, poursuivit-il. Qu'elle était une jeune femme des plus charmantes, mais que mon cœur appartenait déjà à une autre – à cette femme dont je t'ai parlé...

—   La blonde à la nuisette d'argent.

—   Elle-même. Elle persévéra un peu, croyant qu'en m'aguichant, je me laisserai aller à... – Don Matéo ouvrit de grands yeux. – Oui, tu es étonné ! Moi le premier ! Je n'en menais pas large, c'est moi qui te le dis ! Sans doute qu'avec ses anciens maîtres, pareil procédé avait porté ses fruits… Mais avec moi ! – Il prenait un air indigné. – Enfin tu sais bien ce que c'est que ces filles-là...

—   Ne dis pas cela. Rose est une fille comme il faut.

Viktor se ravisa en apercevant l'air renfrogné de Diaz. Il ne pouvait se permettre de le mécontenter ce soir.

—   Bien sûr. Elle est parfaitement convenable. Des plus respectables ! Pour revenir à mon histoire, elle s'est approchée de moi… Tout près. S'est collée à moi comme une anguille. Et je l'ai repoussée, voilà. En lui assurant, avec autorité, qu'il n'y avait de mon côté aucune ambiguïté. Et qu'il n'y en aurait jamais ! Tu vois comme elle l'a pris !

—   Mal : elle s'est enfuie en courant comme un chevreau. Tu l'auras vexée.

—   Que voulais-tu que je fasse ? Je n'allais tout de même pas me forcer ! Ha ! Enfin, quand on ne veut pas – on ne veut pas !

Il était bien placé pour dire cela, le bougre.

—   Je comprends. Cela ne sera pas simple.

—   Que veux-tu dire ?

—   Eh bien, elle est ta femme de chambre et vit sous ton toit. Demain, quand elle te servira tes œufs brouillés, vous serez bien embarrassés tous deux. Et Louise entre vous, qui ne comprendra rien à votre gêne. Tu comptes la garder ?

—   Qui ça, Louise ?

—   Mais non, l'autre. Rose.

—   Ah… Je n'y ai pas réfléchi. Cela vient tout juste de se produire. Tu es arrivé… au moment où elle prenait la mouche.

—   Il y a de quoi tout de même.

—   Diable ! Qu'y puis-je, moi, qu'elle ait pris la mouche ?

—   Non, mais je ne t'accuse pas.

—   Merci.

—   J'entends que c'est bien naturel qu'elle soit un peu vexée. On le serait à moins dans sa situation.

—   Certes.

—   Seulement, habituellement, on ne vit pas avec la personne qui nous éconduit.

—   Heureusement que ce n'est pas courant !

—   Oui !

Ils rirent de bon cœur. Don Matéo, en dépit de toutes ses qualités, que je ne nie point, était tout de même assez crédule et prit pour argent comptant tout ce récit ; sa candeur, hélas, produira des effets désastreux, ce dont le malheureux ne pouvait se douter.

—   Oublions cela et passons à table, veux-tu ? Louise nous a préparé des œufs en gelée aux endives – un régal – et une tarte au flan.

Skorpión était fébrile. On devinera aisément pourquoi. Néanmoins il donna le change, se montra enjoué et spirituel. Don Matéo crut que son ami cherchait à éloigner de lui ses sombres pensées de l'après-midi : il en fut naïvement touché. Mais le Docteur avait ourdi un plan, et pour le mettre à exécution, il fallait passer pour extraordinairement innocent et ne rien faire ni dire qui pût éveiller le moindre soupçon chez son invité, lequel faisait partie intégrante de la machination. Le succès de cette dernière reposait même entièrement sur lui.

— Monsieur, du diable si Rose est dans la maison ! lança Louise en entrant dans la pièce, inquiète. Je l'ai cherchée partout et ne la trouve nulle part.

Viktor et Matéo échangèrent un regard embarrassé. Le premier baissa les yeux sur son assiette et garda le silence, feignant une trop grande gêne et obligeant le second à mentir à sa place :

— Rose demanda congé ce soir. Comme il n'y avait que moi à servir, que je ne suis pas un hôte trop difficile et comme j'espérais un tête-à-tête avec vous, ma Louisette, ajouta-t-il sur un ton badin, je le lui accordai en arrivant chez vous. Mais voilà que Viktor joue les trouble-fête entre nous.

— Oh, monsieur Matéo ! Vous êtes incorrigible.

Skorpión observait Diaz avec délectation.

Ils dînèrent rapidement, Viktor se pressant, pressant Louise, et Don Matéo se pressant d'en finir avec les diaboliques œufs ; tous deux avaient leurs raisons – bien différentes. Ils passèrent dans le laboratoire, le Professeur prenant prétexte de quelques soins à donner à ses petites et proposant à son ami de boire le cognac auprès d'elles. Tout convenait à Diaz, tant qu'il y eut du cognac et point d'œufs.

Skorpión commença à jouer des pinces, à tailler telles tiges malades, à retirer quelque bois mort, puis en vint là où il voulait en venir depuis le début : il s'approcha de Rose bis.

Les petits talons de Rose claquaient sur le pavé humide et froid, car il avait plu cette nuit-là. Ils faisaient retentir, les mules, les poumons et la gorge, dans les rues qu'ils traversaient, leur étrange cliquetis, leur respiration haletante et leurs sanglots à demi étouffés. Ses tempes brûlaient et tout son frêle corps tremblait de froid. Cette après-midi, une tempête venue de l'Atlantique avait assombri la ville, la Normandie, peut-être l'univers. Un vent glacé soulevait les flots, faisait tourbillonner le sable et en frappait le visage de la jeune femme, ralentissait sa course, se glissait entre ses cheveux, sous ses jupes, jusqu'à ses os, l'immobilisait, la pétrifiait. Toute sa chair lui semblait devenue dure comme le marbre et si fragile, si inconsistante qu'une terre détrempée.

Ses grandes feuilles s'étaient recroquevillées sur elles-mêmes, ridées et honteuses, auprès de leurs branches voûtées. Le doux sein végétal se soulevait, oppressé par la peur, épuisé par la fuite ; il n'avait plus rien de la superbe passée, tant aimée de Viktor, tant convoitée. Quelques larmes coulaient doucement le long de la tige tremblante – ce n'était du matin la tendre rosée, ni du désir le pollen embaumé ! Les pleurs de Rose n'avaient la chaleur de son suc, ou la douceur de son miel ; ils étaient salés comme l'eau de mer, comme l'air de ce soir, qui piquait les narines de la petite bonne, alors qu'elle se précipitait vers la plage. Sur l'asphalte, ses chaussures donnaient de grands coups, qui paraissaient le galop d'un cheval mal ferré et fouetté à lui ouvrir le cuir – ou les douze coups de bâton précédant une pièce de théâtre. Heurtés, nerveux, éperdus, comme ceux d'un metteur en scène qui avait prévu un grand spectacle et qui ne savait s'il serait à la hauteur de ses espérances. Secs, nets, décidés, comme ceux que frappaient alors, sur les carreaux embués de sa serre, les deux grosses pinces de Skorpión.

La plante était là, délicate, accessible, sans défense. Elle avait préservé, malgré sa terreur, son intolérable beauté et suscitait en lui autant d'amour que de cruauté. Il le fallait. Ce crime était nécessaire. Rose savait. Elle avait tout vu, tout épié, tout compris. Elle raconterait à tous comment il les avait dupliquées, toutes, comment il avait violenté la dentellière, comment il s'était vautré dans ses pétales, comment il avait fourragé son vit dans son calice, en sachant ce qu'il faisait, ce qu'elle vivait, elle, quelle douleur elle subissait dans sa chair, au plus intime d'elle-même, et dans son âme, quel effroi, quelle incompréhension de ne pouvoir à lui se refuser, de ne pouvoir contre ses assauts se défendre, quelle honte, quelle humiliation, quelle culpabilité aussi… Tout cela, il l'avait fait sciemment cette fois, il ne pouvait dire qu'il ne savait, ou nier : Rose avait observé la scène, moqueuse sans doute, dans un premier temps, puis comprenant peu à peu ce qu'elle regardait, quel crime se déroulait sous ses yeux, s'était enfuie dès qu'il l'avait aperçue. Peut-être l'avait-elle-même déjà dénoncé ! Il ne fallait plus tarder, il fallait agir… ! Don Matéo était présent, il servirait d'alibi : le Docteur n'était pas sorti de la maison, ils avaient passé la soirée ensemble, le botaniste avait taillé ses plantes dans la serre, pendant que Diaz avait bu lentement son cognac, lui parlant du roman qu'il écrivait en ce moment. Skorpión n'avait donc rien fait à la pauvre Rose, morte assassinée, de quelques coups de poignard, dans une ruelle sombre et déserte… Car il espérait qu'elle serait seule. Si elle se trouvait dans un lieu public, tous pourraient témoigner de ce qu'elle ne fut la victime d'aucun agresseur et que les plaies apparurent magiquement. Que verraient les gens autour d'elle ? Une image surprenante sans doute, que des plaies béantes ouvrant tout à coup sa peau, déchirant sa robe noire de soubrette, son corsage, perçant ses organes, que du sang coulant par grands jets, rougissant les pétales immaculés, la chevelure dorée, craché par la bouche de poupée, effaçant, recouvrant le mystérieux sourire de l'inatteignable Créature.

En ce moment, elle était tout à fait offerte et disponible à son désir ;

rien ne pouvait lui être refusé, retiré, de Rose ; elle était en son pouvoir, entièrement, sous l'œil complaisant de Don Matéo, sous son regard niais et ignorant. Skorpión esquissa, d'un seul pan de ses fines lèvres, une grimace carnassière et de minuscules ridules de dépit et de regret. Il allait tuer Rose avant de la… Car oui, il aurait pu, peut-être, et point seulement avec la fleur, mais avec la jeune fille elle-même… Il aurait pu caresser les longues ondulations de sa chevelure, embrasser ses paupières, ce nez insolent, goûter à cette langue malhabile, presser cette gorge dressée… Et il se surprit à effleurer du bout des doigts, et non pas de la lame de ses pinces, l'épiderme craintif de ses deux grandes feuilles. Il remonta le long du tronc, glissa sur la clavicule, l'un de ses os préférés chez la femme, enlaça un peu le cou, sentit la résistance de la moelle, les battements du cœur, la course effrénée des sucs, du sang, irriguant la belle fleur immaculée, et le tremblement des petits poils, des trichomes protecteurs…

Rose sentit sa gorge se serrer.

Le sable fouettait son visage, ses mains, ses jambes, se collait humide à sa robe, s'engouffrait dans ses mules, se glissait entre ses orteils. Elle courait désormais sur la plage, aveuglément, sans but, épuisée, égarée. Elle haletait. Le vent impétueux, menaçant, s'élevait devant elle, ralentissait ses pas, lui faisait un invisible et puissant barrage, un tourbillon d'air, d'eau et de grains mêlés, il grondait, tempêtait, lui reprochait sa fuite, lui ordonnait de revenir, semblait la repousser en arrière, vers la maison, vers lui, vers Skorpión — et elle croyait choir à chaque instant. Les dunes, fugitives comme elle, mais en qui elle ne trouvait d'alliées, et seulement de méchantes rivales, se dérobaient sous ses pas, s'entrouvraient, prêtes à l'accueillir dans leur sein, tour à tour l'encerclaient, sensuelles compagnes d'une danse funeste, et la frappaient à grandes volées de sable, qui lui piquaient les yeux, dont elle sentait l'aigreur sous son palais, dont elle entendait le crissement contre ses dents, de l'intérieur, de cette étrange ouïe qui nous livre l'infâme bruit organique comme celui d'un monde sous-marin et lointain, de muqueuses et de fluides… L'eau glacée, saline, la répugnante mer stagnante, de celle qui ne rejoint jamais l'Océan, mais demeure entre nous autres humains, recevant dans ses flaques les pieds, les crachats, les urines, que les déchets ont traversée, et la moisissure des déjeuners, celle des corps, toute cette pourriture contenue en un liquide pur, écumait son plaisir de trouver dans ses vaguelettes une nouvelle proie, s'immisçait au fond de ses chaussures, remontait le long de ses chevilles, liane invasive, contente de ce beau squelette, enserrant, étranglant son cartilage, pour les garder en elle, les emporter, les noyer, tentacules d'océan tenant tendrement les fines phalanges humaines, pour les mieux mordre et désosser. Se formait, à la surface des vagues, à la commissure des lèvres, une mousse, une bave, qui bouillait de l'absorber, qui s'échauffait de la voir et qui avait la brillance, en cette nuit, du blanc d'œuf cuit. Les embruns venaient à elle, nuées d'abeilles assassines, crachotaient leurs gouttelettes, répandaient sur sa robe, dans ses cheveux, leur bruine amère et iodée, la perçaient de mille dards froids.

Rose s'étouffa, par la main des Éléments ou par celle de Skorpión, et s'arrêta.

Elle toussa longuement, par grandes et violentes quintes, tentant d'expulser les grains qu'elle avait avalés – et sa douleur. Elle hoquetait, essayait d'inspirer un air qui lui manquait, qui pourtant était là, disponible, ironique. Ses yeux étaient exorbités, regardaient droit devant elle et ne voyaient rien. Ils apercevaient seulement, dans l'image confuse et embuée de la plage, de l'Océan noir, des cieux écarlates, au loin, la lueur aveuglante d'un phare, menant les navires, les voyageurs, les sirènes, au naufrage, à la noyade. Tout son corps s'affaissa, se plia en deux et se contracta comme celui de ces filles qu'on disait jadis possédées par le démon ! Elle vomit. Ses longs cheveux, qui s'étaient échappés de son chignon serré, se collaient à ses joues, à ses larmes, à sa salive, à ce qu'elle avait dégurgité. Elle tenait ses mains sur ses genoux, pour ne pas tomber, puis les portait à son visage pour écarter quelques mèches qui entraient dans sa bouche. Elle pleurait, suffoquait – quelle était donc cette chair qui évacuait et intégrait tant de corps ? dont elle ne savait s'ils lui appartenaient, ou s'ils lui étaient tout à fait étrangers.

Viktor Skorpión s'empara de son sécateur.

La lumière de cet été-là était aveuglante et douloureuse. La longue robe de Rose lui collait à la peau, qu'elle avait moite et molle. L'air était irrespirable et embaumé. Des bourdons passaient de fleur en fleur, prenaient le pollen de celles qui, ne pouvant se défendre, baissaient de honte la tête et se flétrissaient lentement sous le soleil ardent. Un pigeon poursuivait sa dame, poussant de grands cris gutturaux qui devaient vouloir dire, en leur langage : « Viens ! Laisse-moi faire ! Crois-tu donc avoir le choix ? Ne sais-tu que la Nature te le commande ? », et lui donnant de petits coups d'aile, comme pour la soumettre. Et la femelle de déguerpir, tremblante et craintive, jetant les yeux en tous sens, cherchant une cachette, ou quelque échappatoire – mais il n'y avait de fuite possible. C'était en effet la Nature, son destin – n'est-ce pas que c'était cela ?

Rose observait ce duo et chassait le pigeon, par ses pieds, ses remontrances, en le grondant, en le suppliant. Elle tentait de lui expliquer :

— Ne vois-tu pas qu'elle ne veut point de toi, méchant animal ? Tu lui fais peur. Sois gentil. NON ! Ne la frappe pas ainsi ! Petite colombe, enfuis-toi vite… Il est si entêté ! Oh je vais lui donner à manger pour le distraire… Tiens, gourmand, je te donne des graines… Ah ! Diable ! C'est qu'il n'en veut pas et qu'il ne veut qu'elle… Mais pourquoi elle ? Puisqu'elle ne t'aime pas. Ne peux-tu en choisir une qui t'aimerait ?

— Je ne crois pas qu'il te comprenne. Ou alors il n'est pas homme à daigner entendre tes raisons.

Rose se retourna vivement : Mark se tenait à quelques pas derrière elle. Elle ne l'avait entendu approcher. Il était le fils du maître, un riche paysan tourangeau qu'elle servait depuis quelques mois. Elle avait déjà eu plusieurs emplois, elle avait trait des vaches, vendu des fromages au marché, cueilli des cerises, des pommes, des noix et servi chez deux femmes qui ne l'avaient gardée longtemps, voyant d'un mauvais œil les regards en coin que jetaient leurs maris sur cette belle jouvencelle de quinze ans. Elle se trouvait bien chez les Offer. On lui demandait de nettoyer la maison, d'aider la cuisinière à peler les patates et de nourrir quelques bêtes – les moins grosses, car pour ce qui était des vaches et des chèvres, il y avait des garçons de ferme pour cela. Quand elle avait fini ces tâches, on la laissait libre. Le maître était aux champs et ne la surveillait guère, Madame était toujours un peu souffrante et gardait généralement la chambre, ne descendant que pour dîner. Rose en profitait donc pour courir les champs, bavarder au village ou lire les ouvrages des fils de Monsieur dans la bibliothèque, car le gros fermier n'avait appris à lire que pour étudier les lois et les employer à « faire des combines » comme il disait, mais ses garçons, qui étaient allés au Lycée agricole, y avaient pris le goût de la littérature, ainsi la petite bonne feuilletait les ouvrages de Nietzsche qui appartenaient à l'aîné, dévorait Hoffmann que lui avait fait découvrir le cadet. Elle menait une vie douce et paisible chez des maîtres qui la traitaient bien et lui étaient presque une famille.

Mark était le troisième garçon des Offer et leur préféré. Ils lui avaient tout passé, ses caprices, ses violences, son envie fraternelle et tous ses désirs. Il était désormais un jeune homme, étudiait dans l'un des meilleurs lycées de la région et ne revenait à la ferme que pour les vacances de Noël et celles d'été. Il avait un ou deux ans de plus que Rose, elle ne savait exactement.

— Je suis bien content de te retrouver, Rose. – Et tous deux baissèrent les yeux, lui de feinte gêne, et elle de joie véritable. Puis il baissa aussi la voix. – Tu es encore plus jolie que l'année dernière.

Jamais le fils du maître ne lui avait parlé ainsi, ni aucun homme du reste. Le cœur de Rose battit à tout rompre, ses clavicules frémirent malgré l'intense chaleur et une goutte de sueur coula le long de son échine. Elle n'osait plus lever ses prunelles, qu'elle avait presque grises et désormais éclairées d'une lueur nouvelle, sur lui. Elle n'avait pourtant besoin pour le voir de le regarder. Elle connaissait son épaisse chevelure brune qui tombait sur ses épaules, les yeux bleus qui la fixaient intensément, le grand nez busqué, les lèvres très minces, la pomme d'Adam, mobile et proéminente, le frêle buste, les bras maigres, les longues jambes, et elle apercevait même tout ce que de lui elle ignorait encore. Le torse imberbe sans doute, les omoplates aiguisées, la fosse des lombes, les genoux rugueux.

— Veux-tu que nous fassions ensemble quelques pas ?

Et ils se promenèrent un peu. Mark lui raconta les petites péripéties du lycée, certains mauvais coups faits par ses camarades, les retenues dont ils avaient écopé, comme il avait bien réussi ses examens, le manque qu'il avait éprouvé de sa maison, de sa famille, et d'elle. Ce faisant, il la ramenait doucement vers la ferme. Devant la porte de la cuisine, qui donnait sur la basse-cour et menait aux petites chambres des bonnes, il lança, comme s'il se fût agi d'une demande spontanée :

—		Il paraît que tu es bien installée. Mon père ne t'a pas mise dans l'un de ces placards où l'on ne peut même se retourner sans se heurter à un mur, n'est-ce pas ?

—		Non, non, je suis très bien. Je suis même bien mieux que chez mes précédents patrons.

—		Ah ! Tant mieux ! Voilà tout ce que je voulais savoir. Mais il doit faire chaud en ce moment, sous les combles… J'ai entendu parler d'une technique d'isolation, au cours de physique, qui permettrait de refroidir…

Et il s'engouffra dans les escaliers. Rose l'y suivit, pour entendre ce qu'il disait. Il grimpa lestement les marches et poussa l'une des portes avec force.

—		C'est là ta chambre, n'est-ce pas ? Mais tu dois étouffer là-dedans !

Et il gratta un peu la chaux des murs. Rose était entrée et, l'imitant, observait le mur qu'il paraissait examiner lui-même, dans le souci, semblait-il, de proposer à son père quelque aménagement.

—		Les bâtiments sont anciens et ils sont faits pour préserver la chaleur pendant l'hiver…

Très vite il marcha vers la porte, la ferma brutalement, aussi rapidement il attrapa Rose par la taille, la jeta sur le lit et se vautra sur elle. Il l'embrassa, ou plutôt il lui enfonça dans la bouche une langue énorme. Elle se laissa faire, tout étonnée. Était-il possible qu'il l'aimât, lui, le fils du maître ? Était-ce parce qu'il la trouvait « jolie », ainsi qu'il l'avait dit tout à l'heure ? Il avait sans doute pensé à elle pendant l'hiver, comme elle n'avait cessé de penser à lui et d'espérer son retour. Elle était heureuse. N'était-ce point ce qu'elle avait toujours souhaité ? Elle fut prise d'un doute néanmoins. Il ne lui avait pas fait la cour. Dans les romans, les garçons tiennent d'abord quelques petits discours aux jeunes filles, avant d'obtenir d'elles le moindre témoignage d'affection. Ne fallait-il que certains mots soient dits ? De surcroît, elle voulait les entendre, ces mots. Elle avait lu quelques beaux poèmes, des romans qui parlaient d'amour ; elle attendait qu'on lui en parlât à elle aussi. Elle se décida à lancer Mark sur ce thème, assez maladroitement :

—		Est-ce que tu m'aimes, mon chéri ?

—		Tu es très belle, tu me fais envie.

Rose se demanda si elle avait bien compris, mais la main gauche de Mark, qui délaçait son corsage, et sa main droite, qui remontait sous ses jupes, lui faisaient de ses propos une exégèse assez claire.

—		Attends, je…

Les mots de la jeune fille s'arrêtèrent au bord de ses lèvres, s'évanouirent dans sa gorge et moururent dans son ventre. Pour ma part, j'écris pour ressusciter les morts, restaurer le peu de choses qui peuvent l'être et donner la parole aux muettes :

   —   Attends, je te désire peut-être, je ne sais pas si je t'aime, mais du moins, je sais avec certitude que je ne veux me donner à toi, que toute ma chair, ma raison, mon cœur et mon âme s'opposent à ton désir, lui font résistance, que mes doigts sont tremblants, que mes poils frémissent de peur, que ma moelle a contracté tous mes muscles, tendu tous mes nerfs, que ma bouche se dessèche sous tes baisers, que mon squelette s'est pétrifié comme sous le regard d'une terrible Gorgone, et que je ne veux pas – de toi, de ton corps, de ton désir. Je ne saurai expliquer pourquoi, car je te trouve beau et gentil, mais j'ai l'obscure intuition que je ne suis rien pour toi et que je serai moins que rien à mes propres yeux, après toi ; que ce qui va se passer, si je te laisse faire, me détruira, aujourd'hui et à jamais, irréversiblement, et me consumera, laissant en moi, après toi, un pays de cendres.

Rose n'a rien dit et a embrassé Mark Offer avec l'ardeur d'une suppliante devant son dieu. Il l'avait déjà en partie déshabillée et pressait son sein comme s'il eût tâté un fruit au marché. Il avait glissé son autre main dans la culotte de Rose, sans la lui retirer, et pinçait son sexe. Elle ne comprenait ce qu'il lui faisait, ni pourquoi il lui faisait une chose si désagréable. Elle lui attrapa les mains, les garda tendrement dans les siennes, et l'embrassa du bout des lèvres.

   —   On ne va pas juste s'embrasser et se tenir la main ! lui dit-il avec agacement.

Et il replaça ses mains là où il souhaitait les avoir lui. Rose demeurait perplexe et ne savait que faire. Pouvait-elle se refuser à lui ? En avait-elle le droit ? Comment faire ? Que devrait-elle dire ? Serait-il fâché ?

   Il déboutonna son pantalon, en sortit sa verge et la lui mit en main.

   —   Non ! Je ne veux pas ! Laissez-moi ! NON.

   Il saisit ses poignets et les maintint au-dessus de sa tête.

Skorpión claquait frénétiquement des pinces au-dessus de la pâle Rose. Elle était si belle et pure, d'un blanc immaculé de lys. Ses pétales semblaient lui faire une robe virginale de mariée, ou un linceul. La petite corolle, recroquevillée, contractée, était si serrée qu'une dionée ne desserrant plus les dents, une fois qu'elle a pris dans ses filets quelque insecte. Les feuilles, la tige lui paraissaient du bleu des noyées, de celles qu'il avait ouvertes quelquefois à Paris, sous les néons de son laboratoire, après qu'elles se furent jetées dans la Seine. Quelques pétales étaient fripés, c'étaient ceux des mèches échevelées, fouettées par le vent, le sable et l'averse. Il la trouva moins belle déjà. Il s'empara rageusement d'une branche et l'écorcha.

Rose hurla. Mark Offer avait saisi ses poignets et les maintenait au-dessus de sa tête.

Je voudrais écrire que le cri de Rose déchira l'atmosphère cette après-midi de juillet, et cette nuit-là aussi, mais ce serait mentir. La plupart des cris demeurent sans voix, sans écho, inoffensifs ; ils ne détruisent ni la quiétude des hommes, ni le silence des cieux. Celui de Rose traversa sa gorge, cristallin, avec la finesse du papier de verre.

Elle tremblait, elle avait peur, elle ne comprenait pas. Elle se débattit, tenta de frapper Mark, piétina le sable, essaya de repousser son invisible ennemi. Elle jetait les yeux partout, sur l'Océan déchaîné, sur le ciel muet, sur la porte fermée, sur le visage implacable. Le regard de Mark Offer, si clair que le ciel sans nuage de cette journée, celui de Viktor Skorpión, émeraude pareille à celle de ses nymphéas, étaient secs, froids, avides – vipérins. Il étaient sans espoir, aussi impitoyables qu'un soleil d'été, aussi obscurs que les profondeurs marines, ils étaient l'orage et la tempête, et la glace aussi, transformant toute vie en pierre, tout l'univers en belles reliques. Comme la sève devient ambre et l'animal fossile. Seuls ils demeurent – ces vestiges.

Skorpión leva sa pince, et d'un mouvement brusque, la planta au bas du tronc.

Rose vomit. Elle cracha un peu de sang sur les dunes, un peu de bile sur les draps. Elle tentait de reprendre son souffle, mais la douleur serrait sa gorge, opprimait ses poumons, l'étouffait. Elle suffoquait. Elle pleurait abondamment, en silence. La longue lame, dure et assassine, avait percé son corps, était toujours en elle, immobile, impavide.

Elle inspira bruyamment. Ses narines furent piquées, ses sinus envahis, son esprit embrumé par les relents d'herbe médicinale et de poireau – l'haleine de Mark Offer. Il l'embrassait goulûment, avec une langue énorme qui la moulinait en tous sens, semblait vouloir la creuser comme la foreuse d'un puits de pétrole et lâchait une quantité invraisemblable de salive, dans sa bouche, sur son menton, ses joues, jusque dans son cou, pareille à l'écume qui allait et venait à ses pieds, recouvrant, au rythme de la marée, ses chevilles, laissant sur elles, à son départ, son blanc d'œuf cru, collant et visqueux. Elle porta les doigts à son nez, tentant d'obstruer ses narines, mais les effluves passaient par sa bouche ; elle tint sa main devant ses lèvres, mais la senteur tant haïe s'était engouffrée en elle, dans sa mémoire. Elle eut tout à coup la vision de Monsieur, lentement déambulant entre les allées de sa serre, se faufilant parfois entre deux grosses plantes, faisant ses petits pas chassés, un peu grotesques et mignons, pour ne pas froisser leurs fleurs délicates, souriant à leur splendeur, à leur épanouissement, les arrosant doucement, claquant des pinces, non pour les mutiler, mais par nervosité, parce que rien ne pouvait le guérir de cette marotte. Il était beau, Monsieur, dans ses costumes vert smaragdin, absinthe, poireau ou bouteille, portant dans la poche de son veston un carré de soie moutarde ou citron, et à sa boutonnière une rose coupée, les grands soirs un bouquet de benjoin ou d'ancolies – de lys jamais, car il n'eût toléré de gâter si noble race à si vil usage – gardant sur lui, contre son cœur, l'une de ses fleurs chéries et semblant lui-même, tout entier, leur semblable, un doux compagnon qui n'était le Collectionneur mais un membre de la Collection – un représentant de l'espèce. Et il tourbillonnait autour d'elles, leste bourdon, recueillant leur pollen, en introduisant un autre dans leur pistil pour engendrer ses hybrides, ses *chères petites* comme il les appelait, qui ne fussent venues au monde sans lui, et qui étaient davantage ses filles que celles de la Nature, qui les produisait banalement et même assez salement, d'une manière contingente, laissée au hasard des butinages d'un absurde insecte, tandis que lui enfantait en artiste, choisissant ses pigments comme un peintre, cherchant l'harmonie nouvelle tel un musicien et écrivant des histoires que ne limitait point l'étroite et détestable Réalité. Il dansait ainsi autour de ses protégées, soulevant une feuille, maintenant une tige, arrachant un pétale trop vulgaire, semblait un couturier habillant son mannequin de fer. Il avait le parfum de ses plantes, il exhalait le jasmin et la myrrhe, l'encens et le lys, le marron de l'automne et la terre humide… ! Elle eut un haut-le-cœur qui plia son corps en tous sens ; son diaphragme souleva ses côtes, déplaça son thorax, fit ployer sa nuque, ressortir son larynx comme s'il eût voulu de son frêle cou de cygne se détacher ! Plus rien d'elle n'était rond, ni courbe, ni fermé ; tout devint angulaire, heurté, coupé, inexorablement ouvert et mutilé. Plus aucun de ses membres ne lui obéissait, tous semblaient tyrannisés, tétanisés par une force obscure et impalpable – qui l'avait rendue à elle-même étrangère ! C'était là, en elle, qui ne pouvait se retirer, ni s'évanouir ! Elle eût voulu l'arracher d'elle, gratter, creuser… ! Pour l'attraper, cet Indésirable, cet Autre, ce monstre engouffré en elle ! Cette odeur, ce souvenir, plus indécelables qu'une faible fumée – et plus aiguisés qu'une grande épée ! Le fumet, le fleuret de Mark Offer, de Viktor Skorpión.

Il avait enfoncé profondément son organe, son terrible appendice, et ne le bougeait plus. Elle sentait, au plus profond d'elle, au plus intime, cette masse immobile, chaude et dure, l'intrus qui la fouillait. Elle n'avait jamais voulu cela, cette invasion, ne l'avait même jamais véritablement imaginée. Elle s'était figuré jusque-là des baisers, de vagues caresses, une tendresse, une proximité et tout à coup ces scènes ridicules avaient disparu et laissé place à cette présence si nette, si précise, si forte que toute présence qui n'était pas elle serait toujours moins qu'elle et lui serait toujours comparée, que tout autre corps serait toujours plus lointain, plus fantomatique. Elle avait rencontré, de la pire des manières, l'Être pur, l'Être suprême, qui la transformait en béance, en néant. N'est-ce pas que tous les autres hommes désormais n'avaient plus d'importance, qu'aucun ne pourra rivaliser ? Elle aurait beau en aimer un – éperdument ! qu'il n'aurait jamais sur son existence, telle puissance – que celui-ci ! Qu'il ne marquerait au fer, sa chair et son âme – comme lui ! Car il l'avait frappée du sceau de la fatalité. Cette marque était indélébile, cette présence, irrémédiable – elle était et ne cessait jamais d'être !

Comme un dieu, comme le Démon. Satan ne devait être loin et opinait content. On faisait son œuvre.

Rose eut un sursaut et hoqueta. La lame l'avait quittée brutalement. Un mince filet de sang coula entre ses cuisses ; elle vit quelques taches purpurines se dessiner sur le sable et le drap blancs. Des gouttes tombèrent sur la pince de Skorpión, sur celle de Mark, mais le sang versé n'abîma rien en eux ; il n'empoisonna pas leur vie, il ne noya pas leur joie – il n'avait été venin qu'en Rose. Viktor, en homme scrupuleux qu'il était, nettoya le métal du bout de son index, Mark ne le vit même pas. Rose se rappela comme elle avait longuement tenté de nettoyer les traces du crime dans son lit, en frottant l'étoffe, en la raclant, en y mettant savons, détergents, puis avait fini par la découper. Elle avait regardé longuement, assise par terre, à genoux, cette petite pièce de coton à laquelle se retenaient, triomphales, les traces moqueuses. Elles étaient issues d'elle pourtant, et l'avaient trahie ! Elles étaient passées du côté de l'ennemi et rappelaient, fier étendard, son triomphe, par où il était passé, quel territoire il avait conquis. La pourpre impériale narguait l'ancienne blancheur ternie, qui semblait un crâne d'oiseau dont les deux orbites eussent été brillantes encore de sang et de vie. Les yeux de vautour la regardaient, ironiques et cruels, escomptant une blessure nouvelle. Elle s'empara du morceau de tissu et le jeta dans le poêle. Elle y alluma le feu quoiqu'on fût en juillet et regarda la tête carnassière, en brûlant, se déformer et prendre mille aspects hideux, un sourire grimaçant et un spectre, une corne et une ombre entrevue, un cerf, un serpent, tout cela mêlé et luttant… ! Enfin la toile, dans un dernier geste, s'allongea, se dressa, puis noircit. Elle s'affaissa lentement, comme en une agonie, et Rose fut rassurée. Avec la même rage aveugle, irréfléchie, elle recouvrait désormais de sable humide les taches de sang du bout de ses souliers. Mais d'autres gouttes coulaient, et d'autres encore. Elle enterrait, et enterrait, et toujours le sang revenait, retombait. Elle regardait le sol fixement, sans comprendre. Sur son lit aussi, le sang était revenu. Constamment elle croyait en voir, cherchait à nettoyer le linge et finalement retrouvait la raison et le sens, voyait que le drap était blanc. Elle en aperçut aussi dans la cuisine, et sur les marches de l'escalier, et dans le beau jardin de la ferme. Elle se répétait à elle-même : « Non, Rose, il n'y a rien, il n'y a rien en vérité : tu te trompes. » Et cependant elle savait bien qu'il y avait quelque chose. Qu'elle ne se laverait jamais de tout ce sang, qu'il emplirait l'univers entier, qu'il rougirait l'océan s'il s'y jetait… ! Et elle ! Elle ! Couverte, souillée, dégradée, flétrie ! Comme une fleur de Monsieur qu'on aurait abîmée. Elle se lava frénétiquement cette après-midi-là, et les jours suivants, et tous les autres depuis celui-ci. Elle n'était jamais assez propre, assez pure. Elle devait savonner, gratter, récurer cette peau détestable, l'intérieur même, sa bouche, entre ses cuisses – tout. Il fallait se débarrasser de lui, s'absoudre, frotter, effacer sa trace. Mais Mark Offer demeurait là, inexorablement. Il ne daignait pas disparaître. Elle se lavait à tout propos les mains et le visage, car cela encore était acceptable, et elle pouvait le faire de nombreuses fois par jour sans passer pour folle, et y trouver des prétextes. Elle eut, ce faisant, et jusqu'à ses vingt-cinq ans environ, d'horribles mains gercées et ensanglantées et la peau du visage toute desséchée, autour de la bouche surtout, là où elle frottait le plus. De petits lambeaux de chair se détachaient d'elle, et des lambeaux d'âme aussi. Souvent ses employeurs la crurent malsaine ou syphilitique et craignirent un peu qu'elle ne fût contagieuse, mais elle savait bien, elle, quelle sorte de chancre elle portait, qui n'était que dans son esprit, qu'on ne transmettait point, et qu'on ne guérissait pas non plus. Elle ne le faisait presque plus depuis qu'elle était chez Monsieur, qui était si doux et si peu sensuel qu'elle ne se méfiait pas de lui : il n'était pas comme les autres maîtres qu'elle avait eus ensuite, il n'aurait jamais eu l'idée de lui faire des saletés. Elle se sentait bien chez lui, en sûreté.

Il s'introduisit à nouveau en elle. Tout son corps se contracta, son sexe, espérant l'exclure, l'expulser. Mais sa force n'était suffisante. Il eût fallu être autre chose, plus qu'une femme, un cactus, une mâchoire de loup, un glissant tentacule, une porte fermée à double tour, un coffre-fort, un mur d'acier, un donjon imprenable, quelque chose de solide, de dur, de fermé, autre chose que ce corps-là – tout, sauf une femme. Viktor Skorpión fit quelques pas chassés, pendant qu'il maintenait sa pince dans le tronc souffrant, voulant dissimuler à Don Matéo son crime, nerveux, tout de même, à l'idée que celui-ci, il ne savait comment, ne le devinât ; Mark Offer remua un peu, au-dessus d'elle. Un homme était-il toujours immanquablement grotesque dans ces moments-là ? Semblant une fourmi dévouée à sa tâche mécanique, ou si lubrique que le pigeon qu'elle avait vu tout à l'heure ridiculement ardent ? Lui non plus n'écoutait point sa dame. Elle n'avait pourtant cessé de murmurer, de bredouiller des suppliques :

– Arrêtez, arrêtez… S'il-vous-plaît… Je ne veux pas… Laisse-moi… Pitié.

Viktor et Mark regardèrent la fleur, sa livide figure, et ils n'eurent point de pitié.

Elle perdit connaissance. La douleur était trop forte, et la conscience trop insupportable. Il y a sans doute de ces moments qui suscitent dans le cerveau, la moelle et tous les nerfs, une telle révolte, qu'ils sont prêts à tout, jusqu'à se nier eux-mêmes, pour les nier eux. L'esprit de Rose avait choisi de se retirer de son corps, de se recroqueviller sur lui-même, de n'être plus que pur esprit ! Si la sensation était abolie, ne le seraient-ils pas aussi – la terreur, la désolation et l'outrage ? Rose n'était plus qu'à demi. Mark, Viktor, avait entre leurs pinces un corps sans âme – ils ravageaient une ombre.

Rose ferma les yeux sur le veston vert sapin qui sur elle remuait, sur la petite ancolie rouge que Mark portait à sa boutonnière, qu'il avait cueillie tout à l'heure en sa compagnie et qui déjà se fanait, comme fanent toutes choses, sur les bretelles de son pantalon, qui allaient et venaient sur ses cuisses avec monotonie. Elle ne sentit plus dans sa bouche le goût âcre et herbacé de sa salive, cette extravagante saveur de poireau qu'il répandait en elle et qu'elle avait le désir de lui recracher à la face, dans l'orbite des yeux bleus, sur la grosse langue, dans le creux du sternum et sur le vit et dans le cœur. Elle haïssait cette écume, sa couleur de blanc d'œuf cru, son odeur végétale, et le répugnant et rapide clapotis, le bruit organique, mouillé, du frottement de leurs deux chairs contraires… Enfin elle ne l'entendait plus ! Le silence était beau, et noble, et pur ! Lui seul ! Les maigres poignets furent libérés de la prison des pinces et le frêle corps du dard assassin ; toute douleur avait disparu, comme endormie par le doux venin.

Et les mains de Rose, impuissantes, ne demandaient plus, suppliantes, miséricorde. Ils s'étaient affaissés sur le drap, les longs doigts de sacrifiée !

Il retira sa lame d'un coup sec.

Mark Offer se leva prestement, sortit son mouchoir et essuya la semence répandue au bout de son sexe. Elle semblait un blanc d'œuf cuit. Il avait de l'éducation : on lui avait toujours dit de nettoyer derrière lui. Il rangea son organe sous sa chemise, boutonna son pantalon, releva ses bretelles et quitta la pièce en sifflotant.

Il était toujours le même.

Skorpión avait lâché sa glaire sur ses cuisses. Il se tourna vers Don Matéo et le regarda avec délectation. Son ami ne se doutait pas de tout ce qu'il avait fait en sa présence, qu'il avait meurtri, tué, déchargé ! En sa compagnie. Son poison lentement coulait le long de sa jambe, si gras que la sève d'un népenthès, si amer que la quinine, si visqueux qu'un jaune d'œuf, immaculé comme son blanc cuit au plat, et toxique, espérait-il, apportant la mort au lieu de la vie, comme le venin de son animal tutélaire. Il en était fier et content ; il le recueillerait tout à l'heure : il n'en laissait nulle part la moindre trace, de crainte qu'on ne veuille le récolter et le lui voler. Après tout, il faisait bien lui-même mauvais usage de cheveux et de poils féminins : qui sait ce qu'un individu mal intentionné eût pu accomplir avec son vénéneux pollen ? Non, vraiment, on n'était jamais trop prudent.

Rose sanglota longuement, en silence. Elle songea à tout ce qu'elle n'avait pas connu, à tout ce qu'elle rêvait de connaître. Elle ne verrait pas du Pacifique l'onde limpide, l'Océan immense qui la pureté des Cieux embrasse et épouse, l'existence indolente, l'air torride, la sensuelle et brûlante pluie. Elle ne découvrirait dans les tableaux d'Angelica, dans la prose d'Élettra, de Violante, son âme jumelle, elle n'éprouverait point de l'amitié, la mystérieuse correspondance. Elle n'accomplirait rien de grand, rien d'héroïque, nul haut fait. Elle ne percevrait dans sa chair le frémissement de l'amour, les mots impuissants, l'abîme où l'on tombe — et la complétude retrouvée tout ensemble. Elle ne se prolongerait pas dans un autre, elle ne rencontrerait dans un œil étranger son regard, dans une autre chair son sang, dans une âme tout ce qu'elle donna de la sienne : elle n'enfanterait pas. Ses larmes salées coulèrent doucement sur son visage et dans le sable. Elles avaient l'odeur de la terre trempée après une douce pluie, le parfum du pétrichor, qu'on disait « les larmes des dieux ». Et s'il y avait eu, en cette nuit d'octobre, dans l'éther, des dieux pitoyables ! Ils eussent pleuré Rose et l'Innocence assassinée.

Le dernier pétale de la blanche corolle dansa, vola jusqu'à la terre complice. Le grand tronc courba l'échine, comme pour offrir sa tête à guillotiner au Professeur. Les fines branches, les belles aisselles, semblaient de pâles voiles de mariée et flottaient dans les airs, fantomatiques, insolites gréements d'un navire naufragé. Le sein, vain, infertile, paraissait devenir la poitrine torve et amère de la vieille *Invidia*, qui donne à téter le fiel et le sang. La chevelure de blés au sablon se mêla, ses longs épis voltigèrent un peu au-dessus du sol puis, mouillés, alourdis, se pétrifièrent lentement, enterrés par la dune froide. Les pétales enfin, épars, immaculés, s'empourprèrent et dessinèrent sur la blanche rive, sur l'obscur limon, deux grandes taches de sang. Skorpión les vit et ratissa un peu l'indiscrète argile.

Un scorpion perçut, de ses grandes pinces, la senteur de rose qui s'exhalait du beau cadavre. Il approcha. Il tâta le corps, s'assurant qu'il fût bien mort, ou tout au moins inoffensif. Content de son examen, il commença à dépecer un doigt avec ses mandibules. Il fit trop de bruit et attira ses camarades. De la grève partout il en sortait ; d'autres jusque-là endormis derrière une pierre s'éveillaient à l'odeur du carnage. Bientôt ils furent des dizaines à se ruer, se vautrer sur la chair de la jeune femme, à la parcourir, la creuser – une nouvelle fois et de nouvelle façon. Ils découpaient, mordaient, pinçaient, tiraient, cassaient, déchiquetaient, injectaient leur venin, de crainte que la géante ne se défende, salivaient, ramollissaient, macéraient et enfin firent leur curée de la malheureuse. Sa dépouille même n'avait été laissée en repos et subissait les outrages d'un dernier assaillant.

Rose était couverte par la Bête, victime encore de son avidité.

Le Lecteur se demande sans doute pourquoi Rose ne raconta à quiconque, ce soir-là, la scène qu'elle avait surprise et la jugera sotte d'être allée ainsi s'isoler sur une plage, retraite funeste et témoin unique du crime parfait qu'avait accompli son maître. Mais il se montre par là bien dur et intransigeant et prouve surtout qu'il a lu trop vite, non que Rose a pensé trop mal. Nous avons écrit que le Docteur craignait que Rose ne dénonçât ses crimes, non que la petite bonne en avait eu la moindre connaissance véritable. Qu'avait observé Rose en effet ? Que son maître se satisfaisait dans l'une de ses plantes : elle avait surpris le vice et non le crime. Rose avait vu sans comprendre. Cette nuit-là, ni jamais, elle ne supposa que son maître avait provoqué la folie de la Dentellière, ni qu'il l'avait violentée par substitution. Comment eût-elle pu se figurer la chose possible ? Que la centifole dédoublait la rousse, ou était elle, dans une mystérieuse et incompréhensible correspondance, que l'une souffrait dans son humaine chair les tourments qu'endurait l'autre dans son végétal calice ?

Rose ne savait pas, et elle était morte pour rien – si tant est qu'on mourrait jamais pour quelque chose.

Viktor posa son sécateur sur l'une des tables de son laboratoire. Il soupira d'aise, rassuré.

Mark quitta la pièce, souriant et sifflotant.

Ils avaient commis leur crime avec la sérénité de l'innocent – avec bonne conscience. Mark n'y songea plus, dès qu'il eut passé la porte. Y repensa-t-il plus tard ? Non. Bien sûr que non. Mark Offer oublia Rose, oublia jusqu'à son nom, son visage, le parfum de sa peau et la clarté de ses yeux, la terreur de son regard et ses lèvres suppliantes, la blancheur des draps et de l'âme ensanglantée – il oublia tout. Il oublia Rose. Sut-il jamais qu'il avait tenu entre ses mains un début de cadavre, un être en décomposition – et qu'il avait tué Rose, à quinze ans, en un instant et d'une lente agonie, en une belle après-midi d'été ?

CHAPITRE VI

Tout était calme ce matin à la Villa. Rien ne semblait avoir changé.

On croit toujours, quand on éprouve une grande peine, quand on subit une grande perte, que toute chose, avec soi, sera dévastée, que la Douleur, ravageuse, anéantira le Monde. Que des montagnes de feu et de cendres perceront la terre et s'élèveront jusqu'au ciel, où les hommes, tels des fourmis, courront éperdus, leurs chairs dévorées, déformées par les flammes. Que la terre s'ouvrira sur des abîmes de glace, vertigineux et sans fond, où les petites humaines créatures éternellement tomberont, tournoyant, tourbillonnant sur elles-mêmes, aspirées. Que l'Océan inondera les continents, que les cieux enverront sur nous foudres et météores, que les bêtes se feront cannibales, que tous les hommes mourront – puisque l'un d'eux est mort. Que rien ne sera plus heureux, que rien n'a le droit de l'être, que tout doit devenir, et deuil, et déchirement, et désolation… ! Qu'il advienne donc – le Chaos ! Qu'elles tombent donc en ruines, les belles maisons… ! Qu'elles deviennent, telle mon âme – abîme.

On croit que toute mort est tragique et qu'elle n'aura cette suprême ironie de sembler indifférente. Mais non.

Nous étions le 18 juillet 1921, et l'Univers demeurait inchangé. Les vagues ondulaient avec grâce sur les côtes de Normandie et le vent soufflait doucement. Les grains de sable formaient de belles arabesques au-dessus de la plage, puis retombaient assoupies. Les Deauvillais accomplissaient leur promenade matinale sur les planches, les marchands organisaient leurs étals, des artisans s'activaient dans leurs arrière-boutiques, cuisinant, cousant, ferraillant, imprimant. Des bicyclettes fendaient les rues, distribuant courrier, journaux ou bouteilles de lait, des voitures traversaient la ville, des trains annonçaient leurs départs en sifflant.

Au n°5, rue Mors, tout sommeillait encore. Les livres d'anatomie et ceux de botanique étaient rangés avec ordre sur leurs étagères, dans le salon, seul le tic-tac de l'horloge fendait le silence et la cuisine était fraîche encore, car le poêle était éteint. A l'étage, seule la respiration un peu rauque de Louise se faisait entendre ; dans le cabinet de toilette, l'huile à moustache côtoyait les dents aiguisées du peigne, le rasoir était voisin du parfum au jasmin ; Monsieur enfin, dormait, droit comme un pic, les bras le long du corps, l'esprit serein et occupé de rêves végétaux.

Derrière la porte bleue, une mèche de doux cheveux blonds était restée entortillée sur la brosse qui les avait démêlés. Des robes grises, bleues, rouges, vertes étaient accrochées à de vieux cintres et caressaient l'ébène des murs. Sur le plancher grinçant traînaient plusieurs paires de chaussures, des mules rouges, des escarpins, l'un d'eux était même renversé, couché au sol comme agonisant. Dans le petit lit vide, les draps blancs semblaient un linceul.

Une étrange lumière, faite d'ors et de poussières, perçait les volets indigo, dessinait de grandes places ensoleillées sur le sol – et quelques ombres. N'était-elle la même qu'hier ?

Des cris troublèrent le calme de cette matinée d'été, dominèrent le doux ronflement de la mer, le sable fut creusé et retourné par les allées et venues, les courses affolées, l'alarme d'une voiture de gendarmerie gronda près de la rive et une nuée de képis se précipita vers l'Océan.

Cela dura quelques heures tout au plus ; à la fin du jour, l'onde avait lavé le sang, emporté toute trace. Une âme était morte, et rien d'autre avec elle. Tout était demeuré vivant, animé, empli, inchangé.

Il n'y avait rien de plus imperceptible qu'une Absence.

La police était passée à la Villa, dans l'après-midi, annoncer la nouvelle. Louise avait fait un malaise, Don Matéo avait pleuré, Skorpión avait feint la surprise et le désespoir.

Ce fut une journée presque comme une autre.

Quelques semaines plus tard, on se permettait à nouveau, au n°5, rue du Mors, de parler à voix haute, de rire, d'échanger normalement. À une différence près : le nom de Rose n'était plus prononcé ; il causait trop de tristesse, ainsi l'on effaçait l'un pour supprimer l'autre. C'était commode et cruel.

Un jour, au mois d'août, tintèrent nerveusement les carillons de la sonnette. Viktor leva le nez de son numéro de *Pétrichor*. C'était sans doute son ami Diaz qui lui rendait une visite. Il entendit le lourd pas de Louise se diriger vers la porte, sortir sur le palier et passer sur les gravillons de l'allée, puis il ne perçut plus rien. Quelques instants plus tard, il distingua une voix bien connue qui provenait de l'entrée ; il n'osait y croire. Il retint son souffle, espérant découvrir la divine apparition à l'orée de son salon. Il vit d'abord, de loin, dans le corridor, une grande masse presque rouge, une tache de sang avançant lentement, couronnant un épais feuillage. Il plissa les yeux, croyant être trompé par eux.

Violante Pericón avait pénétré dans la pièce. Elle éclatait d'un long rire cristallin alors. Don Matéo semblait avoir dit quelque chose de drôle. Il se tenait derrière elle, à quelques centimètres, élégant, sûr de lui, séducteur – insupportable. Elle vint à lui, tendant sa petite main avec enjouement.

– Viktor, je suis si heureuse… !

Et elle s'interrompit. Cette réticence valait tous les mots d'amour. Il y avait dans le soupir qu'elle lâcha, une tendresse et un regret tout ensemble. Viktor la contemplait avec un regard, non pas d'avidité ou de convoitise, de haine ou de revanche, d'envie ou de rivalité, mais d'admiration sincère et de bonté désintéressée. Il l'admirait comme il avait admiré Rose ! Cette comparaison cependant n'était guère rassurante quant à l'avenir de leur relation, ni quant à l'avenir tout court de la jeune fille du reste.

Pendant qu'ils échangeaient les premières banalités d'usage, il l'observa longuement. Mademoiselle Pericón portait aujourd'hui une merveilleuse robe d'un vert sombre qu'elle avait mise – disons-le tout de suite – pour plaire à notre botaniste. Une foule de sequins ornait la soie, dont certains formaient des rangées verticales s'arrêtant à ses hanches, tandis que d'autres dessinaient des fleurs « fantaisie », irréelles et fantastiques, sur son corsage. C'était ensuite un amas de franges, de plumes, de volants et de longues spirales de tulle qui s'ébouriffaient autour de son bassin, si bien qu'elle paraissait elle-même une jungle, une forêt – mieux, une serre renfermant mille trésors et l'espèce la plus rare… Sa robe était profondément décolletée : l'échancrure ronde, les fines bretelles, dévoilaient des clavicules arides et une chair opaline. Le Professeur ne s'était figuré jusque-là que la jeune fille enfermait dans ses habits une gorge si pleine, si belle. Une trentaine de perles noires, sans doute arrivées de Tahiti, avaient traversé le Pacifique jusqu'à ce cou, glissé sur ce buste et entre ses seins. Elle portait à ses poignets de nombreux bracelets, toutes sortes de breloques qui cliquetaient follement dès qu'elle les agitait. Il songea qu'elle mériterait bien le nom de Skorpión à tintinnabuler presque autant que lui. Ses bijoux lui enserraient les avant-bras comme des chaînes ceux des esclaves et il semblait qu'ils allaient la marquer au fer. Une bague en forme de cygne brillait à son doigt et une plume de paon, accrochée à une broche, se dressait au-dessus de son oreille gauche. Violante avait suivi le regard acerbe du Docteur :

– J'ai emprunté ces objets, les bijoux, la coiffe, à mon amie la Marquise. Elle me permet de piocher dans ses tiroirs qui contiennent des parures superbes. Je suis comme une enfant devant ses coffres et ses placards. J'essaie tout, je me déguise et je crois être auprès d'elle en sentant son odeur.

Viktor proposa à ses hôtes de marcher un peu dans le jardin. Le soleil était à son zénith, la chaleur torride, écrasante, et l'air sec. La Manche n'apportait avec elle aucune brise et semblait une mer d'huile ; on eût cru la Méditerranée. Le jardin paraissait inanimé. C'était un paysage peint sur une toile, une image fixée sur la cellulose, ou le paradis perdu : les feuilles ne frémissaient plus, les insectes ne voletaient, les oiseaux accablés par la chaleur demeuraient immobiles et silencieux. Tout était vivant et déjà défunt. Les corolles étaient belles et pétrifiées, élégantes sculptures de glace colorées ou fleurs factices que l'on place sur les tables les jours de noces. Pas un pétale ne tombait : rien ne fane plus dans la mort ou l'artifice. Elles étaient sans âge, les parfaites maîtresses, n'avaient ni passé ni avenir ; elles étaient suspendues dans un éternel présent, les dociles poupées. Le jardin prolongeait désormais la serre, ou celle-ci envahissait celui-là. Le soleil assassin se faisait le complice du Docteur et plongeait chaque tige, chaque brin, dans un sommeil de plomb, les piquant du dard de ses rayons.

— Violante et moi avons pensé à toi ce matin, à l'office, au même moment et sans nous consulter.

— Vraiment ? Ma personne vous semble-t-elle donc un modèle de vertu ? Et toute mon existence celle d'un saint ?

— Loin de là mon ami ! s'exclama Violante en riant. Je suis certaine que vous commettez plus de péchés qu'il n'y paraît : vous maîtrisez seulement l'art de la dissimulation au plus haut point. – Skorpión se montra malgré lui un peu embarrassé : on le serait à moins. – Je vous ai percé à jour, Monsieur le Professeur, car vous avez un air coupable, ajouta-t-elle en minaudant. Je pense que vous cachez de terribles secrets et que si j'enquêtais sur vous, je découvrirais… que vous déterrez des cadavres et leur redonnez la vie tel Frankenstein, ou que vous avez fabriqué un automate plus vrai que nature, ainsi que fit Cornélius, ou que vous vous transformez chaque nuit en Mister Hide, la version maléfique de vous-même, ou encore que vous hybridez vos fleurs avec des bêtes ou des humains, créant ainsi d'horribles chimères : la liane-crotale, le marronnier géant qui marchera sur la ville et la rose du Moyen Âge, la jeune fille des romans que son tendre amant poursuit dans un grand labyrinthe…

Violante Pericón riait aux éclats d'imaginer tout cela, se figurait avec ravissement les fantastiques créatures et ignorait leur calvaire. Elle ne pouvait savoir qu'elle était tombée si près de la vérité.

— Violante te voit comme l'un de ces savants fous de littérature ou de cinéma, Viktor : tes expériences sont pourtant bien plus prosaïques, n'est-ce pas ?

— Oui, soupira-t-il cauteleusement. Mademoiselle Pericón me fait l'honneur de me tenir pour un personnage de roman quand mes recherches, hélas, portent sur la disparition de telle fleur amazonienne ou l'hybridation de deux variétés de tulipes. C'est dire si elles doivent paraître ennuyeuses au profane. Et vous me disiez à l'instant avoir pensé à moi à la messe : à quel propos ?

— Monsieur le Curé lisait la parabole du *Bon Grain et de l'Ivraie* et lorsqu'il racontait que le paysan avait fait le choix de laisser le bon grain mis en l'homme par Dieu avec l'ivraie semée par le diable, je songeais que le botaniste n'eût point été d'accord avec le chrétien et eût arraché toute la mauvaise herbe, n'est-ce pas ?

Skorpión sourit à ce discours et songea que, pour ce qui était de lui, il ne s'embarrassait plus de morale depuis longtemps et avait laissé l'ivraie pousser comme herbe folle. Du reste, si la curetaille se mettait à pontifier sur la digitale et la belladone, il accourrait bien vite à l'église.

—   Bien sûr ! Je ne laisserai jamais rien gâter ma récolte, ni quelque chose faire obstacle à mes projets. Cela me rappelle que vous n'avez pas visité ma serre depuis longtemps : jamais encore je n'eus chez moi une collection de spécimens si exceptionnelle et aussi nombreuse. La végétation est incroyablement prolifique depuis un an environ : la douceur du climat et l'importance de l'ensoleillement doivent être en cause, expliqua-t-il hypocritement.

Il n'allait attribuer ce succès au corps féminin bien sûr.

—   Volontiers, mon ami. Je suis en nage depuis que j'ai pénétré chez vous : je crois être dans le désert quand je me trouve dans l'ombrage de vos grands arbres. C'est bien étrange.

Skorpión jeta avidement les yeux sur Violante : d'une main, elle soulevait sa lourde chevelure et de l'autre, elle caressait sa nuque comme pour la refroidir. De petites gouttes perlaient sur son front, au bout charnu de son nez et sur son buste. Sa peau brillait et avait rosi. Elle lui paraissait une plante bien grasse et pleine d'un suc très odorant, de ceux qui attirent à eux tous les insectes à la ronde. Il fit claquer sa langue contre ses dents dans un geste de gourmandise, puis les lames de ses pinces les unes contre les autres ; il pensait décharger sur l'heure, tout net, ainsi debout face à eux, tout en leur parlant, tant il s'échauffait à sa vue. Ils passèrent pourtant dans la serre sans qu'il n'y fît rien.

Violante, en entrant, demeura bouche bée : les fleurs de Viktor avaient atteint une opulence extraordinaire et l'on se fût cru dans une forêt vierge où l'homme n'aurait jamais posé la main (nous savons, nous, combien la chose était inexacte en ce qui concernait le laboratoire de Skorpión). Un large sourire se dessina sur le visage de la jeune femme et elle se mordilla les lèvres du bout de ses grandes incisives en se tournant vers le Professeur. Elle lui était tout à la fois reconnaissante de pouvoir contempler par son entremise tant de beauté et se sentait fière, un peu sottement, de lui, de son génie. Elle aimait ce lieu qui était à Viktor, qui était Viktor ; elle aimait les fleurs et le botaniste tout ensemble. Elle s'approchait de chaque corolle, humait à plein nez leur parfum et croyait le sentir. Elle effleurait les fines feuilles qui tremblaient un peu à son contact et pensait le toucher. La lumière du soleil, intense, aveuglante, se jouait des carreaux : c'était l'ambre de son regard qui passait dans les ramures. Un pétale orangé s'étirait paresseusement : c'était le nœud en lavallière de son col. L'herbe moussue rappelait sa chevelure et elle plongea les doigts avec ardeur jusque dans la terre, espérant enfin caresser sa tête, sa nuque et pénétrer son esprit. Skorpión l'observait avec délectation. Femme parmi les fleurs, déesse parmi ces demi-femmes, elle semblait régner sur son empire. Tout à coup, il la vit courir, faisant ainsi raisonner le talon de ses mules sur le carrelage et lui restituant le son exquis des escarpins de la Fille du train, vers un petit pot isolé, presque dissimulé aux regards par une large branche de myrrhe et surchauffé par le soleil, car il était posé tout près de la baie vitrée.

— Quelle est donc celle-ci ? interrogea Violante. Elle paraît armée de dents !

— La *Dionée*, la célébrité des plantes carnivores. Vous allez bientôt la voir à l'œuvre.

Et il désigna de son menton aigu quelques papillons qui venaient d'entrer dans la serre.

Cinq lépidoptères avaient pénétré en effet dans le palais des plaisirs. Ils ne savaient plus guère où donner de la tête. Les effluves floraux les enivraient : ils passaient avec rapidité d'un pétale à l'autre, sentant l'un en sentaient un second plus sucré, se dirigeant vers celui-ci, respiraient un parfum plus amer et entêtant, voulant le suivre ils voletaient plus loin, entraînés dans d'autres sillages, et tout à coup étaient arrêtés par une odeur opiacée, qui semblait promettre davantage encore de félicité. Dans leur euphorie, ils ne songeaient même à goûter : avides de toutes, ils n'en choisissaient aucune, tel un puceau au bordel ne sachant plus où allait son désir puisqu'il allait partout. L'un abandonnait une tulipe pour du jasmin ; oubliant ce dernier, planait au-dessus de la cannelle. Un autre, alors qu'il s'élançait vers une pivoine, qui rougissait d'être l'objet d'une si violente ardeur, se laissait séduire en chemin par une traîtresse belladone. Son comparse, amant courtois, cherchait son fidèle chèvrefeuille qui seul avait ses faveurs, échappait aux féeriques jacinthes ! Hélas ! Il ne résista pas au vertige de la mandragore ! Un quatrième tournoyait, altéré, autour du mimosa ; un instant plus tard, il convoitait l'ancolie, avant de finir grisé par un chaste lys. Le dernier, enfin, se précipitait à gauche, à droite, se détournait d'une grassette, se piquait à l'épine d'une maigre rose, retournait en arrière, plongeait vers le sol, s'élevait jusqu'au néon, s'y brûlait les ailes et se laissait tomber ! Et, revenu entre les ramures, retournait à son errance. Ils étaient tous cinq ébaudis, exaltés, étourdis ! par la débauche de fragrances s'échappant des belles amantes, de leurs proies impuissantes.

Au bout de quelques minutes, ils semblaient avoir retrouvé l'esprit et le sens : ils analysaient. Comme s'il s'était agi de musiciens reconnaissant un morceau en quelques mesures ou distinguant chaque instrument dans une cacophonie infâme, ils détectaient de leurs antennes les molécules de chaque arôme, les dissociaient, identifiaient celles appartenant à celui-ci, à celui-là, éliminaient celles dont ils connaissaient la toxicité, celles dont ils savaient le baume trompeur et le suc décevant, sélectionnaient enfin celle qui allait satisfaire leur désir profond, celle que la Nature leur avait destinée.

— Je veux vous les présenter, Mademoiselle, car aucun être, pas même les fleurs, qui doivent en être jalouses, n'a de nom si poétique que les papillons. Celui-ci, Violante, est un *Morpho bleu* ; celui-là, si fier, est un *Paon-du-jour*, il est sans doute entré là pour vous plaire puisque vous aimez les paons. — Elle portait, ainsi que nous l'avons écrit, une plume de paon dans ses cheveux. — Celui qui parcourt le laboratoire en tous sens, si enragé, certainement à la recherche de l'objet qui a affolé ses antennes, est l'*Apatura*. Vous serez sans doute ravie d'apprendre qu'il est connu sous une autre appellation, le *Petit mars changeant*. Pour sa beauté surnaturelle et la férocité de son caractère, il a reçu les noms de sa mère Vénus, *l'Apaturienne*, la *fourbe*, la *perfide*, et de son père Mars. Vous verrez qu'il en est le digne fils. C'est un *Saturnidé* qui vient, à l'instant, de frôler votre épaule. Enfin, le dernier et non le moindre, est un *Monarque* : vous observerez qu'il porte la couleur de la royauté et que sa robe est toute d'or.

Violante était extasiée. Elle courait dans la pièce comme une enfant, à la poursuite de l'insecte-roi et ne se figeait, le souffle coupé et la bouche entrouverte, qu'à la prononciation de chaque nom. Viktor lui ouvrait les portes d'un monde nouveau : tout, ici, chez lui, dans la *Villa du Lys*, était irréel. Le jardin pétrifié au zénith, la jungle tropicale contenue en une cage de verre, le nom des êtres et des choses. Toute créature semblait avoir été amenée ici en son point de perfection et avoir cessé de flétrir. Rien ne pouvait enlaidir, choir ou s'abîmer. Comme c'était enviable ! Elle eût voulu, elle aussi, appartenir à ce monde. Elle semblait au demeurant, à la façon dont elle allait de branche en branche dans cette forêt miniature, riant, gazouillant gaiement, ses volants et ses plumes tourbillonnant autour d'elle, comme un oiseau échevelé. La serre l'acceptait en elle.

Skorpión également l'eût volontiers acceptée dans son laboratoire, non pas tant sous sa forme actuelle et humaine que végétale, cela s'entend. Il observa sa collection, Violante, puis à nouveau sa collection et la jeune fille une seconde fois, passa ainsi de l'une à l'autre à plusieurs reprises. Il songea qu'il était temps, il avait obtenu toutes celles qu'il avait voulues, avait remis à plus tard la prise de celle-ci. Il avait bien assez attendu. Désormais, ce serait à son tour à elle d'être dupliquée. Il était lassé d'être nargué de cette façon par elle, sa beauté, cette vie se dégageant d'elle. Il fallait enfin l'enfermer dans la serre, à l'abri de ses grandes vitres, elle aussi.

— Voyez ! Ils paraissent avoir choisi ! s'écria Violante.

Le Professeur sourit à ce mot : il avait choisi, en même temps que les papillons, quelle fleur butiner.

Le *Morpho*, le premier, se décida : il se posa sur une grenade tombée au pied de l'arbuste où elle était née. Elle était fendue, ouverte en deux et ses petits grains s'écoulaient d'elle, mince filet de sang ou enfant mort-né. L'animal, d'un bleu électrique, avait, sur la peau ridée, posé ses légères pattes et enfonçait maintenant sa trompe dans la chair épuisée. Le *Paon-du-jour* était sublime : sa teinte orangée se dégradait, en ses extrémités, en un brun qui rappelait la couleur du papier brûlé, les quatre grands yeux, un sur chaque aile, vous surveillaient tel Argos Io. Il alla parader sur une centaurée qui, captive sans doute de son beau regard, se laissa sucer la moelle sans contester. L'*Apatura* n'était comme les autres : il avait ses goûts bien singuliers qui choquaient ses congénères. En effet, il aimait la charogne. Vous devinez quel sang alla boire ce vampire : Mars vint piquer de sa pince Rose, la frêle rose qui depuis un mois pourrissait. Viktor la gardait en souvenir de sa soubrette : c'était un sentimental. Le *Monarque*, enfin, prenait son temps. Il voletait çà et là, comparant les teints et les parures de ses courtisans, ne daignant jeter les yeux sur les espèces campagnardes, ni sur les fruits mûrs, ni sur les corolles déflorées. Il voulait une favorite exceptionnelle, rare, qui ne se fût donnée au tout-venant. Il s'immobilisa sur le pot de la dionée. Violante, Viktor et Don Matéo retinrent leur souffle. Mais le *Monarque* repartit, en homme prudent : il avait flairé le piège. Il n'était pour rien le roi de son espèce. Subitement il s'élança vers une grande masse, jaune comme lui. Il abandonna alors toute pudeur, toute honte, toute décence et plongea la tête entre les pétales de la *Verge d'or* qui avait depuis toujours sa préférence (inavouable).

Seul le *Saturnidé* demeurait hésitant et songeur. Il s'était posé sur une fenêtre et regardait mélancoliquement vers le jardin, vers la liberté, pressentant sa perte. Il semblait une feuille d'arbre déjà mise sous cloche ou un insecte cloué sur le verre d'un collectionneur. On l'eût difficilement dit beau, du moins il n'était semblable à aucun autre. Ses ailes étaient très larges et d'une teinte vert pomme, leurs bouts étaient citron et leurs nervures si précises que les motifs Art déco. Quatre ocelles parfaitement ronds et symétriques se dessinaient sur son dos : la pupille était d'or, l'iris grenat et la sclérotique une ambre lumineuse. C'étaient des bijoux composés de plusieurs pierres que ces yeux scrutateurs... Tout à coup, ses antennes, qui avaient la forme de minuscules peignes blonds, frémirent. Elles avaient repéré un fumet délicat. Ce n'était pourtant la nature ni le besoin qui guidait notre homme, mais bien plutôt la malheureuse concupiscence. Le *Saturnidé* en effet ne se nourrit pas à l'âge adulte : sa trompe atrophiée ne le lui permet. Il se satisfait des réserves accumulées à l'état larvaire. J'imite le langage du Docteur Skorpión et je ne raconte rien là qu'il ne m'ait lui-même appris : je parle ainsi en botaniste afin que le lecteur mesure le tragique de la scène à laquelle il s'apprête à assister. Les fleurs lui sont interdites. Il a toute liberté de les sentir, de les voir, de les frôler, mais reste impuissant à y goûter. Las ! Son organe flétri en est incapable ! Et il ressemblait à ces émasculés qui auraient le désir sans avoir la puissance. Privé de nectar nouveau, il ne survivrait guère plus de quelques jours. Corps maudit que ce nez camard, que ces mandibules vaines qui le condamnaient à une mort prochaine ! Moine par force, jaloux des plaisirs de ses pairs, le triste Saturnien à l'instant résigné de ne pouvoir les suivre dans leur orgie, soudainement sembla ressusciter et sortit une seconde fois de sa chrysalide. Il était, par un arôme inconnu, affolé. Était-ce la myrrhe ? Était-ce le jasmin ? Ou le lys délicat ? Qu'était ce parfum ? Ambré, opiacé, irrésistible ?

Il s'envola dans les airs.

Les autres papillons parurent s'en étonner, levant une trompe indignée de leur breuvage, mais ne l'aimaient point assez pour le tancer et l'arrêter. C'était pourtant là le devoir d'un ami. Ils en étaient de mauvais. Violante, Viktor et Don Matéo étaient suspendus à son vol. Le Professeur venait brièvement d'informer ses camarades du terrible interdit qui pesait sur l'insecte. Tous trois suivaient donc les événements comme s'il se fut agi de la perte de Faust ou de la déchéance de Raphaël de Valentin.

Il voletait comme ingénument, mais il n'en était rien. Il savait bien quelle était celle qui l'avait tant affriandé. Il fit mille détours pour arriver jusqu'à elle, comme seuls les amants véritables qui, de crainte de n'être point aimés, fomentent maints petits stratagèmes pour parvenir jusqu'au maître de leur cœur. Lui aussi rusait. Il feignait quelque intérêt pour la sévère Sultane (c'était la comtesse de Saint-Pol), l'insupportable Madame de Cancagne, cette grosse et sotte pivoine, esquissait quelques arabesques autour des hautes tiges des gorges exquises et chatouillait quelques vertes oreilles. Enfin, il ne put cacher plus longtemps son émoi et vint se poser auprès de sa proie. Il s'était calfeutré au bas du pot, sous le nom de sa belle. Les quelques lettres avaient été notées de la main du Professeur, de son écriture typographique et inhumaine ; hélas, il ne savait les lire. Elles formaient le mot :

« *Dionée* ».

Les hautes tiges hérissées de poils et parcourues de nervures, de veines rouge sang se terminaient en spirale, comme si elles eussent voulu agripper quelque mâle poignet. Sur le cou des plus vigoureuses était plantée, verte et vorace, la tête assassine. Elle avait véritablement la forme-même, la taille des lèvres humaines et une grande ressemblance avec elles : elle semblait armée de dizaines de dents, acérées comme des aiguilles, pourvue de palais si roses qu'ils paraissaient des langues énormes, se pourléchant dans l'attente et elle esquissait, entre ses légères commissures, un immuable et sardonique sourire. L'œil unique, cyclopéen, grand ouvert, scrutateur et prédateur, observait son larron, le naïf lépidoptère qui espérait boire en ses eaux. Le chasseur n'était point celui qu'on eût pu croire.

Diaz observa que Viktor, son ami, contemplait la scène ou plutôt l'escomptait avec avidité, toutes pinces dressées par le désir, un bout de langue serpentin dépassant de la bouche, les narines frémissantes et les prunelles écarquillées. Il se fit alors la réflexion que son compagnon ne clignait pas des yeux comme tout un chacun. Il eût même été en peine de jurer qu'il l'avait déjà vu faire ; il se demanda quel genre de créature il était, lui Skorpión, mais il n'osa pousser plus avant son idée. Il imita le Docteur et concentra à nouveau son attention sur le papillon. Celui-ci, enfin, s'avançait de ses frêles pattes dans l'humus brûlant. Puis, hésitant, il grimpa sur une branche et s'arrêta prudemment sur une feuille voisine de la manne tant désirée. Skorpión eut l'air déçu et Diaz s'en aperçut :

— Je vois bien que tu faisais le vœu que ce pauvre animal finisse ses jours enfermé dans cette plante ; pour ce qui est de moi, je suis bien content qu'il n'y aille point et suis près d'intervenir pour le chasser loin d'elle et le sauver. Il m'inspire autant de peine et de pitié qu'une souris broyée par les mâchoires d'un chat ou un cadavre de moineau.

— Tu contestes donc l'œuvre de la Nature ? demanda Skorpión ironiquement.

Il la contestait bien davantage lui-même en créant ses femmes-fleurs.

— Elle est toujours cruelle, le savoir me suffit et ne me donne le besoin ni le désir de le vérifier.

— Vraiment ? Pour ma part, peu de spectacles me ravissent davantage lors de mes voyages que celui d'un oiseau aux splendides couleurs dévoré par un python.

Il jeta, ce disant, ses yeux avides sur Violante aux belles plumes. Diaz surprit son regard et ne le comprit. Le papillon s'approcha encore, attiré par les effluves sucrés, par la brillance des sucs, l'épiderme gras, le vert tropical des feuilles, l'apparence trompeuse, sirupeuse de pastèque lilliputienne, tous les attraits enfin qui lui promettaient des plaisirs inconnus. Il avança de quelques millimètres, un ou deux, trop ! C'en était fini de lui. À peine eut-il posé une frêle patte sur la fleur qu'elle se referma sur lui d'un silencieux et rapide coup de mâchoire. Il était pris au piège et ne pourrait s'échapper. Il ne le savait mie, l'ingénu ! Et il battait des ailes frénétiquement, se cognant à droite, à gauche, à sa prison pourpre, si douce qu'un calice, si meurtrière qu'une lame, car ses murs étaient d'une liqueur assassine tapissée. Le papillon apeuré, éperdu, cherchait un moyen de fuite, une porte par laquelle se dérober, semblait ne point comprendre comment il avait pu dans un abîme si dangereux tomber ; il se fatiguait. Plus il luttait, plus il se frottait involontairement aux flancs visqueux ; plus il voletait, croyant se débattre, en découdre avec l'invisible, l'invincible adversaire qui était partout et nulle part, plus il s'engluait dans l'ambroisie funeste. Il était à lui-même son propre ennemi, à chacun de ses mouvements s'enferrant, s'enfonçant davantage dans le sable mouvant. Battre une aile revenait à la pétrifier dans l'écume, lever une patte à la menotter au palais et ne rien faire ne servait de rien, car la salive l'entraînait alors et le faisait glisser en elle. Chaque déplacement le rapprochait de la mort et le repos lui était pareillement fatal. À un moment, il eut tant d'effroi qu'il eut grande vigueur et crut tirer sa patte droite du terrible enduit. Las ! Il avait tant tiré qu'il avait mutilé son corps ! Son membre était resté aux mains de son geôlier.

La gueule rose n'était tout à fait fermée : le prisonnier contemplait encore la lumière du jour à travers les barreaux des dents. Le supplice n'eût point été complet si la proie n'eût pas quitté le monde sans le voir. Au lépidoptère ainsi parvenait la jungle des feuilles et des couleurs, le grand air et le vol de ses compères, la liberté enfin, par d'infranchissables interstices. Peu à peu il s'immobilisait, par tous côtés mis aux fers – l'une des pattes, puis l'autre, une aile, une antenne, deux autres pattes, la seconde aile, la troisième, les dernières pattes, la dernière aile, le corps, la tête ! Le papillon se trouvait dans une position étrange et douloureuse, contorsionné, tiré comme une marionnette par ses fils ou torturé comme les insectes par les enfants qui les tournent et piquent et déchirent en tous sens. Il n'avait perdu l'espoir pourtant et remuait encore, mû par cet extraordinaire instinct de vie qui tous, toutes créatures vivantes, nous habite, nous anime, que nous avons de commun. Mais sa pulsion n'était point si féroce, si irrésistible que celle de la fleur. Elle devait avoir en elle, la dionée, une avidité ! à nulle autre pareille. Elle le voulait et ne le rendrait au monde. Une fois qu'on était engagé en elle, on n'en ressortait pas ; c'étaient deux luttes qui s'étaient engagées : la force du mouvement contre celle de l'inertie, les soubresauts de terreur face à l'ingénieuse immobilité, le frêle corps et la force machinique. C'était un chevalier du Moyen Âge contre un tank de 14. C'était dérisoire et beau, comme toutes les batailles perdues. Lentement, il sombrait dans le liquide poisseux qui, progressivement, l'amollissait, attendrissait sa chair, brisait ses pattes, arrachait ses ailes, le digérait enfin ! L'intégrait à lui ! C'était de la dionée la suprême cruauté : son ennemi était dépossédé de lui-même, détruit, désintégré en elle. Il arrivait autre et devenait semblable. Il ferait partie d'elle à jamais. Soudain il cessa de bouger. Il frémissait cependant, tremblait encore… Mais dépourvu de forces et conscient de la vanité de sa lutte, il avait abandonné le combat. Il tourna ses quatre grands yeux tristes vers la serre, vers ses hautes fenêtres traversées de rayons poussiéreux, la cage de verre et d'or… et laissa choir sa trompe brisée dans le nectar désiré, dans la masse indistincte.

Il eut un dernier soubresaut. De volonté ? De regret ? De plaisir ? Il avait connu ce qu'avaient toujours ignoré ses semblables : la plongée dans l'abîme opiacé, le doux anéantissement de son être dans un autre. Peut-être était-ce l'Amour… ?

Était-il mort apeuré et heureux ?

Violante, Viktor et Don Matéo demeurèrent muets. Ils étaient tous trois bouleversés, mais non point pour les mêmes raisons. Diaz brisa le silence :

—   Cette bête m'a fait grand-peine.

—   Tu n'es pas allé la sauver cependant, ricana le Docteur. Tu avais pourtant promis de le faire. Il est trop tard maintenant : la feuille ne s'ouvrira plus avant trois semaines et elle rejettera alors son petit cadavre, son squelette dénudé…

—   Tu sembles dire cela comme avec plaisir.

Le Docteur ouvrit sa bouche comme la dionée ses lobes et afficha un large et sardonique sourire.

—   Je ne reçois de plaisir en des choses si communes : il me faut des objets… exceptionnels.

Il songeait naturellement à ses femmes.

—   Mon ami, dis-moi une chose : ce papillon était incapable de boire le nectar de cette fleur ?

—   Tout à fait impuissant, répondit Skorpión. Il a la trompe atrophiée, comme tous les spécimens de sa variété.

—   Ce *Saturnidé* mérite donc bien son nom : ce mélancolique poursuivit jusqu'à sa mort son rêve impossible, peut-être celui de toute sa race ! Il ne pouvait se contenter de ce que la nature lui avait donné en partage, il voulait plus ! Il voulait au-delà ! Il est le cygne de Baudelaire, il est Don Quichotte… C'est un poète que cette bête !

Violante sourit tendrement et Skorpión, de mécontentement, cliqueta des pinces.

—   C'est vous le poète, Don Matéo ! Vous prêtez à chaque être une âme sublime.

—   Aussi dois-tu te tromper souvent, ajouta sèchement le Docteur.

—   Le courage, l'abnégation de ce papillon doivent cependant te plaire, n'est-ce pas ? lui demanda l'écrivain. Il croqua la pomme, ton *Saturnien* ! Il conjura le sort ! Il osa ! Le premier, il transgressa l'interdit originel, franchit la barrière qui leur était fixée à lui et à ses semblables. N'était-il pas à sa façon un scientifique, un explorateur des limites imposées par la Nature ?

—   Et s'il n'était que le premier ?

—   Comment cela ?

—   Selon la théorie de l'évolution, l'individu, à chaque génération, s'adapte, modifie son comportement, développe des aptitudes nouvelles… puis les sélections, sexuelles d'une part, naturelles de l'autre, font leurs œuvres. Les meilleures survivent et se reproduisent. Par conséquent, la puissance récemment acquise se transmet et devient un trait de l'espèce. Enfin je ne vous apprends rien et je résume brièvement : tu dois avoir, Diaz, une vague idée vulgarisée de la théorie.

—   Oui, ne t'inquiète donc de rien : je suis ta pensée.

—   Imaginons que notre *Saturnidé* d'aujourd'hui ne soit que le premier à « croquer la pomme » ainsi que tu dis poétiquement, à le tenter du moins, et que d'autres spécimens de sa variété en viennent à réitérer l'expérience. La plupart mourront comme lui, dévorés et digérés. Les plus prudents renonceront d'eux-mêmes à si dangereuses proies et se rabattront sur quelque inoffensif pissenlit. Mais les meilleurs représentants de l'espèce développeront peut-être de nouvelles capacités : rapidité d'envol, trompe moins torsadée, plus longue et puissante, apte enfin à aspirer quelque partie de sa belle… Les plus astucieux découvriront le mécanisme secret de la plante et sa fragilité : si elle se referme vainement trois fois, sans obtenir son insecte, elle dépérit alors, car la dionée elle-même obéit à la dure loi de la sélection ; tout piège imparfait est durement rejeté par le tronc-mère, qui ne tolère l'erreur parmi ses soldates-tiges. Les individus les plus intelligents auront donc tout intérêt à actionner le piège inutilement pour ensuite bénéficier de la feuille pourrissante et de ses sucs goûteux. Qui sait, du reste, si quelque saturnidé ne développera pas un jour quelque fumet au poison véritable qui inspirerait de la crainte à la dionée de ne pouvoir le digérer et la laisserait offerte à ses désirs ? L'évolution des espèces trouve ainsi son origine dans l'invraisemblable inventivité que déploient les individus pour survivre ou se satisfaire, quel que soit l'objet de leurs appétits et aussi inatteignables puissent-ils paraître de prime abord, dans les innombrables chemins qu'ils empruntent à la fin de se défendre ou en vue de la prédation. La dionée elle-même n'est pas née carnivore : elle le devint.

— Vous voulez dire qu'elle fut d'abord aussi désarmée qu'une rose ou qu'un lys ? Aussi impuissante ?

— Précisément, Mademoiselle Pericón. Le régime carnivore n'est apparu que chez les plantes qui ne trouvaient assez de nutriments dans des sols pauvres et secs, ceux désertiques, par exemple : elles ont pallié, à leur façon, cette absence en apprenant à digérer les insectes. D'autre part, toutes les fleurs produisent un certain type de protéines qui leur permettent de décomposer des champignons et donc de s'en défendre ; nos belles cannibales ont trouvé un autre usage à ces mêmes protéines : digérer les exosquelettes des insectes. Commençant par se protéger des champignons qui pouvaient les détruire, elles ont ensuite employé l'une de leurs aptitudes à dévorer d'inoffensives bêtes qui présentaient l'avantage de leur offrir ce qu'elles ne trouvaient assez en l'humus : elles ont adapté leur nature la plus profonde à leur environnement, l'ont immensément améliorée et transformée, poursuivant leur seul intérêt. N'est-ce pas fascinant ?

— Et terrifiant ! Et si tes belles roses se mettaient à te mordre, qu'en dirais-tu ?

Skorpión grimaça à ces mots : il était le maître et non le gibier.

— C'est absurde : elles n'ont de raison de se défendre de Viktor, n'étant attaquées. Il suffit de voir comme elles s'épanouissent et prolifèrent ! En avez-vous déjà vu de si grosses et arborant autant de pétales, Don Matéo ?

— Certes non, répondit en riant Diaz, leur donnes-tu à manger quelque viande pour les engraisser ainsi ? Ajoutes-tu à leur terreau un beau morceau coupé à une grosse bête ?

Le bougre ne pensait pas si bien dire, songea Skorpión.

— Cela, c'est mon secret, répondit le Professeur. Peut-être les soins attentifs que je leur porte expliquent-ils leur exceptionnelle croissance, ainsi que mes petites… hybridations. Mais vous ne nous avez donné encore votre sentiment, Mademoiselle, sur le beau carnage auquel nous venons d'assister. Diaz prend le parti du vaincu, en poète, préférant toujours les Troyens aux Grecs, n'aimant rien tant que Napoléon et Cyrano ; je prends pour ce qui est de moi le parti de l'évolution : toute amélioration de l'espèce est louable et légitime. Quoi qu'il en coûte. Qu'en est-il de vous ? J'imagine que le sort de cet insecte vous a émue aux larmes ? demanda-t-il avec un brin d'ironie.

— Pas vraiment. Je dois avouer que j'ai été comme ensorcelée par la dionée.

— J'ai constaté cela, ajouta Don Matéo, je vous ai observée à plusieurs reprises et chaque fois vous étiez penchée en avant, vers la fleur, les yeux rivés sur elle et la bouche bée. Vous ne paraissiez éprouver de la tristesse, mais bien plutôt… une forme de contentement.

— C'est vrai, sourit-elle. Je n'ai une vision si objective, si rationnelle bien sûr, que vous, Viktor, de l'évolution du monde végétal. Néanmoins, je ne pouvais m'empêcher de songer, la voyant seule dévoratrice au milieu de centaines de ses compagnes, parfaitement passives et dociles, à la volonté de tous les insectes qui viennent à elle, qu'elle… les vengeait un peu.

Violante baissa les yeux et croisa les bras.

— Qu'elle les vengeait ? demanda Skorpión.

— De quelle iniquité les vengerait-elle donc ? questionna encore Don Matéo.

— Chaque fleur, en chaque instant, est… volée : ils se posent sur elles, sortent bien leur trompe et ils aspirent d'elles tout ce qu'ils peuvent ! Elles ne peuvent s'en défendre et l'empêcher. Elles demeurent immobiles, figées, comme inconscientes. Mais n'y a-t-il pas en elles… comme un regret ?

Son regard semblait alors perdu dans un vague lointain. Puis, paraissant se redresser et prenant une grande inspiration, elle lâcha tout à coup, d'une voix affermie et assurée :

— Elle devait avoir en elle, la dionée, le reliquat de millions d'années d'évolution où butinée, pillée, souillée, elle mit au point sa vengeance. Peut-être sa cruauté n'est-elle que justice.

Et elle se tut, un peu honteuse d'avoir tant parlé ou d'en avoir trop dit. Don Matéo Diaz n'osait plus guère lever les yeux sur elle, mais il lui donnait en pensée toute sa tendresse et sa pitié. Quant au Professeur, il demanda :

— Croyez-vous que toute victime doive en faire une autre,

Violante ?

—		Je ne soutiens pas qu'elle le doive, je sais juste qu'elle le veut.

Elle avait prononcé ces mots avec une sécheresse qu'il ne lui avait jamais connue. Il eut une révélation : c'était une dionée. Elle en avait la pourpre – et la verte exubérance ! Le parfum opiacé et la rondeur des joues ! La fragilité des tiges – et les dents aiguisées. Il lui fallait sa chevelure.

Louise survint alors, si providentielle que l'était sa collègue Rose :

—		Monsieur, j'ai servi des rafraîchissements dans le salon. Il fait une chaleur si torride que j'ai pensé que ce ne serait pas de refus.

—		Vous satisfaites tous mes désirs, Louise ! Nous étouffons en effet dans la serre, il y fait une chaleur tropicale. Vous voudrez bien demeurer encore un peu, mes amis ? Vous pouvez même rester pour le dîner : Louise a préparé des œufs en gelée et d'autres à la neige pour nous rafraîchir ! s'exclama gaiement Viktor.

Violante et Don Matéo échangèrent un regard de perplexité et de dégoût mêlés. Ils pressentaient que l'heure de leur calvaire était proche.

—		Ô Dieu du ciel ! s'écria Louise. Comme elle a grandi ! Mais elle fait presque ma taille ! – Louise contemplait Louise bis. – Elle est aussi grosse qu'une monstera depuis que vous lui avez donné mes cheveux à manger.

Le sang de Skorpión ne fit qu'un tour : il désespérait des paroles de sa cuisinière. Violante plissait le front d'incompréhension tandis que Don Matéo Diaz observait la plante, semblant chercher dans ses souvenirs. Soudain, il reconnut en l'exubérant arbre la petite fleur que lui avait montrée, un soir de l'été dernier, le Professeur et qu'il lui avait présentée, enfiévré, grisé par sa découverte et par le prodige accompli, comme la végétale réplique de l'humaine Louise. Il baissa les yeux et fronça les sourcils. Don Matéo réfléchissait profondément.

—		Vous… vous avez mis vos cheveux dans cette… qu'est-ce donc comme espèce ?

—		Un arum.

—		Dans cet arum, Louise ?

—		Non, pas moi. Je les ai donnés à Monsieur et il les a plantés, pas vrai, Docteur ?

—		Oui, je… – Viktor n'en menait pas large. – J'ai lu dans le *Pétrichor* que les cheveux pouvaient servir d'engrais naturel, aussi ai-je demandé à Louise, qui a plus de cheveux que moi sur la tête, de me laisser ceux de sa brosse et je les ai… plantés en effet dans le terreau de l'arum. Et voyez le résultat ! Il est maintenant resplendissant ! C'est grâce à Louise et aux nutriments contenus dans sa chevelure.

Louise souriait jusqu'aux oreilles, fière d'avoir participé à l'embellissement d'une plante et surtout d'avoir assisté le Professeur dans ses travaux scientifiques. Elle se sentait si importante que Marie Curie.

–   Vraiment ? s'écria Violante. Les cheveux font pousser les fleurs ? Vous entendez cela, Don Matéo ?

Don Matéo entendait bien et entendait soudainement mieux nombre de choses.

–   Je ne sais point si tous les cheveux font pareil effet, insinua hypocritement le Docteur. Ceux de Louise doivent être d'une vigueur exceptionnelle pour avoir transformé un arum fatigué en un arbuste d'une si grande beauté.

Il avait piqué la vanité de Violante au vif : elle jeta un regard jaloux sur les rouges et larges corolles, sur les cheveux bruns et ternes de Louise, puis lança hautement :

–   Mais je vous donnerai les miens aussi, Viktor ! Pourquoi ne pas me les avoir demandés ?

Et elle sortit de la pièce précipitamment, sans laisser à quiconque le loisir de lui répondre.

Skorpión jubilait, Louise fulminait et Don Matéo Diaz avait sombré dans le plus grand désarroi. Il ne savait bien pourquoi il éprouvait tant de terreur, ce qui en ce moment, dans le geste de Violante, l'effrayait… ni pourquoi il s'apprêtait à empêcher la jeune fille de livrer une de ses mèches à leur ami Viktor. Elle revint triomphante, dressant comme un étendard au-dessus de sa tête sa petite brosse à cheveux. Celle-ci avait un manche en nacre et renfermait en effet entre ses poils une rare perle. Le Professeur fut pris de vertige en la découvrant. Diaz était éperdu : il eût voulu se jeter sur elle, la plaquer au sol et lui dérober l'objet, de crainte que le Docteur n'y recueillît ce précieux résidu d'elle. Mais il était trop tard et c'était trop absurde : Violante détacha fièrement la folle toison, épaisse et bouclée, entortillée autour des poils drus et la tendit à Skorpión. Son œil de python, devenu jaune de contentement, s'ouvrit exorbité et il passa brièvement sa langue sur ses lèvres. Elle était magnifique, douce – intolérable. Violante attendait qu'il s'en emparât et lui adressait son plus tendre sourire. Il hésitait maintenant. Il fallut pourtant bien la saisir. Au contact de la rousse relique, ses doigts s'échauffèrent et il crut brûler.

Il ne voulut retarder le moment : il se dirigea vers la plante cannibale et planta d'un coup brutal dans son aride sable, la Chevelure. Alors il regarda Violante Pericón. Son souffle était court, ses mains tremblantes et ses yeux embués de larmes. Il y avait en elle, sur toute sa figure, comme une étrange reconnaissance.

Pour la première fois, il avait semé ses graines nouvelles devant des témoins. Il n'avait plus guère besoin de s'en cacher, puisqu'ils ne distinguaient rien, tous ! Il pouvait bien montrer à Diaz ses parfaites copies, les laisser voir chaque jour à ses bonnes, tuer Rose même au nez de son ami… ! Il jouissait davantage de son impunité, de se savoir criminel devant de sots témoins ! Nul ne voyait, nul ne comprenait ! Il eût pu les garder là, devant sa dionée, contemplant sa croissance qu'ils n'eussent encore aperçu la vérité... ! Car il pouvait tout ! Outrager, mutiler, éventrer chacune de ses fleurs, noyer, brûler toute sa collection, dupliquer une femme sous ses yeux mêmes ! La déposséder, consentante et ravie ! Il pourrait à elles toutes inoculer quelque maladie, son venin, les tuer à distance d'une simple seringue ! Demeurer chez lui et gouverner l'Univers.

Il était Dieu ou Pygmalion. Un enfant jouant avec des soldats de plomb qui eût décimé une armée.

Ils passèrent dans le salon où étaient servies des limonades et, pour Viktor, du thé glacé. Il ne buvait rien qui n'avait infusé avec un végétal quelconque. La conversation, qui roulait d'abord sur les sujets les plus communs, prit tout à coup un tour curieux lorsque Don Matéo prononça cette phrase terrifiante :

—   Tu ne m'ôteras de l'esprit, Viktor, que ta dionée a tout à fait l'apparence d'un sexe féminin.

Violante, stupéfaite une seconde et qui n'était point bégueule, éclata d'un rire énorme et fit mine de gronder Diaz :

—   Mais que vous prend-il, Don Matéo, de lancer cela, à l'instant que nous buvons nos limonades ? Nous avons désormais tous l'image en tête d'une... vulve au bout d'une tige !

Et elle rit de nouveau, très rouge.

—   Cette idée est absurde, déclara très sérieux le Professeur. Il n'y a aucune ressemblance entre les deux choses que vous dites.

Violante se mordit les lèvres et se garda de rire davantage, car elle voyait bien que le Docteur s'offusquait d'une telle comparaison. Elle la jugeait cependant exacte : maintenant que Diaz le lui avait fait remarquer, elle trouvait en effet que la gueule cannibale paraissait un sexe grand ouvert.

—   Tu connais certainement, mon ami, le mythe du *vagina dentata*, qui parcourt la littérature et les arts. – Violante leva un sourcil en signe d'ignorance : Don Matéo expliqua. – Dans de nombreuses peuplades indigènes, en Amérique latine et dans le Pacifique, l'on trouve des croyances en des créatures féminines dont le sexe est une sorte de grosse bouche vorace avalant les... Enfin, vous m'avez compris. – Violante l'écoutait très sérieusement désormais et avec un intérêt certain. – À la Renaissance, en Europe, l'on pensait que les succubes étaient pourvues de vagins dentés, dont elles coupaient le membre des pauvres moines qu'elles allaient visiter. J'écrirai un jour quelque nouvelle là-dessus : cela m'a l'air d'un fort bon sujet, qu'en dites-vous ?

—   Excellent ! répondit Violante. Écrivez-le, par pitié, que je puisse le lire. Vous pourriez me l'offrir pour mon prochain anniversaire.

—   Est-ce diable un cadeau qu'on fait à une jeune fille ?

—   Oui, totalement ! Puisqu'il me siérait et ne serait à nul autre pareil !

—   Savez-vous ce que l'on me raconta récemment, vous qui êtes toujours friande de récits d'horreur ? On m'a dit qu'à Baltimore, dans les années… Oh, il y a vingt ans au moins… En 1899 ou 98, une série de meurtres furent commis de cette manière.

—   Comment cela ? interrogea Viktor.

—   Eh bien, les cadavres, d'hommes bien sûr, étaient retrouvés le membre sectionné par des dents. Les victimes, de leur vivant, fréquentaient les bordels. Très vite, une rumeur enfla : un homme avait raconté à un autre qu'il avait manqué de se faire châtrer par une prostituée, car elle avait entre les cuisses ce qui se rapprochait… d'une mâchoire. Vous vous figurez l'effroi de ces messieurs qui n'osaient plus guère approcher leur femme et craignaient de trouver un monstre entre leurs draps ! L'enquête piétina longtemps et le meurtrier eut le loisir de commettre de nombreux crimes, employant toujours la même arme et amputant toujours la même partie — qu'on ne retrouvait jamais du reste. Un jour, un groupe d'hommes, qui avait obtenu je ne sais comment des renseignements sur la prétendue femme à dents, parvint à la trouver et la mit à mort. Elle fut pour ainsi dire démembrée par ces brutes. Cependant elle fut examinée et l'on retrouva bien des sortes de gencives pourvues de dents à l'intérieur de son…

—   Impossible ! Je ne veux y croire ! s'écria Viktor.

Don Matéo jubilait d'avoir inquiété Skorpión avec son *vagina dentata* : le botaniste semblait tout à la fois indigné et apeuré à l'idée que sa chaste fleur pût ressembler à un con et que celui-ci pût être autre chose qu'une docile béance. Diaz observait avec gourmandise les effets de sa ruse.

—   Je jure que je tiens ce récit de la bouche même de l'inspecteur Fitzwilliam, qui était sur place au moment des faits et était en charge de l'enquête. Il vit des photographies de… la chose.

—   C'est extraordinaire ! — Violante semblait extasiée. — Ne croyez-vous pas, Docteur Skorpión, que cette transformation prouve encore la justesse de votre théorie de l'évolution ? — Entendant cela, Skorpión était tout près de jeter « sa » théorie aux orties et ne voulait plus en croire le traître mot. — Cette femme subit sans doute, de la part des hommes, de grandes violences, de par sa profession, enfin, son activité… Et son corps se rebella, se révolta contre les sévices infligés. Il voulut se défendre de la manière la plus efficace et adaptée à son environnement, comme vous dites, aussi des dents poussèrent en elle. Pour la protéger !

—   Je savais que mon histoire allait vous ravir, Violante : c'est vous qui devriez l'écrire.

—   Vous n'avez pas tort, Diaz. Je devrais l'écrire et peut-être ne m'en sortirais-je pas trop mal !

—   Vous vous en sortiriez très bien, vous dis-je, croyez-moi. Offrez-moi votre nouvelle à l'occasion de mon anniversaire !

Violante éclata d'un grand rire clair et enfantin, tant elle avait d'aise à l'idée de rédiger un tel conte – et je la comprends en cela, car moi-même je suis tentée maintenant de l'écrire.

— Tout ceci est du dernier ridicule : une femme ne peut avoir cela.

La déclaration de Viktor fut faite sur un tel ton qu'elle glaça le cœur de Mademoiselle Pericón et de Don Matéo, qui étaient jusque-là d'humeur fort enjouée. Il ajouta, pour contrebalancer l'effet désastreux de son intervention :

— Enfin, votre texte serait des plus amusants, certainement, Mademoiselle, mais cette hypothèse constitue une invraisemblance scientifique…

Il se força à émettre un rire faux et narquois pour convaincre ses interlocuteurs que la chose lui était indifférente et pour lui-même s'en convaincre. En vérité, il était effrayé : quelle sotte idée il avait eue d'aller fourrer les cheveux tant désirés dans une dionée ? C'était une plante carnivore ! Et certainement se transformerait-elle en géante meurtrière. Il était perdu s'il y mettait le doigt !

Viktor but une gorgée de thé glacé à la menthe, tel Socrate avalant la ciguë, avec la même conscience du sort qui l'attendait. La journée se termina dans ces tergiversations et dans la terreur du lendemain.

Viktor ne parvint à dormir cette nuit-là : la cannibale du rez-de-chaussée l'obsédait. Lorsqu'il s'était couché, elle était tout à fait la même. Pourvu que cela dure ! Il espérait la retrouver au matin semblable à elle-même. À l'aube, il n'y tint plus : il devait se rendre dans la serre et en avoir le cœur net. Il quitta sa chambre, traversa lentement le corridor, descendit l'escalier et s'arrêta, attentif, aux aguets, dans le salon. Tout semblait endormi, obscur et silencieux. Il était tout à fait rassuré : rien ne s'était produit à l'évidence. Il entrouvrit la porte du laboratoire. Un étrange bruit le fit tressauter et l'immobilisa : qu'était-ce donc ? Il identifia d'abord un bourdonnement sourd et étouffé, puis à mesure que son oreille s'habituait à celui-ci, elle parvint à distinguer dans la serre les signes discrets d'une intense agitation. Parfois, il lui semblait reconnaître le témoignage d'une vie liquide, non point le ruissellement d'une eau claire, bien plutôt le clapotis d'une épaisse tourbe. Par instants, c'étaient des craquements qu'il percevait, comme si l'on broyait des objets de très petite taille. Enfin, à un moment, il reconnut le son caractéristique, humain et répugnant, de la déglutition et crut voir en esprit, tant ce dernier était net, un homme avaler devant lui un œuf cru et la substance visqueuse passer lentement près des amygdales, dans le pharynx, l'œsophage et tomber comme un rat mort au milieu d'une flaque dans la bouillie de l'estomac. Skorpión se saisit du tisonnier du salon. Il était déterminé à chasser l'intrus, plus exactement à tuer l'infâme qui avait osé pénétrer chez lui, au plus secret de sa maison, et approcher ses trésors. S'il avait seulement touché à un pétale de rose, le Docteur était tout disposé à lui infliger mille sévices, un châtiment à la hauteur de son audace et de son infamie (il était comme on voit très enclin à punir le mal quand il était commis par un autre et affichait une morale sévère quand il s'agissait de défendre ses propres intérêts). Il s'approcha en prenant garde à ne pas se faire entendre, par petits pas chassés de crabe, vers le coin de la pièce d'où provenait l'étrange rumeur. Les crépitements et l'infâme gargouillis se firent plus précis. Il se tint prêt à attaquer le voleur ou le dévoreur, car vraiment l'on eût cru que quelqu'un mangeait dans la serre. Est-ce qu'un vagabond était parvenu à entrer et lui avalait ses noisettes ? (Qui avaient l'apparence des petits tétons de la fille du casino, ce qui ajoutait en quelque sorte le crime de cannibalisme à celui de l'effraction.) Il leva son bras, s'apprêtant à frapper le coupable, quand il découvrit en lieu et place de l'homme qu'il s'attendait à voir – la Dionée. Énorme, gigantesque, atteignant le plafond, ayant déjà cassé un carreau pour laisser s'épanouir l'une de ses branches dans le jardin. Elle possédait bras et jambes, tête et tronc, des yeux, un nez, des oreilles et bien sûr des bouches à n'en plus finir, innombrables, ouvertes toutes grandes, avides, carnassières, menaçantes, armées de plusieurs rangées de dents et de très longues langues. Elle avait brisé apparemment, peut-être avec son poing, un terrarium rempli de bourdons. Ce sont eux dont il avait discerné le faible bourdonnement. Elle ingurgitait alors la petite poignée de survivants, car elle avait mangé tous leurs compères. Viktor aperçut dans toutes ses bouches des restes de pattes, des têtes, des petits membres rayés de diverses formes. Ils étaient déchiquetés et digérés à demi par les sucs assassins, recouverts d'une glu blanchâtre et très odorante. Il observa mieux ces gueules qui, fermées, le semblaient définitivement – comme s'il n'y avait là que de la chair et point d'interstice – et qui, ouvertes, étaient tout à coup béantes et paraissaient des puits sans fond. Il dut se soutenir à un tabouret pour ne pas choir. Il était soudainement harassé, appesanti d'une lourde masse. Il regarda les vitres qui se déformaient, devenaient immenses puis rapetissaient, s'allongeaient et disparaissaient. Il tâtonna un peu, palpa un humide terreau… mais toujours les grandes lèvres grimaçantes se rappelaient à lui. C'étaient bien cent sexes dentés qu'elle avait, Violante. Des taches rouge sang dans le fouillis des feuilles, des incisives comme des épingles, des dards, de juteuses pastèques à l'innocence traîtresse où s'enfonçait, comme en un sable mouvant, le malheureux saturnidé, où il disparaissait ingéré, assimilé, indistinct… C'était donc le sort qui l'attendait. Il fut pris d'un haut-le-cœur et se pencha pour crachoter un peu de bile. La géante poupée sembla frémir d'aise et il entendit en esprit le rire sonore de Violante lorsque Don Matéo avait insinué que la Dionée semblait un sexe de femme ; elle en était si ravie, si absurdement contente qu'il ne pouvait y avoir à cela qu'une explication valable : elle riait, car elle savait qu'elle était cela, la femme dentée, et de ce que ses cheveux soient désormais mêlés à elle, à la cannibale, elle riait du hasard qui l'avait amené, lui, à choisir la plante avec laquelle elle possédait si intime et secrète ressemblance… Mais est-ce qu'il riait, lui ? Il n'y avait rien de drôle là-dedans, c'était bien d'une femme de s'amuser des plus terribles choses ! Elle n'avait nulle conscience du monde et de ses dangers. Il était fort ennuyé maintenant : qu'allait-il faire d'elles ? Il n'y avait qu'un moyen de réparer son erreur : il devait ôter au végétal son humaine racine, soustraire à l'humus les cheveux de la jeune fille. Il s'avança sans peur. À peine se fut-il approché qu'elle tendit un bras menaçant vers lui. Il se figea et réfléchit : était-il possible… ? Non ! Du diable si une stupide plante pouvait détenir la conscience ! Cette pensée avait à peine effleuré son esprit que la haute tige lui administra une vigoureuse claque. Il n'en revenait pas : avait-elle entendu… ? Il se trouva sot de se poser cette question au lieu d'une autre, positivement plus urgente et inquiétante : l'avait-elle frappé ? Non, il avait rêvé assurément. Il se trouvait là, debout dans sa serre, en pyjama moutarde, dans un état de nerf digne d'une femme hystérique – il recula néanmoins d'un pas, craignant que son mépris des femmes lui valût un autre coup et voyant la Dionée frémir un peu – il avait eu mille visions dans son lit, en somme il s'en était rendu malade… ! Et voilà le résultat ! Il se figurait des choses. Non, décidément, il mettrait fin à son supplice et arracherait cette vulgaire mèche à son éphémère propriétaire pour l'offrir à une autre, à un beau lys désarmé… Il marcha avec décision vers le pot éventré et allongea vers lui une main timide.

—   Ah !

Il la retira vivement, l'agitant, espérant calmer sa douleur ! Il avait été mordu. Il ne comprenait pas ce qui venait de se passer. Qui avait pu le mordre ? La seule réponse qui s'offrait était la plus folle, la plus invraisemblable qui soit ; l'unique explication possible était l'Impossible même. Il n'avait pourtant jeté ses doigts dans un orifice quelconque. Il se dirigea vers les fenêtres et examina sa main à la lueur du jour. Il saignait. Du diable si une fleur avait pu faire cela ! Il jeta quelque regard suspicieux en direction du coin d'ombre où elle se tenait. Sans doute se trouvait près d'elle quelque animal, entré il ne savait comment chez lui. Il plissa les yeux pour mieux voir, mais ne discerna rien que ses plantes chéries. Il voulut allumer ses néons, mais Dionée se trouvait postée devant les gros interrupteurs. Il ne pouvait s'y rendre sans passer derrière elle. Elle avait tout prévu. Il songea qu'après tout le soleil serait bientôt tout à fait levé et qu'il serait bien temps de s'occuper du mystérieux animal qui avait pénétré dans sa maison. Il sortit doucement de la pièce en ne quittant pas des yeux son adversaire, de crainte d'être par elle nouvellement attaqué, et en longeant les murs. C'était assister à une scène plutôt cocasse que de voir le Professeur, si vaniteux jusque-là de son œuvre, en avoir peur désormais comme un enfant d'un gros chien furieux. Une fois dans le salon, il ferma la porte afin d'enfermer la bête et alla dans son cabinet de toilette nettoyer sa plaie. Il y aperçut la trace d'une profonde morsure et même, la marque de dents humaines. Il dut se soutenir au lavabo pour ne pas tomber. Il rejoua mille fois la scène, tenta de se souvenir du moindre détail, d'analyser de manière objective et scientifique la situation… La conclusion s'imposait : soit Dionée l'avait agressé, soit… il était malade et sombrait dans la folie. Il ne savait trop ce qui eût le mieux valu. Il se remit au lit, fébrile et chancelant, espérant que quelques heures de repos mettraient fin à son calvaire : peut-être qu'en dormant, l'infâme vision disparaîtrait et qu'à son réveil il retrouverait sa serre semblable à ce qu'elle était la veille encore. Oui, sans doute n'était-ce qu'un rêve, le ridicule produit de son imagination. Demain… ou dans quelques heures, elle ne serait plus là. La Dionée du laboratoire serait à nouveau une plante comme une autre, de trente centimètres à peine et ne mangeant que les insectes. Vraiment, il était impossible qu'elle veuille… le dévorer lui.

Vers midi, le soleil était à son zénith et perçait les volets de la chambre de ses durs rayons. Depuis hier, une chaleur écrasante assommait hommes et bêtes en toute la Normandie. Les champs, les prairies paraissaient tout à coup arides et stériles, le blé et l'herbe secs et si jaunes que le teint d'un malade et la terre semblait transformée en sable. Les paysans frottaient le sol, délié et fragile, du bout de leurs pieds, puis se grattaient la tête sans comprendre.

— Qu'on croirait qu'on l'a mis dedans l'âtre, tant qu'elle est chaude, c'te terre ! s'exclamait l'un.

— C'eust une saison qu'on aime miot un peu d'froid qu'c'te chaleur ! La nyit est même pareuille qu'le jou ! renchérissait sa femme.

— C'eut plus qu'des chendres par ci, concluait leur camarade, en accompagnant sa sentence d'un coup de menton affirmé.

Deauville, quant à elle, semblait s'être vidée de ses habitants. Personne n'osait même se rendre à la plage de peur de devenir rouge comme un crabe avant d'y parvenir. Chacun demeurait dans sa maison, abrité derrière ses volets clos. Les marchands songeaient à fermer leurs échoppes et, pour l'heure incertains, demeuraient à l'ombre des grandes toiles de coton qu'ils avaient tendues au-dessus de leur vitrine. Louise était descendue, avait voulu faire quelques pas dans le jardin pour son exercice quotidien, mais était rentrée aussitôt, écarlate et suante.

— On cuit dehors aussi bien que dans un four, songea-t-elle. Je pourrais mettre les œufs au plat de Monsieur sur le bord de la fenêtre que je les récupérerai tout cuits en un instant mieux que sur le poêle.

Skorpión, enfin, s'éveilla. Il était en nage. Son pyjama moutarde collait à sa chair ; il fut répugné en l'enlevant. Il se lava longuement avec de l'eau chaude, car l'eau même avait chauffé et presque bouilli au sein des tuyauteries, s'habilla et descendit dans la salle à manger. Il se mit à table en maugréant, courbaturé encore par l'étrange et déplaisante nuit qu'il avait passée. Sa mauvaise humeur évidente ne découragea pas Louise, qui voulait lui parler du temps qu'il faisait et qui par trop l'indignait :

— Avez-vous ouvert vos volets ce matin ? C'est une chaleur

digne de l'Enfer, oui, Monsieur, de l'Enfer vous dis-je, on croirait que Lucifer est sorti de son royaume du dessous pour venir griller ses saucisses et nous autres à l'air frais. J'ai voulu sortir ce matin, juste là devant, dans la cour, eh bien je n'ai pas pu, vous le croyez, ça, vous, de ne pas pouvoir aller dans la cour de sa maison, enfin de la vôtre, mais c'est un peu la mienne parce que j'y vis depuis vingt ans, à cause du mauvais temps ? Non, vraiment, depuis avant la guerre que ce n'est pas arrivé une chaleur comme celle-ci et qui semble être du désert. Mais on n'est pas l'Afrique tout de même. Ah y'a plus de saisons !

Elle avait égrené tous les lieux communs qu'elle avait pu : c'était une sorte de bingo.

— Louise, je… Je suis fatigué, lui répondit son maître en soupirant, espérant qu'elle se taise.

— Ah cela ne m'étonne pas de Monsieur, vu comme Monsieur a travaillé cette nuit ! C'est du beau travail, vraiment ! Comment allons-nous faire maintenant ?

Skorpión leva vers elle des yeux noirs : de quoi parlait-elle ?

— Ce n'est pas que je veux critiquer le travail de Monsieur, que je sais qu'il est très important pour des revues de gens très intelligents et que je comprends pas toujours ce que fait Monsieur toute la journée en son laboratoire – cela, en effet, elle était loin de le savoir et de pouvoir le deviner. Mais c'est que j'ai l'esprit pratique, moi. – Elle n'osait dire qu'elle l'avait bien davantage que le Professeur, qui était savant, mais qui était bien incapable de gérer sa maison comme il fallait. – Enfin ! Qu'est-ce qu'on va en faire ?

— Dites-moi… de quoi parlez-vous ?

— Eh bien, ce n'est pas que j'ai voulu entrer dans la serre… mais je n'ai pu m'empêcher de la voir. On la voit du salon et du dehors, on ne voit qu'elle ! Mais enfin ! Où est-ce qu'on va la mettre ?

Le sang du Docteur ne fit qu'un tour et il ressentit, à l'endroit de la paume, comme une brûlure soudaine. Il aperçut son bandage et se rappela tout. C'était donc vrai ?

Louise poursuivait sa complainte, dont quelques mots parvinrent à l'esprit embrumé du Professeur :

— On n'a pas idée de planter cela dans une maison ! Sa place est dans le jardin ou dans une forêt ! Comment comptez-vous la sortir d'ici maintenant qu'elle est là ? Il faudrait casser un mur pour la faire tracter par un tracteur. Enfin, de ce que j'en dis… c'est votre maison, pardi ! En tout cas moi, c'est pas là que j'aurais fait pousser un arbre.

Cette dernière phrase fut le coup de grâce. Il crut que le ciel lui tombait sur la tête. Néanmoins, il se remit assez pour se précipiter vers le laboratoire. Une ombre gigantesque se dessinait dans le salon, qui était plongé dans une quasi-obscurité malgré l'intense luminosité provenant du dehors. Il n'osa d'abord regarder les hautes vitres de la serre. Il espérait tant que rien ne fût changé. Enfin, il prit une grande inspiration et se retourna : contre le verre, d'énormes feuilles, ouvertes et parées de montagnes de dents, venaient s'écraser. Il n'y avait plus trace entre le plafond et le sol du moindre espace vide de végétation. Une gigantesque masse verte avait envahi son lieu de travail. Il posa timidement sa main sur la poignée de la porte et ouvrit prudemment. Le spectacle qui l'attendait semblait tout droit sorti de l'imagination de Giuseppe Arcimboldo. Il s'évanouit.

Quand il se réveilla, Viktor se trouvait dans son lit et Don Matéo écrivait tranquillement à son chevet. Le malade respira bruyamment et trembla un peu, ce qui sortit Diaz de sa torpeur.

—   Mon ami, tu es réveillé !

—   Que s'est-il passé ?

—   Tu as fait un malaise… Tu t'es effondré dans le salon. Louise t'a découvert et a appelé le docteur. Tu es alité depuis.

—   Je ne me rappelle de rien, je… j'ai seulement un satané mal de crâne.

Il se frotta le crâne maladroitement et sentit qu'il portait un bandage.

—   Tu es tombé lourdement sur le sol et… sur la petite bibliothèque où tu ranges tes revues de médecine. Tu t'es ouvert le crâne. La blessure est peu profonde, mais néanmoins sérieuse.

Skorpión fit un geste de dénégation et chercha à se lever.

—   Non, Viktor, le médecin a été formel : tu as besoin de te reposer. De surcroît… — Diaz semblait hésiter. — Tu as eu le délire pendant plusieurs jours.

—   Le délire ? Qu'est-ce que j'ai dit ? s'inquiéta le Professeur.

Il y avait tout de même quelques petites choses qu'il souhaitait tenir secrètes.

—   Mais rien ! Tu parlais, tu rêvais… en restant toujours, bien sûr, dans ton domaine de prédilection.

Don Matéo sourit et Skorpión devint si vert que ses plantes.

—   Je rêvais… de mes fleurs, dis-tu ?

—   Et comment ! Tu n'as parlé que d'elles ! De la dionée surtout. Tu l'aimes vraiment beaucoup ! J'avais toujours cru que tu préférais les lys.

Tout lui revint à l'esprit comme une vague l'emportant : le gigantisme de la plante, ses sexes dentés l'observant, collés au verre des vitres, sa morsure, l'attaque, la toison rousse de Violante Pericón… Il en eut le souffle coupé.

—   Elle a taille humaine, certes c'est un peu curieux, mais de là à tant s'affoler.

—   Comment ? Tu dis qu'elle a taille humaine ?

—   Oui. Quand tu avais le délirium, tu ne cessais de l'appeler « la Géante ». Tu auras rêvé.

Viktor eût embrassé de joie et de reconnaissance non communes son fidèle ami Matéo s'il eut osé. Il avait donc imaginé tout cela. Désormais rassuré et serein, il s'endormit presque aussitôt, sombrant dans un sommeil végétal, entouré de roses délicates et de lys enchanteurs.

Une semaine s'écoula encore, entre fantasmes parfumés et angoisses de dévoration, dionées avides et roses flétries, népenthès éventrés et oxalis interminables, dans les escaliers, les bizarres spirales, entre les anneaux mous et durs, à travers les humides cordes, les lianes, la toile, au fond des gueules, dans les chairs écartelées et les infinies dentelles… Par moments, il avait toute sa tête et il l'employait à fomenter des plans. Tout fut conçu depuis le dessous de sa couette – trait que je partage avec notre héros, car j'ai écrit l'intégralité de mon *Collectionneur* depuis mon lit et l'ai, si j'ose dire, engendré entre mes cuisses. La Violante qu'il possédait déjà n'était plus à son goût (ce qui pouvait du reste aisément s'entendre) : il en voulait une autre. Il fallait dupliquer Violante en une autre fleur. Il était hors de question de reprendre à la Dionée son offrande – que certainement elle n'eût jamais accepté de rendre – aussi lui fallait-il recueillir d'autres cheveux. Il avait pour cela imaginé un stratagème particulièrement audacieux et inventif, dont il n'était tout à fait sûr de l'issue. Ce faisant il devint, de ramolli qu'il était au fond de son lit, subitement plein d'entrain et d'une humeur étonnamment enjouée dès lors que les choses se furent mises en place dans son esprit. C'était bien dans sa nature que de passer en un instant de l'extrême désarroi à l'extase du succès prochain.

Ainsi, il fut remis plus vite que prévu, car l'exécution de ses projets ne pouvait guère attendre davantage. Il se languissait de l'action et de la possession de sa belle plante.

Un beau matin, il descendit les escaliers si bondissant qu'une sauterelle (dont il avait d'ailleurs l'apparence et son costume la couleur) et chantant comme une cigale. Il entra dans la cuisine en claquant la porte et s'écriant :

— Louise, j'ai faim ! Faim d'œufs, faim de mes petites, faim de sortir… ! De tout, enfin !

Louise battit des mains de plaisir. Elle lui servit des œufs cocotte parmentier (cela revient à dire des œufs cocotte cuits dans de la purée, en compagnie de dés de jambon), des œufs au four (baignant dans la sauce tomate et mêlés de féta) et un gâteau au yaourt. Viktor, il n'y avait pas à dire, fit honneur à la table. Après le repas, il téléphona à Mademoiselle Pericón pour voir si elle était chez elle et seule, puis une fois qu'il eut raccroché, passa dans la serre. Il ouvrit sa petite réserve à poison et se munit d'une fiole de venin. Il alla tout droit à sa cannibale qui paraissait relativement calme – ou qui cherchait, la fourbe, à le tromper – et lui injecta dans le ventre la liqueur somnifère. Avec une telle dose, Violante devrait dormir quelques heures, aussi serait-il tranquille. Il sortit, traversa le boulevard de la Mer et courut à la *Villa Ancolie*.

Le grand portail indigo était toujours ouvert. Skorpión pénétra dans l'immense jardin de Jolanne du Plessis qui était alors en Indochine et prêtait sa demeure à son amie. Il était superbe, quoiqu'assez négligé : il semblait dans la moiteur de ce jour une jungle tropicale. Deauville paraissait avoir vogué jusqu'en Amérique du Sud : la haute maison immaculée, sa large terrasse entourée de colonnes bleues, l'exubérante végétation rappelaient au botaniste la Guyane française où il avait demeuré longuement. Il chassa ce souvenir de son esprit, car on lui avait raconté là-bas d'étranges histoires, des croyances primitives… sur les femmes, leurs corps, leurs sexes même… Il songea avec déplaisir au mythe de Diaz. Celui-ci avait dit vrai : en Amérique latine, il avait entendu différents récits à ce sujet. Il voulut n'y point penser. Il entra rapidement par une fenêtre du salon restée entrouverte. La pièce était décorée dans des teintes blanches et bleues, elle aussi. L'indigo, la couleur favorite de la maîtresse des lieux, dominait. Un livre traînait sur la causeuse : *La Femme et le Pantin* de Pierre Louÿs. Violante lui avait dit un jour qu'il s'agissait de l'un de ses livres favoris. Il trouvait, lui, cette Concepción Perez insupportable de tant se refuser. Il fronça un sourcil désapprobateur, puis passa dans le corridor de l'entrée. Un grand escalier à la rambarde dorée y menait à l'étage. Il grimpa les marches et s'arrêta devant une rangée de portes. Il ne savait quelle était celle de Violante. Elle logeait en ce moment seule, sans servante, chez la marquise. Cette dernière vivait habituellement avec une multitude d'employés, mais elle avait emmené tout ce monde avec elle dans ses terres des colonies. Lorsque Mademoiselle Pericón était arrivée en Normandie, voici un an, elle avait dit à Don Matéo qu'elle n'avait nul besoin de domestiques et qu'elle n'occuperait de toute façon que deux ou trois pièces de la maison. Le Docteur entra dans plusieurs chambres, dont les meubles étaient recouverts de draps blancs et poussiéreux. Enfin il découvrit, en poussant une petite porte bleue, un lit défait, des poudres éparses sur une coiffeuse, la brosse à cheveux au manche de nacre et, allongé par terre, devant une penderie ouverte, le corps de la jeune fille. Ainsi donc son subterfuge était un succès : il avait endormi la plante pour endormir la femme. Elle était en effet inconsciente, disponible et disposée à ses désirs.

Elle était vêtue d'une fine nuisette blanche en satin et au col dentelé, largement échancrée dans le dos ; étonnamment, elle portait aussi deux bas noirs. Sans doute l'avait-il surprise en plein habillage. Que comptait-elle enfiler ? Elle n'avait décroché aucune robe de la tringle. Il pariait sur une robe rouge à ornements noirs, qui tranchait dans l'armoire avec les couleurs froides de ses compagnes. Mais il n'était point venu jusque-là pour se préoccuper de superficielles questions textiles. Il fallait agir. Il s'arma de ses pinces, de sa petite sacoche et cliqueta nerveusement au-dessus du crâne de Violante. Il ne pouvait couper toutes les mèches qu'il eût voulues ni arracher des cheveux avec leurs racines de peur qu'elle ne s'en rende compte ; aussi ne prit-il que quelques centimètres dans les longueurs. Sans doute ne s'en apercevrait-elle même pas : sa toison était après tout aussi dense, luxuriante et prolifique qu'un morceau de forêt vierge. Se trouvant si près d'elle, à genoux, près de sa tête, il ne put s'empêcher de s'arrêter pour mieux l'observer. Le visage de Violante Pericón était très rond, ses pommettes proéminentes et sa mâchoire large. Sa peau était pâle si ce n'étaient les joues très roses et les rares taches de rousseur dont elle était parsemée. Elle avait une bouche magnifiquement dessinée, charnue sans être trop pulpeuse, d'un rouge sanguin, le nez droit et long, des paupières orangées encore par le sommeil. Elle semblait toujours, pour cette raison, à peine sortie du lit. Ses sourcils enfin, châtains, formaient une arcade parfaite, rappelant une aile de colombe en plein vol ; ils étaient épais sans exagération et point du tout épilés ; la mode était pourtant au trait noir, tombant et mélancolique, de Clara Bow et des stars du muet. Viktor caressa tendrement les petits poils qui ne suivaient pas la douce ligne, mais s'éparpillaient au-dessus, en dessous, indisciplinés et fous : il ne les avait jamais remarqués. Il était ainsi penché sur elle, tenant sa tête entre ses jambes, quand subitement elle gémit un peu. Diable ! Elle se réveillait et il n'avait encore tout fait ! Les neurotoxines ne l'avaient endormie assez longtemps. Ah ! Il aurait dû lui mettre une double, voire une triple dose capable d'assommer une jument de l'hippodrome. C'était une idée : la prochaine fois qu'il irait aux courses, il déroberait quelque médicament de vétérinaire ; ces hommes-là étaient mieux pourvus que les scorpions. Il se pressa de soulever sa nuisette, pauvre de lui, il ne pouvait pas même prendre son temps et goûter son plaisir ! Il découvrit la culotte de Violante, si rouge que la grosse dionée qu'il avait chez lui. Cette ressemblance le fit hésiter : qu'allait-il trouver dans la culotte ? Il voulait pourtant ses poils pour dupliquer son sexe et… enfin, il avait son idée et savait bien ce qu'il en ferait. Il sortit de sa poche et posa sur un petit mouchoir l'ensemble de ses instruments : une tenaille (trop grand), un sécateur (trop grand également), un coupe-ongles (inefficace), une paire de pinces (hum… c'était à voir), des coupe-choux (indiscret), une pince à épiler… il avait même apporté un coupe-papier. Il réfléchit à ce qui convenait le mieux. Il se saisit du sécateur puis le lâcha, s'empara de la pince à épiler, attrapa au vol une lame de rasoir, fit carillonner ses petites cloches, car il cliquetait des deux mains tout son saoul, enfin abandonna tout pour le coupe-papier, très aiguisé, qui lui avait servi à trancher son *Origine des espèces* (c'est dire s'il lui avait déjà été utile : il lui avait ouvert de sa lame les portes d'un univers inconnu et allait ce soir répéter la chose). Il leva d'un geste brusque son arme, de la main gauche attrapa la culotte qu'il s'apprêtait à descendre lorsque…

   — Violante ? Tu es là ?

Diable ! C'était la voix de Don Matéo.

Que venait-il faire ici ? Où était-il ? La voix était encore lointaine : il se trouvait certainement dans l'entrée. On n'avait pas idée d'entrer ainsi chez les gens sans sonner, sans crier gare ! C'était d'une discourtoisie et d'une insolence sans nom. La porte de Mademoiselle Pericón n'était pas ouverte au tout-venant et on avait bien le droit d'être chez soi un peu tranquille et de n'y être pour personne. Mademoiselle Pericón était occupée (ou plus exactement, Skorpión avec elle) et on n'avait le temps pour ce Diaz. Évidemment, c'était un écrivain, qui plus est un vieux garçon, il était par définition oisif et dispos. Mais ce n'était le cas de tout le monde. Le Professeur, lui, était botaniste, il menait des travaux sérieux, s'attelait à répondre à d'impérieuses questions… Non, vraiment, ce Diaz était un importun et entravait ses recherches.

— Violante ! Je me suis permis d'entrer !

Ah oui ! Assurément, il se l'était permis et avait pris ses aises ! Il fallut se résigner avec tristesse à quitter la place sans avoir obtenu d'elle la dernière faveur et sa partie la plus précieuse. Car Diaz pouvait monter d'un instant à l'autre et le surprendre dans cette coupable position (il était après tout à genoux, près de sa tête et à califourchon au-dessus d'elle : on eût pu se méprendre et lui prêter de vilaines intentions, ce qui eût été injuste et véritablement insupportable). Après avoir rangé son matériel, il sortit de la chambre sur la pointe des pieds, en prenant soin de ne pas faire teinter ses grelots, car il portait sur lui énormément de pièces métalliques qui s'entrechoquaient à chacun de ses pas, descendit par l'escalier de service (qu'il avait fort heureusement repéré au préalable une fois où il avait été là en visite avec Diaz) et s'échappa par la cuisine.

Une fois dehors, il frappa de petits coups, du bout des doigts, la poche droite de son pantalon sauterelle et à travers le coton, la soie couleur bourdon de la précieuse sacoche et à travers elle, le trésor tant et tant convoité : la Chevelure de Violante Pericón. Une clarté nouvelle avait point dans son regard, à la manière de la pleine lune apparaissant soudain dans des cieux embrumés par les nuages. Skorpión fut envahi par une sensation de bonheur, d'intense plaisir… Il courut sous la pluie maintenant diluvienne, songeant :

— Que vienne donc le Déluge ! Que toute la Création soit donc engouffrée dans les flots — tant qu'elle existe ! tant qu'elle survive ! Je vais le créer — le doux lys, le docile calice ! Elle est enfin à moi.

Don Matéo Diaz, de son côté, n'entendant de réponse, pensa que son amie était absente. Il était pris cependant d'une espèce de doute, d'une obscure intuition et craignait qu'il ne lui fût arrivé malheur. Alors qu'il se trouvait dans le corridor, prêt à partir, la main sur la poignée, il rebroussa chemin, voulant en avoir le cœur net. Il grimpa les marches du grand escalier deux par deux et toqua à la porte de la chambre.

— Violante ! J'espère que vous êtes visible, car j'entre, prévint-il d'une forte voix, craignant qu'elle ne fût dans le bain, car un cabinet de toilette attenait à la pièce.

Il entra.

— Violante !

Il se précipita vers la jeune femme qui gisait sur le sol, inconsciente. Il la saisit dans ses bras, fut rassuré de sentir son pouls et d'entendre sa respiration et la secoua un peu, escomptant la réveiller de cette manière. Elle ne réagit pas d'abord et il songea à appeler un médecin. Mais soudain, elle entrouvrit les yeux et porta une main à son crâne. Elle devait éprouver quelque douleur à la tête du fait du choc, puisqu'elle avait chuté sur le sol. Il frotta maladivement ses cheveux, ce qui ne servait à rien, mais témoignait d'une intention louable. Violante Pericón ouvrit tout à fait les yeux au bout de quelques minutes. Elle chercha à se relever :

— Doucement, doucement, mon amie. Vous devez être encore un peu sonnée : votre tête a heurté le parquet, alors vous n'allez pas faire la brave tout de suite. Laissez-moi vous aider à vous mettre au lit.

Ce qui fut dit fut fait. Diaz se comporta en petite infirmière avec la demoiselle : il la coucha, remit en place ses oreillers, descendit lui faire un grog – qu'il estimait le meilleur remède à tout mal – appela le docteur – qui posa au téléphone quelques questions, le rassura sur l'état de l'accidentée et promit de venir le soir même – et demeura à son chevet, l'entourant de sa présence riante et tranquille, lui racontant de petites anecdotes pour l'amuser.

— Savez-vous, Don Matéo, le détail le plus curieux de mon aventure d'aujourd'hui ?

— Non, dites-moi.

— J'ai été, je ne sais, assoupie ou évanouie pendant un moment. Eh bien, j'ai été la victime d'une chimère, d'une hallucination, qui m'a paru des plus réelles quand j'étais cependant en train de rêver. J'ai cru… Oh, vous me trouverez stupide…

— Point du tout, n'ayez d'inquiétude à cet égard. Dites-moi ce que vous avez vu. J'espère que vous avez rêvé de moi et que j'étais fort beau, comme je suis de coutume, badina-t-il.

— Non ! répondit-elle en riant. Je n'ai pas rêvé de vous, mais de Skorpión !

— De Skorpión, diable ! Mais vous allez me rendre jaloux !

— Il n'y a de quoi pourtant, car ce qu'il faisait était bien curieux. J'ai rêvé, figurez-vous, qu'il était là, près de moi, à genoux, et qu'il me coupait les cheveux !

— Vous avez imaginé cela, car vous lui avez donné une mèche tantôt.

— Et ce démon… Oh, ce que l'inconscient invente parfois ! Ce démon avait emporté avec lui tous ses instruments, il avait je ne sais combien de pinces et leur cliquetis me parvenait très clairement. Sans doute hésitait-il entre toutes ses lames et choisissait-il celle avec laquelle il me trancherait le bulbe ! – Elle soupira. – Dire que j'ai rêvé que le Docteur profitait de mon inconscience pour me dérober des cheveux… Quelle folie !

Violante souriait et semblait se rappeler son rêve avec tendresse ;

Don Matéo, à l'inverse, gardait le silence et paraissait soucieux.

—   Qu'avez-vous, Diaz ? Vous êtes tout à coup si sérieux.

—   Me permettez-vous de…

Et il s'approcha de l'oreiller.

—   Puis-je voir vos cheveux ?

Elle les dégagea et les mit sur sa poitrine.

—   Ne croyez-vous point avoir les cheveux plus courts par endroits ?

—   Je les ai toujours eus de longueurs diverses : lorsque j'eus la maladie que vous savez, je perdis beaucoup de cheveux, aussi certains sont-ils plus longs que d'autres.

Diaz ne semblait convaincu par cette réponse.

—   Qu'avez-vous en tête, Don Matéo ? Supposez-vous vraiment que Viktor vint jusqu'ici et me coupa les cheveux contre ma volonté ?

Cette hypothèse la fit pouffer de rire.

—   Je… je ne sais pas. Ne le trouvez-vous pas étrange en ce moment ?

—   Votre ami a toujours été un peu excentrique, mais ne le sommes-nous pas tous à notre manière ? N'y a-t-il pas aussi dans votre existence, dans la mienne, dans celle de Jolanne, bien des événements bizarres et même fantastiques ?

—   Sans doute, sans doute. Mais laissez-moi vous préciser ma pensée : Skorpión a de ces airs, comment pourrais-je dire, féroces par moments, un regard cruel, un sourire entendu, qui ne semble entendu que de lui seul du reste… Je vous avouerais que parfois il me ferait presque peur. — Violante avait désormais pris une mine sérieuse, presque sévère, et semblait réfléchir intensément. — J'ai honte, vraiment, de parler ainsi, car il est mon ami.

—   Non… n'ayez pas honte, pas devant moi. Après toutes les aventures que nous avons connues ensemble, vous me feriez insulte de rougir devant moi de l'une de vos pensées. Nous avons toujours dit que nous ne nous cacherions rien.

—   Certes. Voyez-vous, je ne savais ce que j'éprouvais avant de vous parler. Je n'avais osé jusque-là formuler en moi-même l'affreuse vérité : il fallut que je la prononce à haute voix pour la reconnaître en moi comme parfois lorsque j'écris, je distingue dans mon âme une vérité tout à coup échappée de l'obscurité où elle demeurait jusqu'alors. Mon ami Viktor… je l'aime et je le crains tout ensemble. — Il lâcha cela tout d'un trait. — N'est-ce pas une chose terrible ? Je devrais l'admirer, puisqu'il est mon ami, le soutenir en toute chose, le croire toujours bon, honnête, lui faire confiance enfin ! Et je me maudis, soyez-en certaine, de douter de lui — mais je ne peux faire autrement. Je ne peux changer mon cœur.

Violante Pericón et Don Matéo Diaz restèrent longuement muets et songeurs. Ils réfléchissaient à l'amitié, à ce qui pouvait la mettre en péril et à l'inconstance des sentiments.

Skorpión, de son côté, ne s'embarrassait pas de tant de scrupules. Il était arrivé chez lui et s'était immédiatement enfermé dans son laboratoire :

—   Je n'y suis pour personne et je ne dînerai pas de sitôt. Montez vous coucher ou faites ce qui vous plaira : je n'aurais plus guère besoin de vous aujourd'hui ! cria-t-il en passant à la bonne Louise qui, parlant dans sa barbe, répondit :

—   Que parle-t-il de me coucher ? Il n'est même pas cinq heures.

Elle profita néanmoins de son oisiveté pour aller faire un tour en ville, en trottinant comme à l'accoutumée, à la façon d'un oiseau de basse-cour.

Quant à Skorpión, il s'était déjà mis à la tâche. Il avait entreposé ses instruments sur une table et au milieu d'eux la fameuse sacoche, écrin renfermant un si précieux joyau. Puis il alla prendre plusieurs pots où avaient fleuri de splendides lys. Des effluves délicats s'étaient répandus à travers la pièce, sur ses vêtements, envahissaient ses narines, sa gorge… Oui, c'était bien elle. Il préleva avec méticulosité les doux cheveux, qui lui parurent plus épais que tous ceux qu'il avait eus jusqu'alors entre les mains — et Dieu sait s'il en avait tâté de la chevelure de femme ! Mais il était trop pressé d'entreprendre son labour pour les admirer davantage ou pour les toucher longuement : il en forma cinq tas qu'il accommoda sur la table, devant chaque pot, creusa de petits trous dans les terreaux, y plongea sa semence et arrosa le tout. L'impatience qu'il éprouvait de découvrir les nouvelles Violante était telle qu'il ne pouvait se résoudre à quitter la pièce. Il demeura ainsi, planté devant ses lys, comme les cheveux de Violante dans leur humus, et ce près d'une heure. Vous comprenez bien qu'il guettait la métamorphose. Celle-ci pourtant n'avait pas lieu et il maudissait la lenteur de la Nature (ce dont très vite il se maudissait lui-même, ne pouvant s'empêcher de penser avec superstition que la Nature se vengeait de lui en le faisant languir et se morfondre et qu'il était la seule cause de son insatisfaction). De surcroît, il fallait souffrir — et ce n'était le moins pénible — les sarcasmes de Dionée. Elle observait en effet, de son regard en coin, si ironique que l'est un ciel d'été à un prisonnier derrière ses barreaux, et ses grosses joues se fendaient d'une paire de fossettes rieuses qu'il n'avait jamais vues à son modèle. La réplique était plus cruelle encore que sa maîtresse (laquelle, déjà, l'avait grandement fâché, car il n'en avait obtenu les dernières faveurs, à savoir les poils tant désirés). Mais le Docteur faisait contre mauvaise fortune bon cœur et le lecteur aura sans doute déjà admiré sa nature philosophe. De plus, il se persuadait en lui-même qu'il ne fallait pas tant bramer de n'avoir point les poils. En effet il n'avait jamais eu ceux de la Rousse et avait pourtant dupliqué son sexe en la Centifole : il en serait sans doute de même pour Violante et il pourrait en faire son affaire tout autant que de l'autre. Il était dans ces mignonnes rêveries lorsqu'il entendit soudain que quelqu'un frappait de petits coups sur l'une des vitres de la serre :

—   Monsieur ! Monsieur ! Venez voir ! C'est terrible.

C'était Louise qui l'appelait depuis le jardin et dont les paroles dessinaient sur la fenêtre un cercle de buée. Bon gré mal gré, il alla voir, sans cacher sa mauvaise humeur : il lui avait dit n'y être pour personne, et voilà qu'elle rappliquait. Il craignait de manquer la naissance de ses petites.

—   Qu'y a-t-il ? Je mène mes expériences et ne veux être dérangé.

—   Mais c'est le lierre, Monsieur, venez voir ! Je ne sais ce que vous lui avez donné à manger, mais il a presque recouvert toute la maison.

Skorpión, à ce mot de « lierre », sortit : on l'interrompait pour une question de botanique, cela était permis et même encouragé. Quelle ne fut pas sa stupeur en découvrant que le lierre avait proliféré d'une manière surnaturelle — quoique lui-même n'y fût pour rien cette fois — et envahi les façades, le toit, si bien qu'on ne voyait plus de quelle couleur était peinte la villa ni comment étaient les tuiles. Il avait poussé en une heure environ, depuis le moment où Monsieur était rentré ; quand celui-ci s'était rendu chez Violante, le végétal n'avait encore couvert la maison. Louise poussait de grands cris et demandait ce qu'on allait faire.

—   Il faudra le couper, Monsieur, il faudra embaucher un jardinier malgré que Monsieur n'ait jamais voulu s'y résoudre. Vous ne pourrez en venir à bout tout seul !

Le Professeur laissa s'exprimer toute sa colère, pestant contre la sottise de Louise qui le dérangeait pour si peu de choses et qui parlait d'embaucher un jardinier quand ce n'étaient que des incapables et des bouchers, dépourvus de tout sens esthétique et de tout respect religieux pour la Fleur, créature sacrée et impollue — il est vrai qu'il était homme à donner des leçons sur le sujet, y mettant son vit dès qu'il pouvait — clamant hautement son admiration et son amour du lierre, disant qu'il ne l'arracherait pour un million, ne comprenant de quoi elle se mêlait d'en dire du mal, car elle n'était pas là chez elle et qu'elle n'était que tolérée quand le lierre faisait, quant à lui, partie de la maison si intimement que les briques ou le ciment, se plaignant enfin qu'elle lui fît perdre un temps précieux avec ses litanies, tandis qu'il était, lui, un scientifique sérieux dont le temps était compté et dont les recherches constituaient un grand progrès pour l'histoire de l'humanité, ce qu'elle était incapable, elle, une cuisinière, d'entrevoir et de comprendre.

—   Du reste, je ne sais pourquoi je vous explique, car vous prenez un malin plaisir à me contrarier. Je veux demeurer seul et que ce lierre demeure aussi. Il m'a fait moins de tort que vous et je suis plus content de lui que de votre présence ! Maintenant, sortez un peu ou allez dormir et laissez-moi à mon sort.

Il rentra précipitamment et en claquant la porte. La pauvre femme était éperdue et sur le point de pleurer, sans compter qu'elle avait honte, car des promeneurs s'étaient arrêtés devant le portail, alertés par les hurlements de Skorpión, et avaient observé toute la scène. Elle se retira dans la maison et s'assit dans la cuisine. Elle mangea du pain et du chocolat, auquel s'ajoutaient ses larmes et quelques cheveux qui lui tombaient dans la figure.

Skorpión, lui, certes n'en avait cure, mais n'était pas moins désappointé : les lys avaient poussé et pris la forme de Violante. Par la faute de Louise, il avait manqué leur naissance. Il se maudit d'être sorti, d'avoir répondu à sa bonne, de lui avoir fait une réponse si longue quand il eût suffi de dire « allez, je m'en moque » et de s'en retourner dans la serre et plus encore d'avoir manqué à son devoir, car n'était-ce pas son devoir de père et d'amant que d'assister à leur floraison ? Il était dépité d'avoir raté ce rendez-vous, tel un amoureux arrivé en retard et dont la belle s'en est allée, mais plus encore, il était décontenancé devant l'aspect des lys. Le premier représentait l'avant-bras de la jeune fille, sans la main, mais comprenait le coude et sa saignée (région qu'il adorait : il jubilait de l'avoir désormais dans sa collection). Le second était une cheville, maigre et blanche, sous la fine chair de laquelle se dessinaient le tibia résolu, la gracieuse fibula et les fragiles métatarses, en somme tous les os de la jambe qui étaient ses préférés. Le troisième plongeait au creux des lombes, la moitié du dos et les hanches s'y laissaient voir, mais l'on s'arrêtait là ; il n'y avait rien de plus. Le quatrième lys s'épanouissait en de splendides clavicules, qui paraissaient si frêles qu'on eût cru qu'une brise ferait s'envoler leurs pétales. Enfin, le cou de Violante, décapité, démembré, dépourvu de tronc, s'élevait dans le dernier pot, fier et droit, conscient de sa majesté. Il avait ainsi dans sa serre cinq superbes morceaux du corps de Violante Pericón… Mais d'orifice ? Point. Nul. Aucun. Du diable si c'était possible ! Qu'allait-il faire de cela ? Il s'approcha, regarda d'abord dessus, dessous, à droite et à gauche, cherchant, puis s'empara de chaque vase, les tourna en tout sens, tâta la moindre tige, la moindre feuille et les fleurs bien sûr qui étaient devenues… comme des peaux de banane, dures et fermées. Si seulement il y avait moyen d'ouvrir celles-là comme celles-ci, mais non ! Il s'agissait là de bananes totalement hermétiques qui lui rappelaient un peu son costume de bain en Airolastic. C'était bien ennuyeux. Quelle erreur avait-il commise ? Il avait pourtant agi comme à l'accoutumée ! Il avait enfoncé les cheveux dans la terre et arrosé. Arrosé ! Peut-être était-ce là l'erreur ? Est-ce que les lys avaient grossi et durci à ce point à cause de l'eau ? Ils ne ressemblaient plus tant à des lys au demeurant : ils en avaient l'odeur, la couleur, le velours, mais non plus l'aspect qui était tout entier celui de Violante. Il n'aurait jamais cru être désespéré par cette exactitude. Décidément, Violante lui échappait toujours : d'abord la Dionée, adorable, mais inviolable, magnifique cannibale dont le sexe superbe était une avide gueule ; maintenant les Lys entièrement clos, irrésistibles et inaccessibles, qui se refusaient à ses désirs. Toutes, elles étaient parfaites, sublimes, ressemblaient à leur maîtresse et lui opposaient leur refus ou le menaçaient de leurs attaques. Avec la Pericón, car c'était désormais comme une variété nouvelle, il enchaînait les échecs. Mais il ne s'avoua pas vaincu si facilement : il se saisit de la tendre cheville et décida de la percer, de l'ouvrir, il ne savait comment dire, enfin d'y percer quelque orifice. Il s'acharna sur elle, la tenant entre ses cuisses et tentant d'arracher quelques pétales. Il devrait bien arriver à obtenir un trou d'une largeur suffisante pour y mettre son membre. Ce n'était après tout qu'une soie légère et fine que la corolle d'un lys : il en viendrait à bout. Mais la chair était recouverte de sortes d'écailles, comme l'ananas ou le fruit du dragon, qu'il n'était aisé de couper. Soudain, la dure coquille le blessa et il porta la main à ses lèvres. Le sang coulait à flots dans sa bouche. Que s'était-il passé ? Il examina sa paume : elle présentait une large entaille. Les écailles étaient tranchantes. C'est à rendre fou !, se dit-il. Il s'empara, furieux, de l'un de ses sécateurs – le plus gros – et voulut fendre en deux son bourreau ; il n'avait que faire de mutiler d'un pied la belle Violante : elle l'avait bien cherché ! Il employa toutes ses forces (le peu de forces qu'il avait à vrai dire, car il n'avait pas exactement le physique d'un athlète) à briser cette cheville… Las ! Il ne brisa que son sécateur dont tout à coup lui restèrent en main deux manches pourvus de leur lame. Il les lâcha et se saisit du beau fruit : la coque n'était même entamée. Qu'était-ce donc qu'il avait entre les doigts ? Une fleur – ou une grosse palourde ? C'était à désespérer de la Nature, de la voir ainsi créer de telles chimères, imaginer si espiègles hybrides… ! De guerre lasse, il reposa le pot et, en lâchant moult soupirs, partit au salon. Mais il fut pris là d'une soudaine inspiration et revint dans la serre à grands pas, les yeux brillants, la bouche féroce, déterminé à faire un carnage s'il le fallait, embrasé d'un feu nouveau : lui, Viktor Skorpión, se laisserait impressionner par une plante ? Il craindrait sa propre fille et tolérerait qu'elle le menace, qu'elle se refuse ? Du diable si cela allait se passer ainsi ! Il courut à Dionée et attrapa une mâchoire au hasard, prêt à y enfourner ses doigts et le reste ! Mais la démone le mordit atrocement et il poussa un hurlement de douleur. Son annulaire gauche était presque coupé : elle avait, selon toute apparence, essayé de le lui manger. Il s'enfuit à l'étage dans son cabinet de toilette. Il faisait peine à voir, si tant est qu'on puisse avoir de la peine pour un homme pareil : ses deux mains étaient blessées, la droite par le lys, la seconde par Dionée, toutes par la même Violante. L'une des fleurs paraissait un œuf de dragon et l'autre sa gueule : avait-il dupliqué une femme – ou une bête fantastique ? C'était à ni rien comprendre. En bandant ses mains, il chercha un stratagème qui lui eût permis de se satisfaire enfin. Au bout d'une minute, une lueur d'espoir des plus atroces, quoiqu'elle fût d'espoir, passa dans son regard : il avait trouvé le moyen.

Le lendemain matin, il se montra extraordinairement courtois et doucereux avec Louise, car elle faisait partie de la machination. Il lui suggéra habilement, au détour d'une conversation, de fabriquer des confitures avec les fruits du jardin, qui étaient très nombreux, toute plante poussant et proliférant comme mauvaise herbe depuis quelque temps à la *Villa du Lys* et ses alentours : ils ne savaient plus qu'en faire, car les branches ployaient sous le poids de tant de fruits qui ne voulaient tomber et semblaient rester éternellement mûrs. La cuisinière, tout affligée encore des mauvais traitements de la veille, acquiesça et se mit à l'ouvrage. Le Docteur suivait de loin en loin cette préparation qui rentrait dans ses plans. Vers onze heures, il demanda à Louise d'aller cueillir des citrons, ayant un désir soudain de citronnade. La bonne y alla sans se méfier. Il en profita pour saupoudrer les confitures déjà prêtes d'une pincée de ricin, en quantité suffisante pour rendre malade et provoquer d'affreux vomissements pendant plusieurs jours, mais point assez pour tuer, quand bien même un seul homme avalerait tout le pot. Il mélangea ses potions et repartit l'air de rien dans son laboratoire. Quelques minutes plus tard, Louise lui apporta une citronnade fraîche.

— Louise, je songeais à quelque chose : ne voudriez-vous envoyer les confitures faites ce matin à votre sœur ? Elle habite à Maupertuis, n'est-ce pas ? Cela fait longtemps, ce me semble, que vous ne lui avez fait parvenir de colis. Je vais aussi lui offrir des graines de différents légumes, afin qu'elle puisse avoir un beau potager chez elle. Cela lui ferait-il plaisir ?

— Bien sûr, Monsieur, elle a déjà des petits pois grâce à vous et elle m'en dit des merveilles : il paraît que personne dans son village n'en a autant. C'est tout simple : il y en a une cinquantaine par gousse au lieu de dix.

— C'est bien. Commencez donc à préparer le colis afin qu'il parte aujourd'hui même.

Et il la suivit dans la cuisine afin de la surveiller et qu'elle donnât les bonnes confitures – cela revient à dire les mauvaises, celles empoisonnées – à sa sœur. Il déposa en personne la boîte à la poste, tout guilleret et sifflotant. Il semblait un virevoltant colibri, puisqu'il portait cet après-midi-là un costume de flanelle turquoise et une absurde chemise pomme, si claire que les confitures du même fruit qu'il avait infectées. Il revint content et résolu à attendre le succès de son entreprise qui ne tarderait à venir : il suffirait de deux à trois jours pour en voir tous les effets.

Trop impatient de mettre à exécution tous ses projets, il pressa Louise de téléphoner à sa sœur, sous prétexte de savoir si elle avait reçu leur cadeau le surlendemain. Il guetta la réaction de sa cuisinière. Il ne fut pas déçu, loin s'en faut. La pauvre femme se montra très inquiète en découvrant que sa sœur et toute sa famille étaient mystérieusement tombées malades, que la douleur les pliait en deux et qu'ils vomissaient leurs tripes. Elle reposa le combiné du téléphone en frémissant.

— Qu'y a-t-il, Louise ? Vous êtes blanche comme un linge, déclara-t-il hypocritement.

—   Il y a, Monsieur, que toute la famille de ma sœur est malade.

Et elle lui fit le récit de leurs maux, qui ne le surprenait guère, puisqu'il en était à l'origine. Une fois qu'elle eut fini sa description et qu'il se fut montré aussi concerné que possible, posant des questions, s'alarmant de ce qu'il n'y eut dans leur petit village de médecin et qu'il fallut aller jusqu'à celui du voisin pour consulter, s'attristant enfin du manque d'assistance de cette famille, car chacun était malade et ne pouvait prendre soin des autres, Louise, d'elle-même (croyant du moins que l'idée venait d'elle), exprima à Monsieur son souhait de rejoindre sa sœur à la campagne et de lui venir en aide. Skorpión ne se fit pas prier : c'était bien sûr tout ce qu'il escomptait.

—   Allez, allez, ma bonne Louise, faites dans l'heure votre valise et nous irons ensemble à la gare. Je vous achèterai sur le chemin quelque médicament que je sais efficace contre leur mal et prendrai de l'argent à la banque pour que vous ne manquiez de rien sur place. Il va sans dire que j'achète aussi vos billets de train.

—   Monsieur, je ne peux accepter, vous êtes trop généreux.

—   C'est vous, Louise, qui êtes avec votre vieux maître, trop généreuse. – Il n'avait tort sur ce point, car elle lui prêtait des bontés qu'il n'avait pas. – Tantôt, je me suis montré particulièrement grossier, emporté que j'étais alors par une sotte colère. Je me blâme encore de mon comportement, qui est véritablement impardonnable. Tolérez que je fasse preuve en ces circonstances d'une charité chrétienne toute naturelle et qui vous témoignera, s'il en était besoin, de toute ma tendresse et de mon affection.

Le cœur de Louise s'était empli de joie et elle se trouvait incroyablement chanceuse d'avoir un si bon maître que lui – un maître si bon en effet qu'il avait empoisonné au ricin sept ou huit membres de sa famille.

Louise prit le train de seize heures, qui l'amènerait à Cherbourg. De là, elle monterait dans un omnibus qui traversait de nombreux villages et hameaux. Elle serait le soir même chez sa sœur.

—   Ne revenez pas sans m'avoir téléphoné de là-bas, lui dit-il sur le quai. Je veux d'abord connaître leurs symptômes afin de vous bien conseiller : il est parfois des phases, dans la maladie, d'apparente guérison qui précèdent des maux plus terribles que devant. Je ne voudrais pas que vous les abandonniez trop tôt et que tout à coup, vous appreniez, une fois de retour ici, qu'ils sont à nouveau souffrants. Non, vraiment, appelez-moi quotidiennement pour me donner des nouvelles : je vous conseillerai du mieux que je pourrais. – On pouvait s'attendre, n'est-ce pas, à ce qu'il offrît les meilleurs conseils visant, non leur guérison, mais l'allongement de leur mal. – Soyez assurée que votre absence ne me gêne en rien et que vous pouvez rester là-bas aussi longtemps qu'il vous plaira.

Cette dernière phrase était parfaitement exacte et était bien la seule vérité de son petit discours. Louise le quitta reconnaissante et touchée qu'il eût pour elle tant d'égards.

Quant à Skorpión, il revint chez lui, se coulant dans les rues à la façon d'un serpent, dont il avait l'œil ambré et la froide énergie. En passant devant la *Villa Ancolie*, où résidait Violante Pericón, il murmura entre ses dents crochues :

— Maintenant, tu es à moi.

176

CHAPITRE VII

La nuit suivante, Viktor Skorpión sortit de son laboratoire et ouvrit un petit portail au fond de son jardin, qui donnait sur la cour d'un voisin. Il passa ainsi, de potager en terrasse, jusqu'au Boulevard de la Mer, où se trouvait l'*Ancolie*. Il observait bien chaque fenêtre afin d'être certain que nul n'était éveillé ni ne l'épierait. Une fois sous le grand marronnier de la Marquise du Plessis, la propriétaire des lieux, il attendit un peu. Seule la mélodie, lente et plaintive, de l'Océan, allant et venant sur la grève, parvenait à son oreille. La nuit était calme et il n'y avait pas un souffle de vent ; au contraire, l'air était brûlant et il étouffait ; il ne savait néanmoins si c'était la trop grande chaleur ou l'audace de son entreprise qui l'enflammait ainsi. La Lune, pleine et pâle, éclairait la maison, ses hautes colonnes indigo et sa façade immaculée. La villa paraissait blême, de terreur peut-être à l'idée du danger qu'encourait sa maîtresse. Les rayons de la Lune entouraient aussi le Professeur, pour une fois vêtu de noir, de crainte d'être aperçu s'il portait ses habituelles couleurs, d'une lumière fantastique, qui semblait descendre sur la terre à travers un brouillard – quoi qu'il n'y en eût, ce soir-là – un prisme déformant, à la façon dont elle traversait à l'accoutumée les grandes baies vitrées de la serre, transformée, embellie, horrifique et comme obscure dans sa clarté-même. Il se décida à entrer.

Il s'introduisit dans la maison par la porte de service, dont il n'avait fermé le loquet la fois dernière et qui semblait toujours rester ouverte. Tout était silencieux. Il déambula lentement dans la cuisine, fermant cette fois derrière lui, passa au salon, dans le corridor, monta précautionneusement l'escalier et s'immobilisa dans le couloir. Il colla son oreille à la serrure, mais n'entendit rien. Il savait que Don Matéo avait veillé Violante cinq jours plus tôt, quand elle avait eu son léger « accident » (dont il était mieux informé que tout autre), mais que celui-ci n'avait jamais dormi chez elle ; du reste, elle était tout à fait remise. Il ouvrit doucement la porte, espérant qu'elle ne grinçât point, détail dont il ne parvenait à se souvenir. Elle ne grinçait pas. Il entra. Il perçut la respiration, calme et régulière, de la jeune fille. Il s'approcha et l'observa dans le sommeil. Elle était vêtue d'une chemise de nuit blanche, aussi simple que celle qu'il lui avait vue la dernière fois, et recouverte, presque jusqu'au menton, de sa couverture, pareillement blanche. Il était un peu étrange, au vu des températures très élevées de cette nuit, qu'elle fût tant emmitouflée, mais il ne s'en étonna guère : Violante n'était-elle une dionée, une plante grasse ne poussant que dans les acides marais et l'infâme tourbe ? Son front était luisant et ses cheveux humides, de sueur sans doute, quand ses lèvres, entrouvertes, paraissaient sèches et comme durcies. Ses paupières, quant à elles, étaient plus oranges encore que de coutume et ses cils absurdement longs abattaient sur ses joues leurs ombres tranchantes : ils lui rappelèrent les dents aiguisées de la dionée. Cette réminiscence le décida : il leva un bras meurtrier au-dessus de la belle endormie et abattit sur son épaule une seringue emplie de venin. Skorpión injecta dans la tendre chair son poison de scorpion, les neurotoxines du parabuthus qui la rendraient inconsciente quelques heures – le temps de la ramener, sereinement et sans se presser, chez lui et d'organiser sa séquestration.

Il avait tout prévu (le lecteur n'en sera pas surpris, j'en suis certaine). Il alluma une petite lampe de chevet, choisit quelques robes, de la lingerie, des collants et des bas, deux paires de chaussures, un sac, et rangea le tout (avec son soin habituel, comme si elle allait véritablement voyager et faire usage de ses affaires) dans une malle. Il n'oublia pas, bien sûr, son nécessaire de toilette, car une dame ne serait partie sans ses fards, sa brosse, son parfum, et ces menues choses qu'on appelait accessoires mais qui étaient, pour elles, de l'ordre du nécessaire. Enfin il jeta aux ordures le pain, des légumes, de la viande, en somme des denrées périssables qu'elles n'eût laissées dans sa cuisine en quittant sa maison. Il avait maintenant tout préparé et il ne lui restait qu'à transporter la malle et la fille chez lui. Il commença par la première, car il avait toute confiance dans son venin : il lui avait inoculé une telle dose qu'elle ne s'éveillerait de si tôt. Aussi les Deauvillais eussent pu observer, s'ils n'eussent pas dormi à cette heure, cette scène saisissante d'un homme transportant, par cours et jardins, une grosse malle rouge de femme jusqu'à chez lui. Viktor prenait son temps et n'éprouvait aucune peur : qu'y avait-il de coupable à déplacer une malle, quand bien même il était minuit ? Au demeurant, il restait sur ses gardes et examinait chaque fenêtre, chaque rideau, chaque volet, de chaque maison. Tout dormait, tout était calme et sans danger – si ce n'était lui. Il repartit, aussi tranquille, chez Violante, une fois qu'il eut déposé le bagage chez lui. Cette fois, il fallait être plus rapide : il ne pouvait se permettre d'être surpris enlevant la jeune personne. Il posa donc Violante dehors, devant la porte de service, et prit soin de fermer cette dernière à clé (il avait emporté un trousseau et avait déjà vérifié que toutes les portes et fenêtres de l'*Ancolie* étaient closes). Et il la prit sur son dos, semblant tout à coup irrigué d'une force surhumaine, loup-garou emportant sa proie à la lueur de la Pleine Lune, Bête du Gévaudan mêlant en elle la puissance du Loup et la cruauté de l'Homme, qui n'avait d'égale dans le monde animal.

De retour chez lui, il attacha de nombreuses chaînes son gibier, ferma toutes les serrures de sa maison et monta se coucher. Voilà une bonne chose de faite, pensa-t-il. Il s'assoupit aussitôt, fier de la tâche accomplie. Jamais il ne dormit si bien que cette nuit-là.

Le lendemain matin, quand il s'éveilla, le soleil était déjà à son zénith. Il se leva, ouvrit ses volets et s'étira longuement devant sa fenêtre ; il avait la sensation d'avoir un corps plus musclé, plus athlétique, plus grand même. Il se regarda dans la glace et se trouva très beau (plus beau que Don Matéo lui-même, c'était dire). Il se lava, se rasa, se parfuma et enfila celui de ses costumes qu'il jugeait le plus élégant, qui était vert olive, strié de fines rayures jaune, « à l'américaine » (même si les Américains portaient plutôt des costumes noirs à rayures blanches en ce temps-là). Sa chemise était d'un orange vif et sa cravate cerise, de même que le mouchoir qu'il noua autour de sa gorge, malgré la chaleur étouffante. Il s'était apprêté, comme vous voyez, pour sa belle, comme s'il était allé à un rendez-vous galant. Mais nul besoin de se déplacer, puisque son amante était solidement ligotée au rez-de-chaussée ! C'était bien pratique. Quel bonheur que d'avoir tout arrangé avec tant d'ordre et de commodité. Il descendit et ne voulut de suite aller à la serre : il refusait de changer ses habitudes pour une insignifiante femme. Il entra donc dans la cuisine, où il se prépara et avala des œufs brouillés aux lardons. Il prit son temps, lut sa revue, reprit du thé : elle pouvait bien attendre, de toute façon elle ne risquait pas de quitter la place. Enfin, vers midi, après avoir fait la vaisselle, il se dirigea vers son laboratoire. Il entrouvrit la porte. La lumière était intense et se reflétait sur les vitres, en rayons bleus, rouges, verts, roses, blancs ! Et transformait les innombrables ramures en étincelantes feuilles d'or. Toutes elles dormaient et l'on n'entendait que de rares frémissements, d'aise sans doute, car elles étaient si paisibles qu'elles semblaient faire de doux rêves. Au milieu d'elles, gisant sur le sol, sa grande chemise de nuit blanche étalée autour d'elle, comme si elle eut dormi sur un tapis de plumes, et ses cheveux formant une auréole de Madone autour de sa tête, une grande flaque de sang et une juteuse grenade, Violante dormait, si paisible que ses végétales compagnes. Viktor avança et s'accroupit tout près d'elle. Comme il avait bien fait de l'enlever ! Auparavant, il s'était contenté des plantes, des branches, d'herbes, de pétales fanés, de subterfuges enfin ! Il les avait créées, collectées, les centaines d'amantes, dans sa serre, dans son salon – faute de mieux. Il était plus aisé en effet de dérober quelques cheveux qu'une dame tout entière, de couper une mèche plutôt qu'un doigt ! Et il avait dû se résigner à ces ersatz, à ces doublures contrefaites, dans lesquelles il ne retrouvait jamais totalement la femme : il avait obtenu des mains, des visages dont il n'avait que faire, des pieds – qui déjà l'intéressaient davantage –, des gorges – c'était mieux –, des dos ou des genoux – qui étaient certes beaux mais le laissaient éternellement insatisfait. Puis il avait recueilli les fameux poils, ceux de Pauline, ceux de la Fille du train. C'était d'ores-et-déjà un progrès. Il y avait trouvé, d'une certaine façon, son contentement ; néanmoins force était de constater qu'il n'avait toujours pas de corps tout entier ! C'était à désespérer de la Nature, des cheveux féminins et des poils. Cela paraissait facile cependant ! Si une femme était capable d'enfanter tout cela en son ventre, pourquoi ces diables de végétaux n'y parvenaient-ils pas ? Dieu sait pourtant qu'il les assistait, les encourageait et les chérissait : elles n'en avaient cure et étaient d'une ingratitude crasse. Dès lors, il avait été forcé d'agir par lui-même. Il ne s'y disposait pas au début, il avait des scrupules, mais la nécessité l'y poussait. C'est ainsi que cette nuit, il avait franchi le pas et était allé chercher une femme entière, en lieu et place des morceaux décevants qu'on lui servait habituellement. Désormais, il ne se satisferait plus de simples et d'incomplètes répliques : il voulait de vraies femmes et était prêt à tout pour les obtenir. Après tout, ne faisait-il pas de la science ? Il ne faisait pas cela pour son plaisir tout de même. Il s'évertuait à faire progresser l'Humanité, à accélérer l'évolution, à hybrider des espèces… Il n'avait agi jusque-là que dans ce seul but ! On ne pourrait l'en fustiger.

Skorpión observait Violante avec gourmandise : comme il était heureux de l'avoir maintenant chez lui, au sein de sa collection. Elle était véritablement la plus sublime femme qu'il avait vue de sa vie, elle surpassait même Rose, qui déjà n'était pas trop mal. Mais cette chevelure pourpre et ce corps si blanc… ! Ils paraissaient avoir été imaginés par l'œil expert d'un peintre et avoir pris vie sous son pinceau. Les longues boucles se répandaient autour de son visage, de son cou, de ses épaules, de la même façon que ses liens lui faisaient, autour des poignets, des chevilles, comme d'immenses tentacules. Elle n'avait jamais été si belle qu'attachée. Les liens, du reste, étaient parfaitement assortis à sa toison, ils étaient d'un rouge vif et avaient été confectionnés dans un velours de grande qualité. Elle n'eût pu s'en plaindre : il avait choisi pour elle la meilleure matière et n'avait lésiné sur les moyens. Il avait longuement hésité entre les chaînes et les cordes ; il avait également étudié l'idée de lui construire une petite serre privée, une cage en verre qui n'eût été qu'à elle. Mais il ne voulait l'observer à travers une vitre, ç'eut été par trop froid et impersonnel. Il tenait à la sentir, la toucher, l'examiner de très près : le verre ne faisait son affaire. Quant aux chaînes de fer ou de cuivre, qui avaient d'abord eu sa préférence – il était tout de même Skorpión, l'homme aux pinces métalliques – il en abandonna l'idée, craignant que la dureté des anneaux ne l'abîme et ne la blesse. Il avait tout de même un cœur et n'aurait toléré d'être tenu pour un ravisseur sans scrupules – non ! Il se préoccupait de la bonne santé de sa prisonnière.

La maison était dorénavant parfaitement close, fermée à double tour et à l'aide de maintes et maintes clefs, car le Docteur avait fait installer depuis longtemps un nombre incalculable de loquets, de serrures et de cadenas – on n'est jamais trop prudent – qui ne lui avaient jamais tant servi que depuis l'été dernier, lorsqu'il avait débuté ses expériences d'un genre nouveau. Il n'était question en effet qu'on découvrît ce qu'il faisait dans son laboratoire (notamment avec la Centifole) ou pis, qu'on lui volât ses créations ; nul doute qu'elles susciteraient, si on savait ce qu'elles étaient, la plus puissante convoitise et qu'on se les arracherait. Quel homme, quelle femme même, ne désirerait avoir dans sa maison l'objet de sa concupiscence, de sa vengeance, sa rivale ou son ennemie ? N'importe qui paierait pour posséder le double végétal de la femme de son choix et supplicier la copie pour supplicier le modèle ! Lui le pouvait et devait protéger jalousement son trésor. Violante était, de loin, le plus précieux joyau de son coffre et la serre, la *Villa*, le jardin même, tout lui paraissait désormais la maison ou la prison – c'était tout un – de cette espèce rare. Le laboratoire semblait un écrin, formé de ramures, de feuilles et de fleurs, exhalant pour la contenter ses effluves les plus délicats, pour l'endormir son opium le plus doux, pour la rendre amoureuse son plus irrésistible aphrodisiaque. Les tiges s'étaient dressées cette nuit, les corolles s'étaient épanouies, souriantes, curieuses, comme pour contempler leur sœur nouvelle. Viktor eut le sentiment qu'il avait tissé tout cela, cette adorable toile, cet extravagant piège, uniquement pour elle, pour l'accueillir. Toute son existence l'avait mené exactement à ce moment, à cette rencontre : il l'avait toujours attendue – et elle était son destin.

Tout à coup, il perçut un léger frémissement de ses cils et il s'approcha de sa proie, les lèvres entrouvertes, impatientes de son éveil. Elle gémit et ce gémissement était tout un poème. Il eût voulu l'entendre gémir ainsi à chaque instant, mille fois... Ses paupières cillèrent, comme les ailes du pauvre saturnidé, quand il fut pris dans la dionée. Un horrible sourire passa sur la figure du Professeur : c'était elle le papillon maintenant, et la cannibale perdrait sans doute de sa superbe... Il jeta sur elle un coup d'œil : il trouvait qu'elle avait déjà, depuis hier, flétri et enlaidi. C'était sans doute l'humiliation de la défaite qui l'avait marquée ainsi.

— On ne gagne pas à tous les coups, lui lança-t-il sarcastiquement.

Puis ses yeux revinrent à Violante : elle le regardait fixement.

— Oh, vous êtes réveillée. Bien le bonjour, mademoiselle Pericón. Avez-vous bien dormi ? Vous paraissiez aussi sereine qu'un ange – ou qu'une morte. Et je m'y connais, j'en ai ouvert des dizaines à Paris voici quelques années.

Violante, toute groggy encore sous l'effet des neurotoxines, semblait ne pas avoir entendu Viktor. Elle ouvrait les paupières et les refermait aussitôt, aveuglée qu'elle était par la lumière du jour. Puis elle tenta de se relever, du moins de s'asseoir ; cette simple initiative lui demanda beaucoup d'efforts, efforts que suivait avidement le Docteur. Elle lui semblait un scarabée couché sur son dos, tentant vainement de retomber sur ses pattes ; il était hors-de-question de l'aider : il l'observait à la façon d'un enfant qui eût joui des malheurs de l'insecte.

—　　　Qu'est-ce que... Viktor ! Viktor, où suis-je ? Chez vous, dans votre serre ? murmura-t-elle, d'une voix faible et entrecoupée. Je ne me rappelle de rien, je ne me rappelle pas être venue chez vous... Qu'est-ce qui m'est arrivé ? ... Est-ce que j'ai fait un malaise comme la fois dernière ? Dites-moi, Viktor. — Elle observa mieux dans quel état elle se trouvait. — Je suis en chemise, qu'est-ce que je fais en chemise ? J'ai dormi ? J'ai beaucoup dormi, oui. Qu'est-ce que... ? Qu'est-ce que c'est que cela ? Je suis... attachée ? Attachée ? Pourquoi ? Qui m'a... ? Viktor, vous m'avez attachée ? Comment suis-je venue chez vous ? Qu'est-ce que... ? Que voulez-vous ? demanda-t-elle dans un soupir.

Cette question interrogea Viktor : elle était bien la plus importante de toutes. Elle répétait le *Che vuoi ?* prononcé, cent-cinquante ans plus tôt, par le Diable amoureux de Cazotte à l'âme qu'il avait prise, ou plutôt, à l'âme qu'on lui avait donnée. Le jeune Alvare, cet autre Faust, n'avait su que répondre au Diable, à la Femme. Est-ce qu'on savait, est-ce qu'on pouvait savoir seulement ? Est-ce qu'il savait, lui Skorpión, malgré toutes ses connaissances, celles encyclopédiques et les autres, celles qui étaient par-delà le Bien et le Mal, ce qu'il désirait en Violante ? Pourquoi elle ? Pourquoi l'avait-il choisie plutôt qu'une autre – élue ? Qu'est-ce qu'elle avait de plus – de moins ? Ses fleurs cependant, en dépit de leurs différences de variété, d'aspect, d'alimentation parfois, de besoins, lui paraissaient à ce moment une collection, diverse mais une, un tout. Pour ce qui était d'elle, elle tranchait, non point en tant qu'humaine au milieu des végétaux, mais parmi les autres humaines. Il l'avait prise, elle, et n'avait songé à en prendre une autre. Certes elle était belle, mais était-ce là tout ? La chlorophylle de sa dionée, d'un vert très vif et éclatant, le foudroya tout à coup ; il se souvint en un éclair de ses paroles, lorsqu'elle avait justifié l'évolution carnivore de la plante, approuvé sa vengeance. Comme elle semblait alors une proie inatteignable... ! Une proie qui aurait été, aussi, une prédatrice... Avait-il reconnu en elle un adversaire à sa mesure ou admiré l'exceptionnelle Vitalité, l'Instinct de Survie qui irriguait ses membres et jusqu'à ses feuilles tremblantes... ? Est-ce que cela l'avait fasciné ? Ou cette énergie en elle l'avait-elle agacé, indigné, répugné peut-être et voulait-il la détruire ? Ou s'en emparer – s'il pouvait ? Il ne savait plus bien ce qu'il espérait d'elle et ignorait s'il l'avait su un jour. Ce mystère se confondait peut-être avec son désir, après tout.

—　　　Allons, allons, n'abordons pas tout de suite les sujets qui fâchent ; nous ferons plus tard de la philosophie. Sachez seulement que vous êtes ici chez vous, que vous êtes mon invitée et que je m'occuperai de vous du mieux que je pourrais. D'ailleurs, j'entends que vous toussez et je vois que vous humectez vos lèvres, qui paraissent très sèches, comme si vous étiez allée dans le désert du Sahara, qui n'est point un endroit pour vous, mais bien plutôt pour les scorpions, qui seuls y crapahutent contents. – Il ricana, tout fier de son espèce de plaisanterie. – Votre gorge doit être aride, je m'en vais vous chercher de l'eau.

Il se dirigea vers le lavabo de sa serre et y remplit un verre d'eau. Il s'approcha de sa bouche, mais elle eut un mouvement de recul :

– Ne craignez rien, j'ai pris l'eau au robinet. Voyez, je la bois moi-même. – Il s'exécuta. – Allons, faites-moi un peu confiance.

Il était bien placé pour dire cela à une femme enlevée et attachée par ses soins, le bougre. Elle tendit néanmoins les lèvres et il la fit boire. La fraîcheur de l'eau la rasséréna et calma un peu sa fièvre. Elle s'efforça de réfléchir : il fallait d'abord analyser la situation. Elle se mit à observer Viktor, la serre, ses liens, Viktor à nouveau, sa chemise de nuit, son ventre – peut-être craignait-elle d'avoir été abusée dans son sommeil – Viktor encore, qui perçut son inquiétude et se voulut rassurant :

– Non, vraiment, rien de cela. Je ne vous ai pas touchée. Je vous ai laissée dormir paisiblement, je le jure. Je n'aurais jamais eu, je n'ose dire la cruauté, du moins la bêtise, de vous violenter endormie ; cela gâcherait tout le plaisir. Je préfère les femmes parfaitement conscientes – il eut un regard pour la Centifole – je ne suis pas un monstre.

Et il découvrit un large sourire.

Ce sourire, cette dernière phrase glacèrent la jeune fille ; elle avait compris pourquoi, à quelle fin elle se trouvait là. Elle fut prise d'un involontaire soubresaut, par lequel elle tenta de se défaire de ses liens, mais elle savait, bien sûr, que cela ne servirait de rien, elle avait observé immédiatement qu'elle était solidement attachée. Elle avait néanmoins surpris le regard, ironique et cruel, qu'il avait jeté sur la rose, pendant qu'il parlait. Elle se mit à examiner plus attentivement les plantes : celles-ci entretenaient, la chose était certaine, quelque mystérieux rapport, si ce n'était avec sa séquestration, du moins avec les obscurs sentiments du Professeur. Tout lui parut d'abord normal, à l'exception de la haute taille et de l'épaisseur des feuillages de tous les végétaux présents. Elle n'avait jamais vu jusque-là des lys, des roses, des marguerites, des jacinthes de cette dimension. C'était tout simple : ils étaient aussi grands que des hommes. Ils se tenaient d'ailleurs debout, dressés, tout droits, à la façon d'êtres humains. Les troncs de certains, ou leurs larges tiges, rappelaient aussi des bustes, et certaines branches des bras, d'autres encore des jambes. Il y avait même des fleurs qui étaient aussi grosses et rondes que des têtes. Et des pétales, çà et là, avaient, qui la forme d'une bouche, qui celle d'un nez, d'une oreille, d'un œil... Plus elle les regardait, puis ils lui semblaient étrangement humains et proches d'elle. Ils étaient du reste d'une beauté renversante : l'un était orné d'une chevelure de feu, toute de chlorophylle certes, mais vraiment l'on eût cru une toison ! Un autre était la Vénus de Milo ! Il en avait les bras mutilés et la gorge sublime !

Quant à la Dionée, sa Dionée, elle paraissait pourvue d'une multitude de lèvres, tendres, humides, sucrées... Et, oserait-elle le dire, seulement le penser, de sexes innombrables... ! Elle observa mieux le frêle tronc, la taille fine, les petites fesses, les hanches aigues, remonta aux seins, aux clavicules, à la nuque, à la tête enfin ! Au visage ! *Son* visage. Elle dut inspirer bruyamment pour ne pas se pâmer et lança, les yeux exorbités et la bouche bée :

— Ah ! C'est moi !

Elle se tourna, éperdue, vers Viktor Skorpión, dont les lèvres, le regard, s'étaient allongés, affinés en un indicible sarcasme, en un parfait contentement.

— Ah, vous avez compris, dit-il satisfait.

Violante Pericón, de stupeur trop grande, s'évanouit et plongea dans une opportune inconscience.

Quand elle s'éveilla, le Docteur était toujours là, lisant sa revue et dévorant des œufs en gelée.

— Bien dormi ? Je vous ai préparé à manger.

Il se leva et vint s'asseoir près d'elle, muni d'une assiette et d'une fourchette.

— Allons, ouvrez la bouche, ne faites pas la difficile. Que va-t-il vous arriver si vous ne mangez pas ? Vous n'aurez plus même de forces et demeurerez couchée tout le jour, ainsi que vous avez fait aujourd'hui.

La jeune femme songea avec étonnement que son ravisseur avait raison et que ses paroles étaient fort sages. Si elle voulait s'échapper, elle aurait besoin de réfléchir d'abord, de faire preuve d'ingéniosité et peut-être d'assommer son adversaire, tout au moins de se délivrer et de courir. Il ne fallait pas s'affaiblir. Elle ouvrit grand la bouche et il la nourrit comme un corbeau son petit, par becquées. Elle mangea tout son plat – quoique les œufs en gelée la dégoûtaient et ressemblaient à des orbites qu'on eût arrachées – et quelques morceaux de pain aussi. Il fut surpris de lui voir tant d'appétit. Elle se sentit tout de suite mieux et en pleine forme. Elle se décida à parler :

— C'était vous, n'est-ce pas. Vous êtes entré chez moi il y a cinq jours, m'avez frappée à la tête et m'avez coupé des cheveux, pour faire... une sorte d'expérience, pour les mettre dans cette fleur qui maintenant... me ressemble.

— Deux rectifications : je suis en effet venu chez vous, mais je ne vous ai pas frappée. Croyez-vous que je sois un violent, une brute épaisse qui lèverait la main sur une femme ? Non, vraiment, c'est mal me connaître. Ce ne sont pas mes méthodes. Pour ma part, je vous ai honnêtement endormie : j'ai inoculé en effet à votre double, la féroce Dionée, un peu de venin du parabuthus, un scorpion particulièrement... soporifique. Le poison est passé de ses nervures aux vôtres et vous vous êtes, apparemment, écroulée chez vous, dans votre chambre. C'est là que j'interviens : je suis entré chez vous, vous ai coupé quelques centimètres, oh fort peu de choses, tranquillisez-vous.

   — Il est vrai que je suis tout à fait rassurée de savoir que vous m'avez droguée et que je me trouvais à votre merci.

   — Oh non ! Vous me faites insulte de croire que j'ai profité de ce moment pour attenter à votre honneur !

Il accompagna cette dénégation d'un sourire perfide.

   — Seuls vos cheveux m'intéressaient alors.

   — Et maintenant ?

   — Attendez, j'y viens, ne soyez donc pas si pressée : nous avons tout notre temps, répondit-il dans un sourire, qui eût été presque séduisant s'il n'avait été si perfide. Je disais donc que vous faites erreur sur un second point : je vous ai pris quelques cheveux, non pour Dionée, qui présentait déjà une parfaite ressemblance avec vous, mais pour ces lys – il les désigna de la lame de son sécateur, avec lequel il jouait depuis plusieurs minutes – que je voulais embellir en les irriguant de votre sève, si j'ose dire.

Violante observa avec curiosité les lys, auxquels elle n'avait, pour l'heure, prêté grande attention. Elle reconnut évidemment son mollet, son avant-bras, ses clavicules, son cou et le bas de son dos, qui étaient totalement similaires aux siens, si ce n'était leur matière, puisqu'ils étaient de celle des fleurs.

   — À quoi vous sert-il d'avoir cela chez vous ?

   — Je vois que vous n'avez encore tout à fait compris, chuchota-t-il d'une manière sibylline.

Elle ne comprenait ce qu'il y avait de plus à comprendre.

   — Mais vous êtes sur la bonne voie, poursuivit-il. Et vous pouvez vous féliciter d'être la première – enfin la seconde, après moi – à avoir remarqué la ressemblance. J'ai toujours pensé que vous étiez une femme remarquablement intelligente, et vous me donnez raison. Dire que Don Matéo Diaz lui-même, le grand écrivain, n'a rien remarqué !

   — Don Matéo ? Que vient-il faire là-dedans ?

   — Je lui avais expliqué pourtant, il y a un an, que je dupliquais les femmes, mais il prétendait ne rien voir ! Ne rien voir, vous vous rendez compte ?

Violante Pericón eut le sentiment d'ouvrir les yeux pour la première fois et de naître à la connaissance. Elle regarda, reconnut les fleurs, l'arum, les branches de jasmin et celles du marronnier, les longues mains de la dentellière, la jeune silhouette de Myrrha s'échappant, l'institutrice qui habitait à deux pas, la comtesse de Saint-Pol... et Rose. Elle vit les dizaines, les centaines de fleurs, de femmes – elle ne savait plus bien ce qu'elles étaient ! La dionée enfin et les cinq lys : elle-même ! Elle fut prise de vertige en découvrant l'extravagante vérité.

   — Ah, vous y êtes, dit-il simplement.

   — Non, non, ce n'est pas possible…

Il écarta les bras, montra sa serre :

—   Voyez vous-même, tout est là, tout le prouve : c'est possible. Je suis très content, très heureux que vous reconnaissiez vos amies peut-être, vos rivales certainement, toutes vos connaissances de la région, toutes femmes rapidement entrevues, et que j'ai réunies ici. Je suis heureux, voyez-vous – il baissait la voix et prenait un ton de confidence – d'avoir enfin une amie qui me comprenne, de n'être plus seul, de pouvoir partager cela avec vous, car enfin ! je croyais parfois devenir fou ! De recevoir du monde dans ma maison – oh, peu de gens, car je ne suis guère sociable, je ne suis pas comme votre Diaz – et que tous, ils passent, regardent, admirent mes petites – et cependant ne voient rien ! Pas un – pas un ! je vous le dis ! qui ne remarquât. Ils étaient aveugles ou stupides. Et voilà que je vous accueille chez moi – il employait le mot *accueillir* : il en avait une belle façon de présenter son enlèvement ! – et que vous voyez ce que je vois.

La prisonnière ravala sa salive ; elle ne savait plus trop que penser de Skorpión et de la raison pour laquelle elle se trouvait ici. Cherchait-il… une complice, une alliée ? Pour faire… Quoi ? Tout ce discours la laissait dubitative. Mais un autre point suscitait sa curiosité :

—   Comment avez-vous fait ?

—   Vous ne devinez pas ? sourit-il.

—   Hum… Vous avez volé, coupé leurs cheveux et les avez plantés dans les terreaux des fleurs, et… Quoi ? La métamorphose a eu lieu ?

—   Je n'ai, hélas, jamais assisté à la moindre métamorphose, mais en effet, c'est ainsi que cela a eu lieu.

—   Comment vous les êtes-vous procurés ? Ce ne devait être si aisé d'obtenir des mèches de cheveux…

—   Oh ! Vous me faites peu d'honneur de ne pas me croire ingénieux !

Violante, pour la première fois depuis le début de leur conversation, se surprit à sourire :

—   Je vous crois très ingénieux au contraire. Mais j'ai peine à comprendre. Ces dames vous les ont-elles offerts, comme je l'ai fait moi-même, dans une impulsion des plus… comiques à la réflexion, car je vous ai donné en somme le bâton pour me faire battre.

—   Ne regrettez rien : je les aurais obtenus d'autre manière si vous ne me les aviez pas livrés. Je vous assure que je suis plein de ressources et d'imagination.

—   Oui, c'est à n'en pas douter.

—   Je vais vous faire le compte exact et complet de mes récoltes, et par le menu : je pense que vous n'aurez entendu de votre vie le récit de tels prodiges, et en sortirez stupéfaite et émerveillée.

—   Assurément.

Et Viktor de lui conter comment il avait d'abord lu ce conseil dans la revue *Pétrichor*, comment il avait tenté ses premières expériences sur Louise, puis Rose, comme il s'était ouvert de ses trouvailles à Don Matéo, qui était demeuré fermé et circonspect devant ses découvertes, qu'ensuite il avait débuté à proprement parler, la constitution de sa collection, qu'il s'était au fur et à mesure fait la main, comme on dit, qu'il avait imaginé toutes sortes de stratagèmes destinés à recueillir le précieux sésame – les récoltes sur le manteau, sur les brosses à cheveux, les attaques à la pince et les achats à Monsieur Yves. Il avait ainsi hybridé environ cinq cent cinquante-cinq plantes avec plus de trois cents femmes (les perruques de Monsieur Yves permettant d'obtenir de très nombreux spécimens, au vu de leur longueur et épaisseur). Il lui fit voir son *Carnet d'hybridation*, qui rendait compte de tout cela, et le feuilleta devant ses yeux, afin de bien lui montrer. Elle ne doutait pas du reste qu'il s'était tué à la tâche et avait eu autant de femmes (ni de sa bonne organisation et de la qualité de ses prises de notes). La vision de la serre ne laissait de place à l'incertitude. Elle songea qu'il était fou, mais jugea préférable de garder pour elle ce sentiment. Une fois qu'il eut fini son récit, ils gardèrent tous deux le silence. Lui s'interrogeait, se demandait ce qu'il pouvait y avoir dans ce crâne roux, à l'intérieur, tout au fond, là où il ne pouvait aller, quand elle, de son côté, regardait les plantes, attentivement et comme avec pitié. Il était parvenu à enfermer quelque chose de ces femmes derrière l'enclos de son jardin, derrière les hautes fenêtres, dans des pots de glaise. Qu'avait-il obtenu d'elles, précisément ? Jusqu'où les possédait-il ? Son œil revint aux deux premières, Louise et Rose, à l'origine de la collection. Elle se rappela Rose, la superbe Rose, l'histoire de sa mort affreuse, la description de sa dépouille recouverte de scorpions. Elle recula d'horreur. Elle étouffait. Elle tentait d'inspirer, ouvrait grand la bouche, mais elle toussait seulement, comme si elle avait eu, coincé au fond de la gorge, le noir et luisant animal, faisant sa promenade, comme sur le corps de Rose, ses petits pas chassés, et cliquetant des pinces. La douleur la plia en deux. La tête entre les cuisses, face contre terre, les yeux égarés et emplis de larmes, Violante se souvint de tout – de cette malheureuse, de la rousse dont Diaz avait raconté les crises, qu'on avait internée, de sa chevelure coupée, du regard du Docteur vers cette extraordinaire rose pourpre, quand il lui avait parlé des femmes qu'il aimait conscientes… Il y avait eu Rose, il y avait eu la Rousse… ! Dieu sait ce qu'il avait fait d'autre. Il en avait plus de trois cents ! Trois cents femmes sous sa coupe. Elle crut vomir, mais elle cracha seulement un peu de salive.

Il avait drogué la dionée et elle s'était endormie ; il avait tué la rose blanche et Rose était morte ; il avait... quoi ? Torturé ? Violenté ? il n'y avait de mot pour une telle infamie ! La rose pourpre et Jeanne avait subi dans sa chair cet outrage, en était un peu morte, elle aussi.

— C'était vous, murmura-t-elle d'une voix sourde.

Il n'avait pas distingué ses paroles, mais lut les mots sur ses lèvres.

—   Nous y voilà. Maintenant vous savez tout.

Elle leva les yeux vers lui et le vit enfin tel qu'il était. Il avait fait tout cela. Il avait violé. Il avait tué. Il semblait pourtant si ridicule, inoffensif, dans son costume olive à rayures jaunes, avec son absurde chemise, son absurde cravate, son absurde mouchoir, son absurde moustache, son absurde chevelure ! Elle eût voulu lui arracher tout cela, ses vêtements, ses poils, ses cheveux, tout ce qu'il avait pris aux femmes... ! Elle observait le mouchoir rouge dans la poche de sa veste, elle espérait le déchiqueter, voyait les petits morceaux s'envoler, se disperser, être piétinés ; elle ne savait pourquoi ce mouchoir avait tout à coup tant d'importance, pourquoi il lui paraissait représenter Skorpión, pourquoi il concentrait toute sa haine... ! Elle éclata en sanglots.

—   Voyons, Violante, pourquoi vous faire du sang d'encre ? C'est passé. On ne peut revenir sur ce qui a été fait... Et puis, vous allez vous faire du mal à tant y penser...

—   Pourquoi ? s'écria-t-elle en l'interrompant. Pourquoi ?

—   Pourquoi ? répéta-t-il presque moqueur.

—   Pourquoi avez-vous fait tout cela ? Il doit bien y avoir une raison, il ne peut pas ne pas y avoir de raison !

Violante s'indignait, non de ce qu'il ait tué et violenté — ces actes-là ne suscitaient pas chez elle de l'indignation, mais un mélange de dégoût et d'horreur — mais parce qu'elle ne voyait de raison à ses crimes. Il pouvait séduire et obtenir les faveurs d'une femme, mais il avait... quoi ? violé une plante ? Pourquoi ? Quant au meurtre, elle voyait de l'accomplir de nombreuses bonnes raisons : la Patrie, d'abord, qu'il fallait défendre et pour laquelle il était légitime de tuer ; l'Honneur, qui était du même ordre et une sorte de Patrie privée et personnelle ; la Survie, la sienne, celle des siens, qui méritait bien un crime. Ces trois raisons suffisaient déjà et elle ne pouvait concevoir d'y ajouter le Plaisir. Elle avait vu un homme mourir un jour et il était impossible que cela pût ravir quelqu'un.

Il fallait bien pourtant qu'il y eût une raison.

Skorpión réfléchit un instant et déclara :

—   Ma foi, je l'ai fait parce que je le pouvais.

Elle le regarda sans comprendre. Il ajouta :

—   Je ne l'aurais pas fait si je n'en avais pas eu... l'occasion.

Et il désigna, du bout des pinces, en faisant un petit tour sur lui-même, la serre. Elle était en effet, tout à la fois, le lieu du crime, son arme, son alibi, sa victime, son mobile et sa complice. Elle était indissociable de ses crimes.

—   Vous vous demandez sans doute ce que vous-même vous faites là, puisque je possède déjà vos répliques, Dionée et le Lys... — Elle n'avait la force de répondre. — Vous m'avez, ma chère amie, donné du fil à retordre, c'est le moins que l'on puisse dire. Songez à tous les obstacles que vous avez mis entre nous !

Elle fronça les sourcils, ne comprenant pas ce qu'il voulait dire par là ; il claqua la langue en signe de dénégation.

—   Si, si, si ! Ne faites pas l'innocente, vous m'avez forcé à vous enlever, à en venir à cette extrémité...

—   Je vous ai forcé la main, vraiment ? Je ne me rappelle pas, alors que je dormais dans mon lit, vous avoir appelé à me droguer et à venir me prendre chez moi !

Sa lèvre droite se souleva frénétiquement, à plusieurs reprises, comme sous l'effet d'un tic involontaire. Que lui prenait-il, à cette femme, de tant répondre et répliquer ?

—   Vous jouez sur les mots. Vous m'avez donné vos cheveux, mais... – Il s'avança vers Dionée. – Vous avez des dents qui m'empêchent de... Enfin, qui ne sont guère commodes et qui m'ont mordu à plusieurs reprises d'ailleurs : voyez plutôt l'état de mes mains !

Il retira d'un geste brusque ses pansements et lui planta devant le nez ses doigts et ses paumes blessés.

—   Qu'ai-je à voir avec cela ? Est-ce moi qui vous ai mordu ? C'est la plante, et non moi.

—   Vous vous moquez, et ne voulez reconnaître que vous êtes un seul et même être. – Violante réprima un ricanement. – Comment expliquez-vous que je sois parvenu à vous endormir, si vous n'êtes pas faites de la même chair ? – Il est vrai qu'elle ne trouvait d'explication à cela. – Enfin ! je me doutais que vous alliez nier l'évidence et feindre l'innocence... Vous êtes toutes les mêmes et n'assumez aucune de vos actions. Toujours est-il que Dionée ne pouvait me contenter ou plutôt se refusait obstinément à le faire. Elle m'a contraint à vous... endormir, en effet, afin d'obtenir d'autres cheveux et de vous reproduire une seconde fois. C'est là que je fis pousser chez moi, guidé, comme toujours, par ma trop grande naïveté et foi en la bonté de l'âme humaine, et présentement de la vôtre, ces lys infernaux, dans lesquels j'avais placé tous mes espoirs et qui, bien entendu, s'évertuèrent à me décevoir d'une façon si diabolique que Dionée par son cannibalisme : voyez-les, ces méchantes plantes !

Il attrapa au vol un pot et exhiba rageusement un lys tout blanc, en apparence inoffensif, dans lequel il paraissait reconnaître le plus redoutable de ses ennemis.

—   Absurdement fermées et dures, dont on ne peut venir à bout. Elles m'ont brisé un sécateur, vous vous figurez cela ?

Violante esquissa un faible sourire ; elle songeait que les fleurs issues d'elle étaient femmes, décidément, à se défendre, que c'était bien son sang, ou autre chose d'elle, qui coulait dans leurs veines et était digne d'elle.

—   Non, vraiment, je n'en peux plus de vos doubles, ils me donnèrent insatisfaction et trop de peine par leur résistance, aussi ai-je décidé…

—		De vous attaquer au modèle.

—		Oh, attaqué ! Comme vous y allez ! Vous ai-je fait le moindre mal jusque-là ?

—		Voilà une réponse qui, si elle se voulait rassurante, a manqué son effet. Mais croyez-vous véritablement que vous pourrez si facilement me garder chez vous ? On est sans doute déjà à ma recherche en ce moment et on ne va pas tarder à sonner chez vous. Vous ne pourrez me cacher bien longtemps.

—		Mais si, Mademoiselle Pericón, mais si. J'ai tout prévu, annonça-t-il fièrement, les pinces dans les poches et balançant les hanches. J'ai pris vos affaires, préparé votre malle, l'ai apportée ici ; on vous croira partie en voyage.

—		Sans prévenir quiconque ?

—		Mais nous avons prévenu, ma chère : il s'avère que j'ai pris soin d'avertir notre ami commun, Don Matéo, de notre départ. Nous lui avons envoyé un câble ce matin, l'informant que nous allions à Paris ; vous-même deviez y retrouver une amie dans l'embarras ; quant à moi, j'ai proposé de vous accompagner, puisque certaines obligations professionnelles me ramenaient à la Capitale. Vous voyez que tout s'emboîte parfaitement et que votre absence n'inquiétera personne.

—		Et Louise ? Elle jugera normal de me trouver ligotée dans votre maison, peut-être ?

—		Elle est à la campagne, elle est retournée dans sa famille, qui, hélas, fut récemment empoisonnée à la poudre de ricin. Elle dut les rejoindre toutes affaires cessantes. Nous sommes donc seuls, vous et moi, et pour ainsi dire en tête-à-tête.

—		C'est encore votre œuvre, j'imagine. Je suppose que je n'ai découvert pour l'heure qu'une faible partie de vos crimes.

—		Vous êtes une personne bien décevante : je vous croyais un esprit libre et dénué de tout préjugé. Et voilà que je découvre en vous une petite bourgeoise aux idées étroites et arrêtées. Je ne me figurais pas que votre bouche allait m'inonder d'une telle moraline.

—		D'une telle… Moraline ?

—		Depuis tout à l'heure, vous m'abreuvez de vos sermons de curé, de bourgeoise légaliste, me parlez de crimes, prenez cet air indigné et hautain… Comme si je partageais, moi, un système de valeurs aussi absurde et réactionnaire ! Ouvrez les yeux ! Admirez donc ! Contemplez ! Ce que vous appelez mon œuvre ! Elle est là, et aucun homme ne l'aurait réalisée s'il avait eu la main tremblante, hésitante, le cœur empli de préjugés, de l'idéologie de son temps, des croyances imposées par la société, quant au Bien, quant au Mal… J'ai créé… !

Et la pointe de son sécateur désigna, tel l'index du Créateur sur la fresque de Michel-Ange, la serre, l'Adam véritable et l'Ève nouvelle.

—   Épargnez-moi votre vulgate nietzschéenne. Vous avez le système d'un être fragile et malade rêvant toute sa vie de force et de volonté qu'il n'eut jamais, d'un petit garçon chétif se fantasmant surhomme, d'un impuissant qui se moquait du choix de la vertu quand il n'eut pas même celui d'une amante… ! Qui eut éternellement gardé son pucelage si quelque putain n'eut pas accepté son argent ! – Elle éclata d'un rire gras. – Et vous voulez marcher dans ses pas ? Haha ! – Elle jeta un long regard sur son bas-ventre, dans lequel elle mit tout ce qu'elle put de sarcasme et de mépris. – Il a bon dos, votre mépris des préjugés, vous rassure-t-il bien quand vous trempez votre vit dans un pot de fleurs ?

Une ombre, semblable à celle d'un grand nuage, passa lentement dans l'œil de Viktor, jusque-là si clair et ensoleillé qu'une verte prairie normande sous le soleil de midi. De quoi le traitait-elle donc, la garce… ? Il se précipita vers elle et la saisit par le bras. Elle ne lui opposa aucune résistance et le regarda droit dans les yeux :

—   Vas-y ! Qu'attends-tu ? Cela ne me changera pas, moi !

Il recula d'horreur. En effet, cela le changerait, lui. Voulait-il vraiment renoncer à lui-même et se perdre en elle… ?

—   Vous rappelez-vous de cette putain de Baltimore ?

—   Cette femme dont nous parla Diaz, qui inventa cette sotte fable pour…

Il n'osa dire « pour me faire peur », mais Violante entendit ces mots aussi bien que s'il les eut prononcés.

—   On m'a conté en Amérique, dans les colonies où je vécus quelque temps, une autre histoire qui devrait vous plaire, celle de la Femme Cactus.

—   J'en ai ici-même.

Il les pointa du bout de son sécateur.

—   Je ne crois pas la mienne de la même trempe.

LA FEMME CACTUS

—   Alors que je me trouvais à Cayenne et discutais avec l'un de mes oncles, qui y vit depuis longtemps, des récents événements qui secouèrent le Mexique, il me parla d'Émiliano Zapata et de ses débuts. Zapata n'était qu'un petit propriétaire campagnard, un illettré, qui n'était trop à plaindre pour ce qui était de lui : la condition des paysans cependant l'indignait. Les biens de ceux-ci avaient été spoliés vers 1870 au profit de quelques amis du gouvernement fédéral. Zapata, qui était homme d'honneur et qui trouvait que le gouvernement en avait manqué, prépara dès novembre 1911 un plan de redistribution des terres, le plan d'Alaya, et s'insurgea afin d'obtenir justice avec une trentaine de ses voisins. Ils furent rapidement suivis par tous les paysans de leur village, puis par les villageois des alentours, enfin par ceux de toute leur province. Ils furent bientôt près de cinq mille. Parmi eux se trouvait un homme bon et brave qui se faisait appeler Pedro de Saavedra Cerón – bien qu'il fût en vérité Français, mais personne ne savait son nom de naissance – du nom d'Alvaro de Saavedra Cerón, un navigateur, écrivain et humaniste espagnol de la Renaissance, dont il était un admirateur. Il était arrivé au Mexique lors de l'expédition française de 71, qui s'est soldée par l'humiliation et l'exécution non moins humiliante que vous savez. L'armée de Napoléon III, de ce petit homme, rentra à la mère patrie la queue basse, non point pour ce qu'elle avait été mauvaise, mais parce qu'elle avait été dirigée par des sots, ce qu'elle eut à subir souvent et récemment encore. Pedro ou Pierre, c'est selon, resta : il était tombé amoureux et d'une Indienne et du pays – c'était tout un. Il troqua le lustre de l'habit et de l'éperon pour l'humilité d'une chemise de lin et de bottes sales. Mais il était content et il y avait dans ce contentement quelque chose de noble et de grand. Il avait tout quitté pour une fille de rien dont il ne parlait pas même au début la langue, qui le suivait partout comme un petit chien docile et dont il avait été, par les puissants yeux noirs, ensorcelé et mis aux fers. Il ne possédait que la minuscule terre qu'elle avait reçue de son père et ils vécurent là paisiblement pendant quarante ans. En 1911 Pedro, qui n'était plus exactement un jeune homme et approchait des 60 ans, eut son cœur de soldat tout revivifié par les discours de Zapata. Il voulut combattre. Sa famille tenta de le retenir, lui fit valoir son âge et son manque de sagesse, mais il répondit hautement :

–   Je ne suis pas sage et ne l'ai jamais été : serai-je resté près de vous, Winona, il y a quarante ans, si j'avais été sage ? Et j'aurais manqué le bonheur de ma vie.

Il partit donc, rajeuni par la jeunesse de ses comparses et répétant à l'envi à propos de Zapata :

–   Voilà ce que j'appelle un chef. C'est ce que nous n'avons plus en France depuis la fin de l'Empereur et sur quoi chaque Français qui y pense verse sa larme.

Mais le pauvre homme n'alla pas loin. Lorsque les troupes de Zapata eurent pris Cuautla, il s'y fit tuer lâchement, de dos, égorgé comme un porc – méthode qui révèle toujours la nature du meurtrier plus que celle de sa victime – par un homme qui l'était moins que lui et n'eut même le courage de se montrer. Elle commença par celui-ci.

–   Qui ? interrogea Viktor.

–   Mais sa fille, car j'ai négligé de vous dire que Pierre avait eu avec son épouse indienne une superbe enfant. Ils restèrent longtemps sans progéniture et croyaient tous deux qu'ils mourraient sans que leur amour n'ait engendré le moindre fruit, mais en 1898, elle naquit, splendide fleur sortie d'un sol jusque-là trop aride. Sa beauté enfantine promettait déjà. Cette métisse réunissait les grâces de la France et celle des Amérindiens. Elle était de taille et de physionomie moyennes, moins chétive que les filles françaises, plus athlétique et vigoureuse, car elle aidait son père au travail des champs. Elle avait d'ailleurs tout le corps bruni par l'été perpétuel qui régnait dans sa région. Son visage était rond, ses pommettes hautes et proéminentes, son nez petit et en trompette, ses lèvres en cœur et corail. Mais c'étaient ses yeux surtout qui perçaient tous les cœurs : leurs iris étaient larges, d'un bleu indigo vif et cerclé de noir, d'épais sourcils sombres, dessinant de parfaites arcades, les couronnaient, sévères sceptres ou sauvages fourrures d'un œil si doux que les cieux. Une toison noire lisse et volumineuse tombait sur ses épaules et son dos. Elle était toujours vêtue de la même robe blanche pourvue de quelques dentelles et une large jupe à volants tourbillonnait autour de ses jambes. Elle portait habituellement quand elle était dehors, cela revient à dire presque constamment, un grand chapeau blanc, l'un de ces sombreros qui sont comme l'emblème officiel de leur pays et parfois elle nouait autour de ses cheveux une étole indigo ou la posait négligemment sur ses épaules. Telle était Concepción. Ses parents l'avaient ainsi nommée pour ce que sa conception leur paraissait inespérée et fantastique.

Un jour, un oncle arriva chez elle et annonça :

— On l'a égorgé.

La mère pleura et Concepción dit :

— Dans quel campement se trouve-t-il ? Qui le soigne ?

— Il est mort ma fille ! Il est mort.

Cette réponse fut un petit assassinat. Elle déchira l'âme de Concepción comme des mains féroces déchirent une feuille de papier. Avec la même simplicité, la même étonnante efficacité.

Sa mère avait perdu le seul homme qu'elle avait aimé ; elle pleura beaucoup et rejoignit bientôt son unique amour.

Concepción se retrouva veuve de son père après avoir été son orpheline : elle pouvait l'être à loisir, maintenant que sa mère n'était plus. Elle n'était précisément du même tempérament. Un soir, assise à la table de leur cuisine, elle lança pour elle seule :

— Je le vengerai.

Il ne serait bien sûr question désormais de faire autre chose de son existence ; il fallait faire cela et c'était assez. Elle réfléchit à un moyen : elle comptait s'attaquer évidemment à son meurtrier, mais en sus à tous les hauts dignitaires de l'État fédéral. Ainsi, elle poursuivrait le but qu'il s'était fixé et vengerait une mort qu'ils avaient, de loin en loin, commanditée, étant à la tête de toutes les opérations militaires. À l'âge de treize ans, elle quitta un beau matin son village natal, habillée de sa robe blanche et du fusil de son père. Une rangée de munitions encerclait sa taille et ceinturait son âme. Elle rayonnait des lueurs de l'aube et de la vengeance à venir.

Il faut vous dire qu'à cette époque, des femmes s'étaient engagées dans la lutte armée et avaient rejoint les rangs de Madero, de Zapata ou de

Villa. Les femmes participaient depuis longtemps aux entreprises militaires au Mexique : elles suivaient leur mari, leur père, leur frère, mais étaient cantonnées à des fonctions de soutien, se chargeant de l'alimentation, des soins médicaux, même du transport des équipements. Mais lors de la Révolution, certaines, essentiellement des Indiennes issues des campagnes, combattirent aux côtés des hommes ou accomplirent des missions d'espionnage. Mon oncle me raconta que Petra Herrera, qui se déguisait en homme et se fit connaître sous le nom de Pedro Herrera, faisait sauter des ponts. Une fois qu'elle avoua son identité de femme, elle perdit son grade militaire, ce qui ne l'empêcha pas de prendre la tête de quatre cents *soldaderas* et de mener l'assaut sur Torreón qu'elle prit et où elle fit entrer les autres troupes. Maria de Mera dépassa le rang de son mari dans l'armée du Général Villa. Margarita Neri, une métisse maya et hollandaise, assassina son mari – je ne parvins à savoir pourquoi et de quelle façon, mais mon oncle me promit que c'était d'horrible manière – puis rejoignit les rangs zapatistes. Connue pour sa cruauté, elle commanda plus de mille soldats. Petra Ruiz sauva une femme des derniers outrages que s'apprêtaient à lui faire subir une dizaine d'ivrognes en leur faisant la conversation et en leur disant de folles fables qu'on lui avait contées lors de ses aventures, ce qui est bien un exploit sans commun. Angel Jimenez s'était spécialisée dans l'usage de la dynamite et Amelia Robles Ávila finit sa carrière Colonel, sous l'identité d'Amelio. Un jour, deux hommes tentèrent de la déshabiller pour révéler son sexe véritable. Bien mal leur a pris, car elle les tua tous deux.

—   Vous semblez fort bien connaître leurs histoires et avez retenu les noms de toutes ces femmes, bien que vous ayez voyagé en Guyane, ce me semble, il y a au moins deux ans, déclara d'un air suspicieux Skorpión, croyant qu'elle inventait.

—   J'écris sur elles un petit ouvrage, c'est pourquoi j'en parle avec tant de facilité. Mais je reviens à mon héroïne. Concepción se fit passer pour un homme afin d'entrer dans l'armée révolutionnaire ; elle n'avait alors que treize ans et beaucoup d'Indiens portaient les cheveux longs ; il lui fut aisé de le donner à croire. On la prit pour un adolescent encore chétif. Elle passa ainsi quelque temps inaperçue au milieu des soldats, apprenant à tuer au cri de « Terre et Liberté » qui était celui des zapatistes, et attendant son heure. Elle ne savait bien comment retrouver le lâche assassin de son père. Elle était parvenue à connaître son nom, son aspect, son rang dans l'armée fédérale, mais ignorait où il était. C'est que Zapata pourchassait des troupes entières et non point seulement un homme parmi elles. Elle demandait après chaque bataille à des survivants ennemis si celui qu'elle recherchait avait combattu, s'il avait été tué, s'il était blessé… et affichait un sourire plein d'espoir en découvrant qu'il était toujours en vie. Cela fit naître une étrange légende parmi les soldats du gouvernement selon laquelle un jeune révolutionnaire était en quête de Francesco Galateos de Madielo, Lieutenant de l'armée fédérale, qu'il en était peut-être amoureux ou qu'il était son fils. On parlait dans tout le pays de ce paysan zapatiste qui craignait la mort de Madielo et prenait partout de ses nouvelles. Un jour, on commença à raconter que c'était la Malinche – du nom de la maîtresse indienne d'Hernán Cortés, qui livra son peuple aux Espagnols et dont le fantôme inapaisé hante toujours le Mexique – qui le poursuivait et qui voulait le tuer, afin d'affaiblir l'armée fédérale et provoquer sa perte. On ne croyait pas si bien dire. On pensait alors que cette Malinche trahissait le Mexique en trahissant son gouvernement – mais c'était bien plutôt le contraire : si Malinche il y avait, elle prenait cette fois le parti des siens et voulait sauver son peuple. Madielo ne comprenait pourquoi l'un de ses adversaires le recherchait avec tant d'énergie ni qui il pouvait être. Il songeait que c'était peut-être en effet un fils qu'il avait eu avec une paysanne ; après tout, il en avait violé quelques-unes. Du côté des révolutionnaires aussi, l'étrange attitude de Concepción faisait jaser ; on s'interrogeait sur ses liens avec Madielo et l'on craignait un espion du gouvernement ou un amant obstiné. Un jour, des soldats en parlèrent devant Émiliano Zapata lui-même, croyant qu'il n'écoutait pas ; c'était mal le connaître. Une fois qu'ils se furent gaussés de ce que le Lieutenant Galateos fût certainement un sodomite, Zapata sortit de son mutisme et lança :

—   Montrez-moi donc ce petit jeune homme qui tient tant à la vie de son ennemi pour s'en informer auprès de chacun si ardemment.

Et ils le lui montrèrent. Il l'observa longuement et supputa tout de suite qu'il cachait quelque chose. Il était si étonnamment beau, frêle et délicat quand les autres paysans étaient vigoureux et avaient peu de manières. Il ne montrait, contrairement à eux, aucun intérêt pour les femmes, les regardant à peine ou avec une sorte d'indifférence hautaine. Il fallait savoir qui était ce traître et ce qu'il comptait faire. Sans doute prenait-il ses ordres auprès de Madielo et posait-il dans leurs camps des bâtons de dynamite ou leur volait-il des fusils. On lui rapporta que ce garçon partait chaque nuit avec son baquet puiser de l'eau, se laver et se raser tout seul. On le croyait très précieux et coquet pour avoir tant de façons et ne pouvoir se baigner avec tout le monde.

—   Il devrait pourtant aimer notre compagnie et apprécier de voir nos culs tout couverts de savon ! lança à la cantonade l'un des amis de Zapata et le petit groupe de rire à l'idée de plaire à un jeune garçon plutôt qu'à une *señorita*.

Un éclair passa dans l'œil noir d'Émiliano : c'était une idée. Il n'en dit mot à ses sbires et projeta de la mettre à exécution lui-même. Le soir même, il n'alla pas se coucher, mais veilla près du feu. Vers minuit, heure à laquelle sortait, lui avait-on dit, le petit noctambule, il passa doucement dans l'allée et attendit en face de la grange qui abritait l'espion. Ce dernier ne tarda pas à se montrer. Il prenait garde de ne pas être suivi et se faisait très discret. Mais c'était sans compter la discrétion encore plus grande d'Émiliano. Ils parvinrent près du puits où le jeune garçon tira de l'eau. Il partit plus loin à l'orée d'un bois d'arbres secs et de cactus.

Zapata se demandait ce qu'il allait faire là avec tant d'eau, peut-être noyait-il leurs poudres ou leurs pistolets ? Et dire qu'il agissait si librement et au su de tous depuis des mois ! Il avait dû leur engloutir et leur gâter une énorme partie de leur équipement. Mais il ne voulait point se précipiter et se jeter sur lui avant d'avoir eu des preuves nettes de son sabordage, aussi attendait-il avec impatience la suite des événements. Ce qu'il vit dépassait l'entendement.

— Quoi ? Que vit-il ? N'était-ce pas Concepción qui se baignait à l'insu des autres soldats afin de leur cacher qu'elle était une femme ?

— Oui, il vit cela aussi, mais il en vit bien davantage.

— Comment ? Qu'est-ce donc qu'il vit cette nuit-là ?

— Un peu de calme, Viktor, laissez-moi mener mon récit à ma guise : je ne voudrais vous gâcher l'effet de surprise en y mettant trop de hâte et en le déflorant maladroitement.

— C'est que vous m'avez mis l'eau à la bouche avec votre Mexicaine.

— Je ne le sais que trop. À moi aussi, elle me mit le cerveau tout en ébullition la première fois que j'entendis son cas. Mais je reviens à cette brûlante nuit d'août 1913, car deux années s'étaient déjà écoulées depuis le début de la Révolution et les paysans n'avaient encore obtenu leur réforme agraire.

— Au diable leur réforme agraire, ce n'est pas cela que nous nous languissons de savoir !

— Comment ? Au diable leur réforme agraire ? J'eusse aimé vous voir paysan mexicain il y a quinze ans pour mépriser ainsi leur désir de justice. Mon oncle m'a affirmé qu'ils étaient réellement très pauvres !

— Et voilà que vous me parlez de votre oncle dont on n'a que faire de l'opinion en cette matière !

— Vous vous en moquez sans doute, mais pas moi. J'adore mon oncle ! Dois-je vous rappeler que nous lui devons ce récit, mais puisque vous n'avez que faire de lui et lui témoignez tant de mépris, peut-être devrais-je m'arrêter là et ne point vous raconter la suite.

Et elle se tut, la lèvre boudeuse et arrogante. Viktor se mordit la sienne et regretta son intervention.

— Votre oncle me semble un brave homme et je partage avec lui son empathie envers vos paysans mexicains, mais pitié, racontez-moi ce qui est advenu de notre travestie et de Zapata.

— Bon, puisque vous insistez pour le savoir, je vous le dirai, déclara Violante, feignant de se laisser convaincre quand elle brûlait de narrer comme tout un chacun, car il n'est plaisir plus doux pour l'homme doué de raison de conter et de s'en laisser conter. Zapata épiait donc toute la scène, à genoux, dissimulé derrière un gros cactus – vous savez, l'un de ces gros cactus qu'il y a dans le Mexique…

—   Oui, oui, oui, je vois très bien quels sont ces cactus. Continuez !

—   Et… vous le dirais-je ? – Elle esquissa un rictus, Viktor un froncement de sourcils à cette phrase. – Il découvrit l'Innommable.

—   Qu'était-ce donc ?

—   Pourquoi posez-vous la question puisque c'était l'Innommable ? Je ne peux vous le dire. Du moins puis-je affirmer avec certitude, car mon oncle me le rapporta, que Concepción se baignait avec l'eau du baquet à la lueur de la pleine lune – et c'est déjà bien assez de le savoir.

—   Je ne trouve pas pour ma part et j'escomptais en savoir bien plus.

—   Il est impossible de toujours être satisfait, Viktor, et il faut en prendre son parti, asséna-t-elle avec philosophie. C'est un peu ce que fit Zapata ce soir-là. Une fois qu'il eut tout bien vu et revu, qu'il se fût à maintes reprises frotté les yeux pour être sûr de bien voir, qu'il eût retiré son chapeau – ce qui ne lui servait à rien si ce n'est à avoir moins chaud et être certain de ne pas avoir d'hallucinations dues à la fièvre – qu'il se fût déplacé plusieurs fois afin de bénéficier de différents points de vue, il dut se rendre à l'évidence : ce n'était son imagination qui lui jouait des tours. Il réfléchit un long moment, puis se dirigea d'un pas décidé vers la jeune fille qui était alors en train de se sécher dans une espèce de couverture en toile beige. Quand elle distingua au loin la silhouette de Zapata, son sang ne fit qu'un tour : on saurait désormais à l'armée qu'elle était une femme et elle serait sans doute punie de son mensonge. Elle se dépêcha de se vêtir. Elle était en habit et coiffée de son sombrero quand le chef des troupes révolutionnaires se présenta à elle. Elle le reconnut seulement à ce moment et le salua avec déférence. Lui ne s'embarrassa pas de tant de contorsions et alla droit au but :

—   Je ne vous voudrais pour femme ! Si le diable existe, il vous a créée, la chose est certaine. Vous servirez la Révolution plus que toute autre et ce qui vous poussa entre les cuisses sauvera votre pays de tous les traîtres et les voleurs qui s'y épanouissent, hélas, depuis cinquante ans. Voulez-vous connaître mon idée sur la question et le plan que j'ai fomenté en vous regardant ?

Et il lui expliqua le projet qu'il avait formé pour elle de la prostituer à l'ennemi.

—   Comment ? Il veut la prostituer aux soldats de l'armée fédérale ?

—   Vous n'y êtes pas du tout. Il projetait non pas tant de la prostituer aux simples baïonnettes et aux pistolets Ross qu'aux chefs militaires et à l'ensemble du gouvernement du Mexique.

—   Comment ? Mais c'est pire !

      — Je vous donne bien raison sur ce point : il vaut mieux être la putain d'un militaire que celle d'un ministre. Ces derniers ont par trop de vice.

      — Mais comment sa prostitution pourrait-elle leur faire gagner leur Révolution ? C'est cela que je ne comprends point encore.

      — C'est que je ne vous ai encore tout dit de notre Conchita et de ce que Zapata découvrit cette nuit-là en la voyant nue. Car elle n'était exactement faite à la manière des autres jeunes filles. Elle cachait une arme secrète et intime des plus redoutables.

Elle et Zapata discutèrent longuement du moyen et des fins, puisqu'ils n'avaient tout à fait les mêmes. Concepción avoua très librement à Émiliano la raison de son départ et de sa présence dans l'armée : elle voulait à tout prix venger son père et tuer si possible et d'une manière atroce et douloureuse le Lieutenant Galateos de Madielo. Zapata n'y voyait aucun inconvénient et, plus encore, y trouvait des avantages, car ce lieutenant était réputé pour sa férocité et décimait les troupes révolutionnaires en les tirant de dos comme des lapins, caché derrière des barriques de vin ou des bottes de paille. C'était sa méthode. Une façon de faire qui semblait à Émiliano, qui était un homme d'honneur et tirait tous ses ennemis à vue, lâche, sournoise et digne d'une fin cruelle. Il promit à Concepción de trouver l'endroit exact où combattait Madielo – il avait ses espions dans le camp adverse – et de l'y envoyer dans le plus grand secret afin qu'elle pût accomplir sa vengeance. Bien sûr, elle tuerait tous ceux qu'elle pourrait, à savoir tous les gradés et les puissants dont elle parviendrait à se rapprocher. Ils convinrent ensemble des hommes et de la stratégie à suivre. Zapata savait tout ce qu'il y avait à savoir sur l'organisation des camps militaires du gouvernement et la manière d'y pénétrer ; il l'enseigna à sa *soldadera*. Il restait un détail qu'il était malaisé d'aborder. Émiliano prit une grande inspiration pour se donner du courage et lâcha :

      — Mais… savez-vous s'ils mourront… ?

      — Comment cela ?

      — Eh bien, après tout, nous nous figurons qu'ils en mourront, mais peut-être ne seront-ils que blessés.

      — Je veillerai à ce qu'ils meurent, faites-moi toute confiance en cela.

      — Mais comment les fera-t-elle mourir ? s'enquit Viktor dont la curiosité ne cessait de grandir.

      — Attendez, j'y viens, c'est précisément la scène suivante qui nous l'apprendra.

      — Et qu'a-t-il découvert la voyant nue ? Il a dit qu'elle lui semblait engendrée par le diable ? Est-ce parce qu'elle était très belle ?

      — Pas du tout, bien qu'elle le fût grandement à ce que raconte mon oncle. Mais ne soyez donc pas si impatient, car je m'en vais vous le dire et y serais déjà si vous ne m'interrompiez pas tant. Mais il est vrai que je ne vous ai pas encore décrit Zapata qui était un fort bel homme d'environ 39 ans en ce temps-là. Il avait une splendide moustache noire, un corps…

—   Laissons là Zapata et dites-moi ce qu'elle fit ensuite.

Violante soupira de lassitude et d'agacement, puis reprit en levant les yeux au ciel :

—   Cinq jours plus tard, Concepción se trouvait à Santa Maria au milieu des soldats fédéraux, toujours déguisée en homme, mais portant dans un petit bagage sa robe blanche et des bas noirs. Elle prit une chambre dans l'hôtel où était logé Francesco Galateos, car Monsieur ne faisait la guerre depuis une tante ou un lit de paille, mais s'en retournait le soir dans des draps de soie. Elle y attendit le retour de la nuit et de sa proie. Le soir venu, elle descendit dans la salle commune, vêtue en femme cette fois. Ses lourdes bottines frappèrent le plancher de l'escalier d'une douzaine de coups, comme pour prévenir du commencement du spectacle. L'alerte ne manqua pas son effet : tous les regards, déjà luisant d'ivresse et brillant bientôt du feu de la concupiscence, se tournèrent vers elle. Sa robe n'était si élégante que celle des putains de la ville, elle était un peu usée aux bords et déchirée à l'endroit d'un volant. Son teint était celui d'une fille des champs et d'un soldat qui avait traversé le pays ; elle transpirait beaucoup et sous l'effet de la peur d'échouer et du fait aussi de la très grande chaleur de cette nuit d'août. Ses cheveux n'étaient impeccablement coiffés, car elle ne savait faire autre chose que des tresses, de surcroît ce soir ils n'étaient parfaitement propres, mais desséchés et parsemés de petits grains de sable, car elle avait longuement voyagé dans le désert pour arriver jusqu'ici. Malgré cela ou peut-être à cause de cela, elle était éblouissante. Son regard dégageait l'assurance du but longuement mûri vers lequel on a longtemps persévéré et qu'on est près d'atteindre après tant de doutes et de déceptions. Elle avait le regard de l'écrivain terminant son ouvrage qu'il a tant rêvé et espéré. Elle avait le regard du vengeur, de l'artiste et de l'amant qui est, à tout bien considéré, à peu près le même – le regard de qui a retrouvé ce qui seul le complète.

Francesco Galateos de Madielo la repéra tout de suite, du moins il crut la repérer, quand c'est elle qui lui donnait la chasse. Il lui suffit de cinq minutes pour se faire offrir un verre, de dix pour monter à l'étage, de quinze pour l'avoir entre ses cuisses et de vingt pour l'y avoir souffrant et brûlé. Il n'avait assez de force pour appeler à l'aide. Elle en profita pour quitter la place et s'occuper d'un autre. Elle avait au préalable enfermé Madielo dans sa chambre, si bien qu'il ne fût retrouvé que cinq jours plus tard, mort bien sûr, apparemment dans d'atroces douleurs, le corps intégralement recouvert d'une plaque rouge luisante, chaude et enflée, une espèce d'œdème monstrueux en lieu et place du sexe. Les testicules avaient tant gonflé qu'ils avaient éclaté de telle manière qu'il fut châtré *ante* ou *post-mortem*, ce qu'on ne sut jamais, peut-être eussiez-vous pu le savoir si vous y aviez été, en votre qualité de légiste…

—   Je ne comprends pas, s'écria le Professeur. De quoi diable est-il mort ?

—   Oh, il est vrai que je ne l'ai pas dit, répondit ingénument Violante en portant la main à sa bouche comme si elle s'était trompée et feignant d'avoir oublié ce détail, quand c'était tout l'objet de son récit. Concepción de Saavedra Cerón avait un cactus entre les jambes.

Je ne sais si vous pourrez vous figurer l'effet que produisit cette annonce sur Viktor Skorpión.

—   Un cactus ?

—   Parfaitement, elle avait un cactus, répéta-t-elle.

Il se força à rire.

—   Un cactus ? C'est ridicule.

Il ricana une seconde fois, toujours aussi insincèrement.

—   Oui, un cactus. Et il est mort d'une maladie que transmettent les cactus et qui donne ce genre de brûlure. Les épines restent coincées dans la peau et elles infectent progressivement tout le corps.

—   Oui, c'est un érysipèle, une maladie infectieuse que peuvent transmettre un certain type de cactus, les euphorbes auxquels appartiennent la plupart des espèces endémiques du Mexique.

—   Vous voyez que je dis la vérité : vous-même vous connaissez le nom de cette infection.

—   Certes, mais… – Il hésitait. – Elle ne peut avoir eu de cactus à la place du pubis, c'est impossible !

—   Je vous affirme qu'elle en avait un, aussi assurément que vos plantes ne sont tout à fait des plantes et sont inexplicablement liées aux femmes dont vous avez mêlé les cheveux à leurs racines : à la façon dont le courant électrique passe d'un câble à l'autre, la vie humaine est passée dans leurs tiges. Je ne sais par quel prodige, au Mexique le cactus s'est retrouvé sur ou dans Concepción.

—   Sur ou dans ? Car ce n'est pas du tout la même chose !

Vous voyez que le scientifique était à l'affût du moindre détail anatomique.

—   Sur ou dans, que sais-je ? Y a-t-il seulement une différence ?

—   Bien sûr qu'il y a une différence !

Il voulut expliquer ce qu'il avait en tête mais n'osa. Ce légiste qui avait ouvert des filles et violé une fleur était pris tout à coup d'une pudeur de vierge.

—   Je m'interroge sur l'aspect externe et interne de… la plante.

—   Je vois à quoi vous pensez : elle était cactus extérieurement et intérieurement, mon oncle me l'a assuré.

—   Mais vous disiez à l'instant ne pas savoir…

—   C'est que je n'avais pas compris jusque-là ce que vous me demandiez, mais je le sais maintenant.

—		Je ne crois toujours pas un traître mot de votre histoire.

Il prononça ces mots en se détournant d'elle ostensiblement comme un enfant boudeur.

—		Fort bien, ne me croyez pas ! Mais dans ce cas et selon ce principe, vous devriez aussi douter de tout ce que vous m'avez raconté quant à vos chères petites. Votre récit est plus invraisemblable que le mien. Tolérerez-vous au moins que je le finisse ? Car vous ne savez encore tout.

Il se retourna vers elle et lui dit avec douceur :

—		Oui, certainement, finissez, je brûle moi-même de connaître la suite.

—		De la même façon elle tua de nombreux hommes, des hauts dignitaires du régime, des généraux de l'armée fédérale, des colonels, des lieutenants. Elle tenait une liste de ses victimes – de crainte d'en oublier – et la gardait agrafée à sa jarretière. Si l'arme du crime ne différait jamais, la cause de la mort, elle, n'était toujours la même. Les uns décédaient des suites de leurs brûlures qui s'étendaient, depuis leur sexe, au reste du corps ; les autres étaient emportés par une très forte fièvre ; certains ne survivaient pas au développement de l'œdème infectieux qui remplaçait désormais chez eux l'organe sacré de la reproduction. Mais ils ne périssaient pas tous par le bas. Il me souvient d'une histoire que l'on me conta un jour de deux amants qui voulurent se baigner dans un petit bassin d'eau stagnante et habituellement chaude, sur la pente d'un volcan. Eh bien, celui-ci était prêt d'entrer en éruption et ils rentrèrent dans une mare d'eau et de soufre. On ne retrouva que leurs squelettes recouverts d'une mince couche de chair grillée. Cette fille paraissait assez produire son propre soufre, car l'on me dit aussi que des hommes reçurent en plein dans l'œil quelque projection intime issue d'elle, dont ils devinrent aveugles. D'aucuns qui y avaient mis la langue moururent étouffés, après avoir longuement bavé et lâché force écume sur eux et dans le lit, qui les faisait ressembler à ces possédées dont parlent les moines ; ces dernières n'avaient pourtant tâté de la Femme Cactus. On ne comprenait pas, du côté de l'armée fédérale, ce qui décimait ainsi leurs troupes et leur gouvernement. On fit venir de nombreux médecins. Ils dirent d'abord que le mal ne traverserait pas les murs de la chambre, puis que les soldats devaient se tenir à bonne distance les uns des autres, enfin qu'il fallait mettre toute l'arnée en quarantaine ; en somme il ne savaient rien mais palabraient comme s'ils avaient été plus savants que Pasteur. Le Professeur Ragout, que vous connaissez ce me semble et qui officie en Provence, annonça depuis la France qu'il savait guérir cette grippette et avait trouvé une pharmacopée ; il dit du reste, en bon Français, que la chose était aisée, évidente et digne d'un enfant. Les Mexicains étaient des sots de n'y avoir pas pensé. Il se proposait de venir en paquebot tester toute l'Amérique latine. Mais il était ignorant sur ce point des vagins tueurs et présageait trop de ses talents. Il n'avait point encore eu affaire à une peste si redoutable que la Espinosa. C'est ainsi en effet que l'ennemi commença à l'appeler car l'on retrouvait toujours, dans les muqueuses les plus privées, de grosses épines. Mais l'on croyait toujours parler d'une maladie et non point d'une femme ; c'était cependant tout un. Peu à peu, cela revient à dire au bout de quatre ans, on commença à établir le lien entre cette magnifique fille qu'avaient eue dans leur lit toutes les victimes et leur mal. On songea que les insurgés avaient reçu l'aide de Dieu ou du diable pour envoyer sur eux un tel fléau. Cela suffit à faire passer du côté de la Révolution nombre de soldats jusque-là fidèles au régime. Parmi les zapatistes, on pensait avoir pour allié le fantôme de la Malinche. Elle avait, de son vivant, livré le peuple maya, son peuple, aux conquistadores ; son âme n'avait pas trouvé le repos et elle était revenue pour sauver les petits paysans indiens, mayas, aztèques, toutes nations descendant de celles qu'elle avait trahies. Elle voulait se racheter et leur rendre ce qui leur revenait de droit, la terre et la liberté. Cela passait dorénavant non plus par la lutte contre un envahisseur étranger mais contre l'ennemi de l'intérieur, l'État voleur et infidèle. L'on sut bientôt qui était la Malinche de chair, cette Conchita qui venait la nuit visiter leur chef. On ne savait si elle était tout à fait réelle ou un fantôme imitant la Vie à la perfection. Du moins connaissait-on son identité et l'on ne tarda pas à la surnommer « Concepción Picante pour les épines qu'elle plantait çà et là ; l'on trouvait plaisant du reste que ce nom de Concepción donnait à espérer quelque fertilité, quand elle en détruisait bien plutôt le centre et les moyens chez ces messieurs.

Elle continua ainsi jusqu'en 17, poursuivant ses pérégrinations meurtrières chez l'ennemi sans jamais se faire prendre, car elle se déguisait et changeait chaque fois d'aspect, si bien qu'elle était insaisissable et qu'il eût fallu mettre aux fers toutes les femmes du Mexique pour faire cesser ses crimes. En 17 fut proclamée une nouvelle Constitution dans laquelle furent inscrits le démembrement des grandes propriétés et la restitution équitable des terres aux paysans. Les petites gens avaient gagné et la Picante avec eux.

Concepción partit s'installer dans une terre aride qui convenait à son état et cultiva son jardin ; elle y avait un petit élevage de bouquetins. Elle avait atteint son but et pouvait demeurer tranquille : ses rêves n'allaient plus loin que la barrière de cactus qui entourait sa maison.

Émiliano Zapata venait quelquefois. La légende dit qu'ils furent très amoureux et qu'elle le pleura lors de son assassinat en 19, comme si elle eût été sa veuve. L'histoire ne dit pas si elle le vengea si férocement et avec la même ardeur qu'elle avait vengé son père ; il est peu de vengeances qui changent la face d'un pays. Je sais du moins qu'elle garda le deuil toute sa vie.

Viktor Skorpión demeura pantois un long moment. Il ne savait plus que penser de cette Femme Cactus. Après une mûre réflexion, il lâcha, manifestement très en colère :

–   Balivernes ! Vous avez inventé toute l'histoire pour me faire peur !

–   Pour vous faire peur ? Êtes-vous un enfant que l'on vous conte des fables dans le but de vous effrayer ? Votre hypothèse vous humilie plus que moi.

–   Diablesse ! s'écria-t-il en se levant. Vous cherchez à me tromper ! Vous êtes comme cette fille.

Violante soupira et leva les yeux au ciel :

–   Si cela peut vous rassurer de croire que je mens…

–   Oui, vous mentez et cela me rassure… et cela me… enfin je le sais bien.

–   Comment pouvez-vous le savoir puisque vous n'y étiez ?

–   Vous n'y étiez pas davantage !

–   Mon oncle, lui, s'y trouvait : il a fait la Révolution avec les Mexicains.

–   Il est Mexicain peut-être ? ricana Skorpión.

–   Non, mais il est communiste et se sent de tous les pays quand il est question d'injustice.

–   Ah ! Vous vous moquez de moi et venez d'inventer cela.

–   Point du tout, mais je vois que vous êtes déterminé à ne pas me croire, alors je cesserai là de me défendre. Je sais bien, moi, que je dis vrai et vous devriez y songer vous aussi. Supposez un instant que ce soit la stricte vérité : pensez-y.

–   Je refuse de penser à de telles sottises.

Et il sortit de la pièce en claquant la porte.

Cette Shéhérazade nouvelle savait qu'elle avait fait son effet et retardé sa perte, voire même qu'il ne la toucherait jamais désormais. Il avait bien trop peur.

Le Professeur monta dans sa chambre et se mit au lit quoiqu'on fût au milieu de l'après-midi. Il avait besoin de se calmer, de réfléchir et surtout de se trouver loin d'elle. Quelle stupide idée avait-il eu de l'emmener chez lui et de l'attacher dans sa serre ? Maintenant, il ne pourrait plus lui échapper. Il mit longtemps à trouver le sommeil. Il se tournait et se retournait dans son lit, tournant et retournant son problème et le récit de Violante. Comment pouvait-il se débarrasser d'elle à présent ? Il faudrait la déplacer, la mettre hors de chez lui, mais où ? La chose était délicate. La garder à la *Villa Ancolie* – chez elle – présentait de nombreux dangers : il ne l'aurait constamment à vue, elle pourrait s'échapper, crier, quelqu'un pourrait entrer et la trouver… mais il aurait l'avantage de ne plus l'avoir constamment sous les yeux ni dans les oreilles. Après tout, un simple bâillon pourrait faire l'affaire : il suffirait qu'elle ne parle plus pour qu'il soit à nouveau tout à fait tranquille. Pour ce qui était de l'histoire de Concepción de Saavedra Cerón, la Picante, elle était fausse à l'évidence et Violante l'avait inventée de toutes pièces. Il est vrai que certains éléments étaient troublants. Les euphorbes, une variété de cactus que l'on trouve précisément au Mexique, produisent un latex très irritant pour la peau et les muqueuses ; ils correspondaient bien au récit que Violante lui avait fait des projections de sécrétions dans l'œil et qui provoquaient la cécité. Quant aux brûlures qu'elle lui avait décrites comme de larges plaques rouges ou luisantes, enflées et très douloureuses, qui s'étendaient progressivement de la première zone de contact et de contamination au reste du corps, elles répondaient parfaitement à la symptomatique de l'érysipèle, une maladie infectieuse provenant d'un champignon qui s'installait souvent dans ces mêmes euphorbes. Pareillement, le gonflement des muqueuses, le développement d'œdèmes et la forte fièvre satisfaisaient au diagnostic. Il était bien ennuyé de découvrir tant de correspondances entre un mal qu'il connaissait pour en avoir vu les ravages sur des indigènes d'Amazonie et la narration très exacte de sa captive, laquelle n'avait guère de connaissances en étiologie des infections tropicales. La chose était impossible cependant. Impossible comme l'assassinat de Rose à partir d'une bouture ou le viol de la pourpre à partir de sa réplique… Comment savoir s'il pouvait donner quelque crédit à cette histoire ? Violante tentait de le manipuler, voilà tout, et elle y était parvenue à merveille puisqu'il était confus et troublé. Vraiment, il était urgent de se débarrasser d'elle. Pour l'heure, il décida d'en rire et se força même à en rire tout seul sous ses draps. La chaleur était invraisemblable, il brûlait sous les multiples couches de tissu, mais sans savoir pourquoi il ne pouvait les retirer et se retrouver dépourvu de toute barrière protectrice entre lui et… elle. Bien qu'il fût très nerveux, il parvint enfin à s'endormir au bout de deux heures.

Vers minuit, il s'éveilla, en nage et tremblant ; des sueurs froides perlaient le long de son dos et ses tempes étaient en feu. Il voulut boire un peu d'eau et se leva, prenant la direction de son cabinet de toilette, qui attenait à sa chambre. Mais son pied, dans le corridor, se prit dans quelque chose et il tomba de tout son long. Il se frotta la cheville, qui lui était douloureuse, et s'assit sur le sol. Qu'était-ce donc qui traînait là, dur et solide ? Il tâta le parquet et ne sentit rien d'abord. Puis il avança davantage la main et toucha tout à coup, du bout des doigts, une masse oblongue et rigide, d'une dizaine de centimètres de diamètre, et dont le bout finissait en pointe. Il n'arrivait pas à identifier l'objet et se demandait ce qu'il avait chez lui de cette forme et taille, qu'il avait pu laisser à terre (le lecteur connaît suffisamment notre héros pour savoir qu'il était un homme soigneux et organisé qui n'aimait point le désordre). Il se leva et alla mettre la lumière dans sa chambre, le couloir ne disposant pas de son propre éclairage. Ce qu'il vit dépassait l'entendement.

De gigantesques branches avaient poussé dans l'escalier, dans le couloir, sur le sol, sur les portes et les meubles, jusqu'au plafond et avec elles, des feuilles par milliers. Des ramures de sapin, de marronniers, des palmiers, des cactus, des orangers… ! C'était la végétation de tous les continents, de tous les pays, qui croissait sous tous les soleils, grâce à toutes les pluies, qui s'était maintenant réunie chez lui. Toutes les plantes s'entremêlaient, s'enlaçaient dans une lascive danse, la tige du laurier se tressait à celle du cerisier, les citrons se pressaient auprès des feuilles languissantes du saule et des épis de blés perçaient un tapis de nénuphars. C'était là qu'il se tenait tout à l'heure, après avoir fait sa chute : c'était bien le seul endroit du couloir où ne se dressait pas un bois épais. Il commença à avancer prudemment, en regardant bien où il posait le pied, de peur de trébucher à nouveau. Une fois devant sa chambre, il se retourna : seule cette pièce avait échappé à l'Innommable, puisqu'il n'y avait nulle trace de feuillage. Il voulut en refermer la porte, afin d'empêcher l'envahisseur d'y entrer. Mais elle ne fermait déjà plus : une liane féroce s'était entortillée autour des gonds et de malodorantes roses jaunes, des Fétides de Perse, barraient l'encadrement de leurs épines acérées. C'en était fait : la chambre aussi serait atteinte par le mal. Il fit quelques pas en direction de l'escalier, du moins de ce qu'il en restait. C'était une rizière, ainsi qu'il en avait vues en Indochine. Il ignorait d'où elles avaient tiré tant d'eau, mais chaque marche semblait une petite mare au-dessus de laquelle se dressaient de hautes herbes. Il observait cette humidité, un air de dégoût au coin des lèvres, se demandant comment il allait nettoyer tout cela — sans compter qu'il était seul à s'occuper de la maison depuis qu'il avait tué Rose et empoisonné l'ensemble de la famille de Louise : comme quoi il y avait tout de même quelques inconvénients au crime, quoi qu'on en dise. Mais ce furent bientôt de tout autres préoccupations qui l'accablèrent, car il bénéficiait enfin d'un point de vue complet sur le salon et la salle à manger depuis le haut de l'escalier. Il ne savait s'il pouvait s'estimer toujours chez lui ni même s'il y était encore à cet instant. Aucun meuble n'était plus guère visible, ni le plancher ni les tapis. Une verte jungle les remplaçait. Celle-ci, si elle était dominée par les tons émeraude, péridot et jade, était rehaussée du rubis, de l'améthyste, de la citrine, de la perle, du saphir et du soufre des fleurs. Les sultanes côtoyaient les paysannes marguerites, les hyacinthes mélangeaient leurs pétales aux épis de maïs, le jasmin parfumait les noisettes, la myrrhe coulait doucement sur la rambarde de cuivre de l'escalier et arrosait de ses gouttes de farouches orties. Viktor Skorpión se donna mentalement du courage, se répétant à lui-même :

— Ce n'est rien, elles ont juste un peu grandi cette nuit, elles ne peuvent rien te faire.

Il n'osait ajouter, quand bien même il le dit à part lui :

— Ce ne sont que des plantes, car il craignait qu'elles ne puissent l'entendre et s'en venger : il en avait déjà vu d'autres et redoutait de découvrir chez ses *chères petites* des capacités qu'il ne leur connaissait pas encore.

Il valait mieux rester sur ses gardes et ne pas tenter le diable. Il débuta sa lente progression dans l'escalier. Il était répugné au possible. Chacun de ses pas lui faisait émettre un petit clapotis et il était contraint à patauger dans une vase infâme. Le bas de son pyjama (jaune à fines rayures olive) était tout trempé et bruni. C'était insupportable d'avoir à subir cela chez soi, dans son propre foyer ! Il était indigné – et effrayé plus encore qu'indigné, même s'il ne voulait se l'avouer. À mi-chemin, il manqua de tomber à cause d'une espèce de mousse qui s'était répandue sur la marche, sous l'eau, et qu'il ne voyait pas (je rappelle que l'éclairage provenait de sa chambre et qu'il n'avait encore allumé le rez-de-chaussée, aussi toute chose parvenait-elle à son regard dans une semi-obscurité). Il cherchait d'ailleurs à savoir d'où provenait l'eau, mais ne parvenait à le comprendre : il n'entendait aucun filet d'eau couler ni ne distinguait de faille dans le plafond qui eût permis à la pluie de s'infiltrer. Enfin il posa un premier pied dans ce qui avait été jadis son salon. Les effluves des fleurs et la moiteur de l'air étaient peut-être ce qui lui était le plus pénible : il avait grand-peine à respirer et chaque bouffée inspirée piquait ses narines d'une odeur forte et comme animale. C'était tout à la fois la senteur de la terre humide, des insectes de ses terrariums, des roses bien sûr, du jasmin, de la cannelle ; par moments elle semblait artificielle, rappelait le musc et les fards des dames ; quelquefois elle le transportait aux Amériques dans les champs de café, de coton et de tabac blond… blond comme les blés, blond comme la chevelure de Rose. Elle s'était présentée à lui pour la première fois voici deux ans. Il avait passé une annonce dans *Le Bonhomme Normand*, disant qu'on recherchait pour une maison au centre de Deauville une femme de chambre. Louise lui avait conseillé d'énumérer un grand nombre de tâches, quoiqu'il ne fût à la vérité guère exigeant : sans cela il n'attirerait que les paresseuses, lui avait-elle remontré. Sa liste de travaux domestiques, longue comme le bras, découragea tout le monde et longtemps il ne se présenta personne. Un beau jour l'on sonna, il alla voir ce que c'était, Louise se trouvant alors au marché. Lorsqu'il ouvrit la porte, il vit une jeune femme qui lui tournait le dos. Elle portait un vieux manteau gris couvert de pelotes de laine et d'incroyables très hauts talons noirs. Mais surtout, d'immenses mèches bouclées tombaient en cascade le long de sa colonne vertébrale. Elle avait ramené sa chevelure vers l'arrière de son crâne et l'avait maintenue avec une foule d'épingles dont certaines quittaient maladroitement leur emploi en se dressant toutes droites, telles de piquantes épines. Le reste de la toison était lâché, laissé à l'abandon et s'étendait de ses épaules à ses lombes. Il demeura saisi par cette vision et sut dès ce moment qu'il ferait son possible pour la garder toujours. Elle se retourna à demi et dit, dans le large sourire sibyllin qui était le sien, mi-charmeur, mi-moqueur :

— Quel splendide jardin vous avez, Monsieur. Je n'en ai jamais vu de si beau.

Cette première phrase était d'une affligeante banalité, mais elle lui parut… irrésistible comme elle. Elle lui exprimait naïvement l'admiration pour ses plantes qui étaient bien sa propriété la plus précieuse. On aime toujours qui aime ce que l'on aime, à la façon dont une fille-mère est séduite par l'homme complimentant son enfant. Il lui annonça, après quelques minutes d'une insipide conversation dans laquelle elle lui tint le compte de ses anciennes places, qu'il la prenait. Elle logerait ici et aurait un gage généreux, pas moins de cent vingt francs par semaine. Elle parut indiciblement heureuse et comme rassurée. Au moment de prendre congé, elle s'arrêta devant la serre et lança :

— Prenez garde, Monsieur, qu'elles ne sortent de la cage de verre où vous les enfermez : elles pourraient se venger de vous.

Et elle pouffa en se mordant les lèvres : son rire était cristallin et semblait du même éclat qu'un carreau de sa serre qui se fût brisé.

Il fut pris d'un terrible hoquet, mêlé d'une puissante toux. C'était donc ça, c'était la vengeance ! Elles grimaçaient horriblement, se déformaient, s'écartaient comme Pauline au bordel ! Les plantes, les pots, les absurdes pots… Toute cette terre… ! Ah ! Cette couleur ! Celle de l'excrément, ce marron, cet horrible marron. Elles naissaient dans la fange, dans les immondices, dans les entrailles, ces roses insolentes, ces lys impudents ! Il n'y avait de quoi tant faire les fières. Il savait, lui, où elles avaient été engendrées et comment. La laideur, la souillure de la Conception.

Las ! L'image écartelait toute chose ! Les murs se fendirent, les vitres se brisèrent, le sol s'ouvrit et le plafond se déchira si facilement qu'un fragile voile. Il tourbillonnait, aspiré dans la béante infinité, dans l'immensité monstre ! Les vitres se faisaient ondes, vagues, et la lueur de l'aube s'y reflétait chancelante et changeante. Les rouges succédaient aux blancs immaculés, les hautes colonnes indigo de l'*Ancolie* apparaissaient, son grand portail bleu infranchissable, puis la verte jungle, l'émeraude forêt envahissaient toutes choses, le jardin, la ville, les campagnes et les murs… ! Le manque d'air le plia en deux et il tentait de rejeter, d'extirper de lui… Quoi ? Cet air nauséabond, cette odeur de femme et de con, les phéromones par millions qu'il avait dû avaler, les microscopiques granules, le pollen, la cyprine… ! Ah ! Il n'en pouvait plus d'elles, de leur horrifique présence ! Il était presque à genoux sur une pelouse jonchée de pâquerettes, de belladones et de grassettes, nauséeux, fiévreux, quand soudain il leva la tête et la découvrit. Elle était là, monstrueuse et sublime, sculpturale et tentaculaire, terrible et majestueuse, irréelle géante dominant la pièce. Elle ajoutait son ombre à l'ombre de la nuit et l'obscurité sous ses ramures était non celle d'un doux crépuscule, mais celle de l'abîme sans fond. Ses fleurs étaient pourtant d'un rouge vif. Les bouches énormes s'ouvraient sarcastiques, de grosses langues passaient lentement sur ses lèvres, puis s'étiraient avides comme celles de caméléons voulant attraper de petits insectes, les dents claquaient déjà, attendant leur proie et tous ces vilains sexes n'étaient honteux de s'offrir, de s'exhiber béants, au contraire ils se targuaient d'être eux-mêmes et se moquaient de lui ! Dionée touchait le plafond, elle l'avait même détruit en partie. De fines craquelures s'étaient dessinées au-dessus d'elle et formaient une étrange figure labyrinthique. Il tentait d'en suivre les lignes, de déceler la forme qu'elle esquissait, mais n'y parvenait. C'était une rose ou des cheveux épars, un visage, les rainures d'une feuille, un œuf au plat, un sexe de femme peut-être. Il ne savait et ne pouvait détacher son regard d'elle. Dionée s'apprêtait à percer le plafond, le toit, les cieux même. Rien de l'arrêterait plus. Elle était toute-puissante ; elle régnait.

Il porta la main à son crâne, se le frotta longuement, frotta ses yeux aussi. Il avait une migraine terrible et il avait soif. Il se dirigea vers la cuisine, n'osant entrer dans la serre, et y alluma les néons. Une lumière ardente et d'un blanc aveuglant éclaira la pièce. Le poêle chauffait ; ce n'était pourtant lui qui y avait mis des bûches. Il craignit que ce ne fussent ses manuscrits qui partaient ainsi en fumée. Il se pencha et aperçut quelques caractères d'imprimerie. Il attrapa un feuillet à demi carbonisé : c'était une page de la revue *Pétrichor*. Le fameux magazine qui avait été à l'origine de ses expériences d'hybridation, à l'origine de tout, alimentait maintenant le poêle et offrait la chaleur qui était nécessaire aux femmes cactus. Celles-ci en effet avaient proliféré tout autour du poêle. Étaient-ce elles qui... ? Quelle hypothèse stupide, songea-t-il, quel idiot il faisait de croire qu'un cactus pouvait déchirer un magazine et allumer un feu ! Il passa péniblement, en enjambant un tronc de marronnier couché au milieu de la cuisine, près de l'évier. Celui-ci était rempli d'eau à la surface de laquelle avaient crû de nombreux nymphéas. C'était un Monet que son évier. Il tendit la main et voulut tourner le volant en laiton, mais le lierre, qui apparemment voulait seul accomplir cette tâche, l'en empêchait. Il allait renoncer et avait déjà cessé d'essayer quand tout à coup, un mince filet d'eau s'échappa du robinet. Il s'empressa de boire. L'eau était fraîche et mentholée. Quelques végétations avaient certainement envahi la tuyauterie de la maison. Il retourna dans... enfin, à côté. Les pièces n'avaient déjà plus de nom ; tout était indistinct. Il voulait néanmoins jeter un coup d'œil dans son laboratoire pour voir ce qu'était devenue sa captive. Il n'était bien sûr question d'y entrer, mais seulement de rester sur le seuil ; c'était plus prudent. Il se pencha à demi, en se tenant à l'encadrement de la porte – plus exactement à l'épaisse vigne qui avait percé le bois et s'était à lui entrelacée. Il ne vit rien d'abord – qu'une masse verte et rouge. Ce n'était pas la jeune femme, mais la forêt de la serre. Il se rappela avec effroi l'arrivée de Violante chez lui voici quelques semaines, vêtue d'une robe émeraude et couronnée de sa chevelure rousse : c'était elle peut-être qui avait grandi et grossi jusqu'à occuper toute la pièce ! Il avança sa main en tâtonnant et actionna les néons du laboratoire. Non, il s'agissait bien de plantes ; Dionée, notamment, avait allongé ses ramures jusqu'au salon et recouvrait maintenant toutes ses compagnes, mais non point comme une ennemie, mais en protectrice. Qu'en était-il de l'autre Dionée, de l'humaine ? Il esquissa prudemment quelques pas, prenant soin de n'approcher les doigts de l'une ou l'autre des bouches, des sexes grands ouverts. Il perçut d'abord le souffle d'une lente respiration, calme et régulière, songeant avec hargne que cette diablesse dormait sereinement pendant que sa maison était envahie et alors que lui-même ne parvenait à calmer ses nerfs ni à trouver une solution à ce problème. C'était trop injuste. Si elle se réveillait, elle s'alarmerait et serait bientôt si épouvantée que lui. Cette pensée le rasséréna un peu. Il poussa le grand pot d'un cactus qui dissimulait sa prisonnière et la découvrit.

Violante Pericón était allongée sur un tapis de mousse et de feuilles de bananier. Elle portait toujours sa légère chemise de nuit blanche, qui était devenue, sous l'effet de la moiteur de l'air et de sa transpiration, parfaitement transparente. Sa chair était plus pâle que le satin. Elle irradiait. Une gigantesque fleur de lys gisait là, souveraine d'une émeraude forêt, majesté de cette jungle, perle de cet écrin vert et dense qui n'existait que pour la protéger. Des dionées et des lys avaient fleuri sur son corps, dans ses cheveux, des feuilles habillaient son cou, sa gorge, sa hanche et des tiges menues, qui n'étaient des cordes geôlières mais de lâches rubans, entouraient ses poignets, embrassaient ses genoux. Fleurs et cheveux, chairs et feuilles, tiges et os… Tout s'était mêlé, uni dans une parfaite harmonie et ne formait plus qu'un corps unique et indifférencié. Elle était Dionée, elle était Lys et les lys, les dionées étaient Violante. La mousse, sous elle, semblait un lit préparé par une florale camériste, une fée des bois toute dévouée à sa maîtresse, et d'immenses feuilles de palmier semblaient s'élever et s'abaisser doucement, comme pour éventer leur Cléopâtre nouvelle… ! Tout était à sa place. Tout était à son avantage. Assoupie, elle commandait à son insu tout le monde végétal, inconsciente de son pouvoir.

Une reine endormie ne cesse point de régner.

C'en était trop. Viktor s'enfuit dans sa chambre pour ne plus la voir. Il s'enfonça dans son lit et pleura comme un enfant.

Vers midi, quand il s'éveilla, il était tout guilleret : il avait rêvé, à l'évidence, fait un cauchemar horrible. Lorsqu'il descendrait, tout serait à nouveau comme avant, il pourrait enfin venir à bout de sa prisonnière, lui faire ce que depuis le début il avait prévu de lui faire et la malheureuse serait bien en peine, après cela, de conter encore des fables ou de se révolter. Il s'étira longuement, paressa quelques minutes de plus – il avait raison de profiter de ce peu de répit car il ne durerait pas – puis se décida à ouvrir les yeux. C'est peu dire qu'il ne s'attendait pas à un tel spectacle. Sa chambre était emplie de plantes en tous genres, qui avaient élu domicile sur son secrétaire, sa coiffeuse, sa table de chevet ; elles étaient même entrées dans sa penderie, où il n'avait plus la moindre chemise convenable. Tous ses vêtements étaient lacérés, hérissés d'épines, maculés de boue et trempés. Quant à ses livres – il avait là, essentiellement, des ouvrages de philosophie – on ne les voyait plus même ; ils avaient été transpercés par les racines d'un cerisier ou noyés dans l'eau croupie de grands roseaux. Son Nietzsche était pendu par le bas à une liane folle.

Viktor poussa de petits cris d'effroi en découvrant les fissures au plafond et la vase stagnante au pied de son lit.

– Qu'est-ce encore que cela ? Qu'est-ce encore que cela ? Depuis qu'elle est là… Tout grandit, pousse de cette façon… furieusement… en envahissant… ma maison… moi… Pourquoi suis-je allé la prendre… ? C'est arrivé par sa faute… C'est elle qui fait tout cela.

Et il courut au rez-de-chaussée.

Il pénétra dans le laboratoire. Violante baillait langoureusement et sourit à son entrée :

– Cela pousse, dites donc, chez vous !

Et elle pouffa du même rire dont Rose l'avait affublé, quand elle l'avait menacé que les fleurs se vengeraient de lui. Elle avouait donc son crime ! Il frappa du poing sur ce qui restait d'une table, mais elle rit de plus belle. Il se retint d'éclater en sanglots. Il se précipita hors de la pièce et courut à la porte d'entrée. Il fallait sortir, sortir, vite ! Il n'avait les clés sur lui. Il fallut les chercher à l'étage, dans la table de chevet – où il les avait cachées afin que Violante ne puisse s'échapper si elle venait à se libérer de ses liens – se battre avec de vivaces ancolies, qui avaient entortillé leurs tiges à la poignée du tiroir, les emporter, enfin, jusqu'en bas, ouvrir les serrures, le cadenas, le loquet, baisser la poignée… Et constater que la porte n'ouvrait pas. Diable ! Que se passait-il ? Il s'acharna sur la poignée, tambourina à la porte, implora, sans savoir qui il implorait, distingua le rire moqueur de Violante, qui lui parvenait depuis la serre, pleura, cria… pour tomber enfin, épuisé, désespéré, à genoux, face à la porte irrésistiblement fermée. Il avait déverrouillé les serrures et tout ce qu'il avait mis d'entraves à la fuite de sa prisonnière ; il était maintenant aux prises avec tout ce que la jungle avait mis d'obstacles à son propre départ. De geôlier il était devenu captif.

Pendant des jours, il essaya d'ouvrir la porte d'entrée, celle de service, toutes les fenêtres de sa maison, et même le petit soupirail de la cave. Rien n'y fit. La végétation s'était répandue absolument partout et avait bloqué toutes les issues. Violante n'avait de cesse de se gausser de lui et du reste n'avait jamais été aussi belle. Sa chemise de nuit était en lambeaux, si bien qu'elle se trouvait pour ainsi dire nue devant lui sans en éprouver, semblait-il, la moindre honte. Elle était très sale, vivant comme lui dans la vase, car il y avait désormais de la terre partout, qui semblait provenir des trous que creusaient les racines dans le plancher, dans le carrelage, et remonter dans la villa. C'était inexplicable et bizarre, comme tout ce qui se passait alors. Viktor tentait de garder son calme et de trouver des solutions aux étranges problèmes qui se posaient à lui. Il arrachait les plantes, les taillait, calfeutrait les trous et les fissures, allait jusqu'à empoisonner ses *chères petites*, qu'il avait tant aimées et qui dorénavant tant l'insupportaient. Mais les désherbants ne servaient de rien et elles repoussaient plus prolifiques qu'avant. Par moments, le parfum envoûtant du jasmin et de l'encens, l'aspect de la népenthès et celui de l'oxalis, le velours du lys et celui de la rose faisaient naitre en lui un désir de possession féroce et irrésistible. Mais il ne voulait entrer son vit dans l'une d'elles, de peur de se le faire dévorer, couper ou infecter comme le furent ces Mexicains par la Femme Cactus, aussi se masturbait-il frénétiquement en les regardant et déchargeait sur elles. Il n'osait s'approcher de Violante, qui lui inspirait une crainte semblable à celle qui le glaçait dès qu'il jetait les yeux sur Dionée ; au demeurant, elle était la cause de tous ses malheurs, avait provoqué, sans qu'il ne sache expliquer comment, la croissance surnaturelle de la flore, l'apparition d'espèces nouvelles dans sa maison – car il n'avait eu jusque-là dans son salon de noisetier, ni de nymphéas dans son bidet – et bien sûr, ce qui en découlait, à savoir sa captivité. Il n'allait se risquer à s'introduire davantage en elle, redoutant d'y rester coincé et emprisonné à la façon dont il l'était déjà chez lui. Du reste, il se sentait parfaitement chaste de n'avoir eu que de vagues rapports végétaux et de n'avoir jamais cédé à la moindre femme. Il trouvait, dans son pucelage intact, une satisfaction sans pareille, une fierté, le bonheur de posséder un trésor, une capacité spéciale, surnaturelle et, d'une certaine façon, une forme de toute-puissance. Impollu, il demeurait invaincu. Il n'avait l'idée de songer que tant d'hommes et de femmes l'avaient été avant lui, n'en avaient retiré si folle vanité, ni ne s'étaient sentis des Hercule ou des déesses pour s'être trouvées momentanément dans leur état de nature.

La jeune femme, quant à elle, observait ce qui lui paraissait ses égarements avec un mélange de dégoût et d'amusement : Viktor était donc un être bien dégénéré pour s'abaisser à de telles actions. De surcroît, avait-il sombré dans la folie pour ainsi le faire devant elle ? Elle était témoin de tout et il semblait n'en avoir cure, ne pas même la voir. Souvent, les premières fois qu'elle l'observa, elle fut terrifiée, croyant qu'il viendrait à elle et lui ferait violence. Mais il ne paraissait ne désirer que ses plantes et devenir lubrique à leur seule vue. C'était décidément un homme étrange que ce Skorpión et il lui donnait à voir un bien curieux spectacle.

Enfin, toute son attitude changea peu à peu. Il ne lui parlait presque plus ou parlait par bribes, ne finissant plus ses phrases, remplaçant le lexique par des sons inarticulés. Parfois il marmonnait, passant près d'elle, les noms de « dionée » ou de « lys » ; apparemment, c'était elle qu'il appelait désormais ainsi, confondant la Femme avec la Fleur. Il déambulait tout le jour dans ce même pyjama citron dont il n'avait pu changer depuis que les fleurs avaient envahi sa chambre et mis à sac l'ensemble de sa garde-robe. Il était sale bien sûr, comme elle l'était elle-même, et mangeait à même le sol. Après tout, les tables avaient disparu sous les mousses et les buis, le poêle ne servait plus qu'à chauffer les cactus et les casseroles étaient couvertes de lierre. Dès qu'on l'arrachait, il repoussait aussitôt et il n'était plus guère possible de trouver un ustensile de cuisine qu'il n'eut entièrement encerclé et entortillé. Au demeurant, il nourrissait Violante à la becquée et lui mettait dans la bouche, avec ses doigts, craignant chaque fois qu'elle ne les lui dévore, un morceau de saucisson, un œuf cru, du lard fumé, toutes denrées dont il se nourrissait et qui n'étaient d'origine végétale, car il n'osait plus consommer quelque légume ni quelque fruit que ce soit, redoutant par trop la vengeance de ses colocataires – à moins qu'il ne fût, lui, leur locataire et qu'ils n'eussent seulement toléré sa présence chez eux, ce qui semblait déjà plus près de la vérité. Pour faire boire son humaine compagne, il l'arrosait. Une nuit, elle s'éveilla en sursaut et le surprit qui plantait ses pieds dans un grand pot rempli de terre et les imbibant d'eau avec son arrosoir, comme si elle avait été une fleur ornementale. Une fois qu'il eut fini, il arrangea sa composition en déposant sur l'humus de petits cailloux, à la façon d'une offrande, et la regarda très fier de lui. Il la traitait du reste comme une reine et était devenu l'esclave de sa captive.

CHAPITRE VIII

Il était cinq heures de l'après-midi, ce 25 août 1921, lorsque Don Matéo Diaz se précipita hors de chez lui. Il ne ferma pas sa porte ni son portail ni n'ouvrit son garage pour prendre sa Rolls. Il courait à en perdre haleine vers la *Villa du Lys*, vers Skorpión qu'il aimait, qu'il croyait connaître et vers Violante qui était sa captive. Il n'avait plus de doute ; il savait. Il aurait dû voici un an comprendre tout, quand il pouvait encore tout éviter. Mais il avait été volontairement aveugle, s'était ingénié à ne jamais penser du mal de son ami ; il avait trouvé commode de se limiter à une interprétation des événements strictement naturelle et réaliste, il avait sciemment bridé son imagination et s'était interdit de supposer quelque chose que ce soit qui eût été extraordinaire et fantastique. Il avait eu tort. Il aurait dû savoir, en tant qu'écrivain, que la Vie était plus riche, plus complexe, plus incompréhensible, plus absurde aussi que toute l'invention des poètes. Après tout, les faits divers d'un journal dépasseront toujours en horreur les meilleures pages de Rosset et de Barbey, et la Science a déjà, à peine trente ans plus tard, rattrapé ce qu'on tenait alors pour les fantasmagories de Verne. Diaz se rendait donc chez le Professeur, bien décidé à ôter Violante des mains, des pinces de l'infâme qui l'avait enlevée, à retirer le gibier au chasseur et à sauver la princesse du terrible monstre qui la gardait prisonnière. En effet, huit jours plus tôt, il avait reçu un appel de Viktor lui annonçant son départ et celui de la jeune femme pour Paris. Or, depuis ce moment, une multitude d'indices l'avait amené à penser que Skorpión la détenait chez lui et l'avait enfin conduit à la vérité.

Après qu'il eut raccroché le combiné du téléphone, il fut envahi par un fort sentiment de malaise qu'il avait peine à s'expliquer. Viktor était son ami et Violante Pericón l'était également : quel mal y avait-il à ce qu'ils aillent ensemble à Paris ? Elle avait une amie à y voir, le Docteur un travail à y faire : leur voyage était dénué de toute ambiguïté. Du reste, si ambiguïté il y avait eu, cela ne le concernait en rien, Violante et Viktor étaient libres d'agir comme bon leur semblait. Il ne cessait pourtant d'y penser. Il s'asseyait et prenait un livre et les mots n'avaient plus de sens, il s'allongeait pour écrire (car il appartient à la catégorie des écrivains de lit dont je suis également), trouvait mauvaise chacune des lignes que traçait sa main, reposait son carnet, se mettait tout à fait sous sa couette, ne parvenait à trouver le sommeil, une fois c'était sa jambe qui le chatouillait, une autre la position de son dos qui ne lui était agréable, puis il se relevait, passait sur son balcon, fumait une cigarette qui ne lui ôtait son mal, prenait une bière qui bien sûr était bonne, lui faisait oublier un instant son agacement et très vite lui donnait mal à la tête, lui ôtait toute énergie si bien qu'il retournait au lit, pestait de ne pas dormir et de ce que ses amis fussent allés à Paris. Toujours il y revenait, sans comprendre pourquoi cette information l'attristait et sans vouloir même reconnaître qu'il était attristé. Il mit environ un jour et demi à se l'avouer (car il était de ces personnes qui bottent en touche dès qu'elles éprouvent quelque affliction et qui ont besoin de faire le constat objectif de toutes les manifestations de celle-ci avant de se résigner à la formuler). Une fois qu'il eut remarqué qu'il avait perdu le sommeil, toute capacité à lire, à écrire et bien entendu toute joie, il commença à penser que ledit voyage parisien le chagrinait assez. Il supposa d'abord qu'il était jaloux, hypothèse qui déjà l'humiliait beaucoup. Éprouvait-il quelque tendresse pour Violante qu'il s'était dissimulée jusque-là ? Il sentait pourtant qu'il ne la désirait pas et que seul un amour fraternel le liait à elle. Était-il envieux de Viktor, était-ce une mesquine rivalité virile qui le plongeait dans cet état ? Songeait-il que celui-ci était aimé de la jeune femme plus qu'il ne l'était ? Il avait cependant toujours pensé que la relation qu'il entretenait avec elle était plus profonde, que Violante était avec lui plus sincère, plus ouverte, osait véritablement se montrer à lui telle qu'elle était, que tout ceci prouvait bien qu'elle lui donnait la préférence. Qu'était-ce donc qui le chiffonnait ainsi et occupait toute sa pensée ?

Le matin du troisième jour, il voulut se raser, se décidant à sortir et à mener quelque vie sociale malgré son profond déplaisir. Il se trouvait alors dans son cabinet de toilette, où ne régnait pas le même ordre qui commandait à l'accoutumée celui de Skorpión (bien qu'en ce moment, il fût tout envahi et désorganisé par des plants de patates, des branches de noyer et une forêt d'ancolies, sans compter le champ de roseaux qui avaient poussé dans la baignoire). Il avait recouvert son menton et ses joues de mousse et avait dressé, comme pour s'égorger, un long rasoir acéré. À ce moment ressurgit devant ses yeux l'image de Violante Pericón avançant triomphalement dans la serre, sa petite brosse à cheveux à la main et l'apportant au Professeur comme une offrande. Se voyant dans la glace, il songea qu'il se trouvait avec son rasoir exactement dans la même position que la jeune femme, qu'il accomplissait un geste semblable... Se pressèrent alors dans son esprit tout à la fois, dans une rapide réminiscence, le souvenir de l'embarras coupable du

Docteur quand Louise leur avait rapporté par hasard que Rose et elle-même lui avaient donné leurs cheveux afin qu'il les mît dans le terreau de ses plantes, celui de la réponse immédiate de Violante, l'expression de joie enfantine qu'elle avait témoignée en allant chercher sa brosse et surtout de la terreur inexplicable qu'il avait ressentie à l'idée qu'elle offrît ses cheveux à Skorpión, du désir qu'il avait eu de l'en empêcher, d'arracher au botaniste ce précieux reliquat de la jeune femme sans qu'il ne pût identifier pourquoi il attachait tant d'importance à ce don. Viktor avait paru dans ce moment si étrangement exalté, une sombre lueur avait passé dans son regard et il avait contemplé la mèche comme s'il elle avait été jusque-là l'objet d'une convoitise énorme, l'accomplissement tant attendu et inespéré... Comme il avait été horrifié d'assister alors à cette scène en spectateur impuissant et ignare : il savait bien à cet instant que lui manquait quelque information capitale qui eût donné sens – son sens véritable – à tout cela. Il observa son reflet sur la lame de son rasoir : il avait le torse nu, une partie du visage couvert de mousse... Il se rappela que Violante avait rêvé d'une lame, d'outils, de pinces qui cliquetaient près d'elle au-dessus de son crâne, que Skorpión coupait ses cheveux... Avait-elle seulement rêvé ? Ne s'était-il pas introduit chez elle, l'assommant et lui substituant davantage de cheveux ? Il en voulait d'autres pour... Précisément, quel pouvait être son but, que pouvait-il vouloir en faire ? C'était absurde, il n'y avait de raison logique. Cependant, les très nettes réminiscences qu'il eut de ces deux événements, dont il pressentait qu'ils étaient fondamentaux, lui permettaient d'identifier enfin le sentiment qui dominait en lui depuis le coup de fil voici trois jours de Viktor : il avait peur – obscurément peur de ce que son ami, l'homme qu'il aimait avec tendresse et qu'il croyait connaître, pourrait faire à Violante. Et il avait honte de cette pensée.

Il voulait cependant en avoir le cœur net. Il eut l'idée de mener une enquête discrète sur Viktor Skorpión, quoiqu'il lui parût indigne et fourbe de prendre ainsi des renseignements sur son ami. Il s'y sentait néanmoins contraint et craignait par trop de manquer au devoir suprême qui lui incombait en tant qu'homme et en tant qu'ami : celui de protéger Violante à tout prix. Sa loyauté l'engageait d'abord auprès d'elle, compte tenu des épreuves étranges qu'ils avaient traversées ensemble, que je tairai ici et que je narrerai bientôt dans un autre ouvrage.

Il songea que nul ne connaissait si bien Viktor que cette bonne Louise qui vivait chez lui depuis longtemps. Il apprit par le boucher qu'elle était partie dans sa famille à Maupertuis. Le fromager en savait plus long : la sœur de la cuisinière et tous ses enfants (qui étaient apparemment bien cinq ou six) étaient mystérieusement tombés malades il y a quelques jours et Louise était partie les aider suivant le conseil de son maître qui l'y avait vivement encouragée. C'était assez pour déterminer Diaz à se rendre là-bas. Il sortit sa Rolls et partit cheveux au vent. Il se sentait l'âme d'un Sherlock et le cœur d'un Poirot.

Il traversa les petites routes de campagne comme une foudre, suscitant l'admiration ou l'hilarité, c'était selon, des paysans qui n'avaient jusque-là vu de voiture si rapide ni si jaune. Il arriva en moins de trente minutes à Maupertuis. Ignorant l'adresse de la sœur de Louise, il aborda une vieille qui était assise sur son palier, lui demanda où se trouvait une maison dans laquelle, disait-on, étaient de nombreux malades et où demeurait depuis peu une dame venue de Deauville.

— N'y allez pô, lui répondit-elle en son patois, c'est la Mort qu'est venue là-dans à la cope, qu'est pas encore aboundaée d'leur avoir crevé l'quyin hier. Ils l'ont entâopinaé dans l'courti.

— Que dites-vous qu'ils ont fait ?

— Ils l'ont mis dans la terre.

— Qui donc ?

— Bah le quyin, pas eux.

— Le chien ?

— Oui. J'l'aurais flambé à leur plôce.

— Pouvez-vous m'indiquer leur maison ?

— Faut pô béser la pue pour ôller ilo. Ils ont tous la va-vite sauf la sœur qui ol vient d'lô ville.

— Où habitent-ils, s'il-vous-plaît ?

— Ilo, à côté de lô kerke. Feraient bien de faire leur pryire ceux-lô, avant que d'être à fait casibérouis.

— Oui, oui… Au revoir.

Il y alla tout de même, répugnant à croire les paroles d'une vieille bique.

— Il fait la craque çui-lô mais il s'ra endégnaé comme les autres, ôllez ! maugréa-t-elle, tandis qu'il s'éloignait.

Une fois là-bas, il se rengorgea néanmoins et perdit un peu de sa superbe en découvrant l'état de tous les membres de la famille, à l'exception de Louise. Ils étaient allongés, fiévreux, l'œil jaune et souffreteux, la mine rouge et suante, un filet de bave très blanche et épaisse au coin des lèvres.

— Diable ! Que se passe-t-il ici ? chuchota Don Matéo, redoutant de les effrayer davantage en parlant tout haut.

— Vous pouvez parler normalement, Monsieur, leur esprit n'est pas assez présent à leur corps pour qu'ils comprennent ce qu'on dit. Ils ont toute la journée le délire. Un médecin est venu qui leur a donné sa médecine, mais ils sont restés malades comme devant. Il est revenu avec un autre, ils se sont susurré des choses à l'oreille longuement. Ils m'ont laissé une ordonnance, puis sont repartis. Ils refusent de revenir, craignant d'attraper le mal. Après tout, ils ont peut-être raison : même le chien nous est crevé hier.

Don Matéo ne savait que lui répondre. Il demeurait pantois, assis sur une chaise de la cuisine, les bras et les jambes ballants, observant avec terreur la tasse de café que Louise avait posée devant lui. Il avait un peu étudié les poisons au moment d'écrire un roman policier dont l'intrigue se déroulait à l'ambassade du Danemark, lors d'un dîner où l'on empoisonnait, Dieu sait pourquoi il avait choisi cette victime-là, l'Ambassadeur. L'épouse de l'Ambassadeur avait opté pour les graines de ricin. Or, son mort présentait les mêmes symptômes que la famille de Louise et celle-ci était la seule à ne pas être malade. La coupable était donc toute désignée. Mais pourquoi avait-elle tué le chien ? C'était là un crime gratuit et pour le moins cruel. Il était cependant ravi de ses conclusions et projetait de la dénoncer à la police à peine serait-il sorti d'ici. Mais il était bien moins ravi de se trouver comme en tête-à-tête avec elle, une foule d'impuissants agonisants les entourant, une tasse de café sucré au ricin entre eux, café dont il faudrait s'ingénier à ne pas boire la moindre goutte, ce qui nécessitait l'invention d'un bon prétexte.

—   Louise, j'ai encore une longue route devant moi et je vais de ce pas vous laisser.

Il se leva pour prendre congé. Il avait déjà enfoncé sa casquette d'aviateur sur sa tête, prêt à filer vers le plus proche commissariat, quand Louise lui lança :

Mais Don Matéo, vous n'avez même trempé les lèvres dans votre café ! Je peux aussi vous servir une petite collation, il me reste de ces bonnes confitures que j'ai faites avec les fruits de Monsieur et que j'ai envoyées à ma sœur !

Diaz se laissa retomber sur sa chaise.

—   Que dites-vous là ? Vous avez préparé des confitures à Deauville en la présence de Skorpión et les avez envoyées ici ?

—   Oui, pas plus tard que la semaine dernière. Monsieur m'en avait fourni l'idée en disant qu'il avait trop de fruits, mais ce n'est pas cela qui a pu les rendre malades : les fruits sont très bons, j'en mange moi-même chaque jour à la ville, Monsieur aussi, et nous nous en portons très bien.

—   Vous avez vous-même goûté à cette confiture ?

—   Pour sûr que j'en ai goûté !

—   J'entends celle que vous avez envoyée à votre sœur, y avez-vous goûté ?

—   Eh bien… J'ai fait des pots pour elle et des pots pour le maître et moi… Si vous me demandez si j'ai fourré les doigts dans les pots de ma sœur, non je n'y ai pas mis les doigts.

Don Matéo sourit de toutes ses dents. Ce n'était pas Louise qui avait empoisonné sa famille mais Skorpión, par l'entremise de ces confitures. Il n'y avait pas de temps à perdre.

—   Le chien a-t-il touché à vos confitures ?

Louise réfléchit et comprit en un éclair :

—   Oui, le chien a lapé un pot qui m'était tombé des mains et était venu s'écraser sur le sol. Mais vous ne croyez tout de même pas que mes confitures ont rendu malade tout ce monde-là ? Je les ai pourtant faites comme d'habitude !

    —   Où est le téléphone ?

    —   Ah ça, on n'en a pas ici, il faut aller chez Monsieur le Maire, mais je ne crois pas qu'il vous ouvrira sa porte quand il apprendra que vous êtes venu chez nous : il a trop peur de tomber malade et ne me laisse plus entrer dans sa maison.

    —   On verra si ce diable d'homme ne m'ouvre pas : je pénétrerai de force.

    —   Dites, Monsieur Matéo, ce ne serait pas à cause de ce que met Monsieur dans ses fleurs que ses fruits sont mauvais et mes confitures de même ?

Diaz, qui avait déjà la main sur la poignée de la porte, se retourna vivement :

    —   Qu'est-ce donc que Monsieur met dans ses fleurs ?

    —   Eh bien… – Louise semblait très embarrassée de trahir les secrets de son maître. – Il y met…

    —   Au diable vos pudeurs de fidèle servante ! Dites-moi ce qu'il y met. Ne vous suffit-il pas que votre sœur et tous ses enfants soient malades et à l'agonie ?

    —   Il y met les cheveux des dames, voilà.

Elle avait déclaré cela tout de go, comme s'il se fût agi d'un secret honteux qu'elle gardait depuis longtemps et dont elle était contente de se décharger.

    —   Mais cela, je le sais déjà, Louise ! Ne vous rappelez-vous pas que vous nous l'aviez conté lorsque Violante et moi avions visité Skorpión par une torride après-midi voici près de deux semaines ?

    —   Non, Monsieur ! Je ne vous parle pas de cela. Je veux dire qu'en dehors de mes cheveux, de ceux de Rose et de ceux que Mademoiselle Violante lui donna la fois dernière, il en a eu d'autres.

    —   Quels autres ? D'où les tient-il ?

    —   C'est cela que je ne m'explique pas, Monsieur. Quelles peuvent être toutes ces dames qui lui donnent de leurs cheveux ? Ça n'est pourtant pas quelque chose qui se peut demander facilement – et Monsieur est si timide !

    Pour cela, il est timide le bougre ! Au point de couper les mèches à l'insu des dames, en toute discrétion.

    —   Mais combien en a-t-il donc ?

    —   De cheveux ? Mais je ne saurais dire ! Beaucoup, sans doute. Est-ce que l'on peut seulement les compter ?

    —   Non, j'entends combien de mèches de femmes différentes possède-t-il ? Une, deux ?

Une ou deux, Monsieur Matéo ? Vous dites cela en manière de plaisanterie.

—		Pourquoi cela ? Combien y en avait-il ?

—		C'est qu'il avait au moins fourragé une grosse mèche dans chacun de ses pots et il en a bien près de quatre cents.

Diaz pouffa de rire.

—		Louise, soyez sérieuse : il ne peut s'être procuré quatre cents mèches de femmes. Comment les aurait-il eues ?

—		C'est cela que je ne parviens pas à deviner, Monsieur Matéo. Qui a bien pu les lui donner ? Mais je suis sûre de mon fait : depuis que ses fleurs poussent d'une manière si sauvage et emmêlée comme si on avait été en pleine jungle, j'ai bien regardé et j'ai vu les cheveux qui sortaient un peu de terre, comme un doigt de la tombe. Et un jour, je l'ai surpris avec de petites sacoches et des cheveux sur sa table de laboratoire. J'ai fait mine de ne rien voir et je lui ai déposé sa citronnade sans rien dire, mais j'ai bien remarqué son petit manège, allez ! C'est depuis cette époque qu'on a la forêt vierge chez nous, enfin… chez lui, et que ses fleurs sont grandes comme vous et moi. C'est tout simple : on croirait qu'il a une collection de dames toutes vertes dans sa serre.

La candide cuisinière ne croyait pas si bien dire : elle avait mis le doigt sans le savoir sur l'étrange vérité et avait compris ce que le prétendu plus grand romancier de ce début de siècle n'avait pas su voir ; décidément, l'intelligence est rarement où l'on croit la trouver. Don Matéo Diaz, qui continuait de recouvrir l'évidente malfaisance de Skorpión du vernis idéalisant de l'amitié, à la façon dont on répand une huile lumineuse sur une obscure croûte retrouvée dans le grenier de sa grand-tante, repartit songeur. Il alla chercher son médecin personnel de Deauville et une armée d'infirmiers qu'il escorta jusqu'au petit village de Maupertuis. Trois ambulances emportèrent les mangeurs de confiture de ricin. Ils furent pris en charge par des spécialistes des poisons, dans une clinique privée de Morora, ville où l'on empoisonnait souvent et assez salement et qui disposait parmi ses habitants de presque autant de médecins sachant maintenir en vie les empoisonnés que d'empoisonneurs, ce qui ne faisait les affaires de ces derniers.

Diaz demeura auprès de Louise toute la nuit. À l'aube, le chef du service dédié au ricin vint leur dire que les malades réagissaient bien au traitement et étaient maintenant hors de danger : Diaz quitta Louise rassuré et en lui promettant de revenir bientôt. Il prit sa Rolls et roula vers Deauville. Ce faisant, il se remémora les paroles de Louise. Elle soutenait que Viktor possédait chez lui les cheveux de très nombreuses femmes. Comment aurait-il pu se les procurer ? Cela ne se trouvait à tous les coins de rue. Les femmes les gardaient sur leur tête, en avaient parfois sur leur brosse à cheveux… Bien sûr ! Les brosses à cheveux ! Il se rappela combien fréquemment le Professeur demandait à aller « aux commodités » chez quelque dame où il se trouvât.

Souvent, ils avaient visité tous deux plusieurs maisons pendant une après-midi et son compagnon s'éclipsait à chaque fois longuement : sans doute partait-il accomplir sa petite pêche ! Il se jugeait sot de ne pas y avoir pensé auparavant. C'est courbaturé à la suite de la nuit blanche passée à la clinique et empli d'idées confuses, de souvenirs lui parvenant par bribes que Don Matéo monta se coucher dans son lit, le matin du quatrième jour.

À son réveil, il ne cessait de s'interroger : dans quel but Skorpión volait-il les cheveux des dames ? S'évertuait-il à avoir une collection complète d'échantillons du sexe féminin ? Diaz ne croyait pas si bien dire et formulait déjà en son esprit la pleine et entière vérité, mais il n'entrevoyait point encore ses conséquences dernières, à savoir la capacité du Professeur à agir à distance sur les modèles en tâtant leur végétale copie.

Il voulut en avoir le cœur net et se décida à aller chez son ami afin de s'assurer qu'il n'eût pas dans sa serre femmes et fleurs à n'en plus pouvoir et, parmi elles, la plus précieuse de toutes, Violante Pericón. À son arrivée à la *Villa du Lys*, il fut très étonné de découvrir que les buis habituellement de petite taille avaient extraordinairement grandi et semblaient maintenant des arbres. Ils dépassaient le haut mur de plusieurs têtes et étaient désormais visibles depuis le bas de la rue Mors. Il tira longuement les carillons de Viktor sans obtenir la moindre réponse. Il se souvint de la première fois qu'il était entré ici en compagnie de Violante, voici tout juste un an : c'était lui qui l'avait présentée au Docteur et il se sentait un peu responsable – on l'eût été à moins – des suites de cette rencontre. Il savait qu'une ancienne grille séparait la propriété de Skorpión de celle de son voisin ; il se rendit chez celui-ci, prétextant que la sonnette du Docteur lui paraissait hors d'état de marche, envahie qu'elle était par le chèvrefeuille. Il s'introduisit ainsi dans le jardin par le petit portail dérobé. Une fois là, il toqua, tambourina à la porte d'entrée, aux volets clos, aux fenêtres, aux murs même, mais rien n'y fit : il ne voyait rien que les plantes et n'entendait âme qui vive. Violante, qui avait aperçu une vague silhouette humaine déambulant au-dehors, voulut crier mais Skorpión qui était à l'affût se jeta sur elle et lui fit un bâillon de ses doigts minces. La jeune femme était prête à tout pour se libérer de l'emprise de son ravisseur et elle le mordit à pleines dents. Cependant, il résista à la douleur. Une fois que Don Matéo semblait avoir quitté la place, Skorpión attendit de longues minutes avant de desserrer son étreinte. Ses deux mains recouvraient non seulement la bouche, mais la moitié du visage de sa prisonnière. Enfin, il relâcha la pression exercée, laissa retomber ses bras, puis voyant ce qu'elle lui avait fait, l'observa avec hargne et colère. Mais Violante ne décolérait pas non plus, trop fâchée d'avoir manqué si belle occasion de s'échapper. Elle suivit d'un œil plein de fiel le Docteur partant rincer sa plaie au lavabo du laboratoire. Sa paume droite présentait une gigantesque et profonde marque de dents qui semblait plus grosse que la mâchoire de Violante. Il lui jeta de longs regards suspicieux, songeant qu'elle cachait une mâchoire plus redoutable encore. Il était pourtant bien en peine de savoir qu'en faire.

Diaz, quant à lui, prit la route et conduisit toute la nuit. Le matin, il était arrivé à Paris. Il fumait nerveusement quelques cigarettes devant l'entrée du Muséum d'Histoire naturelle quand ses grandes portes s'ouvrirent. On lui indiqua le chemin du département de botanique. Il interrogea des professeurs, des étudiants, des secrétaires, toutes sortes de personnes qui connaissaient de près ou de loin le plus célèbre des correspondants de la Faculté, le spécialiste français des hybridations, le très fameux Professeur Skorpión, mais nul ne l'avait vu depuis longtemps. On ignorait qu'il eut le moindre travail à accomplir à la capitale et on ne l'attendait pas au Muséum. Don Matéo avait fait chou blanc et alla pour s'en consoler déjeuner au Ritz.

L'après-midi, il visita des amis qui pouvaient avoir rencontré Mademoiselle Pericón ou le Docteur, mais tous ignoraient leur venue à Paris et personne ne les avait aperçus. Le soir même, il était de retour à Deauville.

Le lendemain matin, il partit en promenade et erra dans les rues sans but, comme une âme en peine. Il désespérait de retrouver la chère Violante et redoutait qu'on ne la découvrît pendue à la branche d'un marronnier ou servant d'engrais à un plant de pissenlit. Ce faisant, il rencontra Monsieur Yves, le coiffeur et barbier, qui lui demanda des nouvelles de leur ami commun. Il ne lui fallut guère plus d'une minute pour mettre la conversation sur le goût ardent que nourrissait Skorpión pour les chevelures féminines :

— Du reste, ne savez-vous ce que j'ai appris tantôt ? L'une de mes filles, je veux dire de celles qui me vendent leurs cheveux pour en faire des perruques, est devenue totalement neurasthénique ou attardée, que sais-je, voici quelque temps. J'y pense parce que c'est tout juste la chevelure de cette fille-là que Monsieur Viktor a achetée un jour chez moi. Cette fille, vous disais-je, convulse et bave comme un berger allemand qui aurait la rage. Ils l'ont emmenée jusqu'à Paris parce que les médecins de sa région – l'Alsace n'a pas de si grands spécialistes que ces Messieurs de la capitale, ils sont un peu arriérés par là-bas – ne savaient comment la soigner. Elle est maintenant enfermée à la Salpêtrière, vous vous figurez cela ? Il paraît qu'elle s'imaginait que – il baissa la voix, craignant que son indiscrète confidence ne fût surprise – un diable la… enfin qu'il la prenait tout de go comme cela à n'importe quelle heure ! Pauvre enfant ! Si ce n'est pas un monstre qui lui a fait d'horribles choses pour lui donner le délire ! Je lui tordrais le cou si je l'avais devant moi, là !

Diaz fut pris d'un soubresaut. Ce récit lui rappelait bien sûr celui que lui avait fait, dans le détail, le Professeur Conque et il ne savait qu'en penser. Monsieur Yves l'abandonna et retourna à ses barbiches, véritables ou factices, tandis que Don Matéo, encore sous le coup de l'émotion subite que lui avait procurée cet entretien, entra à *L'Huître normande*, place Gustave Flaubert, établissement que fréquentaient assidûment ces Messieurs de la police. À peine entré il reconnut, assis sur une banquette au fond de la salle, l'Inspecteur Conque. Il tournait alors mélancoliquement sa cuillère dans une tasse de café qui ne fumait plus depuis longtemps. Conque était un homme renfermé, taciturne, bougon, un excellent policier par ailleurs, si ce n'est qu'il était toujours chargé des mystères les plus insolubles et des crimes les plus loufoques ; il les attirait à lui aussi bien que la mertensie l'abeille, comme si un esprit facétieux s'ingéniait à les lui associer, en retirant un indéfinissable plaisir. Vous comprenez qu'il enquêtait à cette époque sur l'assassinat demeuré non élucidé de Rose. Diaz vint le saluer. Il s'installa innocemment à sa table et fit rouler la conversation d'une manière qui lui parut habile et naturelle, quoiqu'elle ne le fût pas du tout, sur le sujet du meurtre de la jeune femme. Don Matéo posa quelques questions vagues, reçut des réponses qui ne l'étaient pas moins et enragea de savoir qu'on ne savait rien. Cependant, il lança tout à coup :

—   L'assassin est-il un homme robuste doué d'une grande force physique ? Cela se peut déterminer en examinant la profondeur des coups de couteau, n'est-ce pas ?

Il avait lu cela dans un roman et bien sûr il espérait par là disculper le malingre Docteur.

—   Elle n'a pas été tuée au couteau.

—   Non ? J'ai pourtant lu dans la presse qu'elle avait été… comme éventrée.

—   À peu près, mais pas au couteau.

—   Qu'a-t-on utilisé dès lors ?

—   Un objet contondant à double lame.

—   Qu'est-ce que cela, un objet contondant à double lame ? Une paire de ciseaux ?

—   Non, pas des ciseaux, quelque chose avec une lame plus aiguisée, plutôt l'un de ces sécateurs qu'on emploie pour le jardinage. – Diaz devint blanc comme un linge. – C'est pourquoi on avait pensé à votre ami le jardinier, mais vous étiez ensemble toute la soirée et on n'a pas idée de croire que vous avez fait le coup tous les deux.

—   Non, bien sûr, il est resté avec moi tout le temps à s'occuper de ses fleurs… Je suis un peu son alibi, n'est-ce pas ? lâcha-t-il, feignant une ironie qu'il savait tragique et se forçant à sourire. Je dois vous laisser, je viens de me rappeler un rendez-vous, une chose que je dois faire absolument. Merci, Inspecteur.

—   Au revoir, répondit Conque à Don Matéo dont il ne restait déjà plus qu'une porte entrouverte et un coup de vent. Il est bizarre celui-ci aujourd'hui. Ah ces écrivains ! Toujours l'esprit ailleurs ! Ils feraient de bien mauvais policiers.

C'était assez vrai, bien qu'il fût enfin parvenu à l'abominable vérité. Il est à noter que Diaz n'eut guère à compter sur ses talents d'enquêteur pour tout comprendre – et si Violante eût compté sur eux, elle eût été perdue – et que la vérité lui tomba toute cuite dans le bec à la façon des œufs auparavant cassés, fouettés, assaisonnés et surveillés sur le feu par d'autres – Louise, Monsieur Yves, Conque – tandis qu'il se serait contenté, lui, d'avaler l'omelette finale, mais c'est lui donner peu de plaisir que d'employer une métaphore qu'aurait seul goûtée notre ami Viktor.

L'avidité de Skorpión à collecter des chevelures de femme, la folie de la Rousse, le meurtre de Rose, la disparition de Violante… tout paraissait maintenant s'emboîter parfaitement et constituer une chaîne logique des plus cohérentes. Et dire que le Professeur lui avait tout révélé voici un an en lui affirmant qu'il avait dupliqué Louise et Rose ! Ce n'était le signe d'un esprit malade ni celui du génie créateur – qui sont parfois les mêmes – : c'était très exactement la vérité, l'aveu de ce qu'il avait fait et de ce qu'il allait faire encore. Et lui, Diaz, n'avait rien compris.

Don Matéo courait dans les rues deauvillaises et son cœur battait à tout rompre. Un mauvais goût, une sensation de nausée montaient à ses lèvres : c'était l'image de Violante gisant morte, allongée sur un lit de feuilles, au milieu de la serre, qui naissait devant ses yeux et envahissait peu à peu son esprit et avec lui tout son corps, embuait son regard de larmes, serrait sa gorge, raidissait ses membres, faisait trembler ses doigts. Skorpión l'avait tuée sans doute, comme il avait tué Rose, et lui-même n'avait su rien empêcher. Il avait été le témoin passif du meurtre de Rose, l'alibi du Docteur, presque son complice et l'histoire à présent se répétait : il avait été sot, naïf, d'une fidélité absurde à son ami et il avait abandonné les deux jeunes filles à leur sort. Il était effrayé, désemparé. Il est peu de pensée si monstrueuse que celle de la mort d'un être aimé qui n'est certes pas advenue, mais qui paraît irrésistible et fatale : il y a en elle tout à la fois l'angoisse de la perte et déjà l'affliction du deuil, mêlées d'un remords dont l'objet n'existe pas encore. Le remords attend rarement la réalité de sa cause ; on se sent toujours et obscurément coupable de quelque crime, il lui suffit de cet engrais pour bourgeonner et faire s'épanouir ses plus sinistres fleurs. Diaz ferma les yeux, espérant détruire en même temps que la vue lointaine qu'il avait de la rue Mors une autre plus terrible. Quand il les rouvrit, répétant son vœu à la façon d'un enfant apeuré, souhaitant que la douloureuse représentation de son amie morte se fût évanouie, il fut subjugué par la vision merveilleuse, fantasmagorique, presque effrayante qui s'offrait à lui.

Une ombre immense tombait sur la chaussée, sur les jardins voisins, sur toutes les maisons qui bordaient la rue et semblait prête à s'abattre sur la ville, la plage, la campagne et l'univers entier. Une gigantesque forêt entourait la *Villa du Lys* ou plus exactement la dissimulait. Elle n'existait pas trois jours auparavant, la dernière fois qu'il avait rendu visite au Professeur. Il fit quelques pas en direction de la propriété. Tous buissons et plantes, jusqu'alors plus petits que des hommes, atteignaient maintenant la hauteur du vieux marronnier centenaire qui avait jusque-là dominé le jardin. Il y avait là des rosiers qui semblaient des saules pleureurs et des lys si gros que des pastèques. Tous les arbres – et tout désormais était devenu arbre – tendaient leurs branches comme dressées vers le ciel et paraissaient des géants pleins de colère. Une bourrasque violente provenant de l'océan anima leurs bras vengeurs, se glissa entre leurs ramures si serrées qu'un filet de pêche, si belles que la toile d'une artiste-araignée et par elles entravée et forcée de les contourner, de tourbillonner autour de leurs bois, exhala un souffle si aigu qu'un cri de douleur. Soudain, des milliers de petits claquements secs retentirent, ardents et impavides comme la taille d'un massif de roses par une grande pince. C'était la pluie qui assenait ses coups impitoyablement. La végétation susurra d'abord d'incompréhensibles paroles comme autant de secrets à garder puis, progressivement, ses voix se firent distinctes et multiples. Des feuilles les plus grosses, l'eau coulait en longs sanglots ; les plus petites subissaient les frappes saccadées de becs de piverts innombrables et furieux, à moins que ce ne fussent celles de caractères d'imprimerie sur une page blanche, de ceux que Diaz avait vu fonctionner à Paris et qui engendraient les livres. Certaines fleurs avaient pour voisin un fil de fer ou une barre de cuivre ; aussi la chute des petites gouttes, adoucie par le velours des pétales, se doublait-elle aussitôt d'un tintement métallique qui rappelait celui de l'eau versée dans une carafe de cuivre, de ces vaisselles anciennes qu'on trouvait dans les campagnes. De la terre sortaient des sons étouffés comme celui de lèvres qu'on bâillonne, sur lesquelles se fût fermée une puissante main pour les faire taire et les empêcher de hurler. Le marronnier sembla soulever sa lourde poitrine, prendre une puissante inspiration et soudainement, de sa branche la plus fine, la plus acérée aussi, pointa un doigt accusateur vers la maison. Don Matéo songea que quelque chose, quelqu'un réclamait justice – ou fomentait sa vengeance. L'azur, qui trahissait son nom, était d'un gris presque blanc et se reflétait sur la chaussée où l'eau s'amoncelait et qui semblait un lac. La mer aussi au loin se perdait dans une écume pâle, si bien que l'horizon, l'asphalte et l'onde se confondaient, pareillement immaculés, et il y avait dans cette clarté, dans leur apparente pureté, plus de menaces que dans un ciel d'orage. Diaz marcha, déterminé, vers le grand portail qui avait déjà cédé sous les assauts des vents. Il entra.

Les hautes herbes étaient tour à tour plaquées au sol, à la façon des blés après la moisson et subitement se dressaient comme autant de lances prêtes à attaquer l'ennemi, qui n'avaient besoin de guerriers pour être brandies et étaient tout à la fois et l'arme et le soldat. Les grains de maïs et de riz, le pollen des pétales pourpres, bleus comme les veines, jaunes comme un rire, livides, cadavériques… tourbillonnaient avec une force qui ne semblait celle de l'air, mais celle de la Vie elle-même, invisible et présente, esquissaient dans le jardin leurs folles arabesques, leurs extravagantes volutes, fouettant le fer forgé des grilles, le marbre des statues, comme s'ils eussent été de jeunes rats de l'Opéra s'employant à montrer leur talent et à détruire en virevoltant leur rival haï. Bientôt la terre elle-même s'éleva avec elles, les rejoignit, jalouse de demeurer immobile quand toutes ses compagnes dansaient au bal et ce furent d'innombrables et naines tornades qui balayèrent le perron et l'escalier, les pavés et les planches, les cours des voisins et les places publiques, Deauville entière et la plage elle-même, faisant s'éveiller le sable trop longtemps plongé dans un profond sommeil… ! Toutes choses se levaient, s'étiraient et voulaient danser et bruire et parler !

Diaz, au prix d'ardentes luttes, car il lui devenait difficile de progresser vers la demeure, brinquebalé qu'il était par les rafales, parvint enfin sur le perron. Tout à coup, le silence se fit. Don Matéo se tint immobile. Rien ne marmottait, rien ne frémissait plus ; les voitures sans doute avaient cessé d'exister, les mouettes et peut-être tous les hommes. Régnait alors ce qu'on appelait communément un silence assourdissant, plus puissant que la masse de bruits entendus jusqu'alors, plus retentissant que des cris – le silence annonciateur des grands événements, qui n'était jamais que la profonde inspiration qu'on prend avant de tuer, puisque tout grand événement exigeait toujours sa petite destruction. Quelqu'un attendait son heure.

Diaz avança vers la maison. Tout semblait parfaitement enfermé et dissimulé. La porte d'entrée refusait de céder, celle de service paraissait bloquée par un pesant meuble (en vérité, le tronc d'un palmier) et tous les volets étaient clos. Il contourna la villa et arriva devant les fenêtres de la serre. Il ne s'attendait pas à si spectaculaire découverte. S'offrait à ses regards une végétation extraordinairement touffue, formée par l'accumulation et l'enchevêtrement des branchages, feuillages, tiges, fleurs, fruits, légumes en tous genres qui se superposaient les uns aux autres, se pressaient, se poussaient, se disputaient le peu d'espace et d'air dont ils bénéficiaient – du moins c'est ce que crut voir Diaz. Nous savons, nous, que ces plantes n'entretenaient aucune inimitié et bien plutôt poursuivaient, si elles en avaient un, le même but : l'invasion pleine et entière du foyer de leur ancien maître. Il ne distingua d'abord rien de plus. Mais soudainement lui apparut au milieu de la verdure une grande tache pourpre. Les mèches s'élevaient, ardentes flammes dans la sombre mousse. Elles éclairaient de leurs rayons l'étrange pièce maintenue dans l'ombre des épaisses ramures, des feuillages touffus. Les boucles étaient entortillées, emmêlées mais ce désordre, loin de nuire à leur beauté, leur était une nouvelle grâce ; leur saleté même leur était un ornement nouveau. Elles étaient en effet couvertes de terre, des brindilles s'étaient à elles accrochées et cependant leur couleur était éclatante ! C'était une grenade juteuse qui s'ouvrait aux mains, une poignée de rubis qui s'échappait d'un coffre, des flots de lave que crachait un volcan – c'était la chevelure de Violante Pericón. C'était, plus que la végétation hybride et surnaturelle de la serre, la Nature elle-même, elle seule qui s'exprimait et elle se passait bien de Viktor. Diaz n'aperçut rien d'abord que la toison rousse, l'épaisse fourrure étalée sur le sol et reconnut son amie. Il vit alors quelques grandes feuilles de palmier palpiter tout près d'elle et tout à coup sa tête ronde se dresser, unique visage humain parmi la flore.

Elle aperçut sa silhouette marine se dessiner entre les ramures et vous devinez combien elle fut soulagée de revoir enfin un autre être qui la libérerait de l'affreux pyjama citron qui la détenait depuis huit jours. Celui-ci gisait à ses pieds, froissé et sale, endormi, plongé dans la torpeur qui lui était désormais coutumière. Diaz regarda autour de lui : il se saisit d'un râteau qui se trouvait tout près et en frappa la vitre d'un grand coup. Une dizaine de carreaux se brisèrent. Il porta à la fenêtre voisine une seconde estocade et elle s'ouvrit toute grande, dans un fracas énorme. La serre était maintenant éventrée ; une large béance qui eût pu laisser passer plusieurs hommes semblait dans son flanc une profonde blessure dont coulait, non un flot de sang, mais une rivière de cristaux épars et brillants. Elle paraissait une géante de verre, allongée, agonisante, sur son doux linceul d'herbes et de feuilles, vaincue après un long combat. Le Docteur s'éveilla bien sûr. Quelle ne fut pas sa surprise en découvrant debout, au milieu de la pièce, l'œil et la lèvre féroces, un air de détermination répandu sur toute sa figure, les poings serrés
– Don Matéo Diaz, son ennemi !

–   Diaz !

Il s'empara, d'un leste mouvement de serpent, de sa plus gigantesque pince, se dressa à la façon de ces cobras sortant d'un panier, séduits par le sifflement d'une flûte, et présenta à Don Matéo une tête menaçante plantée au-dessus d'un long cou mobile et comme désossé.

–   Attention ! cria Violante.

Mais Diaz avait bien vu l'instrument que Viktor avait attrapé au vol. Il bondit sur Skorpión qui malgré son affaiblissement général se défendait énergiquement, sachant bien que de cette lutte dépendait tout son avenir et qu'il perdrait Violante et la liberté s'il était défait par Diaz. Il faut se figurer le ridicule de l'une des forces en présence qui d'une part bataillait en pyjama et, de l'autre, était devenue si jaune que son habit, du fait des cruelles désillusions qu'il avait connues jusqu'alors et de l'état de nervosité maladive et de puissante anxiété dans lequel elles le plongeaient. Je n'écris point cela pour susciter l'empathie de mon lecteur et lui faire prendre le parti du Docteur ; je le laisse de toute façon juge de toutes choses et libre de soutenir celui des combattants qui lui plaira le mieux ; je ne donne toutes informations utiles que pour mieux lui offrir la vision la plus exacte des événements, étant bien entendu guidée par ce seul but depuis le début de mon récit. Skorpión tentait vainement d'assener un coup de sécateur à Don Matéo, abattait sa grosse pince une fois à droite, une fois à gauche, tout droit, puis esquissait avec elle un grand arc de cercle, l'amenait par dessous, par derrière, essayait de le surprendre par mille malices, feignant d'avoir perdu son outil et l'arborant soudainement, mimant d'être touché quand il ne l'était, balançant son arme de main en main avec une merveilleuse dextérité qui prouvait bien qu'il jouait constamment de tenailles et de lames, rappelant les lanceurs de couteaux et faisant du reste de ce talent grand étalage, adressant à son adversaire les plus perfides sourires, semblant sûr de son fait et de triompher. Mais Don Matéo ne se laissait point impressionner, songeait que tout cela était fait pour la montre et ne préjugeait pas de l'issue du combat. Il n'avait nulle crainte. Au demeurant, malgré ses folles gesticulations, Skorpión n'avait pas réussi à le toucher. Il se déplaçait du reste d'une façon qui lui semblait assez malhabile, en pas chassés exclusivement et lui tournant autour à la façon d'un bourdon escomptant polliniser une fleur ou rappelant celle d'un scorpion mâle se pressant vers sa femelle, s'apprêtant à l'endormir afin d'en mieux venir à bout (j'admets que ces deux comparaisons n'eussent guère flatté notre écrivain, lui donnant un rôle si passif dans leur duo, mais après tout je n'écris pour le satisfaire et veux dire la pure vérité). Subitement, Diaz profita de ce que Skorpión se trouvait alors couché sur le dos, les quatre fers en l'air, semblant un impotent scarabée ne parvenant à se remettre sur ses pattes (position qui constituait une énième de ses grotesques feintes destinées à Don Matéo et par lesquelles il espérait obtenir la victoire) pour se jeter à demi sur lui et le désarmer. Enfin il le tenait au col d'une main et de l'autre portait la pince. Mais le Docteur ne voulait s'avouer vaincu. Il essaya dans un dernier geste de se saisir d'un autre sécateur posé sur ce qui avait été jadis une table (et était désormais un buis touffu). Pour l'en empêcher, Diaz brandit avec fureur son gros outil. Seulement, Skorpión ne cessait bien sûr de se débattre, d'avancer en petits pas de côté vers le deuxième instrument et de remuer en tous sens, telle une femelle scorpion avant d'être, par le mâle, piquée et paralysée dans la visée du coït. Quant à Don Matéo, il referma sur la poignée de la pince son emprise et dans le même temps exerça sur elle sans le vouloir une forte pression, si bien que, tout à coup, le Professeur poussa un cri déchirant et s'abattit lourdement sur les feuilles. Il ne bougeait plus. Une large flaque de sang s'était déjà répandue sur le sol et Diaz crut avoir tué son adversaire. Néanmoins, il s'approcha du corps et découvrit au milieu de la tache pourpre ce qui lui parut être un lambeau de peau tout replié sur lui-même. C'était très blanc et oblong, avec un bout joliment rond et surmonté d'un petit ornement dur. Don Matéo regarda mieux et reconnut… l'Index droit de Viktor Skorpión ! Celui même qui avait servi à presser le manche de ses pinces et par voie de conséquence à tailler ses filles. Il était rabougri et sanguinolent (le doigt aussi bien que Viktor du reste). L'écrivain, voyant que Skorpión demeurait immobile (terrassé par l'intense douleur provoquée selon toute vraisemblance par la mutilation de son membre), se précipita vers Violante, trancha la corde qui l'attachait à l'ancien mobilier du laboratoire et l'emporta vers le jardin, toute couverte encore de fleurs et de feuilles, enchaînée par les amoureuses tiges et les fines cordelettes rouges que le Professeur avait ingénieusement nouées autour de ses poignets, de son sein, de sa taille et ses chevilles. Pendant qu'il s'évertuait à découper ses derniers liens à l'aide de ce même sécateur qui avait réduit Viktor d'un index, Violante parlait sans discontinuer :

—   Don Matéo ! Dieu merci, vous voilà ! Je vous ai tant espéré. C'est à vous seul que je dois mon salut et je ne sais ce qui serait advenu de moi sans votre précieux secours. Figurez-vous que ce diable d'homme comptait me violenter — pouvez-vous le croire ? Mais il eut bien trop peur de moi pour mettre son méchant plan à exécution. – Diaz leva un sourcil étonné en entendant cette phrase : Skorpión avait eu peur de Violante ? La chose était heureuse, mais incompréhensible. – Figurez-vous qu'il m'avoua tous ses crimes : aviez-vous compris tout seul que c'est lui qui viola à maintes reprises la rose pourpre aux cent pétales et ce faisant la jeune fille rousse dont le Docteur Conque vous conta l'histoire ? Savez-vous aussi qu'il tua Rose à votre barbe en taillant la rose rouge en laquelle il l'avait dupliquée ? Car il reproduisit sous forme végétale un nombre de femmes absolument extraordinaire : il a coupé des cheveux aux unes, en a récupéré d'autres sur des peignes, a acheté des toisons entières à Monsieur Yves… Il me conta toute cette entreprise dans le détail. Il planta ensuite ces morceaux de dame dans les terreaux et les fleurs qui s'y épanouirent développèrent un lien magique et mystérieux avec leur modèle ou la sève par laquelle elles étaient maintenant irriguées, les cheveux se mêlant sans doute aux racines, et les gènes des unes apparemment aux gènes des autres. La chose est incroyable, mais elle a bien eu lieu mon ami !

—   Oui, je le sais bien, je l'ai compris moi aussi.

—   Mais… voyez, il se relève ! Allez donc le tuer.

—   Comment ? Moi ? Mais jamais !

—   Comment ? Vous lui laisseriez la vie malgré ses crimes ?

—   C'est que je ne veux point tuer un homme.

—   Vous en avez bien tué à la guerre !

—   C'était la guerre, c'était autre chose.

—   Seriez-vous lâche ?

—   Je n'assassinerai pas mon ami.

—   Il le mérite, ce meurtre serait juste. Vous détruirez les crimes avec le criminel ! On n'arrête pas le Diable avec tant de scrupules.

—   Il y a bien un autre moyen ! s'écria Don Matéo.

Et il se précipita vers les pots, s'apprêtant à en extirper les chevelures des femmes :

—   Ainsi nous romprons le charme !

—   Diaz, non !

Il avait déjà la main droite enfournée dans la glaise humide jusqu'au coude.

—   Ne craignez-vous pas pour la vie de ces plantes et de tuer la femme avec la fleur ?

Diaz retira son bras en toute hâte et regarda Violante. Son iris s'était agrandi comme sous l'effet d'une décision subite et funeste. Elle s'élança vers les lys. Don Matéo comprit aussitôt.

–   Non ! hurla-t-il.

Mais il était trop tard. La jeune femme était en train de renverser leurs vases éventrés et d'empoigner, au plus intime d'eux, d'une main pleine de rage et de fureur, ses propres cheveux. Il ne lui fallut guère plus de quelques secondes pour que gisent autour d'elle les plantes sorties du terreau qui paraissaient des squelettes échappés du tombeau, les petits pots vides semblables aux maisons désertées pendant la guerre où demeuraient encore quelques vestiges de leurs habitants disparus – un peu d'eau, un peu de glaise – d'innombrables pétales immaculés, tombés, envolés çà et là, des mèches rousses essaimées sur le sol et enfin, les racines des lys, déchirées, amputées de l'humaine bouture qui leur avait été adjointe, incomplètes. Au milieu de ce carnage se tenait debout, tremblant un peu, Violante Pericón. Elle attendait de survivre ou de mourir auprès de ses végétales compagnes. Elle semblait faire porter tout son maigre poids sur l'un de ses pieds, puis sur l'autre, et ne pas parvenir à rester longuement sur tous les deux ; cette malhabileté lui venait sans doute de ce qu'elle n'avait bougé depuis huit jours. Tous ses membres du reste paraissaient engourdis, ses poignées et ses chevilles portaient les marques de ses liens, ses mains et ses pieds étaient très bleus, d'une couleur aigue-marine, tirant sur le violacé. Ses cheveux étaient emmêlés et chiffonnés, ses paupières gonflées, desséchées, lasses, d'un orange vif, parcourues de veinules, striées de rose et de bleu et ses lèvres si blanches que sa peau. Son menton pelait, de minuscules lambeaux de peau se détachaient de lui et ses mains, forcées de tremper toujours dans l'eau dont il l'arrosait, étaient fripées. On eût cru qu'elle allait se transformer en quelque créature aquatique. Sa chemise de nuit lacérée lui dévoilait une partie du sein, l'aine et les cuisses. Son regard dégageait pourtant, en dépit de l'apparent affaiblissement et la négligence de son corps et peut-être à cause d'eux, une assurance et une détermination énormes. Violante avait subi dans sa chair, la chose était certaine, des souffrances qui n'étaient comparables à son enlèvement par Skorpión.

Elle attendait et semblait n'éprouver de la mort aucune crainte. Il ne se passa rien. Violante et Don Matéo se précipitèrent vers les chères filles de Viktor et en arrachèrent les chevelures qu'il y avait plantées. Ils passaient de l'une à l'autre avec très grande vélocité ; parfois, ils avaient bien de la peine à soutirer à la racine les mèches qui s'étaient à elles mêlées et nouées, comme si elles formaient ensemble un être nouveau et indistinct. Le Professeur, qui s'était évanoui, se réveilla soudain (ce qui ne faisait point du tout les affaires de nos deux vandales). Il tâtonna d'abord le sol, regarda autour de lui, hagard, semblant ignorer ce qui se passait, puis peu à peu revint à lui. Il vit que ses amis déterraient ses créatures et en retiraient ses précieuses boutures. Il ouvrit grand la bouche comme pour hurler, mais aucun son n'en sortit. Tout son corps fut parcouru d'un grand tremblement. Diaz était pris de pitié. Violante et lui détruisaient en ce moment tout ce que Viktor avait jamais aimé véritablement, l'accomplissement peut-être d'une vie, son chef-d'œuvre ; c'était l'artiste en lui qui comprenait sa douleur.

  — Cela t'a rendu fou, Viktor ! Il le faut ! s'écria-t-il pour se justifier et sans doute apaiser sa peine autant que celle de Skorpión.

  Mais celui-ci ne l'entendait plus, n'entendait plus rien. Don Matéo était ce qu'on appelle un *homme de foi* ; il espérait soigner Viktor, le guérir de sa toquade, de son amour fou, de son mal, de lui-même, et le faire redevenir l'homme qu'il avait été et qu'au fond de lui il n'avait jamais cessé d'être, pensait-il. Diaz déterrait les chevelures avec la frénésie du prêtre, croyant sauver une âme et ôter sa proie au Diable. C'était une croyance belle et vaine. Il regarda le Docteur.

  Viktor Skorpión rampait à genoux sur un tapis de cheveux et de pétales, à la façon d'un suppliant. Ses yeux étaient exorbités et toute sa figure exprimait une hébétude, un abrutissement qui étaient chez cet homme, doué d'une si vive intelligence, véritablement tragiques. Il paraissait maintenant un fou évadé de l'asile ou l'un de ces grands malades devenus impuissants à bouger et que leur femme est contrainte de nourrir et de laver comme un petit enfant. Il avait dans le regard ce vide, cette perte de conscience qui paraît à elle seule déjà une petite mort. Deux grosses larmes coulèrent sur ses joues lentement, avec l'apparence de la légèreté… ! Elles étaient pourtant un torrent de souffrance. Avec elles s'échappaient de son âme ses espérances, l'exaltation de la collecte, la jubilation de la réussite, toute la joie qu'il avait éprouvée dans l'enfantement de ses hybrides, l'amour paternel qu'il leur avait dès leur naissance porté, la tendresse maternelle qu'il avait mise dans ses soins, la sensualité d'amant avec laquelle il les avait caressées, l'imagination enfin ! ardente, débridée, avec laquelle il les avait, avant même de les connaître, représentées, inventées et rêvées ! Il les avait désirées comme la plupart des hommes ne désirent jamais en leur vie – avec l'avidité du créateur et l'incomplétude du vierge. Elles avaient comblé tout ce qu'il y avait en lui de manques et d'absences. Elles l'avaient complété, elles l'avaient prolongé et ce saccage lui était une mutilation ! Il lui semblait qu'il perdait là un bras, ici un pied, une main, une jambe… ! Il fut saisi d'une intense douleur à l'estomac quand les mèches odorantes et rousses furent détachées des racines de la centifole et que celle-ci, moribonde, altérée, chut à terre au milieu de ses compagnes pareillement flétries ! Toutes, elles étaient éparpillées sur le sol, juchées les unes sur les autres sans ordre, sans ce divin ordre qu'il avait établi ! Elles s'abîmaient dans ce mélange, dans cette orgie de feuilles, d'épines et de branches… ! Comme elles devaient avoir mal… ! Sans doute qu'elles eussent pleuré et se fussent plaintes si elles l'avaient pu, d'endurer tels supplices… ! Il voyait d'ailleurs sur certaines d'entre elles un peu d'eau couler le long de leur tige, quelques gouttes de rosée perler sur leurs pétales ! Peut-être étaient-ce leurs larmes ? Est-ce qu'elles sanglotaient silencieusement pour ne pas hurler… ? Il aperçut la népenthès renversée et couchée sur le sol. Sa grande fente lui semblait une bouche déformée par le cri, grimaçante de douleur… Les mains de l'oxalis, osseuses, aux doigts noueux, celles de Pauline, se tendaient vers lui, suppliantes… Elles l'imploraient de faire cesser leurs tourments ! Toutes les clavicules, les lombes et les hanches se tordaient, se distendaient, se trouvaient maintenant dans des positions impossibles, tous les os formaient entre eux des angles absurdes… Les nerfs, les nervures des feuilles étaient sectionnés et pendaient lamentablement au bout des tiges. Des lambeaux de corolle et de peau, des bouts d'os et de bois, des taches de sève et de sang… se répandaient sur le lit de mousse – sur l'autel du sacrifice ! L'hécatombe se poursuivait. Les assassins ne laissaient derrière eux aucune survivante, aucune pousse. Ils n'employaient ni la machette ni le fusil : leurs mains seules suffisaient aux dégorgements, aux éviscérations, aux écartèlements. Là où il avait donné la vie, on fauchait à présent ! Sa serre, sa galerie, son fertile champ… ! C'était maintenant une tranchée ! – Un abattoir ! – Un charnier ! L'on creusait, l'on fourrageait, l'on fouillait les pauvres chairs de ses filles avec l'indifférence d'un boucher quand lui les avait frôlées, embrassées, enlacées avec toute la tendresse de l'amant. Cela devait leur être une suprême humiliation et un dernier outrage. Soudain Violante s'approcha d'un petit pot blanc. Viktor leva un bras long et maigre vers les doigts de Violante qui se dirigeaient lentement et comme avec hésitation vers la terre aride, la fleur fanée qu'elle recouvrait à demi et quelques racines cadavériques. C'était tout ce qui restait de Rose, la douce Rose. La main de Skorpión n'était tout à fait dressée ni droite, mais s'affaissait sur elle-même, se recourbait et ses ongles étaient tournés vers sa paume. Il y avait dans son geste, dans ce mélange de tension vaine et de prise molle, tout ce qu'il avait mis d'avidité à posséder Rose et les autres, et son regret. Il les aimait et il les avait perdues. Il éprouvait dans sa tête, dans sa gorge, dans son ventre, littéralement, physiquement, le déchirement du deuil. Quelque chose lui était arraché, comme un enfant, comme un membre, comme un organe. Il était dépossédé. Il hurla.

Les branchages s'amoncelaient, les feuilles mortes formaient sur le sol de petits tas et les fleurs déchiquetées étaient disséminées dans la serre. Un narcisse manchot, de honte, courbait l'échine, accablé par le destin ; une ancolie énucléée balançait de gauche à droite sa marotte turquoise, rendue folle par la douleur ; une fleur de l'indigotier avait perdu son élégance, son harmonie passée et ramenait du front sa gueule cassée. Des brins de lavande traînaient d'un côté, un lys à deux pétales illuminait un monceau de terre, quelques touches de bleu, de jaune, de mauve, comme placées là par hasard par un mauvais peintre, bigarraient la masse sombre, immanquablement verte, indistincte. C'était donc cela qu'avaient vu les soldats à la guerre –

qu'une montagne de ruines. C'était donc cela à quoi ils avaient assisté, impuissants, tétanisés lors des bombardements et quand les avions passaient au-dessus d'eux… Ils apercevaient qui partaient en fumée les villes où ils s'étaient promenés, les églises où ils avaient prié, la maison peut-être qu'ils avaient construite… C'était donc cela sur quoi ils avaient versé d'amères larmes, c'était cela qu'ils avaient perdu – une patrie. Lui aussi ce jour perdait son petit pays. C'était cela sans doute qu'ils éprouvaient, les orphelins, les endeuillés, c'était cela qui en faisait des vases brisés, des tonneaux des Danaïdes… ! Il était comme le petit pot blanc de Rose – éventré.

Violante lui jeta un regard impavide. Elle écarta délicatement la terre autour des racines de la rose et en retira avec soin la mèche toujours blonde. Elle avait le sentiment de piller une tombe. Skorpión gardait les yeux rivés sur ces quelques cheveux couleur de blé. Il avait peine à les voir. Ils ne lui parvenaient qu'à travers ses larmes, comme entourés d'une brume.

Tout était achevé.

Une fois qu'elle eut entre ses doigts les cheveux de Rose, Violante les contempla longuement. Elle eût voulu redonner la vie à partir d'eux. N'y avait-il dans leurs fils, comme dans ceux que déroulent les Parques, quelque électricité, quelque souffle, une âme, une sève, quelque chose qui avait survécu, qui engendrait et ne mourrait jamais… ? N'était-ce possible… ? Elle se tourna vers Skorpión, les yeux emplis de haine et de flammes. Il avait tué une innocente et méritait de mourir. Elle se précipita hors de la pièce. Don Matéo ne comprenait ce qu'elle faisait et il poursuivit son entreprise. Elle passa dans le salon, attrapa au vol une grosse branche et alla l'enfoncer dans les brandons du poêle. Les pages brûlantes de la revue *Pétrichor* embrasèrent aussitôt le bois. Elle revint quelques instants plus tard, portant fièrement son flambeau.

– Violante, que fais-tu ? interrogea Diaz.

Sans lui répondre, elle mit le feu à une première feuille. Une faible lueur jaune courut le long de la nervure ; c'était à peine une étincelle, l'éclat d'une cigarette dans la nuit au loin. Et cependant elle éviscéra le malheureux végétal. Quel déchirement, quelle torture ! La flamme parcourut la colonne, sur son passage dévora toutes chairs et, non contente de ce festin, passa aux vertèbres. Elle dansait, tourbillonnait, s'élevait dans les airs, gracieuse, virevoltante ballerine, se laissait tomber parfois, épuisée par sa tâche, amante nonchalamment reposée, tout à coup se relevait plus féroce comme si elle sortait du tombeau après tant de siècles d'attente et revenait vengeresse. Elle changeait chaque fois de tenue, la précieuse enfilait sa robe safranée, d'un seul mouvement portait du gris, imitait caméléon la rose et le citron, en un demi-tour devenait pâle comme la mort, la belle mariée. Ce faisant, elle avançait vers les bordures dentelées, les douces commissures… L'étincelle rouge sang paraissait légère et gracile, elle semblait voler au-dessus de sa proie, on l'eût crue douce et innocente… et pourtant elle arrachait à chacun de ses pas un lambeau de peau. La feuille se soulevait, se déformait dans un dernier soubresaut, une vaine tentative de résistance, de survie. Mais c'en était fait d'elle. Elle devenait noire et sèche, lentement, inexorablement, rapetissait, flétrissait et bientôt, au lieu d'elle, une mince pellicule chut à terre et se dispersa en mille poussières. C'était tout ce qui restait d'elle. Elle avait été, la feuille, tendrement, furieusement aimée, elle avait été pour quelqu'un un trésor, un chef-d'œuvre… Mais voilà qu'elle n'était plus rien. Réduite à néant par une faible lueur jaune. Son passage était une tornade, une tempête et elle laissait derrière elle, la minuscule danseuse, un champ de ruines et des terres brûlées.

Elle se dirigea lentement, si orgueilleuse qu'une reine, vers la ramure voisine.

De même, Violante Pericón arpentait la serre. Elle passait de fleurs en tabourets, de tables en feuillages, de troncs en pipettes, mit le feu aux livres, aux poisons, à chaque objet, chaque plante. Elle resta à distance du Professeur et dessina autour de lui un large cercle de feu. Elle voulait qu'il meure doucement, dans l'effroi et la douleur. Il les avait fait éprouver à Rose et méritait de les connaître.

Elle avait soif de ravages et de dévastation.

D'innombrables petites flammes jaunes, semblables à l'œil de Skorpión, naquirent, fragiles et sournoises, presque au même moment partout dans la pièce. C'était une multitude d'yeux avides qui paraissaient sur la verdure les ocelles d'un paon. Ils étaient éclairés d'une lueur de convoitise, de possession féroce, qui donnaient à penser qu'ils étaient bouches plutôt que regards et allaient dans la place tout dévorer. Quelques faibles craquements se firent entendre, des brindilles tombaient, des branches se cassaient et la surface du bois s'échauffait lentement. Les flammes grandissaient, envahissaient les feuillages, mordaient les chairs. Leur crépitement de plus en plus rapide semblait celui de mille gouttes d'une pluie ardente et infatigable, le claquement de mille coups de fouet, le bruit de mille petites explosions…

Tout s'embrasa en un instant : les fleurs, les branches, les feuilles. La marotte des ancolies flamba et elles se couchèrent sous ce grand poids ; elles n'avaient jamais eu, les folles, la tête si brûlante. Les jacinthes levèrent vers le ciel des bras suppliants, implorant pitié, les marguerites tendaient leurs petites mains vers leur maître, espérant de leur chevalier qu'il vienne les tirer de la fournaise. Les grassettes ouvraient grande leur gueule et respiraient la fumée à pleins poumons, n'éprouvant apparemment aucune crainte. Les cactus, de même que les palmiers et les bananiers, semblaient jouir de cette chaleur qui n'était de saison, mais qui était bien de leur pays. Les feuilles du benjoin se serraient davantage et on n'eût pu passer entre elles même une aiguille. La lavande semblait être distillée sur l'heure par un parfumeur de Provence, s'en émanait d'elle une merveilleuse fragrance. L'opoponax, la myrrhe n'avaient jusque-là pleuré de si amères larmes, elles coulaient à flots tout le long de leur tronc et paraissaient des rivières de diamants jaunes au cou de belles dames alanguies. Les petites fleurs de jasmin se laissaient choir à terre, croyant sans doute se sauver en quittant leurs charmilles – mais elles tombaient dans la fosse commune. Les tulipes, les roses fanaient avant de mourir, leurs pétales se flétrissaient en un instant, s'asséchaient comme s'ils eussent été du papier, et blessés déjà d'avoir perdu leur beauté, se livraient aux braises mélancoliquement. Un bras, une branche se dressait parfois puis retombait, mol et mort. L'eau de leur bassin ne suffisait à protéger les nymphéas et le feu courut sur l'eau afin de ne les point manquer ; ce fut un curieux spectacle que ces quelques brasiers disséminés dans les mares et s'éteignant après leur carnage, noyés mais contents. Le blé devenait paille, le raisin vin, les feuilles du mimosa plus jaunes que ses fleurs, dévorées qu'elles étaient par de grandes flammes. Les hibiscus, tout élégants qu'ils avaient été, ployaient désormais sous le poids de leurs pistils en feu, les pivoines semblaient grimacer de douleur tant leurs pétales, loin de posséder encore leur grâce première, en brûlant se déformaient. Plusieurs racines sortaient de terre, se rêvant pieds et voulant s'échapper. Les dionées claquaient des dents et se mordaient les lèvres, effarées d'avoir trouvé dans cette fournaise plus terrible ennemi qu'elles. La belladone elle-même avait perdu de sa superbe et cuisait sur le bûcher.

L'on entendait comme un souffle sous le mouvement des petites branches, rauque, étouffé, celui d'un malade, d'un tuberculeux, celui d'un amant cherchant l'air sous les draps, dans le parfum d'une nuque, recevant dans sa bouche quelques cheveux épars. Ce souffle était continu, régulier, toujours identique à lui-même, tandis que le crépitement était changeant, cessait soudainement puis renaissait différent. Par moments, l'on percevait seulement une ou deux petites explosions, puis plus rien et tout à coup une multitude de pétarades. Parfois, un bruit de chute molle résonnait par-dessus ces deux sons : c'était quelque branche, quelque bras qui, d'abord dressés, tendus au bout d'un tronc ou noués en charmille par la main artiste de Viktor, soudainement se laissaient choir accablés. C'était une chair pâteuse et faible, une femme affalée, alanguie, nonchalamment tombée sur un épais sofa ; cela semblait presque un plaisir de se donner ainsi, de se coucher tout à coup, comme si elle se fût offerte à un langoureux amant ou comme s'il l'eût prise, légère brindille, dans ses bras puissants et posée sur un tapis de roses. Elle trouvait pourtant la mort dans cet abandon.

Le brasier exhalait une odeur chaude et envoûtante. La belladone s'élevait dans l'air, épicée, acerbe, le blé innocent amenait avec lui une image de moisson et celle d'une tranquille campagne, l'encre des notes du carnet d'hybridation parcourait les lieux, chimique, artificielle, à la recherche des meilleures associations, la rose gardait dans sa consomption toutes ses séductions, le cachemire transportait qui le respirait en Orient, dans les rizières de Cochinchine, le tabac blond voyageait aux Amériques et l'opium offrait le bienheureux engourdissement, la torpeur tant désirée. Toutes les senteurs des fleurs semblaient distillées ensemble par un parfumeur de génie ; l'alcool dont usait le Docteur pour extraire des profondeurs des corolles leur plus précieux bouquet travaillait, semblait-il, sous les ordres du Feu, à créer l'essence parfaite. Toutes les fragrances s'unissaient et les plus fraîches, les plus légères devenaient, dans cette miction, corporelles, animales, tenaces. Des flammes s'échappait un fumet pimenté, âcre par instants, qui envahissait le nez, la bouche, la gorge, l'âme, tout, dont on ne se défaisait pas, comme tout ce qu'avait fait Viktor et qui ne se défaisait pas non plus. C'était là, invisible et prégnant, insaisissable et puissant, c'était et ce ne pouvait disparaître, c'étaient les effluves de Rose et de la Fille du train, de Pauline et de la Rousse, de toutes les femmes qu'il avait eues, qu'il avait enfermées dans ce lieu – un parfum de sueur et de soufre, l'empyreume d'un sexe de femme.

Les flammes qui, au début de l'incendie, arpentaient la pièce lentement, accéléraient maintenant leur course. Il semblait qu'elles combattaient l'air pour le remplacer, occuper tout l'espace de la serre. Elles avaient déjà détruit les fleurs, les feuilles, les branches, le mobilier, les livres ; il leur fallait maintenant monter jusqu'au plafond – jusqu'au ciel ! Elles illuminaient le bois sombre de leurs tons orangés, éclairaient sa nuit noire de leur soleil d'été. Leur éclat n'était partout le même : elles ondulaient, irradiaient un lieu et par à-coups le laissaient dans une ombre qui n'était tout à fait noire et gardait encore, elles disparues, quelque éclair d'elles, le souvenir de leur présence souveraine. Sous certaines ramures, elles avaient pris des teintes nouvelles, dansaient toutes roses, mauves, autour de bûches calcinées. On eût cru celles-ci de gros morceaux de viande, un cœur de porc, une langue de bœuf cuisant au soleil. C'était beau et sale, tout à la fois beau et un peu répugnant – c'était cela qu'il fallait sans doute.

Les petites fioles, les éprouvettes, les tubes, les cloches, les bacs, les cuvettes se métamorphosaient. La courbe parfaite s'affaissait, la ligne droite ondulait sensuellement, l'angle découvrait une rondeur insoupçonnée ; leur matière se dilatait puis s'amenuisait, enfin découvrait dans un bruit d'explosion contenue un large trou. Le verre dévoré par le feu devenu sur lui un ennemi invisible, insaisissable et fatal, prenait des formes fantastiques ! Il était tour à tour corolle de fleurs et corolle d'une robe immense aux mille tulles dont les volants grandissaient, s'étalaient, volaient autour d'une imperceptible femme, puis il éclatait sur lui-même et renaissaient de lui trois pétales de lys, trois bras serpentant comme des vipères entre lesquelles surgissait tout à coup une langue, une grosse langue avide et venimeuse, mais elle se figeait ! Et un large tronc la remplaçait, s'élevant vers les cieux et de ses ramures poussait une épaisse chevelure de feu, des flammes rousses se dressant comme la toison de la Gorgone, menaçante, impitoyable ! Les longues mèches montaient dans les airs, les fils gris et citron, cette soie qui se déroulait, que tissait sans doute là, sur la table, une minuscule Parque, si ardente à l'ouvrage que des mains de dentellière, rapide et si implacable que la roue d'une locomotive jetant partout des éclairs. D'abord innombrables, ils se rejoignirent, se murent en huit pattes courant sur le sable, effarés, effrayés, dont émanait le son d'un étrange claquement. Auprès de la verrerie fondaient les outils du Docteur. Les fourches à dents les perdaient, les pelles ne pouvaient plus même porter leur propre poids, la pointe des sécateurs se faisait douce bulle et de la plupart des pinces il ne resta bientôt plus que des manches impuissants. Leurs bois crépitaient au milieu d'une grande flaque argentée qui paraissait une lune ou une lointaine planète. À sa surface se dessinaient de légères rides qui, bientôt pétrifiées une fois que tout serait achevé, laisseraient sur elle ces fissures éternelles, ces marques aux fers que rien ne viendrait effacer. Sous une table on eût reconnu, en y regardant bien, le manche assassin, l'arsin maintenant impuissant, le bout de bois brûlé gisant près des lames fondues – le sécateur qui avait tué Rose.

Tout à coup retentit un craquement énorme : un arbre s'était abattu sur le sol, comme foudroyé. Un éclair bleu fendit les airs et un brasier gigantesque s'éleva au milieu de la serre. Le quinquina, déraciné, était allongé en travers de la pièce ; dans sa chute, il avait embrasé les grands plants d'indigotiers. Une lumière intense et surnaturelle jaillissait d'eux. Toute la serre paraissait teinte dans les pigments de la plante, comme si un peintre fou avait vu ou voulu voir toute la végétation indigo plutôt que verte et l'avait faite sur ses toiles telle qu'il l'avait imaginée en esprit. La senteur de la quinine, lourde, épicée, entêtante dominait toutes les autres ; on ne respirait plus qu'elle, on l'avalait, on en était rempli. Violante fut prise d'un haut-le-cœur et se crut transportée. Elle se rappela l'odeur de son père, l'odeur de ses cheveux, cette quinine étrange et médicamenteuse, tenace, irrésistible. Elle aspira à pleins poumons, espérant recouvrer le passé dans le parfum. Elle se rappela la dent en or dans sa bouche, son regard un peu craintif, son nez busqué, les saynètes qu'il lui jouait, la drôlerie de ses récits, les miettes qu'il faisait en mangeant, la fois qu'il lui cogna la tête au lustre en la portant, les dessins qu'il lui faisait, le respect sacré qu'il lui témoignait, l'amour véritable au fond de ses yeux… tout ! Il y avait tout dans cette odeur. Le feu bleu grandit encore… et il brisa au plafond de la serre une première planche de bois.

Les flammes voltigeaient à chaque instant, plus vives, plus féroces, plus mordantes. Elles s'unissaient aux fleurs dans une langoureuse danse. Elles enserraient leurs bras, leurs tiges, déposaient sur leur cou mille baisers, frôlaient leurs lèvres, caressaient leur ventre, encerclaient leurs chevilles. Les plantes semblaient consentir à cet amour. Elles se pliaient, se cambraient sous la main brûlante, crépitaient d'abord, d'impatience sans doute d'avoir tant attendu, puis émettaient un râle puissant ; elles tremblaient de crainte peut-être ou d'ignorance de découvrir un plaisir si neuf. Elles semblaient avoir cessé de combattre, n'opposaient plus nulle résistance, elles semblaient heureuses même de flétrir, de chauffer, de rôtir dans ce grand bûcher. Elles avaient compris, les belles endormies, que leur sacrifice était nécessaire. Que les femmes qu'elles dupliquaient allaient renaître de leur mort comme un Phœnix de ses cendres. La Fille du train, Pauline, la Rousse… elles allaient retrouver leur liberté perdue, redevenir maîtresses d'elles-mêmes. Il fallait pour cela qu'elles disparaissent. Les doubles, les toiles, les copies – il fallait qu'elles abandonnent leur modèle. Elles avaient compris et s'abandonnaient contentes. Elles se livraient aux flammes comme à une amante désirée et elles offraient leurs feuilles au feu, allongeaient leurs pétales, ouvraient grandes leurs corolles d'une manière… ! d'une manière dont elles n'avaient jamais cédé à Viktor. Car elles s'étaient à leur façon refusées à lui, elles avaient été passives, dociles, impuissantes comme les plantes qu'elles étaient, mais si elles avaient pu, elles auraient protégé leurs maîtresses. Il fallait pour les sauver s'arracher à elles. N'est-il point parfois des amants dont la passion est devenue si fatale, si violente que l'un d'eux doit quitter la place et, s'il ne s'y détermine, ou mourir ou tuer ? Elles savaient, les ancolies et les roses, que si elles n'étaient tuées maintenant, leur modèle serait tué bientôt. Car il ne les laisserait en vie, le diabolique Docteur ! Il les lui fallait jusque-là, il devait exercer son pouvoir sur elles jusqu'à la dernière extrémité. Nulle n'en réchapperait. Elles n'ignoraient pas, elles n'avaient jamais ignoré à quel point elles étaient aimées, avec quelle absence de mesure et d'un amour si proche de la haine. Elles courbaient donc l'échine et marchaient, la tige voûtée, le dos torve, les jambes chancelantes, à la façon de condamnées, vers la mort impérieuse. Il n'y avait pourtant dans ce suicide rien qui parût tragique, mais plutôt une espèce de sensualité. Tacite ne raconte-t-il pas que Pétrone, forcé par Néron de boire la ciguë, fit d'abord une grande fête où il se gorgea des meilleurs vins, fit l'amour à de splendides putains, conversa avec ses amis comme s'il allait les revoir demain et trouva dans cette mort, quoiqu'il la sût imparable et peut-être parce qu'il la savait ainsi, une sorte de félicité ? Les fleurs buvaient leur mort aux lèvres brûlantes, venaient l'aspirer sur les langues assassines, succombaient dans les bras serpentins. Les flammes quant à elles ne commettaient un meurtre gratuit : elles vengeaient les fleurs et les femmes. Elles entouraient les tiges à la façon de ces Aztèques immolant à une déesse cruelle la proie exigée. Il fallait tuer les plantes pour que vivent les femmes aussi simplement qu'il fallait exécuter cette vierge pour que tombe la pluie sur les terres arides. Elles ne retiraient de cette mise à mort aucun plaisir sadique, seulement l'assurance du devoir accompli. Les premières s'offraient en sacrifice, les secondes s'élevaient vengeresses : ce n'était pas un assassinat, mais une association où toutes étaient complices.

Mais ni les unes ni les autres ne paraissaient repues de ce macabre festin. Elles voulaient *quelqu'un d'autre.*

Viktor Skorpión était leur prisonnier. Il s'était d'abord tenu accroupi au milieu de la serre – là où Don Matéo l'avait pourfendu – son index auprès de lui, observant l'incendie avec effarement. Puis il avait rampé un peu à la façon d'un ver. Enfin il s'était levé, il avait pris son doigt en main (sans mauvaise plaisanterie) et maintenant il tournait la tête de tous côtés, cherchant un moyen de fuite probablement. Selon la croyance populaire, le scorpion pointe vers lui son propre dard afin de se tuer lorsqu'il se trouve en proie aux flammes. Vigny raconte que, dans le Midi, les enfants s'amusent à attraper un scorpion, à former autour de lui un cercle de charbons ardents et à l'y enfermer. Ils rient alors de le voir apeuré, courant de ses petits pas chassés en tous sens, à la recherche d'une issue. Il vient tâter chaque tison, à chacun il se brûle ; il recule effrayé, sans comprendre. « Quelles sont ces pierres sombres qui semblent mes congénères si ce n'est qu'en elles s'allument cent étincelles ? Sont-ce les étoiles que je vois le soir dans la nuit noire ? Perlent-elles à la surface de l'Océan quand le soleil est très haut dans les cieux ? Qu'est-il arrivé au sable blanc pour qu'il devienne et d'or et brûlant ? Je dois pourtant retourner les toucher ! » Il a du courage, il y retourne et nouvellement il cogne son faible corps à un nouvel obstacle. Car il grandit le feu, il cherche sa proie et chaque fois le pauvre animal se trouve arrêté par le grand mur de flammes, car il lui paraît à lui une immensité ! Il faudrait savoir voler, il faudrait construire une géante échelle pour se sauver.

La fumée l'étouffe, lui fait perdre un peu la tête, égare ses sens. « Ai-je déjà pris ce chemin ? Ai-je tenté cette barrière ? Peut-être puis-je l'escalader ? Non, elle me fait trop de mal. Et pourtant elle est belle la diablesse, elle a des couleurs qu'on n'a pas dans mon espèce ! Pourrais-je l'embrasser, la toucher… ? » Il s'y essaie, il s'y meurtrit. « Faut-il bien que chaque objet qui donne du plaisir donne toujours un plus grand mal », philosophe le sage. Il ne peut s'en passer pourtant. Il est émerveillé, attiré par tant d'éclats inconnus, va vers celui-ci, non celui-là est plus intense encore, il blesse sa patte, sa tête manque de prendre feu et il a rôti sa queue. « Si je m'y mettais tout entier dans ce feu, deviendrais-je comme ces pierres précieuses qui brûlent sans mourir et ne se consument jamais ? Obtiendrai-je moi aussi ces infinis miroitements… ? » et de les observer envieux. Lui est tout noir et jamais il ne s'éclaire. De honte il voudrait se cacher, mais rien n'existe – qu'elles. Il voudrait les voir mieux, mais c'est se brûler ; il voudrait ne plus les voir, s'échapper et c'est se brûler aussi. Il les admire de loin sans les connaître ; il est tout à la fois otage et exclu. Il tend une pince, pleine de convoitise, de rage, de regrets ! – d'amour ! et elles lui échappent toujours. Une fois qu'il a compris qu'il mourrait dévoré par les flammes adorées, il s'immobilise alors au centre de la ronde – de là, il les voit toutes, les meurtrières bien-aimées – et dans son heure dernière devient calme soudain, résigné, à la façon d'un de ces stoïciens romains préférant au déshonneur ou à une mort lente et douloureuse, la rapidité du poison et avec lui, le bienheureux Oubli. Songe-t-il comme eux qu'il faut se contenter du nécessaire, ne rien désirer de plus et cesser de pourchasser des chimères ? Ou continue-t-il d'*espérer* ? Alors il retourne contre lui son dard et se tue. « On rit plus fort que jamais. »

Ainsi il en était de Skorpión. Il allait et venait, scorpion hagard, chancelant, la main meurtrie, sanglante encore, dans tout le cercle, s'approchant des flammes, regardant les fleurs disparaître ou se transformer. Il les touchait par instants, se brûlait le bout des doigts (ceux qu'il lui restait), les humait, voulait les protéger. Il portait la main à son front, paraissait réfléchir, cherchait une solution, quelque plan destiné à les sauver. Il devait bien y avoir un moyen. Il attrapait tout objet qui passait près de lui et s'ingéniait à sortir du brasier la jusquiame, l'oxalis, une pâquerette... ! Qu'arrivait-il ? Elles mouraient ! Il y avait dans ce mot toute sa douleur ! Son Œuvre... ! Elle avait occupé toutes ses pensées, tous ses jours, toutes ses nuits ! Avait-il désiré autre chose en toute son existence ? Ne l'avait-il rêvée alors qu'il respirait les fleurs de son jardin quand il était un enfant ? N'avait-il reconnu en elles son destin et lui-même ? Il avait su *qu'il était fait pour elles, qu'elles étaient faites pour lui* dès le premier regard, la première rencontre. À la façon d'un amour, de sa surnaturelle reconnaissance. N'avait-il reconnu en elles tout ce qui lui manquait – tout ce qu'il était ?

Lorsque je lus adolescente Flaubert, Balzac et Stendhal, je sus ne serait-ce qu'en frôlant leur couverture de cuir, que je touchais là mon Destin. Que toute une série d'événements m'avait menée à eux, à la bibliothèque de mon village où je les trouvais, à l'oisiveté mélancolique de cet été-là, à l'enseignant qui nous en parla, à l'attention que je donnais à ses paroles, à l'affection particulière que j'avais toujours éprouvée pour les livres et que je me trouvais en leur présence plus près de moi-même que je ne l'avais jamais été, qu'ils faisaient déjà, clos pourtant, recelant encore leurs secrets et leur beauté, partie de moi. Peut-être m'attendaient-ils dans cette bibliothèque depuis cinquante ans. Ils étaient faits pour moi comme j'étais faite pour eux. Et dès que je les ouvris, je fus augmentée, pourvue d'une existence plus intense ; il y avait en eux, pour moi-même, plus de possibilités que je n'en avais rêvées. J'ai su dès lors que j'écrirai, obscurément, avec une assurance, une certitude risibles. J'avais rencontré ma Destinée.

Viktor éclata en sanglots. Son visage grimaça, se déforma ; sa douleur était si intense qu'elle en était physique. Il ressentait au plus profond de son âme un déchirement, un arrachement qui fendaient son ventre, ses entrailles. Ses dents se serrèrent comme sous le coup d'un très grand effort ou d'une immense terreur. Sa bouche s'ouvrait sur elles, demeurait figée dans cet affreux rictus. Mille rides se dessinaient des commissures de ses lèvres à ses oreilles. Son nez semblait devenir plus grand, car ses narines s'élargissaient, cherchant l'air qui lui manquait. Et ses yeux étaient exorbités : on eût cru que ses sclères laiteuses allaient de lui se détacher et rouler sur le sol à la quête de leur seul amour. L'iris, jusque-là vert, reflétait les grandes flammes safran, orange et pourpre qui s'élevaient dans la pièce. Il n'y avait plus en lui quoi que ce fût de l'âme de Viktor : il n'était plus, le gros iris, qu'un miroir de la serre embrasée et de la déchéance de son maître.

Elles avaient suscité en lui – le Désir insatiable… ! et elles partaient en fumée.

Les avait-il jamais possédées ? Il n'avait obtenu dans sa serre qu'un ersatz de femme, qu'un fantôme, qu'un simulacre ! Il n'avait cessé de marcher dans un interminable désert et avait aperçu de loin en loin une oasis de verdure étrangère et insaisissable ! Il avait cru boire, le bienheureux, dans les eaux claires de sa source, s'était reposé à l'ombre de ses palmiers, avait goûté la fraîcheur parfumée de ses ramures, la moiteur de sa mousse qui l'enveloppait le soir venu, le velours de ses pétales et la consolation de ses baisers… ! Il avait trouvé en elles tout ce qui lui manquait.

Mais il avait rêvé tout cela. Elles n'avaient eu de conscience ni de cœur, les belles endormies… ! Il avait… quoi ? désiré des troncs de bois et des feuilles qui tomberaient demain ? Des pistils tétés par les abeilles et des graines mangées par les grives ? Des pièges faits pour les fourmis et des racines où rampaient les lombrics ? N'y avait-il donc eu *rien d'autre* ? Ne leur avait-il insufflé des âmes ? Il était impossible pourtant, intolérable ! qu'il n'ait eu accès qu'à des corps ! qu'il n'ait, comme Dieu, mis l'Esprit dans l'argile. Il les regardait, ses chères petites, et ne les reconnaissait plus ! Que restait-il à présent de son beau mirage ? Il était toujours perdu dans le désert – et il mourait de soif ! Une soif ardente, inextinguible échauffait sa peau, asséchait sa gorge, enfiévrait son front et creusait dans son ventre, au plus profond de lui, un vide abyssal ! Rien ne pouvait l'étancher, rien ne pouvait la satisfaire ! Était-ce parce qu'il était un homme et parce qu'elles étaient des fleurs ? Ou n'y avait-il jamais, entre un être et un autre, qu'une incapacité totale de connaître, de conquérir, de s'approprier… ? Il avait erré, éternel vagabond, s'enfonçant dans le sable, les pieds meurtris par l'effort de grimper sur d'illusoires montagnes au sommet desquelles il retrouvait toujours la même aride immensité, mordu par les scorpions, les serpents, tous les ennemis fourbes et masqués, les envieux, les lâches… ! Les chairs dévorées par l'ardent, l'implacable soleil, par le Désir, brûlant Phœnix qui embrase et consume pour renaître, plus enflammé encore… ! et qui invente son objet, le faisant apparaître dans un horizon trouble qui ajoute à ses attraits. Comme elle est belle la Rose, la Népenthès, l'Image, l'Idéale ! Et il nous souffle, l'animal, à l'oreille, à l'âme, de boire à ses eaux, à son puits empoisonné – ce démon ! Et l'on y boit, sot, naïf, illusionné ! Et l'on est toujours assoiffé. L'Oiseau de feu s'était repu, avait grossi, était mort et renaissait plus grand. Il gardait ses hôtes, vivants et morts, et se nourrissait de leur consomption, cordyceps florissant dans les tripes du saturnidé. Il s'était rêvé père d'une humanité nouvelle ; il se découvrait garçon jouant avec ses hochets et amoureux d'une ombre. Il n'y avait que les coups qu'il avait quelquefois portés à la Fille du train, à la Rousse, à Rose, qui avaient blessé pour de bon.

Soudain le silence se fit – un silence de mort, de cathédrale. Don Matéo Diaz attrapa Violante et l'entraîna en courant dans le jardin. À peine furent-ils dehors que la serre explosa. Des millions de fragments de verre furent projetés en tous sens et de gigantesques flammes attaquèrent la maison. Le laboratoire de Viktor n'existait plus, un immense brasier l'avait remplacé. La cage de verre où avaient été enfermées des centaines de femmes à leur insu, d'une manière incompréhensible et fantastique, où avait été retenue captive Violante, où avait été tuée Rose, était détruite.

Tout à coup, un son très faible, doux même, presque inaudible, retentit. Une multitude de claquements humides raisonna autour de Violante et de Diaz. La pluie tombait. Elle était chaude, brûlante, elle était de ces averses d'été qui ne rafraîchissent pas, semblent échauffer l'air et la terre plus que le soleil lui-même et qui précèdent l'orage. Elle demeurait lente et langoureuse, elle prenait son temps, elle se faisait désirer. Elle descendait tout le long des branches du jasmin, remplissait délicatement les tendres corolles, perlait sur chaque pétale du jardin… Violante offrit son visage à l'averse. De petites gouttes se posèrent, légers papillons, sur ses paupières orangées, sur ses cils blonds. Elle respira à plein nez l'odeur de la terre trempée. Elle ouvrit les yeux et regarda la maison. La fumée, d'une couleur indigo si peu naturelle, de celle que laissent derrière eux les feux d'artifice et les spectacles de théâtre, s'élevait en hautes colonnes au-dessus des toits, devenait plus épaisse au contact de l'eau. Le feu montait au ciel et le ciel pleurait ; ils semblaient s'être alliés, mus par une même colère. L'odeur était extravagante : elle était celle de la terre pétrie d'eau et des fleurs consumées, elle était le pétrichor et l'empyreume tout ensemble, un double parfum de vie organique, celui de la vie remontant à la surface, celui de la vie s'élevant aux cieux. La terre, les plantes prenaient formes nouvelles ; ce n'était une mort, mais une résurrection. Violante demeurait là, debout, surplombant ce champ de ruines, ces terres brûlées. Le feu avait grandi et envahi toute la maison. Le *Lys* était un bûcher. On distinguait encore son architecture générale – la tourelle donnant sur l'Océan, les poutres maîtresses du colombage, les fenêtres en saillie des étages. Les pignons avaient déjà cédé et s'étaient abattus dans la serre. Les flammes avaient coloré jusqu'aux charpentes de la villa, rousses à présent, d'un roux si éclatant que la chevelure de Violante Pericón. Elles se reflétaient sur ses boucles, dans son clair regard et sur toute sa figure ; sur sa chemise de nuit dansaient leurs ombres. Son visage anciennement blanc s'était habillé d'ors et de pourpres, de safran et de miel, d'ambre et de rubis… ! Elle rayonnait, irradiait autant que le feu lui-même. Ses lèvres esquissaient un rictus, ses yeux un peu plissés et scrutateurs exprimaient une joie mauvaise et surnaturelle – le plaisir de la destruction. Elle avait agi, convaincue de la nécessité de cet anéantissement, et ne connaissait pas le doute. Elle contemplait son œuvre.

Mais elle brûlait encore de tuer.

Les camions de pompiers arrivaient, précédés de leurs sirènes hurlantes. Le feu serait bientôt éteint peut-être et Skorpión… qui sait s'il n'était pas vivant ? Le scorpion n'est pas d'une nature à se tuer, songeait-elle. Cette croyance était ridicule, il faisait le mort, attendant qu'on le sorte de là. Et reparaîtrait tout fringant, bien vivant. Il n'en était pas question. Elle se précipita vers la serre embrasée. Don Matéo la retint :

—   Diable ! Que fais-tu ?

—   Laisse-moi ! J'irai.

—   Mais que veux-tu ? Il est mort, on ne peut plus rien pour lui !

Et Violante d'éclater d'un long rire gras. Diaz la lâcha à l'instant tant elle l'effraya. Elle courut vers le feu. Elle ne distingua rien d'abord, la fumée et les flammes rendant sa vision embrumée et floue, comme s'il se fût agi d'une mauvaise photographie. Soudain elle aperçut Skorpión. Le bougre respirait encore ainsi qu'elle le craignait. Il crapahutait sur le sol, à quatre pattes, tout suant, et paraissait à la recherche d'une issue. Il toussait de temps en temps puis levait les yeux sur ses plantes calcinées. Il y avait dans son regard tant d'amour et tant de désespoir. Elle voulut s'approcher de lui, mais ne savait comment : des flammes immenses la séparaient du Professeur. Une troupe de pompiers arrivait et déroulait une énorme lance à incendie. C'était le dernier moment dont elle disposait pour se débarrasser de lui : il fallait agir rapidement. Elle contourna le feu vers la gauche, chercha un moyen de le rejoindre. Elle voulait tellement qu'il meure. Elle regarda les plantes intensément, avidement… Si seulement la Dionée, dont les gueules crachaient en tous sens de grandes flammes et qui se trouvait tout près de lui, pouvait le tuer… Il suffisait de la pousser un peu, qu'elle croulât sous le poids de ses membres embrasés, qu'elle s'écrasât sur sa droite, sur Skorpión… Il n'aurait pas le temps de fuir. Elle ne pouvait cependant l'atteindre ; il eût fallu passer à travers le brasier. Elle mordait ses lèvres, enfonçait ses ongles dans ses cuisses : il devait bien exister un moyen… Violante observa son double, les yeux plissés, et siffla entre ses dents :

—   Vas-y, tombe… Tombe…

La Dionée trembla un peu, puis parut se mouvoir, avança d'un pas.

—   Vas-y… abats-toi sur lui… abats-le…

Et la Dionée de s'écrouler sur sa droite.

Diaz vint derrière elle, l'entoura de ses bras, chuchota à son oreille :

—   C'est fini. Viens.

Et il l'emporta sous le grand marronnier.

La pluie tombait toujours. Elle lavait la chemise de nuit sale et le corps de Violante tout ensemble ; peut-être lavait-elle toutes choses. La jeune femme était redevenue toute blanche. Quelques gouttes perlaient sur les cils de Don Matéo Diaz. Des flammes rousses se détachaient, lumineuses, superbes, sur des cieux d'un azur éclatant. Le soleil brilla : un miroitement irisé passa sur les feuilles gorgées d'eau, sur la canopée du jardin, l'asphalte argenté et l'Océan apaisé. Sur la plage, il n'y avait pas un souffle de vent – et le soleil réchauffait le sable jaspé.

ÉPILOGUE

— Elle s'enroula autour de lui à la façon d'un serpent, elle l'étrangla et de ses mille mâchoires elle le mordit. J'ai vu l'une de ses gueules s'ouvrant toute grande et avalant sa tête entière…

Un silence s'ensuivit. J'échangeai un regard avec Don Matéo Diaz, qui affichait une mine perplexe.

— Ainsi il fut mis à mort par ton double, après avoir blessé et violenté ces malheureuses femmes par substitution, par l'entremise de leurs hybrides. Tué par l'arme-même qu'il avait employée pour commettre ses crimes : la mystérieuse correspondance, l'identité entre la Femme et la Fleur. Ce n'est que justice, conclus-je ironiquement.

Je contemplai Violante Pericón, mon amie, ma sœur, qui venait de me faire cet étrange conte.

— Il faut un roman.

— Écris-le donc, Jolanne. Je ne veux plus guère penser à ce Skorpión. Je t'en ai dit, du moins, tout ce que je savais.

— Je l'écrirai. Une telle histoire doit passer à la postérité.

— Oh ! Je suis bien contente que ce diable d'homme n'en ait point !

— Il ne déchargea que dans des plantes, fort heureusement.

Violante et moi sourîmes à ce mot de Diaz — Violante en se mordant les lèvres, ainsi qu'elle faisait toujours.

— As-tu une idée du titre ?

— Oui, je l'appellerai *Le Collectionneur*.

LE COLLECTIONNEUR

ISBN : 978-2-9588651-0-8